rororo

rororo

Elizabeth Edmondson kommt aus einer Schriftstellerfamilie. Sie lebt in Italien und England, ist verheiratet und hat zwei Kinder. Im Rowohlt Taschenbuch Verlag erschienen bisher: «Die Farben des Himmels» (rororo 24718), «Ein Mädchen aus bester Gesellschaft» (rororo 24479), «Villa Dante» (rororo 24471) und «Lady Helenas Geheimnis» (rororo 23875).

Elizabeth Edmondson

Die Gärten von Landrake Hall

Roman

Aus dem Englischen
von Tanja Handels

Rowohlt Taschenbuch Verlag

Veröffentlicht im Rowohlt Taschenbuch Verlag,
Reinbek bei Hamburg, August 2011

Redaktion Katharina Gerhardt
Umschlaggestaltung any.way nach einem Entwurf
von PEPPERZAK BRAND
(Umschlagabbildung Jack Wild / Getty Images;
Historical Picture Archive / Corbis; ullstein bild – Atelier Balasz)
Satz Aldus PostScript (InDesign)
bei Pinkuin Satz und Datentechnik, Berlin
Druck und Bindung CPI – Clausen & Bosse, Leck
Printed in Germany
ISBN 978 3 499 25260 0

So wein ich seufzend über dieses Hauses Los,
Das nicht, wie sonst wohl, allem Wetter glücklich trotzt.
So käm erwünscht mir meiner Müh Erlösung jetzt,
Erschien' des nächtgen, botenfrohen Feuers Schein.
[…]

O sei gegrüßt mir, Licht der Nacht! Taghelle Lust
Weckst du in mir, erweckst […]
Festchorgesänge, diesem Glück zum Dank geweiht!

AISCHYLOS, AGAMEMNON, 17–23

Night and day you are the one,
only you beneath the moon or under the sun …

COLE PORTER

Cornwall, Mai 1934

Die Schatten des anbrechenden Abends fielen bereits auf die makellosen Rasenflächen von Landrake Hall, und nur die gespenstischen Rufe der Pfauen zerrissen die ländliche Stille.

Fitz Falconer saß in der Bibliothek im ersten Stock, als ihn das Ferngespräch aus New York erreichte. Die Bibliothek war ein schöner, behaglicher Raum; zwischen den Bücherschränken thronten klassische Büsten auf kleinen Säulen. Fitz hatte seine Schreibmaschine auf einen der beiden Eichentische gestellt und Bücher und Papiere ringsum verteilt. So nahm er das Zimmer bei jedem seiner zahlreichen Aufenthalte in Landrake Hall in Besitz. Seine Schwester, vor mehr als zwölf Jahren verstorben, war mit Lord Landrake verheiratet gewesen, und obwohl ihn fast zwanzig Jahre von Jerry Landrake trennten, verstand Fitz sich doch blendend mit seinem älteren Schwager.

Als die drei Gesprächsminuten verstrichen waren, hörte er in der Leitung das leise Klicken, mit dem der Hörer des Nebenanschlusses aufgelegt wurde. Verflixt. Mrs Harbinger, Lord Landrakes Sekretärin, hatte wie üblich das Gespräch belauscht. Fitz musste sich beeilen, den Mädchen die Neuigkeit mitzuteilen, ehe sie ihm zuvorkam.

Er trat ans Fenster, blickte hinaus auf die wunderschöne Umgebung, die ihn jedes Mal von Neuem begeisterte, und sog den Duft der Magnolie ein, die mit ihren großen, cremefarbenen Blüten direkt unter den Fenstern der Bibliothek stand. In der Luft lag noch ein letzter Rest der Wärme eines schönen Frühlingstages.

Philippa Landrake, seine älteste Nichte, schlenderte gerade im weißen Tennis-Dress und mit einem Schläger in der Hand über den Rasen. Sie wandte sich lachend zu ihrem Begleiter um, einem jungen Mann mit den breiten Schultern eines Sportlers.

«Philippa», rief Fitz zu ihr hinunter. «Kann ich dich kurz sprechen?»

Mit missmutig verzogener Miene sah sie zu ihm auf. «Jetzt gleich? Lass mir doch wenigstens eine halbe Stunde, damit ich ein Bad nehmen und mich umziehen kann. Mir ist schrecklich heiß.»

«Ja, jetzt gleich. Dein Vater hat gerade aus Amerika angerufen.»

«Großer Gott, er hat tatsächlich angerufen? Das kostet doch ein Vermögen. Was ist denn passiert?»

Der junge Mann sah erst Fitz, dann Philippa an, dann nahm er ihr den Schläger aus der Hand, befestigte ihn in seinem hölzernen Spanner und gab ihn ihr zurück. «Dann mache ich mich wohl lieber auf. Komm doch morgen zu einem weiteren Match aufs Schloss.»

«Ich überlege es mir», erwiderte Philippa und entließ ihn mit einem bezaubernden Lächeln.

Als sie, den Tennisschläger lässig in der Hand, leichtfüßig die Stufen zur Terrasse hinaufsprang, sah sie aus wie die junge Göttin Diana. Zwei Minuten später stand sie in der Tür zur Bibliothek, ein wenig neugierig zwar, doch mit all der Reserviertheit, die so untrennbar zu ihrem Wesen gehörte.

«Was wollte Vater denn?»

«Er hatte eine überraschende Mitteilung zu machen, die dir vermutlich nicht gefallen wird. Er hat geheiratet.»

Philippas Freunde beschrieben sie gemeinhin als «gelassen». Ihre Feinde und ihre Schwestern zogen hingegen das Wort «kalt» vor, und so war auch der Blick, mit dem sie Fitz nun entgeistert musterte: eiskalt. «Geheiratet? Du liebe Zeit, was für ein alter Narr er doch ist! Heraus damit. Wen hat er denn geheiratet? Bestimmt keine Frau von Stand, das sehe ich dir an der Nasenspitze an. Erzähl mir jetzt bloß nicht, er hat völlig den Verstand verloren und sich von irgendeiner Kellnerin oder Revuetänzerin vor den Altar zerren lassen. Womöglich noch eine Amerikanerin, Gott bewahre.»

«So schlimm ist es nun auch wieder nicht. Sie ist Engländerin. Und Schauspielerin, eine äußerst berühmte sogar. Du hast sicher auch schon von ihr gehört. Rosina Otway.»

Die blauen Augen gestatteten sich ein einziges Blinzeln. «Rosina Otway? Die habe ich schon häufig gesehen. Ganz ansehnlich, aber alles andere als jung. Und natürlich berüchtigt. Hat sie nicht einen ganzen Schwarm von Liebhabern? Was muss Vater sie denn gleich heiraten, anstatt sich in die Warteschlange vor ihrem Bett einzureihen?»

«Schluss mit den Grobheiten, Philippa», ließ sich eine Stimme von der Tür her vernehmen.

Es war im Grunde nur eine Frage der Zeit gewesen, bis

Mrs Harbinger dazukommen würde. Die entfernte Verwandte der Familie war in einer Doppelfunktion als Sekretärin und Gesellschafterin von Lord Landrakes verstorbener Mutter, die allseits nur die «Witwe» genannt wurde, nach Landrake Hall gekommen und bereits so lange da, dass sie förmlich zu den Grundfesten des Hauses gehörte. Sie kannte jeden Winkel dort und war in die allermeisten Familiengeheimnisse eingeweiht. Jetzt war sie zornig, wie man an den beiden leuchtend roten Flecken auf den vorstehenden Wangenknochen erkannte. «Es besteht nicht der geringste Anlass, so respektlos über deinen Vater und seine neue Gemahlin zu sprechen.»

«Erspar mir die Predigt, Harby, danach ist mir nun wirklich nicht. Warum soll ich denn nicht aussprechen, was alle anderen auch sagen werden? Großer Gott, er macht sich doch vollständig zum Gespött!»

«Nicht hier auf Landrake Hall.»

«Die ganze Grafschaft wird sie verabscheuen.»

Fitz schüttelte den Kopf. «Das glaube ich nicht. Und selbst wenn, wann hätte dein Vater sich denn je um die Meinung seiner Grafschaft geschert?»

Philippas Gedanken hatten bereits wieder eine andere Richtung eingeschlagen. «Und was wird aus Esmond? Wie alt ist denn diese grauenvolle Person?»

«Neununddreißig», antwortete Mrs Harbinger, «aber darauf kann man sich wohl kaum verlassen. Schauspielerinnen bleiben immer etliche Jahre neununddreißig, wenn sie die vierzig einmal überschritten haben.»

«Aber wenn sie neununddreißig oder auch etwas darüber ist, ist sie durchaus noch jung genug, um ein Kind zu bekommen. Und falls es ein Junge wird, ist Esmond geliefert.»

«Sie hat bereits eine erwachsene Tochter», wusste Mrs Harbinger zu berichten. «Jen liest all diese Klatschblätter über Filmstars und Schauspielerinnen, sie hat uns alles erzählt, was sie weiß. Ein wahres Unikum, das Mädchen: Sie kann sich kaum merken, wo sie den Staubwedel hingelegt hat, aber wenn es um Schauspielerinnen geht, erinnert sie sich an jede kleinste Einzelheit. Sie sagt, die Tochter ist zwei- oder dreiundzwanzig. Sie heißt Cleo und arbeitet im Modesalon der Gebrüder Joulbert. Mehr ist nicht bekannt.»

«Dann wird sie wohl Mannequin sein», bemerkte Philippa in abfälligem Ton. «Aber gut, wenn unsere neue Stiefmutter bereits so alt ist, kann Esmond ja nicht allzu viel passieren. Das muss ich gleich den anderen erzählen. Inzwischen weiß ja sicher schon jeder Dienstbote hier im Haus davon, nicht wahr, Harby? Da sollte ich mich lieber beeilen. Hat Vater sonst noch etwas gesagt, Onkel Fitz?»

«Nicht allzu viel. Er sticht heute in See, wird am Wochenende hier eintreffen und lässt euch Mädchen herzlich grüßen.»

Philippa wusste ganz genau, wo sie die anderen finden würde, und so eilte sie rasch die Haupttreppe empor, durchquerte einen Korridor und erklomm zwei weitere Treppen. Die Große Galerie, ein Prunkstück von Landrake Hall, nahm im obersten Stockwerk die ganze Längsseite des Gebäudes ein. Durch zweiflügelige Fenster in schmalen Nischen fielen die Strahlen der untergehenden Sonne herein und ließen die düsteren Porträts an der Wand gegenüber erstrahlen.

Die Galerie befand sich bereits seit langem fest in der Hand der jüngeren Generation der Familie Landrake. Sie sagten «Kegelbahn» dazu, weil sie so lang und schmal war und man auf den gebohnerten Holzdielen an regnerischen Tagen tatsächlich ganz prächtig kegeln konnte. Einige behagliche Möbelstücke taten ihr Übriges: Sofas, die aus dem Wohnraum ausgemustert worden waren, ein paar Sessel vor zwei steinernen offenen Kaminen, deren Roste an diesem warmen Abend jedoch leer waren, und ein Schreibtisch, der Tissy vorbehalten war und an dem sie einen Großteil ihrer Zeit mit Schreiben verbrachte.

Am äußersten Ende der Galerie stand ein kleiner Flügel. Dort saß ein dunkelhaariger Mann um die dreißig und klimperte das Cole-Porter-Lied, das man in diesem Jahr allerorts hörte. Ein jüngeres Mädchen hockte im Schneidersitz unter dem Flügel, zwei Finger in die Ohren gesteckt und in ein Buch vertieft.

«*Night and day, you are the one*», sang Esmond Landrake inbrünstig, als Philippa näher kam. «Nun, Philippa, was gibt es? Du siehst ja aus, als wäre dir eine ganz gewaltige Laus über die Leber gelaufen.»

«Das stimmt auch. Vater hat eben aus New York angerufen. Er hat geheiratet.»

Stille senkte sich über den Raum. Tissy legte ihren Stift beiseite und strich sich das Haar aus der Stirn. Matty kroch unter dem Klavier hervor und sah ihre älteste Schwester aus Augen an, die noch viel blauer strahlten als Philippas eigene.

Alle drei Schwestern waren auffallend blond und hellhäutig, und das Spektrum reichte von Philippas eleganten, silbrig blonden Wellen über Tissys aschblonde Locken bis hin zu Mattys rotblonden Zöpfen. Tissy war ein blasserer Abglanz ihrer strahlend schönen Schwester, und ihre stets mürrisch nach unten weisenden Mundwinkel trugen nicht eben dazu bei, ihren Liebreiz zu vergrößern. Die dreizehnjährige Matty wirkte noch kindlich pausbäckig, würde Philippa eines Tages allerdings womöglich noch an Schönheit überflügeln. Sie fand als Erste die Sprache wieder.

«Dieser alte Esel. Wieso macht er denn so was?»

«Weil er Sex will.» Tissy malte ein kompliziertes Gänseblümchen an den Rand ihres ordentlich beschriebenen Blattes. «Das ist so bei Männern in dem Alter.»

«Und was ist so falsch an einer Geliebten? Dafür muss man doch nicht gleich heiraten.»

Esmond erhob sich vom Klavierhocker. «Du solltest dich schämen, Matty. Für so was bist du doch noch viel zu jung.»

Sie warf ihm einen verächtlichen Blick zu. «Ich bin bereits aufgeklärt, vielen Dank.»

«Eine Stiefmutter», sagte Tissy entgeistert. «Wie grässlich!»

«Darf man denn auch erfahren, wen er geheiratet hat?», fragte Esmond mit sanfter Stimme. «Ist sie … nun ja … jung?»

«Eine Schauspielerin. Rosina Otway.»

Esmond stieß einen leisen Pfiff aus. «Wer hätte das von ihm erwartet?»

«Aber die ist doch gar nicht jung», sagte Tissy. «Was in aller Welt sieht er denn in ihr?»

«Sie ist sehr schön», sagte Esmond. «Und nach allem, was man hört, auch unglaublich charmant.»

«Sie ist ein Flittchen», erklärte Matty, die sich jedes Mal gierig auf Jens Zeitschriften stürzte, sobald die Zofe sie ausgelesen hatte. «Immer hat sie irgendwelche engen Freunde oder ständigen Begleiter, und was das heißt, weiß man doch. So eine will ich wirklich nicht zur Stiefmutter, vielen Dank.»

«Nun, wie's aussieht, hast du sie bereits», bemerkte Philippa. «Immerhin lassen sich Schauspielerinnen ja beim kleinsten Anlass wieder scheiden. Vielleicht sind wir sie bald wieder los. Ach übrigens, wir verlieren nicht nur unseren Vater und bekommen eine Stiefmutter dafür – nein, wir Glückspilze haben jetzt auch noch eine Stiefschwester. Eine erwachsene, versteht sich.»

«Dann bekommen wir sie ja vielleicht gar nicht zu Gesicht», sagte Tissy.

Sie verstummten, weil sie das vertraute Klappern von Mrs Harbingers Absätzen auf der Treppe hörten. «Harby weiß sicher mehr», sagte Matty. «Bestimmt hat sie wieder das Telefonat belauscht. Heraus damit», rief sie lauter, als Mrs Harbinger sich näherte, deren magere, kerzengerade Gestalt vor Neuigkeiten und Missbilligung schier zu bersten schien.

«Zufälligerweise konnte ich praktisch alles mithören, was seine Lordschaft zu sagen hatte. Eines hat Mr Fitz dir nämlich verschwiegen, Philippa: Die frischgebackene Lady Landrake hat ihre Tochter bereits nach Landrake Hall eingeladen, damit sie ihren Stiefvater kennenlernt. Und ihre Stiefschwestern.»

Diesmal hielt das Schweigen länger an, bis es schließlich von Tissys sarkastischer Stimme durchbrochen wurde: «Freude, schöner Götterfunken!»

Freitagnachmittag
22. Juni 1934

1

Ihre Mutter, Miss Otway, hat einen äußerst vermögenden Mann geheiratet.»

Cleos Erwiderung kam wie aus der Pistole geschossen: «Und Ihr Schwager, Mr Falconer, eine äußerst schöne und hochtalentierte Frau.»

Fitz hatte sich Zeit damit gelassen, auf Cleos Frage zu antworten. «Gehört das alles hier Lord Landrake?», hatte sie sich so beiläufig erkundigt, als hätte sie die Antwort nicht längst selbst erraten.

Doch Fitz folgte nur schweigend weiter der kurvigen Hauptstraße von Trewithiel, vorbei an bunt gestrichenen kleinen Häusern, deren Türen auf die leicht erhöhten Fußwege zu beiden Seiten der Straße hinausgingen, vorbei an einem alteingesessenen Gasthaus, dessen farbenfrohes, von einem Wappen geschmücktes Schild den Namen, *The Landrake Arms*, verkündete, und an einem Dorfladen, dessen Besitzer eine lange, braune Schürze trug und dem offenen Lagonda sinnend nachsah.

Dann trat Fitz Falconer urplötzlich auf die Bremse, stellte den Motor ab und wandte sich Cleo direkt zu, nur um ihre Frage nach all diesem Aufwand dann doch nicht zu beantworten.

In der Pause, die auf ihre rasch hingeworfenen Worte folgte, ließ Cleo den Blick über die kornische Landschaft wandern, die sich wie ein Teppich aus wogenden Feldern, Hecken und Waldstücken bis in die Ferne vor ihr ausbreitete. Ein Flüsschen schlängelte sich zwischen Weideland hindurch, wo braune Kühe friedlich in der Nachmittagssonne grasten. Der durchdringende Ruf eines Brachvogels hallte über das ruhige Wasser hinweg, das auf Höhe einer kleinen, gewölbten Brücke gurgelnd über größere und kleinere Steine floss. Ein Reiher, der bei einem Felsen am Ufer gestanden hatte, flog auf und erschreckte damit eine Herde Schafe, die für einen Augenblick allesamt die Köpfe vom Gras hoben.

«Das alles hier?», fragte Cleo abermals.

«Im Grunde gehört praktisch alles, was Sie hier sehen, Jerry Landrake: das Land, die Wälder, die Kühe, die Schafe und auch die Häuser im Dorf, einschließlich des Dorfladens und natürlich auch des Gasthofs, der im Ort allgemein unter dem Namen *Duck and Dragon* bekannt ist.»

«Warum das?»

«Weil das Wappen der Landrakes eine Ente enthält, in Anlehnung an *drake*, das alte englische Wort für ‹Erpel›, und außerdem einen Drachen. Der leitet sich vom lateinischen *draco* her, das neben ‹Drache› natürlich auch noch ‹Wurm› und ‹Schlange› bedeutet, was die Landrakes allerdings geflissentlich ignorieren. Wenn wir Landrake Hall erreichen, haben Sie sicherlich noch Gelegenheit, sich das Familienwappen genauer anzusehen.»

«Wahrscheinlich gehören ihm sogar die Vögel.»

«Falls Sie damit den Reiher und den Brachvogel und die

Drosseln meinen, die hier so lauthals singen, so lautet die Antwort: nein. Sie sind, selbstverständlich, Geschöpfe der Wildnis, die keinem sterblichen Herrn dienen. Sollte Ihnen allerdings einmal ein Pfau oder ein Schneehuhn begegnen, sieht die Sache ganz anders aus: Diese Kreaturen sind Landrakes Eigentum, vom Schnabel bis zur Schwanzfeder.»

«Gilt das auch für Leib und Seele der Dorfbewohner?»

«Die Leibeigenschaft wurde bereits vor längerem abgeschafft, etwa zur selben Zeit, als die Konzepte *infang* und *outfang* aus der Mode kamen.»

«*Infang* und *outfang*? Was ist denn das?»

«Verbrechen, die unterschiedlich geahndet wurden, je nachdem, ob sie innerhalb oder außerhalb der Landesgrenzen eines Lehnsherrn verübt wurden. Nur eine der vielen kleinen Nettigkeiten des Dorflebens zur Zeit der Feudalherrschaft.»

Vor ihnen führte ein Pfad von der schmalen Straße weg hinunter zu einer Kirche, einem uralten Bauwerk mit einem massiven, zinnenbewehrten, quadratischen Turm und einem prunkvollen Portal. Sie stand so fest und sicher an ihrem Fleck wie wohl schon seit mehreren Jahrhunderten. «Wie es aussieht, ist einer Ihrer Dorfbewohner unlängst vor den Schöpfer getreten und hat alle noch irgendwie bestehenden feudalen Bande hinter sich gelassen», bemerkte Cleo, während sie die Szenerie dort unten betrachtete, die ihr wie aus der Zeit gefallen schien, so als stamme sie direkt aus einem etwas moderneren Stundenbuch. Auf dem Friedhof gleich neben der Kirche fand zwischen Eiben und alten Grabsteinen eine Beerdigung statt. Ein Grüppchen Menschen scharte sich um ein offenes Grab, ein Haufen brauner

Erde hob sich vor dem Grün des Grases ab. Daneben las ein Priester im weißen Chorhemd, das leicht im Wind flatterte, aus einem großformatigen Gebetbuch vor. Fetzen der Sterbeliturgie drangen zu ihnen herauf.

Denn unser keiner lebt sich selber,
und keiner stirbt sich selber.

Fitz Falconer stieg aus dem Wagen. «Warten Sie hier, es dauert nur einen Augenblick», rief er Cleo über die Schulter zu, während er bereits den Hang hinunter zur Kirche eilte.

Allein auf dem Beifahrersitz, beobachtete Cleo, wie er sich zu den Trauernden gesellte und den Hut abnahm, als er ans Grab trat. Er wechselte ein paar Worte mit einem Mann, der gleich neben dem Pfarrer stand, einem grauhaarigen, distinguierten Herrn im Gesellschaftsanzug mit einem Zylinder in der Hand.

Der «Augenblick» zog sich reichlich in die Länge. Cleo öffnete die Wagentür und stieg aus, froh über die Gelegenheit, sich nach der langen Fahrt ein wenig die Füße zu vertreten. Die Luft war erfüllt vom Duft nach Sommer, Meer und ländlicher Umgebung.

Was hatte sie bloß hier verloren? Sie hätte sich kaum fremder fühlen können, wenn sie vom Mars gekommen oder – womöglich der passendere Vergleich – als Erdling plötzlich auf dem Mars aufgewacht wäre. Sie kannte sich hier nicht aus und fühlte sich auch kein bisschen zugehörig; es war ein fremdes Land für sie. Zum Teufel mit ihrer Mutter, dachte sie mit überraschender Heftigkeit. Zum Teufel mit Rosina. Wieso hatte sie Cleo in eine solche Lage bringen müssen? Noch vor drei Wochen, bevor das Telegramm, das sie mit einem wahren Wortschwall von der unerwarteten

Eheschließung ihrer Mutter in Kenntnis setzte, eingetroffen war, wäre Cleo eine Fahrt nach Cornwall etwa so abwegig erschienen wie eine Reise in die Mongolei. Aus ihrer Sicht war Cornwall eine ferne Gegend, deren Einwohner nach Zinn schürften und die den Londonern als Urlaubsziel diente. Manche Begeisterte konnten ihre Schönheiten gar nicht genug rühmen; doch wenn Cleo sich nach traumhaftem Licht und wunderschönen Küstenabschnitten sehnte, zog sie es doch vor, ins entferntere Europa zu reisen und nicht in diesen abgelegenen Winkel Englands.

Sie lauschte den unvertrauten ländlichen Geräuschen. Vogelgezwitscher, das Brummen eines fernen Traktors, ein leises Plätschern vom Fluss her, wenn dort ein Fisch bis an die Oberfläche kam. Nun, sie würde jedenfalls nicht hier sitzen bleiben und auf Mr Falconer warten, der anscheinend keine Anstalten machte zurückzukehren. Sie zögerte nur kurz, dann machte sie sich auf den Weg den Pfad entlang, der durch ein überdachtes Friedhofstor zum Westportal der Kirche führte.

Die Eingangstür war von sieben steinernen Bögen umgeben, die allesamt kunstvoll behauen waren. Einige waren mit verschlungenen Ähren verziert, die übrigen mit einem lebhaften Muster aus Blättern und Ranken, zwischen denen sich seltsame Tiere wanden und auf Cleo herabschauten. In der Mitte des äußersten Bogens entdeckte sie ein Gesicht aus steinernen Blättern, die von Kopf, Augen und Mund her nach außen zeigten. Es war ein zeitloses Gesicht, und seine leeren Augen schienen in einen Raum zu blicken, der Cleos Wahrnehmung entzogen war.

Cleo war Londonerin, sie war inmitten der Lichter der

Großstadt geboren und aufgewachsen. Für sie war eine Landpartie ein Ausflug ins andeutungsweise bäuerliche Surrey, das mit dem Zug in einer knappen halben Stunde zu erreichen war, und ganz sicher keine siebenstündige Reise nach Cornwall. Doch nichts von dem, was sie aus Surrey kannte, hätte sie auf die wilde, üppig grünende Schönheit dieses fremden Teils von England jenseits des Flusses Tamar vorbereiten können. Das Blättergesicht dort oben machte ihr Angst, und so schob sie rasch das schwere, hölzerne Kirchenportal auf.

Aus dem hellen Sonnenlicht trat sie ins dämmrige Innere der Kirche. Zahllose Gerüche stürmten auf ihre Sinne ein: Bohnerwachs, Stein, verstaubte Bücher und über allem der Duft von Blumen. Die ganze Kirche floss schier über vor Blumen. Cleo war erstaunt: Draußen am Grab hatte sie keine einzige Blume gesehen, und dieser Überfluss an Farben und Düften schien so gar nicht zu einem Begräbnis zu passen. Nein, das waren Hochzeitsblumen. Als ihre Augen sich etwas an das Dämmerlicht gewöhnt hatten, wagte sie sich ein wenig weiter vor. Sie war keineswegs allein in der Kirche: Aus dem vorderen Teil drangen Stimmen. Dort waren zwei Frauen damit beschäftigt, die Blumen zu arrangieren. Die eine hatte lockiges braunes Haar, trug ein einfaches Kleid aus bunt bedrucktem Baumwollstoff und schnitt mit einer Gartenschere Lilienstängel an. Die andere war eine ältere Dame im wenig vorteilhaften Tweedkostüm. Sie trug einen Kneifer auf einer höchst ungewöhnlichen Nase, die viel zu breit und auch zu lang für ihr schmales, strenges Gesicht schien. Auf stabilen Blockabsätzen ging sie gerade ein paar Schritte rückwärts, den Kopf zur Seite geneigt, und begutachtete kritisch die vielen Blumen rund um den Altar.

«Wir brauchen ganz oben noch ein paar Lilien», lautete die Anweisung an ihre Gefährtin.

Cleo blieb im dunkleren, hinteren Teil der Kirche stehen. Sie wollte nicht gehen, aber auch nicht gesehen werden. Die Kirchentür knarrte erneut, und zwei Mädchen von vielleicht zwölf oder dreizehn Jahren betraten die Kirche. Eines war unverkennbar die Tochter der braunhaarigen Dame. Das andere Mädchen war etwas pummeliger; blonde, straffgeflochtene Zöpfe umrahmten ein missmutiges Gesicht.

Die braunhaarige Dame legte eine Hand über die Augen, spähte in den hinteren Teil der Kirche und winkte die Mädchen dann zu sich heran. Rasch liefen sie den Mittelgang entlang, bis sie neben den beiden Frauen am Altar standen. Dann verschwanden alle vier in einen Seitentrakt, und ihre Stimmen verklangen, als eine Tür hinter ihnen zufiel. Allein in der Kirche, blieb Cleo noch einen Augenblick stehen, ehe sie sich dem linken Seitenschiff zuwandte, das von einem gewaltigen Grabmal beherrscht wurde.

Cleo war keine Kirchgängerin. Als Kind hatte sie die Sonntagsschule in der nahe gelegenen St.-Lawrence-Kirche besucht, einem scheußlichen viktorianischen Backsteinbau, wo man weder den Geist der Jahrhunderte noch den Weihrauch roch, sondern nur die deftigen Suppen, die die weiblichen Gemeindemitglieder irgendwo in den Tiefen der Kirche zubereiteten, um die Armen damit zu speisen.

Nichts hätte einen stärkeren Kontrast dazu bilden können als diese kleine, alte Dorfkirche. Hier fanden sich Holzdecken mit verblichenen Sternen, normannische Rundbögen statt himmelhoher neogotischer Gewölbe, und die Fenster waren klein und schlicht, ganz anders als die düsteren Buntglasfenster von St. Lawrence.

Auf den schmalen, steinernen Simsen gleich unterhalb der Fenster lagen ebenfalls Blumen, weiße und rosafarbene Rosen und Lilien, und von den Fensterbänken rankte rosig-gelber Jasmin herab, dessen Duft geradezu betäubend wirkte.

Unter den Fenstern waren flache, marmorne Gedenktafeln angebracht, die an das Leben und Sterben einstiger Gemeindemitglieder erinnerten. Ein Name sprang Cleo sofort ins Auge: Virginia Landrake. Darunter die Lebensdaten, 1909–1915, und ein paar Worte, die jedoch hinter einem Meer von Rosen verborgen waren. Ein Leben, das bereits im Kindesalter erloschen war. Cleo streckte die Hand aus. Die Rosen waren voller Dornen, doch wenn es ihr gelang, die Blüten ein wenig beiseitezuschieben, konnte sie die Tafel vielleicht besser sehen. Falls sie überhaupt etwas erkennen würde, denn plötzlich war es sehr viel dunkler in der Kirche, als hätte sich draußen eine Wolke vor die Sonne geschoben, und mit der Dunkelheit kam eine unerwartete Kälte. Und Worte, über die Cleo erschrak. Wie konnten sie bloß so klar an ihr Ohr dringen, wo die Beisetzung doch draußen stattfand? «Und so gefiel es Gott in seiner unendlichen Güte, die Seele dieses lieben Kindes zu sich zu rufen …»

Ein Kind?

Da lösten sich zwei Gestalten aus den Schatten, zwei verschleierte Frauen, von Kopf bis Fuß in Schwarz gehüllt, und zwar im wahrsten Sinne des Wortes: Der Saum ihrer Kleider streifte die staubigen Steinplatten am Boden. Die

Frauen wandten sich um und blickten zum Altar hinüber, der am anderen Ende der Kirche kaum noch zu erkennen war, und als sie sich wieder umdrehten, hob eine von ihnen den Schleier und sah Cleo aus Augen an, so dunkel und kalt wie die Luft ringsum.

Dann verschwanden die Gestalten im Schatten und ließen einen schier überwältigenden Rosenduft zurück.

Es wurde wieder heller in der Kirche, und hinter Cleo erklang die klare, kühle Stimme einer gebildeten Engländerin. «Kann ich Ihnen behilflich sein? Suchen Sie etwas Bestimmtes?»

Cleo fuhr herum und fand sich der grauhaarigen Dame mit dem Kneifer gegenüber. «Ich bin nur auf der Durchreise hier. Die Kirche war offen, da bin ich einfach eingetreten. Aber natürlich sollte ich gar nicht hier sein, wo doch ein Begräbnis stattfindet. Eben sind noch zwei Trauernde an mir vorbeigegangen.»

«Tatsächlich? Es sollte mich wundern, wenn hier überhaupt jemand trauern würde. Außerdem findet das Begräbnis doch draußen auf dem Friedhof statt, nicht hier in der Kirche.»

«Dann sind all die Blumen gar nicht für das Begräbnis?»

Die Frau lachte kurz auf. «Gott bewahre. Kein Mensch hätte auch nur eine Rose für Arthur Foxton übrig. Wir haben morgen eine Hochzeit hier, die Probe fängt gleich an.»

Vor dem Altar ging die braunhaarige Frau mit den Mädchen, die ihr aufmerksam lauschten, den Ablauf durch. Ihre melodische Stimme drang bis in den hinteren Teil der Kirche. «Und dann wird sie euch den Brautstrauß reichen.»

Die grauhaarige Dame musterte Cleo etwas eingehender.

«Ich glaube, ich weiß, wer Sie sind. Sie müssen Miss Otway sein.»

Woher kannte diese Frau bloß ihren Namen? «Ja, das stimmt, ich bin Cleo Otway.»

«Das dachte ich mir. Sie sehen Ihrer Mutter kein bisschen ähnlich.»

Sie sagte es fast anklagend, doch Cleo war an derartige Bemerkungen so sehr gewöhnt, dass sie sich nicht weiter aus der Ruhe bringen ließ. «Nein, kein bisschen. Ich komme nach meinem Vater.»

«Wollte Mr Falconer Sie nicht aus London mitnehmen? Wo ist er denn?»

«Vermutlich wartet er schon auf mich», sagte Cleo. «Ich sollte jetzt lieber gehen.»

Die Frau streckte ihr die Hand hin. «Willkommen in Trewithiel und Landrake, Miss Otway. Ich bin Mrs Harbinger. Wir werden uns bald wiedersehen. Ich bin überzeugt, dass der Aufenthalt hier hochinteressant für Sie werden wird.»

2

Cleo verließ die Kirche und eilte den Pfad zurück zur Straße hinauf. Fitz Falconer wartete bereits auf sie, an die Motorhaube des Lagonda gelehnt. Er zog ein Zigarettenetui hervor und bot Cleo eine Zigarette an. Als sie den Kopf schüttelte, nahm er sich selbst eine, klopfte sie leicht an das schmale silberne Etui, schob sie dann zwischen die Lippen und suchte in seiner Tasche nach einem Feuerzeug. «Haben Sie die Sehenswürdigkeiten besichtigt? Es ist eine normannische Kirche, sie steht in sämtlichen Reiseführern.»

Er hielt ihr die Beifahrertür auf. Cleo stieg ein und ließ sich wieder in den Ledersitz sinken.

«Dort drinnen steht ein gewaltiges Grabmal», sagte sie.

Fitz zwängte sich hinter das Steuer, machte jedoch keine Anstalten loszufahren. «Weißer, roter und schwarzer Marmor, Säulen, Wappen obendrauf und ein paar elisabethanische Herrschaften mit Halskrausen, die am Rande knien? Das ist die Familiengruft der Landrakes.»

«Und dazu haben sie noch Gedenktafeln an der Wand? Ich habe dort eine Virginia Landrake entdeckt.»

Fitz schwieg kurz, ehe er antwortete. «Ginny. Jerrys Nichte. Sie war noch ein Kind, als sie starb.»

«Außerdem sollte gerade die Probe für eine Hochzeit stattfinden.»

«Die Tochter des Pfarrers wird morgen heiraten. Ein entfernter Verwandter der Landrakes, er hält gerade dort unten die Begräbnisfeierlichkeiten.»

«Kannten Sie die Person, die da beerdigt wird?» Cleo hielt kurz inne und fasste sich dann ein Herz. «Ist es vielleicht ein Kind?»

«Großer Gott, nein, das ist nur der alte Foxton, der endlich das Zeitliche gesegnet hat. Er war schon bei meinem letzten Besuch hier recht hinfällig. Keiner weiß genau, wie alt er war, aber über neunzig wird er schon gewesen sein.»

«Also kein Angehöriger», sagte Cleo. «Kein Landrake.»

«Nein. Er war der bösartigste Alte im ganzen Dorf, und seine Familie muss schon lange vor der normannischen Eroberung hier ansässig gewesen sein. Meines Wissens ist er sein Leben lang nie über St. Jermyn's hinausgekommen, das ist die nächstgrößere Stadt, gut acht Kilometer von hier. Er hat als Wildhüter für den letzten Lord Landrake gearbeitet und den Posten auch weiterhin behalten, nachdem Jerry das Haus und den Titel geerbt hatte. Vor seiner Laufbahn als Wildhüter war er der gerissenste Wilderer weit und breit. Die meisten seiner Nachbarn dürften wohl nicht allzu traurig sein über seinen Tod; er war ein neugieriger, gemeiner alter Mann, und es gab praktisch keinen Vorfall im Dorf oder in der Umgegend, über den er nicht informiert war.»

Fitz lehnte sich zurück, und Rauch kräuselte sich von seiner Zigarette, während er die Szene zu ihren Füßen betrachtete. Der Pfarrer hatte sein Buch zugeklappt und entfernte sich jetzt vom Grab, in ein angeregtes Gespräch mit dem

Herrn im Gesellschaftsanzug vertieft. Neben ihnen ging ein blondes junges Mädchen, ebenfalls ganz in Schwarz.

«Wer ist denn der Herr mit dem Zylinder?», wollte Cleo wissen.

«Ich nehme mal an, Sie meinen nicht den Bestatter, der dort hinter der Hecke lauert. Der Herr, der sich gerade mit dem Pfarrer unterhält, das ist Ihr neuer Stiefvater, Lord Landrake. Er nimmt seine Pflichten als Gutsherr sehr ernst. Ein schöner Zug von ihm, sich so in Schale zu werfen, um dem alten Taugenichts die letzte Ehre zu erweisen.»

Fitz drückte seine Zigarette in dem Aschenbecher aus, der am Armaturenbrett aus Walnussholz befestigt war, und ließ den Motor an. «Waren Sie eigentlich schon einmal in Cornwall?», fragte er und legte einen anderen Gang ein, um dem Wagen die fortschreitende Steigung in der Straße zu erleichtern.

«Nein, noch nie.»

«Es war früher einmal ein eigenes Königreich. Und für viele seiner Einwohner ist das bis heute so geblieben.»

«Natürlich. König Marke und Isolde und König Artus.» Cleo flüchtete sich dankbar zu den vertrauten Sagen, die ihr, obwohl sie allesamt erfunden waren, im Augenblick sehr viel realer erschienen als der grünliche Tunnel, durch den sie fuhren und der aus den langen, dichtbelaubten Ästen der Bäume zu beiden Seiten der schmalen, staubigen Straße entstand. Zwischen den Blättern schimmerte Licht hindurch, eine sonderbare Mischung aus üppigem Grün und der gleißenden Sonne, die hier so viel heller schien, als sie je durch den Schleier aus Qualm über London dringen konnte.

Dann ließ der Lagonda den Tunnel hinter sich, und Cleo

spürte völlig überwältigt, wie ihr Blick aufwärts gezogen wurde. Hoch über ihnen thronte ein gewaltiges, steinernes Anwesen, und die Fensterscheiben reflektierten das nachmittägliche Sonnenlicht.

«Willkommen auf Landrake Hall», sagte Fitz und wechselte erneut den Gang, weil die Straße noch steiler wurde.

«Das also ist Landrake Hall? Da bin ich nun doch überrascht. Ich wusste ja, dass es ein großes Haus sein muss, aber so groß habe ich es mir nicht vorgestellt.»

«Dabei ist es gar nicht übermäßig groß für ein Haus aus der elisabethanischen Epoche. Paradebeispiele wie Longleat oder Wilton House sind um vieles größer. Aber zugegeben, wenn man es so von unten sieht, wirkt es durchaus überwältigend. Gleich hinter der nächsten Kurve werden wir es wieder aus dem Blick verlieren.» Während er noch sprach, beschrieb die Fahrbahn tatsächlich eine Kurve, und das Anwesen verschwand hinter einem Vorhang aus Baumwipfeln.

Gleich darauf war die Straße ebenso plötzlich wie unerwartet zu Ende. Vor ihnen lag ein großer Torbogen aus Granitstein. Fitz betätigte die Hupe, und ein Mann trat aus einer kleinen Seitentür. Als er den Wagen sah, legte er zum Gruß den Finger an die Stirn und verschwand wieder. Einen Augenblick später öffneten sich die Torflügel, und Fitz konnte weiterfahren.

Als sie das Tor passierten, entdeckte Cleo über ihrem Kopf die Spitzen eines Fallgitters, das in seinem steinernen Gehäuse ruhte. «Das dürfte wohl manchen ungebetenen Besucher abhalten», bemerkte sie. «Es hat schon einiges von Schloss Helsingör.»

«Falls es Sie beruhigt: Es ist eine ganze Weile her, seit dieses Fallgitter zuletzt zum Einsatz kam, und wir werden Sie auch nicht mit Fässern voll siedenden Öls begrüßen. Morde und ähnliche Abscheulichkeiten gehören ebenfalls nicht zum Programm. Früher gab es hier einen Burggraben, aber der ist auch längst zugeschüttet.»

Nachdem sie den Torbogen durchquert hatten, hielt Fitz vor der Pförtnerloge, einem kleinen und doch recht ansehnlichen Steinhäuschen, um den Pförtner zu begrüßen, der erst die Torflügel wieder zuschob und anschließend an den Wagen trat.

«Schön, Sie mal wieder hier zu haben, Mr Fitz», sagte er, ließ den Blick dabei jedoch nicht von Cleo.

«Das ist Miss Otway, die Tochter der frischgebackenen Lady Landrake. Wie ich eben sah, war der Pfarrer ja noch damit beschäftigt, den alten Foxton zu begraben.»

«Willkommen auf Landrake, Miss Otway», sagte der Pförtner. «Ja, stimmt, sie bringen den alten Arthur endlich unter die Erde. Allerdings werden ihn auch die besten Worte des Pfarrers nicht davor bewahren, irgendwo anders hinzukommen als an den einen bewussten Ort da unten. Ich wette, der Gottseibeiuns schleicht schon seit Tagen bei ihm ums Bett und hat darauf gewartet, seine Beute zu beanspruchen.»

Dann waren sie wieder unterwegs und fuhren an weißen Zäunen entlang, die sich kilometerweit zu erstrecken schienen. Eine weitere Kurve, und wieder hob sich über ihnen der Umriss von Landrake Hall gestochen scharf vor der Sonne ab. Die Straße schlängelte sich in einer Folge von Kurven den Hang hinauf, und so kam es, dass Cleo erst das gewaltige elisabethanische Bauwerk vor sich sah und einen Augenblick später wieder auf das Dorf Trewithiel hinunterblickte, wo sie gerade noch die winzig kleinen Gestalten ausmachen konnte, die sich jetzt vom Friedhof entfernten.

Nach einer letzten Kurve befanden sie sich vor einem weiteren Tor, dessen Flügel allerdings offen standen. Rechts und links erhoben sich zwei steinerne Torpfosten, gekrönt von rissigen Wappen in den Klauen zweier verwitterter steinerner Drachen.

Cleo schnappte nach Luft, als Fitz den Wagen durch das Tor lenkte und vor der großen Eingangstür aus Eichenholz zum Stehen brachte. Landrake Hall hatte die Form eines gewaltigen E, dessen schmaler mittlerer Querbalken ein haushohes Portal bildete. Über der Haustür war ein weiteres Landrake'sches Familienwappen in Stein gemeißelt, und darüber erhob sich das Portal auf zwei steinernen Säulen, von deren Spitze zwei Basilisken jeden Neuankömmling mit ihrem bösen Blick bedachten. Das Gebäude strahlte Kraft und Macht aus und ließ eine Art Verzweiflung in Cleo aufkeimen. Sie war überwältigt von seiner schieren Größe, dem strengen Stein und der Wolke aus Geschichte, die es ganz einzuhüllen schien. Cleo hatte das Gefühl, als wäre sie aus der grünen Landschaft in eine weitere neue Welt geraten, die sonderbar fremd und bedrohlich war.

«Wie viele Zimmer gibt es denn hier bloß?», wollte sie wissen.

Fitz war bereits aus dem Wagen gestiegen und kam zu ihr herum; im selben Moment öffnete sich die schwere Eichentür, und ein livrierter Diener trat nach draußen, um sie willkommen zu heißen.

«Guten Tag, Sam», sagte Fitz zu ihm. «Das Gepäck hinten gehört Miss Otway, ich habe nur den kleinen Koffer hier, den kann ich selber tragen.» Dann beantwortete er Cleos Frage: «Ich schätze, es dürften wohl um die hundert sein, aber ich habe sie nie gezählt.» Er musste über ihre verblüffte Miene lachen. «Das schließt natürlich auch sämtliche Dachkammern und all die anderen kleinen Zimmerchen und Verwaltungsräume mit ein, die zu so einem großen Haushalt zählen. Der hintere Trakt wird heute gar nicht mehr genutzt, und das Personal umfasst heute allenfalls noch ein Viertel der ursprünglichen Anzahl vor dem Krieg. Mein Schwager veranstaltet zwar gern Geselligkeiten, lädt dazu aber nicht mehr so viele Gäste ein, dass alle Zimmer genutzt werden müssten.»

Cleo folgte ihm die niedrigen Stufen hinauf, doch als sie eben eintreten wollten, rief der Diener Fitz mit einer Frage wegen des Wagens zurück. Fitz blieb stehen und bat Cleo mit einem raschen Lächeln, doch schon vorauszugehen, es werde sicher nicht lange dauern. Dann eilte er die Treppe wieder hinab und ließ sie allein auf der Schwelle zurück.

Die Eingangstür fiel knarrend hinter ihr ins Schloss, und Cleo blinzelte, um sich an das Dämmerlicht im Haus zu gewöhnen. Es roch nach Bohnerwachs, und eine silberne Vase mit Rosen auf einem Marmortisch an der Wand verströmte einen sanften, süßen Duft. Am anderen Ende der Eingangshalle erhob sich eine breite hölzerne Treppe, die, nur von einem Treppenabsatz unterbrochen, immer weiter und weiter nach oben führte.

Auch hier spürte Cleo Kälte – dieselbe Kälte, die in der Kirche von ihr Besitz ergriffen hatte. Als ihr Blick zu dem riesigen Porträt wanderte, das die ganze Diele zu beherrschen schien, stockte ihr fast der Atem. Das überlebensgroße Gemälde zeigte eine Frau. Sie trug ein schwarzes Abendkleid im Stil der letzten Jahre des vorangegangenen Jahrhunderts und hielt einen großen Fächer aus schwarzen Federn in der Hand. Es war eine konventionelle Pose, doch die Dargestellte konnte unmöglich ein konventioneller Mensch gewesen sein. Stechende Augen funkelten in ihrem majestätischen Gesicht, und das Licht gaukelte Cleo vor, es wären dieselben Augen, in die sie in der Kirche geblickt hatte. Sicherlich hatte sie schon einmal irgendwo eine Abbildung des Gemäldes gesehen und sich deshalb eingebildet, just diese Frau aus den Schatten treten zu sehen. Sie machte einen Schritt zurück, um den Augen zu entfliehen, doch sie folgten ihr unerbittlich.

Da ging die Haustür auf, und Fitz trat neben sie. «Wie ich sehe, bewundern Sie das Porträt der Witwe. Lord Landrakes verstorbene Mutter. Erstaunlich, finden Sie nicht, wie einem ihre Augen überall hinfolgen? Manchen Porträts gelingt das einfach. Sie war eine höchst bemerkenswerte Dame.»

Nun öffnete sich auch eine der Türen, die von der Eingangshalle wegführten, Licht strömte herein, und vor ihnen stand Cleos Mutter, jeder Zoll die Herrin dieses außergewöhnlichen Hauses. Ein perfekter Auftritt. Rosina begrüßte ihre Tochter mit wohlgesetzten freudigen Willkommensworten und schloss sie dann in ihre vertrauten, duftenden Arme.

«Wie wunderbar, dich zu sehen, Liebes. Aber steh doch nicht hier herum wie eine verlorene Seele. Herein, herein.»

Ein hochgewachsener, hagerer Mann in schlichter Kleidung war in die Eingangshalle getreten. «Wir werden den Tee gleich im Salon einnehmen, Franklin.»

«Sehr wohl, Mylady.»

Mylady! Solange sie denken konnte, hatte Cleo immer wieder erlebt, dass ihre Mutter auf der Bühne mit sämtlichen Ehrentiteln bis hin zu «Euer Majestät» belegt worden war. Doch hier stand sie nicht auf der Bühne. Sie war nicht mehr Miss Rosina Otway, sie war Lady Landrake, eine waschechte Baronin, und besaß einen rechtmäßigen Titel, der ihr nicht nur für die Dauer eines Theaterstücks verliehen war.

Während sie sich noch das Lachen über diese abwegige Situation verbiss, trat Cleo hinter ihrer Mutter durch die Tür und machte einen Schritt in die Vergangenheit. Der Salon war vom Boden bis zur Decke mit dunklem Holz getäfelt, darüber gingen die aufwendigen Schnitzereien einer Schmuckleiste in die reichhaltigen Stuckaturen an der Decke über. Die zweiflügeligen Fenster lagen in steinernen Rahmen, und die vielen kleinen Scheiben zwischen den Sprossen zerlegten den Blick nach draußen in zahllose Miniaturlandschaften.

Lächelnd beobachtete Rosina, wie Cleo sich fassungslos im Salon umsah. «Du wirst dich schon noch daran gewöhnen, Liebes. Es ist ein wunderbares Haus, vieles ist noch genauso wie damals zur elisabethanischen Zeit. Womöglich war sogar Shakespeare persönlich hier, stell dir das nur einmal vor! Aber du brauchst gar nicht so entsetzt zu gucken. Jerry hat dafür gesorgt, dass das ganze Haus mit Badezimmern und modernen Toiletten ausgestattet wird.»

Das sah Rosina nur allzu ähnlich: von Shakespeare zum Klosett im selben Atemzug.

Die Tür ging auf, und der Butler trug ein großes, silbernes Tablett herein, auf dem eine Teekanne, diverse Kännchen, eine Zuckerdose und etliche weitere Silbergegenstände thronten, über deren Zweck Cleo nur mutmaßen konnte. Ein Hausmädchen folgte ihm auf dem Fuß und schob einen Teewagen vor sich her, der mit Buttertoast, Kuchen, Hefegebäck und winzig kleinen Sandwiches beladen war. Dem Mädchen wiederum folgte Fitz, der die Leckereien auf dem Teewagen anerkennend begutachtete und der Hoffnung Ausdruck gab, dass auch Gurkensandwiches dabei seien.

Rasch und behände deckte das Hausmädchen den kleinen Tisch neben Rosinas Sessel mit zarten Tässchen und Untertassen und blieb dann abwartend stehen, während Franklin sich erkundigte, ob Mylady sonst noch etwas benötige.

Cleo sah noch eine weitere Bedienstete in der Tür stehen. Sie trug das schwarze Kleid einer Kammerzofe nebst weißer, spitzenbesetzter Schürze und weißer Haube. Obwohl ihre Kleidung adrett, gut gebügelt und frisch gestärkt wirkte, war sie recht altmodisch geschnitten, ganz anders als die Tracht des anderen Hausmädchens. Ein solches Kleid würde die Zofe in einem Theaterstück aus den frühen Zwanzigerjahren tragen, aber doch keine moderne Hausangestellte. Dann drehte Cleo sich zu ihrer Mutter um, die etwas zu ihr sagte, und als sie sich wieder umwandte, war das Mädchen verschwunden.

Fitz machte sich über die Sandwiches her, und Cleo, die eine ausgesprochene Schwäche für Schokoladenkuchen hatte, wollte sich bereits ein Stück davon geben lassen, als ihre Mutter in warnendem Ton zu ihr sagte: «Du solltest jetzt nicht zu viel essen, Liebes. Das Abendessen ist hier äußerst reichlich.»

Stets um ihr Aussehen besorgt, aß Rosina ausgesprochen maßvoll, seit Cleo zurückdenken konnte. Cleo ihrerseits war gleich doppelt gesegnet, weil sie über einen gesunden Appetit verfügte und gleichzeitig keinerlei Neigung zur Fettleibigkeit zeigte – ein Umstand, den sie insgeheim darauf zurückführte, dass sie nie einen Gedanken daran verschwendete, ob das, was sie aß, womöglich dick machen könnte. So nahm sie sich auch jetzt ihren Kuchen und bedachte ihre Mutter, die Tee ohne Milch trank und nur mit einer silbernen Zange ein Scheibchen Zitrone hinzu gab, mit einem schelmischen Grinsen.

Fitz, dessen Einstellung zur Nahrungsaufnahme offenbar Cleos eigener entsprach, obwohl auch er, wie sie vermutete, unter seinen gutsitzenden Kleidern kaum mehr als Muskulatur und Knochen verbarg, hatte unterdessen seinen Teller mit Gurkensandwiches bestückt und nahm auf der Fensterbank Platz, um sie zu verzehren.

«Wir haben Jerry auf dem Friedhof gesehen», erzählte er zwischen zwei Bissen. «Wahrscheinlich wollte er sich persönlich überzeugen, dass der alte Foxton auch wirklich unter der Erde ist. Das Begräbnis war fast zu Ende, er dürfte also jeden Augenblick hier sein.»

«Dieses Pflichtbewusstsein», murmelte Rosina. «Dabei hat er ohnehin ein wahres Kirchenwochenende vor sich. Die Hochzeit morgen und dann noch die Taufe am Sonntagnachmittag.»

«Wenn man noch die Lesung im Sonntagsgottesdienst

dazuzählt, hat er bald genauso viel zu tun wie der Pfarrer», sagte Fitz.

«Das sind sie dann wohl», bemerkte Rosina, als draußen das Dröhnen eines Automotors näher kam und dann wieder verklang. «Wahrscheinlich stellt er den Wagen gleich bei den Stallungen ab.»

Man hörte Schritte und Stimmen in der Eingangshalle. Dann ging die Tür auf, und Lord Landrake, immer noch ganz in Schwarz, trat in den Salon. Er ging direkt auf Rosina zu, ohne Cleo auch nur eines Blickes zu würdigen, und küsste sie auf die Wange.

«Berauschst du dich wieder am Tee? Ah, Schokoladenkuchen, davon werde ich mir wohl auch ein Stück genehmigen.»

«Jerry, Liebster, das ist Cleo.»

«Ach herrje», sagte Lord Landrake. «Sie müssen mir vergeben, dass ich Sie nicht gleich bemerkt habe. Offen gestanden hätte ich Sie niemals als Rosinas Tochter und damit meine neue Stieftochter erkannt.»

Lord Landrake war mittelgroß, hager und hatte gutfrisiertes graues Haar und einen akkurat gestutzten Schnurrbart. Ein Mann, der es gewohnt war, dass man ihm gehorchte – und damit ein Mann, der für Rosinas angeborenes Talent im Umgang mit Männern ganz sicher eine Herausforderung darstellte.

Sein Händedruck war fest, sein Lächeln drang nicht bis zu den Augen vor, und Cleo hatte den Verdacht, dass er schon nicht mehr sagen könnte, wie sie aussah, wenn sie jetzt aus dem Zimmer ginge. Er sah durch sie hindurch, nicht, um sie zu durchschauen, sondern weil sie ihm gleichgültig war.

«Willkommen in Trewithiel und auf Landrake Hall. Wie ich höre, leben Sie in London und arbeiten dort auch. Sehr löblich, wie sich junge Frauen heutzutage selbst ihren Unterhalt verdienen. Trotzdem hoffe ich doch sehr, dass Sie Landrake Hall künftig auch als Ihr Heim betrachten werden.»

Dieses absonderliche Haus als Heim betrachten? Ob er das wohl ironisch meinte? Kaum. Er schien kein Mann zu sein, der zur Ironie neigte. Und trotz des höflichen Tons lag keinerlei Wärme in seinen Worten. Sein Anzug allerdings saß perfekt. Offenbar hatte er einen guten Schneider.

«Sie müssen unbedingt meine Töchter kennenlernen», fuhr er fort. «Ihre Stiefschwestern.» Er lachte, doch es klang alles andere als vergnügt, sondern eher, als wäre ihm die bloße Vorstellung eines Stiefschwesternverhältnisses im höchsten Maße unangenehm. «Vermutlich sind sie wie immer oben auf der Galerie.»

Rosina erhob sich. «Ich bringe dich hin, Liebes.»

Lord Landrake runzelte die Stirn. «Aber das ist doch nicht notwendig. Ich bin überzeugt, Cleo findet sich auch allein zurecht. Eines der Hausmädchen soll sie hinaufführen. Du hattest mir doch eine Partie Krocket versprochen.»

«Ich möchte Cleo noch das Geschenk geben, das ich ihr aus Amerika mitgebracht habe. Es dauert sicher nicht lange. Und du musst dich ohnehin erst einmal umziehen.» Rosina legte ihrem Mann die Hand auf den Arm, eine liebevolle, besitzergreifende Geste. «Wenn du fertig bist, warte ich unten auf dem Krocketfeld auf dich. Versprochen.»

3

Rosina führte Cleo durch eine weitere Tür aus dem Salon in einen schmalen, holzgetäfelten Flur. «Hier herum geht es schneller als über die Haupttreppe», erklärte sie.

«Wo gehen wir denn hin?», fragte Cleo, während sie ihrer Mutter über eine verwirrende Reihe von Treppen und durch zahlreiche Flure folgte.

«In dein Zimmer», antwortete Rosina und blieb vor einer holzverkleideten Tür stehen, an der in einem kleinen Messinghalter eine Karte mit der eleganten Aufschrift «Miss Cleo Otway» steckte. «Das Bad ist zwei Türen weiter, auf der rechten Seite», setzte sie noch hinzu. Dann öffnete sie die Tür, und Cleo trat in ein Zimmer, das sie sofort an das Bühnenbild eines elisabethanischen Theaterstücks denken ließ. Es war ganz und gar in Rot gehalten, mit schweren Vorhängen vor den Fenstern und an dem großen Himmelbett, das eine dunkelrote Damastdecke und etliche Seidenkissen zierten. Neben dem Kamin stand ein kleines Brokatsofa, auf dem sich Rosina nun elegant niederließ, nachdem sie sich noch einmal prüfend umgeschaut hatte. «Ein wunderschönes Zimmer, Liebes. Der Blick ist ein Traum.»

Cleo musterte ihre Mutter anerkennend. Ihr Nachmittagskleid war perfekt: Es war schlicht und gewann doch einen Hauch von Dramatik dadurch, dass sie es trug. «Ein schönes Kleid», sagte sie. «Es entspricht zwar gar nicht deinem gewohnten Stil, aber es steht dir sehr gut.»

«Ja», sagte Rosina. «Und wunderbar bequem ist es noch dazu. Ich brauche keines dieser grässlichen Korsetts dazu zu tragen, das ist eine ungeheure Erleichterung.» Sie streifte die Schuhe ab, zog die Beine auf das Sofa und schob sich ein paar Kissen in den Rücken. «Dein Geschenk liegt dort auf dem Tisch.»

Cleo begutachtete das aufwendig verschnürte Päckchen. «Tiffany's! Du bist ja verrückt!»

«Es ist nur eine Kleinigkeit, aber sie kommt von Herzen.» Rosina deutete auf den Sessel auf der anderen Seite des Kamins. «Setz dich, Liebes. Ich muss mit dir reden.»

Cleo setzte sich und öffnete ihr Geschenk. Als sie das Seidenpapier entfernt hatte, kam eine Anstecknadel zum Vorschein, ein strahlend schöner Feuervogel im Art-déco-Stil. «Wie wunderschön!»

«Du musst sie aber auch tragen und nicht gleich wieder in der Schublade verschwinden lassen. Bei deinem Teint wird dir so etwas hervorragend stehen, es entspricht viel mehr deinem Stil als all die Perlen und der ganze Schnickschnack, den junge Frauen wie Philippa Landrake tragen.»

Cleo merkte, dass ihre Mutter etwas auf dem Herzen hatte. Sie schob das Schmuckstück wieder in sein Kästchen und legte es sich in den Schoß. «Also, worum geht es?»

«Um Jerry.» Ihre Mutter seufzte leise. «Ist dir nicht auch aufgefallen, wie bedrückt er wirkt?»

Lord Landrake hatte tatsächlich einen abwesenden Eindruck gemacht. «Ich kenne ihn doch gar nicht», bemerkte

Cleo. «Wie soll ich ihm denn da ansehen, ob er Sorgen hat? Er könnte ja auch tagtäglich so herumlaufen. Woher sollte ich das wissen?» Und wieso sollte es mich überhaupt interessieren?, setzte sie im Stillen hinzu.

«Liebes, ich hätte doch niemals einen Mann geheiratet, der sich ständig das Leid der ganzen Welt auf die Schultern lädt, das weißt du genau. An unserem Hochzeitstag schien ihn nichts zu belasten, wirklich gar nichts. Das hat erst wieder angefangen, seit wir hier in Landrake sind, und ich möchte mit dir über den Grund seiner Sorgen sprechen.»

Cleo konnte nicht das leiseste Interesse für die Sorgen ihres Stiefvaters aufbringen, es sei denn, sie hätten Rosina persönlich betroffen.

Was offenbar nicht der Fall war.

«Jerry wird erpresst», sagte Rosina.

Cleo hätte nicht sagen können, was genau sie erwartet hatte – doch das ganz sicher nicht. Für einen Augenblick verschlug es ihr vor Erstaunen die Sprache. Doch schließlich fand sie ihre Stimme wieder. «Lord Landrake wird erpresst? Aber von wem denn? Und warum?»

Rosina schüttelte den Kopf. «Das ist ja das Fatale. Er weiß es nicht. Aber so etwas weiß man ja in den seltensten Fällen, oder? Ist das nicht der ganze Sinn einer Erpressung?»

«Und er hat dir davon erzählt?»

«Nicht direkt.»

«Weich mir nicht aus», sagte Cleo. «Wenn er dir nicht davon erzählt hat, woher weißt du dann, dass er erpresst wird? Hast du etwa einen Drohbrief gefunden, in dem Geld von ihm verlangt wird? Ist es das?»

«Du weißt doch, wie ungern ich meine Brille trage», erwiderte Rosina.

Das wusste Cleo allerdings. Ihre Mutter hatte nie besonders gut gesehen, weigerte sich aber standhaft, eine Brille zu tragen. Inzwischen hatte sie ein Alter erreicht, in dem die Sehkraft noch weiter nachließ und sie gar nicht mehr ohne Brille zurechtkam, Eitelkeit hin oder her. «Leg dir endlich eine richtig hübsche Brille zu, irgendetwas Ausgefallenes. Außerdem bist du doch hier zu Hause. Was interessiert es dich da, wer dich mit Lesebrille auf der Nase sieht?»

«Ich bitte dich, Liebes. Jerry würde mich sehen, und das ist doch wohl das Entscheidende, nicht wahr?»

«Über kurz oder lang bist du ohnehin blind wie ein Maulwurf. Du solltest das einfach akzeptieren und einen Augenspezialisten aufsuchen. Aber lassen wir das. Was hat deine mangelnde Sehkraft denn nun mit dieser Erpressungsgeschichte zu tun?» Cleo glaubte, die Antwort bereits zu kennen, und sollte recht behalten.

«Ich habe versehentlich einen Brief geöffnet, der an deinen Stiefvater adressiert war. Er kam in einem Umschlag, wie Felicity ihn immer benutzt. Felicity Farren, du weißt schon. Die Charakterschauspielerin. Sie nimmt immer diese dicken, cremefarbenen Umschläge, und deshalb habe ich ihn geöffnet, ohne darauf zu achten, an wen er adressiert ist. Und darin war ein ganz grässlicher Brief, mit der Schreibmaschine getippt, in Großbuchstaben.»

«Keine aus der Zeitung ausgeschnittenen Wörter?»

«Aus der Zeitung? Aber was redest du denn da?»

«Ich dachte, das macht man so, wenn man Erpresserschreiben und anonyme Briefe verschickt.»

«Darüber weiß ich nun wirklich nichts. Dieser Brief jedenfalls war mit der Schreibmaschine geschrieben. Ich hätte ihn ja gar nicht gelesen, aber ich hatte schon die halbe Seite überflogen, bis ich gemerkt habe, dass er mich nichts angeht. Die Anweisung lautete, eine hohe Geldsumme in Pfundnoten an eine Anschrift in London zu schicken.»

Cleo wurde beklommen zumute. Was hatte Lord Landrake sich bloß zuschulden kommen lassen? «Vielleicht war es ja eine Mahnung für eine nicht bezahlte Rechnung.»

«Ganz sicher nicht. Mahnungen enthalten doch gemeinhin keine Drohungen. ‹Wenn Sie nicht zahlen, wird Ihre ganze Familie, die Polizei und die Presse erfahren, was ich weiß.›»

Cleo konnte Rosina nicht länger widersprechen: Das war eindeutig Erpressung. «Gab es irgendeinen Hinweis darauf, weswegen er erpresst wird?»

«Nein. Ich habe Jerry den Brief gebracht, mich dafür entschuldigt, dass ich ihn geöffnet habe, und ihm gesagt, dass ich dennoch froh darüber bin, weil ich nun weiß, dass er in Schwierigkeiten steckt. Er war ganz außer sich und sagte, ich solle mir nicht den Kopf darüber zerbrechen, aber ich wollte natürlich wissen, weshalb er erpresst wird. Ich dachte, es müsse sich um einen der üblichen Gründe handeln, eine skandalöse Liebschaft vielleicht oder eine missglückte finanzielle Transaktion. Jerry plant, in die Politik zu gehen. Und heutzutage kann man ja gar nicht vorsichtig genug sein, weil die Zeitungen ständig darauf aus sind, irgendwelche schmutzigen Details ans Licht zu zerren. Das gilt für Leute, die im Blickpunkt der Öffentlichkeit stehen, genauso wie für Regierungsmitglieder. Ich dachte, vielleicht ist es ja etwas, was er gern vor mir verheimlicht hätte, obwohl ich genau weiß, dass mich nichts von dem, was er getan hat, jemals schockieren könnte. Aber er sagte, es wäre nichts von alledem, es handele sich um eine Familienangelegenheit, etwas längst Vergangenes, für das er nicht einmal selbst verantwortlich sei, und er wolle nicht darüber sprechen.»

«Warum erzählst du mir das alles, Rosina?»

Rosina spielte mit der Troddel eines Sofakissens und vermied es, ihre Tochter anzusehen, deren Blick dennoch vorwurfsvoll auf ihr schönes Gesicht gerichtet blieb. «Liebes, ich weiß doch, du willst mich glücklich sehen, und ich bin auch glücklich mit Jerry. Ganz ehrlich. Aber eine solche Geschichte verdirbt alles, und ich kann es einfach nicht ertragen, mit jemandem zusammenzuleben, der so unglücklich und bedrückt ist. Das ist auch der Grund, warum ich dich dieses Wochenende hergebeten habe. Nicht der einzige, versteht sich, aber doch der, weswegen ich so darauf beharrt habe. Du bist klug und hast eine so gute Menschenkenntnis. Ich dachte, vielleicht kommst du der Angelegenheit ja auf den Grund.»

Cleo erhob sich aus dem Sessel und trat ans Fenster. Sie blickte auf die grüne Landschaft hinaus, die im abendlichen Licht schimmerte, dann wirbelte sie herum und deutete anklagend auf ihre Mutter. «Wirklich, Rosina, das ist der absolute Gipfel. Was soll ich denn deiner Meinung nach tun? In Lord Landrakes Privatpapieren herumschnüffeln, um herauszufinden, was da los ist? Habe ich jemals etwas getan, das dich auf den Gedanken bringen würde, ich sei zu so etwas bereit?»

«Liebes!» Das Kosewort glich beinahe einem Aufschrei.

«Derlei würde ich doch nie von dir verlangen. Nein, das will ich nicht. Aber Jerry sagte doch, es sei eine Familienangelegenheit, und wenn das stimmt, dann muss der Erpresser von hier sein. Seine Familie hält sich ausschließlich hier auf, es muss also jemand aus Landrake Hall oder Trewithiel sein.»

«Wahrscheinlich hat sich seine älteste Tochter in London irgendwie in Schwierigkeiten gebracht», sagte Cleo. «Man sieht doch schon auf den Fotos, wie umschwärmt sie ist. Sicher hat sie sich mit einem verheirateten Mann eingelassen oder hat sich sogar schwängern lassen.»

«Nein, mit Philippa hat das alles nichts zu tun. Glaubst du etwa, das wäre nicht auch mein erster Gedanke gewesen? Ich habe ihn ganz direkt danach gefragt. Allein die Vorstellung, seine Tochter könnte derartige Dummheiten machen, hat ihn zutiefst schockiert. Jerry hat ein recht altmodisches Bild von jungen Frauen und ist felsenfest davon überzeugt, dass Philippa die Tugendhaftigkeit in Person ist.»

«Es gibt nichts, was es nicht gibt.»

«Du siehst also, Liebes, mit seinen Töchtern hat es nichts zu tun. Und trotzdem muss ich wissen, was es ist und wer ihm das antut, damit ich ihm helfen kann. Halt einfach Augen und Ohren offen, während du hier bist. Die Leute vertrauen sich dir an, das war schon immer so, und erst recht hier, wo du eine Fremde bist. Mein Gott, klingt das furchtbar. So meine ich es gar nicht. Du gehörst natürlich jetzt zur Familie, aber trotzdem hast du nichts mit den Dingen zu tun, die sich früher hier abgespielt haben. Vielleicht findest du ja irgendeine Spur, einen Hinweis darauf, wer für die Sache verantwortlich ist und was dahinter steckt. Es kann keine Bagatelle sein, da bin ich sicher. Wäre das der Fall, dann würde Jerry nur darüber lachen oder sich der Gefahr einfach stellen. Aber diese Angelegenheit trifft ihn zutiefst. Bitte, Liebes, tu das für mich.»

In der Ferne erklang der schrille Pfiff einer Dampflokomotive.

«Das ist der Vier-Uhr-vierzig-Zug aus London», rief Rosina. «Großer Gott, ich muss mich sputen.»

4

Um vier Uhr vierzig treffen wir in St. Jermyn's ein.» Der Schaffner steckte den Kopf in das Erste-Klasse-Abteil, in dem Leonie Howard saß.

Leonie beäugte ihre Armbanduhr, ein schmales, elegantes Stück aus Platin, dessen kleines, rechteckiges Zifferblatt von winzigen Brillanten umrahmt war, so eingehend, als könnte sie damit nicht nur Stunden und Minuten, sondern ganze Jahre bemessen. In gewisser Hinsicht traf das auch zu: Jonathan Bosworth hatte ihr die Uhr zum vierzigsten Geburtstag geschenkt.

Sie hatte das Zugabteil in der Ersten Klasse ganz für sich. Bis Exeter war es noch voll besetzt gewesen, dann waren die anderen drei Passagiere ausgestiegen und hatten sich so höflich von ihr verabschiedet, wie es einer unbekannten Mitreisenden gebührte. Leonie hatte die Füße auf den kleinen Schemel gelegt und sah zu, wie die Landschaft im Einklang mit dem gleichmäßigen Rattern des Zuges draußen vorbeiglitt. *Tuff, tuff, tuff, die Eisenbahn …* Sie summte die Melodie leise vor sich hin, wie damals als Kind. Jedes Mal, wenn sie draußen die ersten Palmen sah, ein überraschend exotischer Anblick inmitten der englischen Landschaft, hatte sie das Gefühl, nach Hause zu kommen.

Nun war sie vierzig, und die Jahre schienen in atemberaubendem Tempo an ihr vorbeizufliegen. Noch am Morgen, als sie mit dem Taxi zur Paddington Station gefahren war, um dort den Zug nach Cornwall zu nehmen, hatte sie darüber sinniert, dass vierzig ein Alter war, in dem es galt, Entscheidungen zu treffen. Es war jetzt über fünfzehn Jahre her, seit sie zum ersten Mal nach Bosworth Castle gekommen war, als junge Frau von fünfundzwanzig Jahren, jünger noch, als Jonathan Bosworths Söhne heute waren. Vor einem Monat, kurz vor dem Aufbruch nach Paris, hatte sie ihren vierzigsten Geburtstag gefeiert. Vierzig, das war ein Alter der Veränderungen, ein Alter, in dem man sich damit abfinden musste, Glanz und Gloria der Jugend hinter sich zu lassen und eine Frau mittleren Alters zu werden.

Aber war das denn auch wirklich so? Äußerlich vielleicht, doch tief im Innern fühlte Leonie sich kein bisschen anders als mit zwanzig, und sie hatte den Verdacht, dass ebendieser Teil von ihr sich auch nicht verändern würde, wenn sie sechzig oder gar achtzig war.

Das Rattern des Zuges veränderte sich, als er ein paar Weichen passierte und zwischen den Pfeilern des Viadukts hindurchfuhr. In der weiten Kurve vor dem Bahnhof von St. Jermyn's verlangsamte er sein Tempo, um schließlich in einer Wolke aus Qualm und zischendem Wasserdampf zum Stehen zu kommen. Leonie stand auf und wartete, bis der Gepäckträger kam und ihr die Zugtür öffnete. Ihre Zofe, die weiter hinten im Zug gereist war, eilte heran und wich dabei geschickt den Milchkannen aus, die über den Bahnsteig gerollt wurden.

Auch Huish, der Schlosschauffeur, wartete bereits am Gleis, eine stämmige Gestalt in einer hellgrauen Uniform, die perfekt mit Jonathan Bosworths Bentley harmonierte. Gemeinsam mit der Zofe ging er am Zug entlang zum Gepäckwagen, um sich um die Koffer zu kümmern, während Leonie bereits zum Ausgang strebte. Dort stand der Stationsvorsteher und legte zum Gruß die Hand an die Mütze, als Leonie dem Billettabnehmer ihren Fahrschein reichte und das kleine weiße Tor durchquerte, das auf den Bahnhofvorplatz hinausführte. Ohne auf Huish und die Zofe zu warten, stieg sie in den Fond des Wagens und kurbelte das Fenster herunter, um die sommerliche Luft einzulassen.

Etwas weiter die Straße entlang standen unter einem Baum zwei Kinder, ein Mädchen und ein Junge, die, nach dem identischen blonden Haarschopf zu urteilen, Geschwister sein mussten. Ein weiterer, leicht zerzauster kleiner Junge sprang gerade von den unteren Ästen des Baumes herab. Als er Leonie im Auto sah, deutete er auf sie und sagte mit lauter, klarer Stimme: «Da ist die Bosworth-Dirne.»

Das kleine Mädchen kicherte, der Bruder betrachtete sichtlich peinlich berührt seine Schuhspitzen.

Leonie kurbelte das Fenster wieder hoch.

Unterdessen verstaute der Gepäckträger gemeinsam mit dem Chauffeur Schachteln und Koffer im Kofferraum, dann setzte sich die Zofe auf den Beifahrersitz, und Huish nahm am Lenkrad Platz. Als der Wagen langsam an den Kindern vorbeifuhr, beugte Leonie sich vor, drückte, einer plötzlichen Laune folgend, die Nase an die Scheibe und streckte ihnen die Zunge heraus.

Dirne.

Das Wort klang ihr immer noch in den Ohren. Zwei der Kinder kannte sie, ihre Eltern waren aufrechte Stützen der Gemeinde und bezeichneten sie zweifellos als schamloses Weib oder als Flittchen. «Dirne» war hier auf dem Land ein ungewöhnliches Wort, sehr viel gewählter als die derbere Bezeichnung «Hure». Im Grunde war es ein Großstadtwort. Wo mochte der Junge es bloß aufgeschnappt haben?

Leonie hatte schon weitaus schlimmere Schmähungen über sich ergehen lassen müssen. Als sie das letzte Mal zur Beichte gegangen war, hatte der Priester in London sie als «Unzuchttreiberin» beschimpft – harte Worte für eine Frau, die als gläubige Katholikin aufgewachsen war.

Doch sie musste den Tatsachen ins Auge sehen. Sie war eine Geliebte. Sie wurde ausgehalten. Wenn man nichts über die näheren Umstände ihrer Lebenssituation wusste, konnte man tatsächlich glauben, dass sie für ihre erotischen Zuwendungen bezahlt wurde. Böse Zungen mochten auf den Bentley, die luxuriösen Reisen, die Suite im Georges V in Paris und den Schmuck verweisen und das alles als Lohn dafür betrachten, dass sie das Bett mit Jonathan Bosworth teilte.

Als Lohn der Sünde.

Aber war man denn wirklich eine Dirne, wenn man fast sechzehn Jahre lang die Geliebte desselben Mannes blieb – und ihm all die Jahre treu war? Natürlich war sie obendrein noch eine Ehebrecherin, da sie immer noch verheiratet war und sich nie hatte scheiden lassen, obwohl sie sich bereits nach einem halben Jahr Ehe von ihrem Mann getrennt hatte.

Leonies Entschluss, ihren Mann zu verlassen und wenig später nach Bosworth Castle zu ziehen, hatte zum Bruch mit ihrer Familie geführt. Man hatte versucht, sie zu einer Annullierung zu drängen, doch diesen Weg einzuschlagen, erschien Leonie ganz und gar unehrlich. Sie hatte einen Schwur getan, vor einem Priester in der Kirche. Der Umstand, dass sich Martin Howard wenig später als gewalttätiger Mensch entpuppte, der es vorzog, sich mit jungen Männern zu vergnügen, fiel einzig und allein auf sie zurück, die so dumm gewesen war, ihn zu heiraten.

Der Wagen machte sich an den kurvigen Weg bergan zu dem großen, zinnenbewehrten Torbogen, der in die Schlossanlage führte. Die Rehe, die in den Parkanlagen ästen, hoben die Köpfe und musterten die Vorbeifahrenden mit ausdruckslosem Blick. Dann ließ der Bentley das letzte Waldstück hinter sich, und vor ihnen erhob sich Bosworth Castle in seiner ganzen Pracht.

Die Reise nach Paris hatte alles verändert oder würde das zumindest in Kürze tun. Leonie hatte Jonathan nichts davon geschrieben und war sich auch nicht sicher, ob sie es ihm sagen sollte. Irgendwann würde sie das natürlich tun müssen, doch sie wollte den rechten Moment abwarten. Nur wann war der rechte Moment?

Wie jedes Mal, wenn sie nach längerer Abwesenheit zurückkehrte, ertappte sie sich bei dem Gedanken, was dieses Schloss doch für eine Extravaganz darstellte. Jonathan hatte es zusammen mit Sir Edwin Lutyens entworfen, in jenen goldenen Jahren zu Beginn des Jahrhunderts, als das edwardianische England blühte und die Zeit des Friedens und der Fülle kein Ende zu nehmen schien. Jonathan war schon vor dem Krieg ein ungemein reicher Mann gewesen, und es war ihm gelungen, sein Vermögen und seinen Tatendrang über die vier entbehrungsreichen Jahre zu retten, in denen auch er sein Vaterland verteidigte – zunächst im Schützengraben, dann, nach einer schweren Verwundung am Bein, im Verteidigungsministerium –, sodass er sich nach dem Krieg gleich daranmachen konnte, sein Vermögen noch zu vergrößern. Die Nachkriegswelt benötigte neue Eisenbahnen und Reparaturen an den alten, und Jonathan war in der Eisenbahnbranche tätig.

Der Bentley hielt schnurrend vor dem Schloss. Huish stieg aus und öffnete Leonie die Tür, und Philby, der Butler, wartete bereits vor dem Haus, um sie willkommen zu heißen. Leonie trat in die kühle, graue Weite der granitenen Eingangshalle; durch eine Glaskuppel über ihrem Kopf fiel bleiches Licht herein.

«Sir Jonathan nimmt gerade den Tee auf der Terrasse ein, Mrs Howard», sagte Philby. «In Gesellschaft von Mr Lancelot und Mr Hector sowie Mrs Warburton, die gestern eingetroffen ist.»

Leonie durchquerte die Bibliothek, in der auch Jonathans gewaltiger Sekretär stand, und trat durch eine Seitentür auf die südliche Terrasse hinaus, wo die Spätnachmittagssonne bereits lange Schatten auf die grauen Steinplatten warf. Als Jonathan sie kommen sah, sprang er auf und eilte ihr entgegen, fasste sie an beiden Händen und musterte sie von Kopf bis Fuß. «Du siehst bezaubernd aus, Liebste.»

Leonie küsste ihn auf die Wangen und reichte dann Adele Warburton die Hand. «Es hat mich so gefreut zu hören, dass Jonathan Sie für ein paar Tage aus London hierherlocken konnte.» Lancelot hatte inzwischen einen weiteren Korbstuhl für Leonie herangezogen; sie dankte ihm, setzte sich und lächelte dabei zu Hector hinüber.

«Bringen Sie noch frischen Tee, Philby», befahl Jonathan. «Wie war es denn in Paris, meine Liebe?»

«Wundervoll wie immer. Noch schöner wäre es natürlich gewesen, wenn du mich begleitet hättest.»

Eine charmante Lüge: Leonie hatte seine Begleitung nämlich ausdrücklich abgelehnt. «Das muss ich alleine klären», hatte sie zu ihm gesagt.

«Ich hoffe, es war ein erfolgreicher Aufenthalt», fuhr Jonathan fort. «Hast du alles erreicht, was du dir vorgenommen hast?»

Sie sah die Sorge in seinen Augen. Er würde keine Fragen stellen, weder jetzt noch später, wenn sie allein waren; das war nicht seine Art. «Ich denke schon», antwortete sie verhalten.

«Herrje, das klingt ja, als hätten Sie eine Geschäftsreise hinter sich», bemerkte Mrs Warburton.

«Das war es in gewisser Weise auch», sagte Leonie. «Ich musste mich um einige persönliche Angelegenheiten kümmern. Nein, Philby, heute keine Zitrone, nur ein wenig Milch. Vielen Dank.»

«Und bist du gut von Paddington hierhergekommen?», erkundigte sich Lancelot. «Ich habe den Zug pfeifen hören, als er das Viadukt überquert hat … zwei Minuten zu früh, wenn mich nicht alles täuscht.»

Sie tranken Tee und plauderten über Paris: die Mode, das Wetter, das Abendessen mit einem Vetter, der bei der Botschaft arbeitete, eine Varieté-Aufführung, über die Hector bereits bestens informiert war, und die Grüße diverser Freunde an Jonathan.

«Du weißt ja, dass wir heute Abend auf Landrake speisen», sagte Jonathan, als er sich schließlich erhob. «Ich hoffe nur, es wird dir nicht zu viel? Wenn ihr mich jetzt entschuldigen wollt, ich muss noch ein paar Anrufe erledigen.»

Mrs Warburton erinnerte Lancelot an sein Versprechen, ihr die ursprünglichen Pläne für das Schloss und Lutyens' Entwürfe zu zeigen, und sie machten sich gemeinsam auf den Weg in die Dokumentenkammer.

Leonie lehnte sich in ihrem Sessel zurück und schloss die Augen.

«Müde?», erkundigte sich Hector. «Möchtest du vielleicht noch ein Kissen?»

«Nein, danke. Ich ziehe mich auch gleich nach oben zurück. Ich wollte nur noch kurz die Ruhe und den Frieden hier genießen. Seit der Abreise hatte ich ständig Trubel und Menschen und Lärm um mich herum.»

«Und heute Abend gleich noch mehr Menschen und Lärm.»

Leonie öffnete die Augen wieder. «Auf Landrake, meinst du? Wer wird denn alles dort sein? Ist es eine große Abendgesellschaft?»

«Eigentlich nur die Familie und wir. Und Archie Conway natürlich, der Ehrengast. Das wirst du doch wohl nicht vergessen haben?»

«Archie. Lieber Himmel, ja, die Hochzeit ist ja schon morgen.»

«Und außerdem», setzte Hector nach einer längeren Pause hinzu, «Lady Landrakes Tochter.»

«Cleo Otway? Dann hat sie sich also endlich überreden lassen, herzukommen und Jerry kennenzulernen? Das wird Rosina sicher freuen. Es hat sie doch sehr geschmerzt, dass ihre Tochter so wenig Neigung zeigte, nach Landrake zu kommen. Ich frage mich, weshalb sie wohl nicht kommen wollte. Vielleicht war sie ja verstimmt wegen der Hochzeit – es kam schließlich alles sehr plötzlich. Rosina hat mir erzählt, sie habe ein Telegramm aus Amerika geschickt, aber Cleo hatte es natürlich schon vorher in der Zeitung gesehen. Die große Schlagzeile: Lord heiratet Schauspielerin. Das hat so einen merkwürdigen Hautgout, dabei hat die Verbindung der beiden doch absolut nichts Zwielichtiges an sich. Ich freue mich schon darauf, Cleo kennenzulernen. Du nicht auch? Glaubst du, sie ist so schön wie ihre Mutter?»

5

Als Rosina und Cleo zurück in den Salon kamen, erhob sich Fitz von der Fensterbank.

«Fitz, du kommst mir gerade recht», rief Rosina. «Ich habe keine Zeit mehr, Cleo zur Galerie hinaufzuführen. Jerry wartet sicher schon auf mich, und du weißt ja, wie ungehalten er werden kann, wenn man ihn warten lässt. Könntest du vielleicht …?»

«… die Vorstellungsrunde übernehmen?», beendete Fitz ihren Satz. «Aber mit dem größten Vergnügen. Jerry ist übrigens noch oben, wenn du dich also sputest, kannst du bereits lässig mit dem Krocketschläger in der Hand auf dem Rasen stehen, ehe er herunterkommt, und dir damit den moralischen Vorteil sichern, der in jeder funktionierenden Ehe unerlässlich ist, findest du nicht auch?»

Rosina wirbelte lachend aus dem Zimmer, und Cleo sah ihr stirnrunzelnd nach.

«Er ist keineswegs ein Ungeheuer», sagte Fitz leichthin. «Und da er Ihre Mutter ganz offensichtlich anbetet, würde er ihr ohnehin alles vergeben. Kommen Sie, ich führe Sie hinauf auf die Galerie.» Er ging ihr voran aus dem Salon und schloss die Tür. Doch draußen in der Diele zögerte er einen Augenblick. Er konnte sich des Eindrucks nicht erwehren, dass es Cleo nicht eben danach drängte, ihre Stiefschwestern kennenzulernen. «Oder vielleicht sollte ich Ihnen zunächst einmal das Haus zeigen? Zum Schluss kommen wir dann auf die Galerie, wo Sie den Rest der Familie antreffen werden.»

Spürte er etwa ihren Widerwillen gegen die Begegnung mit den Stiefschwestern? Am liebsten hätte Cleo ihn gefragt, wie die Landrake-Töchter zu ihrer Stiefmutter standen. Doch sie war sich nicht sicher, ob sie die Antwort hören wollte – falls er ihr überhaupt eine ehrliche Antwort gab.

Fitz warf ihr einen raschen Seitenblick zu. Er ahnte, was Cleo dachte, und auf eine recht unbeteiligte Weise hatte er sogar Mitleid mit ihr. Sie schien eine selbstsichere junge Frau zu sein – aber ob sie den Landrake-Schwestern gewachsen war? Fitz wusste schließlich nur zu genau, was die drei von der neuen Lady Landrake und ihrer Stiefschwester hielten.

Sie stiegen die breite Treppe hinauf, die aus der Eingangshalle nach oben führte: bohnerwachsglänzende Eichenstufen, umrahmt von einem prächtigen, mit kunstvollen Schnitzereien verzierten Geländer, das viel zu weit entfernt war, um sich daran festzuhalten, es sei denn, man ging am äußersten Rand der Stufen.

«Landrake Hall hat unglücklicherweise viel zu viele Treppen», erläuterte Fitz. «Seien Sie unbedingt vorsichtig, wenn Sie hier herunterkommen, denn wenn Sie zu schnell gehen, legen Sie das letzte Stück auf dem Allerwertesten zurück. Das geht zwar rascher, ist aber äußerst unbequem und wenig elegant.»

An der Wand oberhalb der Treppe hing ein überlebensgroßes Gemälde, das einen Edelmann in voller Ritterrüstung zeigte. Er trug eine lässig drapierte blaue Schärpe um die Schulter und saß auf einem stolzen braunen Ross mit wehender Mähne und kühnem Blick.

«Der neunte Baron Landrake.» Fitz blieb stehen und sah zu dem Bild hinauf. «Ein stürmischer junger Mann, der im Bürgerkrieg auf Seiten des Königs kämpfte und in der Schlacht von Edge Hill gefallen ist. Die Landrakes waren immer schon Soldaten, wenn auch, mit einigen wenigen Ausnahmen, nicht allzu erfolgreiche.»

Von außen machte Landrake Hall einen völlig symmetrischen Eindruck; innen dagegen, das war Cleo bereits klar geworden, folgte es keinem erkennbaren Muster. Sie ließ sich von Fitz durch ein wahres Labyrinth von Korridoren führen, auf- und abwärts über Stufen und kleine Wendeltreppen, durch Rundbögen und Türen, die wieder in ganz andere Trakte führten. Das Haus schien aus zahllosen Schichten zu bestehen: Jede neue Landrake-Generation hatte es ihren Bedürfnissen und den modischen Gegebenheiten ihrer jeweiligen Zeit angepasst.

Am Ende eines breiten Flures mit Holztäfelung und knarrenden Bodendielen gab ein großes Fenster den Blick auf die Landschaft ringsum frei. Fitz hatte sich bereits nach rechts gewandt, um das nächste Stockwerk zu erklimmen, doch Cleo war stehen geblieben, und er kam zurück und trat neben sie. «Von hier aus hat man eine beeindruckende Aussicht.»

«Was ist denn das für ein unglaubliches Schloss dort drüben? Es sieht eigentlich gar nicht aus wie ein richtiges Schloss, eher wie eine Theaterkulisse oder ein Bild aus einem Märchenbuch.»

«Das haben Sie sehr gut zusammengefasst. Es wurde erst vor etwa dreißig Jahren erbaut. Das ist Bosworth Castle, der Wohnsitz von Jonathan Bosworth. Sir Jonathan, um genau zu sein, er hat am Neujahrstag den Ritterschlag erhalten. Ein Industriemagnat im Eisenbahnbau. Vielleicht haben Sie ja schon von ihm gehört?»

Eine Zeitlang blieb Cleo auffallend still, dann sagte sie betont beiläufig: «Ich kenne einen Hector Bosworth.»

«Es wird wohl kaum zwei Menschen dieses Namens geben, ich nehme also an, dass Sie Jonathans jüngeren Sohn meinen.»

«Der Hector Bosworth, den ich meine, ist Musiker, Komponist. Er lebt in London. Ich kann mir nicht vorstellen, dass er irgendetwas mit diesem Schloss zu tun hat.»

«Es scheint sich aber doch um denselben Mann zu handeln. Seine Mutter ist Konzertpianistin, da ist es nicht weiter verwunderlich, dass es ihn zur Musik zieht. Sie werden ihn übrigens bald treffen; die Bosworths geben uns heute zum Abendessen die Ehre.» Fitz schwieg kurz. «Bis auf Hectors Mutter natürlich. Jonathan Bosworth und seine Frau haben sich schon vor Jahren scheiden lassen. Er hat eine Freundin, Mrs Howard, Leonie, die mit ihm auf dem Schloss wohnt. Sie wird ihn auch heute Abend begleiten. Nur damit Sie Bescheid wissen.»

«Und ich nicht ins Fettnäpfchen trete?»

«Ganz genau.»

Von irgendwoher hörte man Geschrei. Keine Angst- oder Schmerzensschreie, sondern zorniges Gebrüll. Es klang, als hätte ein Kind einen Wutanfall. Aber gab es denn Kinder auf Landrake Hall? Als sie weitergingen, wurde das

Geschrei und Gezeter immer lauter, bis Fitz schließlich mit hochgezogenen Brauen vor einer Tür stehen blieb, die nur angelehnt war. «Ich weiß nicht, ob das jetzt der allerbeste Zeitpunkt ist, Ihnen den jüngsten Spross der Familie vorzustellen, aber andererseits gehören Sie ja jetzt selbst dazu, da dürfen Sie auch die weniger schönen Seiten sehen.»

Er schob die Tür auf und wich geschickt dem Schuh aus, der ihm entgegenflog.

«Verschwindet, ganz gleich, wer ihr seid! Verschwindet einfach!»

«Hallo, Matty», sagte Fitz ungerührt. «Stören wir dich gerade? Ich wollte dir deine neue Stiefschwester vorstellen.» Er trat ins Zimmer, und Cleo folgte ihm, hielt dabei aber aus dem Augenwinkel vorsorglich Ausschau nach weiterem fliegendem Schuhwerk.

Vor ihr stand das eine der beiden Mädchen, die sie bereits in der Kirche gesehen hatte: das blonde, missmutige. In der Kirche hatte Matty noch ganz adrett gewirkt; jetzt sah sie aus, als hätte sie versucht, sich beide Zöpfe mit Gewalt vom Kopf zu reißen. Das Haar stand wirr nach allen Seiten ab, und zwei durchdringend blaue Augen voller Wut und Tränen starrten zuerst Fitz, dann Cleo an.

«Ist etwas passiert?», fragte Fitz seine Nichte.

Cleo hingegen brauchte gar keine Fragen mehr zu stellen: Sie hatte die Lage mit einem Blick erfasst. Das Mädchen war ganz in rosafarbenen Satin gehüllt, es trug das Kleid einer Brautjungfer. Und nach Cleos Einschätzung eignete sich dieses Kleid weder vom Stil noch von der Farbe her dazu, irgendjemanden nur halbwegs vorteilhaft zu kleiden, bis auf ein fünfjähriges Kind vielleicht. Für eine Dreizehnjährige, die noch dazu so hellhäutig und pummelig war wie Matilda, kam es einer Katastrophe gleich, und das lag nicht nur an Stil und Farbe. Das Kleid war obendrein zu klein. Entweder war es von einer stümperhaften Schneiderin gefertigt worden, oder Matilda hatte einen jener Wachstumsschübe gehabt, die in diesem Alter hin und wieder eintraten. Was auch immer der Grund sein mochte: Die Taille saß am völlig falschen Ort und keineswegs dort, wo eine Taille gewesen wäre, hätte sich das Mädchen nicht ohnehin in einer Entwicklungsphase bar jeder Körperformen befunden.

Matilda hatte zu weinen begonnen, Tränen des Zorns kullerten ihr über die Wangen. «Ich sehe aus wie ein Pudding», rief sie. «Wie ein scheußlicher rosa Pudding!»

Das entsprach durchaus den Tatsachen, und weil Cleo fürchtete, Fitz könne womöglich so dumm sein, Matty beizupflichten, warf sie sich in die Bresche. «Ein schöner Seidenstoff», sagte sie. «Allerdings würde ich bei deinem Teint nie ein solches Rosa auswählen. Du bist ja beneidenswert hellhäutig!»

Mattys blaue Augen musterten sie misstrauisch. «Du siehst gar nicht aus wie ein Mannequin. Du bist nicht hübsch genug. Außerdem dachte ich, Mannequins müssten groß sein.»

«Ich bin tatsächlich nicht hübsch, geschweige denn groß genug für ein Mannequin», erwiderte Cleo. «Aber das macht nichts, weil ich nämlich keines bin.»

«Die anderen haben gesagt, du wärst eins.» Es klang fast wie ein Vorwurf. «Sie haben gesagt, du arbeitest in London in einem Modesalon.»

«Das ist richtig», sagte Cleo. «Aber ich führe dort keine Kleider vor. Ich arbeite im Büro.»

Fitz musterte sie skeptisch. «Ich denke …», setzte er an.

Doch Cleo schenkte ihm keine Beachtung, sondern machte einen munteren Schritt auf Matty zu. «Das größte Problem an diesem Kleid ist, dass es dir nicht richtig passt.»

«Es passt mir nicht, weil ich zu fett bin.»

«Dein Gewicht spielt dabei überhaupt keine Rolle. Jedes Kleid sieht unvorteilhaft aus, wenn es der Trägerin zu groß oder zu klein ist oder die Proportionen nicht stimmen. Ob man nun dick oder schlank ist, hat damit nichts zu tun. Ich sehe ganz genau, was mit diesem Kleid nicht stimmt und warum es dir nicht gefällt. Die Taille sitzt an der falschen Stelle.»

Matilda flüchtete sich in den Sarkasmus. «Na, dann ist ja alles in Ordnung. Jetzt wissen wir dann also, dass die Taille an der falschen Stelle sitzt, aber ich sehe immer noch aus wie ein Pudding.»

«Ich gebe ja zu, dass dieses Kleid von der Farbe her ein wenig an Pudding erinnert. Dagegen wirst du wohl nichts tun können. Wahrscheinlich hat dich niemand wegen der Farbe gefragt.»

«Mich fragt doch nie jemand, egal weswegen. Jane, die andere Brautjungfer, ist schlank und hübsch und dunkelhaarig, die sieht bestimmt nie aus wie ein Pudding, egal, was sie anzieht.»

«Eine kleine Änderung kann schon viel ausmachen», sagte Cleo. «Soll ich mir anschauen, ob sich noch etwas daran machen lässt?»

«Wozu denn? Ich muss das Kleid morgen anziehen, da kann es vorher nicht mehr zur Schneiderin.»

«Vielleicht können wir das ja auch hier erledigen. Bei Joulberts oder auch im Theater müssen wir ständig Änderungen in letzter Sekunde vornehmen.»

Erst jetzt fiel Cleo auf, dass noch jemand im Raum war: ein Hausmädchen, das sich bisher in die äußerste Zimmerecke zurückgezogen hatte. Jetzt kam es näher und sah zweifelnd zwischen Matilda und Cleo hin und her.

«Und wer sind Sie?», fragte Cleo. Die Zofe knickste eifrig.

«Ich heiße Jen, Miss. Ich kümmere mich um Miss Matty … Miss Matilda, sollte ich sagen.»

Natürlich. Es war dasselbe Hausmädchen, das Cleo nachmittags in der Eingangshalle nach ihren Kofferschlüsseln gefragt hatte. «Sind Sie nicht auch für mich zuständig?»

«Das wurde mir so gesagt, Miss, aber dann …»

Noch ehe sie den Satz beenden konnte, flog die Tür auf und eine lebhafte, drahtige Frau kam herein – eine Frau, die Cleo mindestens so vertraut war wie ihre Mutter. Sie hatte mit Erstaunen vernommen, dass Madge, die langjährige Garderobiere ihrer Mutter, der frischgebackenen Lady Landrake nach Cornwall gefolgt war und offenbar plante, ihr auch weiterhin als Zofe zur Seite zu stehen. Cleo konnte sich Madge nur schwer außerhalb der schillernden Welt des Theaters denken. Sie hatte es im Blut: Der Vater war Bühnenschreiner gewesen, die Mutter Revuetänzerin, und sämtliche Großeltern, Tanten und Onkel hatten in der einen oder anderen Funktion am Theater gearbeitet.

Dabei drängte es Madge ebenso wenig auf die Bühne

wie Cleo. «Oder können Sie sich etwa vorstellen, dass ich die Beine schmeiße und Nummern ansage wie meine Mutter selig?» Stattdessen war sie Garderobiere geworden und kümmerte sich nun schon so lange um Rosina Otway, dass sie für Cleo und alle anderen längst zum Inventar gehörte.

Madge hatte einen ganz eigenen Akzent entwickelt: Cockney, durchmischt mit der klaren Diktion und den weichen Vokalen der professionellen Bühnenschauspieler, mit denen sie ihr Leben verbracht hatte. Jetzt würdigte sie Cleo kaum eines Blickes, sondern stürmte direkt auf Jen los, die sie mit weit aufgerissenen, entsetzten Augen anstarrte und zentimeterweise vor ihr zurückwich.

«O nein, Sie kümmern sich ganz sicher nicht um Miss Cleo. Sie haben doch schon alle Hände voll mit den drei Gören zu tun. Miss Cleo versorge ich, so wie ich es mit Lady Landrake vereinbart habe.» Madge wandte sich an Cleo. «Den Schlüssel habe ich ihr schon abgenommen, Miss Cleo. Es ist alles ausgepackt und bereit für Sie.»

Cleo, die sich ungeheuer freute, Madge zu sehen, begrüßte sie mit einem Lächeln und einem erleichterten Seufzer. «Miss Matilda hat Schwierigkeiten mit ihrem Kleid.»

Madge rümpfte die Nase. «Na, Schwierigkeiten ist ja noch sachte ausgedrückt. Raus aus dem Kleid, Miss, damit Miss Cleo es sich anschauen kann.»

Sie warf einen raschen und seinem Empfinden nach bitterbösen Blick auf Fitz, der sofort begriff und gar nicht unglücklich war, diesen Ort voll weiblicher Geheimnisse wieder verlassen zu dürfen. Er sagte Cleo, er werde in der Bibliothek warten, bis sie fertig sei. «Matty wird Ihnen dann zeigen, wo das ist», setzte er noch hinzu, bevor er hastig die Flucht ergriff.

«Jen, helfen Sie Miss Matilda, das Kleid auszuziehen», kommandierte Madge und ließ keinen Blick von dem Mädchen, während Jen die Häkchen am Rücken löste.

Matilda versuchte, sich aus dem Kleid zu schälen, und Cleo zuckte zusammen, als sie die Nähte unter den Achseln krachen hörte. Jen wollte helfen, doch Madge trat mit einem missbilligenden Laut dazwischen und zog dem Mädchen mit einer geschickten Bewegung das Kleid vom Leib. Dann drehte sie es auf links und reichte es Cleo. «Sieht aus, als hätte es irgendeine Provinzschneiderin zusammengestöpselt», kommentierte sie.

«Madame Lucille sitzt in Truro», erläuterte Matilda eilfertig und sah dann mit großen Augen zu, wie Madge dem kleinen Lederbeutel, den sie immer am Gürtel trug, eine scharfe Nähschere entnahm und sie Cleo reichte. Schnipp-schnapp, ritsch-ratsch! Matilda schrie entsetzt auf, als sich das Oberteil vom Rock löste, doch Cleo und Madge schenkten ihr keine Beachtung, und Cleo erklärte Madge seelenruhig, welche Änderungen sie für richtig hielt.

«Es ist doch gar nicht genug Stoff da, um es so weit zu machen, dass es mir passt», sagte Matilda bekümmert.

«Das ist auch gar nicht nötig», erwiderte Cleo. «Madge wird die Taille für dich versetzen, und du wirst sehen, anschließend passt es dir sehr viel besser.»

Und Madge, die Arme voll rosa Seidenstoff, nickte zustimmend. «Das ist im Handumdrehen erledigt.»

6

Leonies leise Worte spülten über Hector hinweg, während er angelegentlich seine Handrücken betrachtete, die Finger lockerte und sie dann über die Tasten eines unsichtbaren Klaviers gleiten ließ.

«Cleo sieht ihrer Mutter gar nicht ähnlich», sagte er schließlich. «Kein bisschen. Sie ist nicht einmal besonders hübsch, geschweige denn schön.»

Leonie setzte sich aufrecht hin. «Kennst du sie etwa?»

«Ich bin ihr in London über den Weg gelaufen.»

‹In den Weg› hätte es besser getroffen. Cleo war, mit mehreren Ballen schwarzen Tülls beladen, rückwärts aus der Garderobe des Phoenix Theatre getreten und hatte Hector dabei fast umgerannt. Und mit dem Mangel an Einsicht, der Menschen mitunter befällt, wenn sie wissen, dass sie im Unrecht sind, hatte sie ihn auch noch angefaucht, anstatt sich zu entschuldigen. «Wie blöd muss man sein, sich direkt vor eine Tür zu stellen», zeterte sie, während er noch um das Gleichgewicht kämpfte.

Im Phoenix Theatre residierte eine avantgardistische Tanztruppe. Hector komponierte die Musik für Thirloffs neueste Choreographie und hatte seine Notenblätter unter den Arm geklemmt.

«Sind Sie Musiker?», hatte Cleo ihn gefragt.

«Kann man so sagen. Ich bin Hector Bosworth. Der Komponist.»

«Cleo Otway.»

«Sie helfen bei den Kostümen?»

«Ich entwerfe die Kostüme.»

Er grinste. «Viel Arbeit für wenig Geld, wie ich Thirloff kenne.»

«Ich mache das ja auch nicht des Geldes wegen, das ich vermutlich ohnehin nie zu Gesicht bekommen werde, sondern wegen der praktischen Erfahrung. Ich bin voll berufstätig.»

Natürlich erkannte Hector den Namen; jeder, der etwas mit dem Theater zu tun hatte, kannte Rosina Otway. Dann musste Cleo wohl ihre Tochter sein. Rein äußerlich wäre er niemals darauf gekommen: Die dunkelhaarige junge Frau mit der langen Nase, die da vor ihm stand, besaß nichts von der faszinierenden Schönheit ihrer Mutter. Und doch fand er sie attraktiv.

Leonie hatte ihm inzwischen ihre volle Aufmerksamkeit zugewandt, und Hector bereute es bereits wieder, erwähnt zu haben, dass er Cleo kannte. Andererseits wäre das ja ohnehin aufgefallen, wenn sie am Abend bei den Landrakes speisten.

«Ein wenig mehr als nur über den Weg gelaufen.» Leonie musterte ihn eindringlich. «Ich würde sagen, du hattest eine Affäre mit ihr.»

Verflixt! Leonie mit ihrer raschen Intuition durchschaute stets ganz genau, was andere lieber verbergen wollten. Es war fast schon unheimlich.

Nach der Probe hatten Cleo und er einen Kaffee zusammen getrunken und sich danach fast zwangsläufig bei den Proben und den wenigen Aufführungen des Thirloff-Balletts wiedergesehen. Schließlich waren sie in der Silvesternacht, nach einem ausgelassenen Fest, miteinander im Bett gelandet.

«Warst du deshalb so schlechter Laune, als du hier angekommen bist?», fragte Leonie. «Bist du etwa in sie verliebt?»

«Nein», sagte Hector. «Natürlich nicht. Anfangs war ich das wohl, aber inzwischen … Inzwischen ist alles anders. Du brauchst mich gar nicht so anzusehen, ich habe sie nicht sitzenlassen, zumindest nicht direkt. Sie ist sehr reserviert, es ist nicht leicht, ihr überhaupt nahezukommen.»

Diese Reserviertheit hatte ihn von Anfang an irritiert. «Kein Mensch könnte behaupten, du seist nicht leidenschaftlich», hatte er eines Tages zu ihr gesagt, nachdem sie sich geliebt hatten. «Aber du hast einen harten Kern.»

Cleo stützte sich auf den Ellbogen und sah ihn aus zusammengekniffenen Augen an. «Aber ich bin doch nicht hart.»

Hector angelte nach einer Zigarette und zündete sie an, dann legte er sich wieder auf den Rücken und sah dem Rauch zu, der sich vor ihm kräuselte. «Vielleicht ist ‹hart› auch gar nicht das richtige Wort», sagte er nach einigem Nachdenken. «‹Eisern› trifft es wohl besser. Du hast einen eisernen Kern, einen Ort, an den ich niemals vordringen kann.»

Cleo lachte ihn aus. «Du übertreibst.»

«Und du untertreibst, vor allem, wenn es um uns beide

geht. Ich habe das Gefühl, als wäre ich dir eigentlich gar nicht weiter wichtig.»

«Wie ernst du plötzlich bist.» Sie beugte sich über ihn, nahm ihm die Zigarette aus dem Mund und legte dann den Kopf an seine Brust. Er schlang den Arm um sie, zog sie fester an sich. «Du bist hier, in meinem Bett», sagte er. «Aber manchmal habe ich das Gefühl, als wärst du eigentlich gar nicht da. Dein Körper ist hier, aber deine Seele nicht.»

«Ich habe keine Seele. Und ich bin doch hier, das ist alles, was zählt. Ich glaube an das Hier und Jetzt. So macht man das heutzutage. Soll das Morgen doch sehen, wo es bleibt.»

«Ich frage mich einfach nur, ob es für mich überhaupt ein Morgen in deinem Leben gibt.» Hector schwieg. Er sah Cleo nicht an, sondern schaute angestrengt zur Decke hinauf, als würde er von der rissigen weißen Fläche eine Art Offenbarung erwarten. «Auch im Hier und Jetzt bist du nie ganz bei mir; selbst jetzt gerade ist nur ein Teil von dir hier, da kannst du sagen, was du willst. Ich spüre, dass ein anderer Teil von dir, der eigentlich wichtige Teil, woanders ist, gar nicht weit weg sogar. Er steht gewissermaßen am Rand. Als Zuschauer. Als distanzierter Beobachter. Ein Zaungast, der nichts zu tun hat mit der Frau im Zentrum meiner Zuneigung.»

«Zuneigung ist aber ein schwaches Wort. Warum sagst du nicht Lust oder meinetwegen Begierde?»

«Du empfindest doch selbst nur Zuneigung für mich, stimmt's? Wie gesagt, ich meine damit nicht, dass du keine leidenschaftliche Seite hättest. Im Gegenteil. Aber ich weiß einfach nie genau, woran ich mit dir bin.»

Jede andere Frau hätte jetzt sicherlich gefragt: «Woran

willst du denn mit mir sein?» Doch Cleo schwieg. Sie sprach nur ungern über sich und drang im Gegenzug auch nicht in die Privatsphäre anderer Menschen vor.

Später, als sie in seiner kleinen, ordentlichen Küche standen und der Regen eines trüben Februartags an das winzige Glasquadrat klopfte, das sich Fenster nannte, kam Hector noch einmal auf das Thema zu sprechen. «Es ist gar nicht so, als würdest du kein Herzblut in die Dinge investieren. Das tust du weiß Gott. Ich glaube nur einfach, du hast dich so sehr daran gewöhnt, dich im Hintergrund zu halten, dass sich dort auch dein ganzes Gefühlsleben abspielt.»

«Gefühlsleben? Was redest du denn da? Hast du dich wieder mit einem deiner Jungianer unterhalten?»

«Jung würde sagen, du hast zu viel Zeit deines Lebens im Schatten zugebracht», sagte Hector. Er fischte eine Scheibe Toast aus seinem gebrechlichen Toaster und beförderte sie rasch auf einen Teller. «Das Vier-Minuten-Ei folgt sogleich.»

«Jung redet viel Blödsinn, wenn der Tag lang ist.» Cleo setzte sich und köpfte ihr Ei mit energischen Löffelschlägen.

Während sie ein Stück Toast ins Eigelb tunkte, sagte Hector, ohne sie anzusehen: «Ich werde London eine Zeitlang verlassen.»

«Ach ja? Du willst doch hoffentlich nicht nach Übersee?»

«Nein. Ich dachte, ich fahre ein Weilchen zurück nach Hause. Das Geld ist gerade ein wenig knapp, da kann ich freie Kost und Logis ganz gut brauchen, und ich habe ein Konzept für ein abendfüllendes Ballett im Kopf, das ich genauer ausarbeiten möchte. Da bin ich auf dem Land einfach am besten aufgehoben. Ruhe und Frieden und lange Spaziergänge, um die kleinen grauen Zellen anzukurbeln.»

Cleo hatte Hector nie gefragt, wo er eigentlich herkam. Sie war immer davon ausgegangen, dass er gebürtiger Londoner war, so wie sie. Hatte er nicht auch einmal einen Besuch bei seiner Mutter hier in London erwähnt? «Auf dem Land? Wo leben deine Eltern denn?»

«In Cornwall. Mein Vater hat dort ein Haus.»

Cleo verzehrte schweigend ihr Ei. «Ist das nicht furchtbar weit weg? Ich war noch nie in Cornwall.»

«Du bist ja auch durch und durch eine Großstadtpflanze.»

«Das stimmt gar nicht. Ich fahre oft nach Surrey.»

«Surrey ist nun wirklich nicht auf dem Land. Der einzige Nachteil ist, dass mein Bruder auch dort sein wird und mir sicher wieder die ganze Zeit in den Ohren liegt, die brotlose Musik endlich aufzugeben und ins Familienunternehmen einzusteigen.»

Auch nach seiner Familie hatte Cleo Hector nie gefragt. Sie sprach ja selbst auch nicht darüber, was durchaus verständlich war, da ihre Familie nur aus Rosina bestand. Über eine so berühmte und glamouröse Mutter redete man einfach nicht, und so hatte sie Hector gegenüber dieselbe Zurückhaltung walten lassen. «Wohnt ihr in der Nähe von St. Ives?»

«Das ist natürlich der einzige Ort in Cornwall, dessen Namen du je gehört hast, und das wahrscheinlich auch nur wegen der Künstlerkolonie dort.»

«Du machst dich über mich lustig.»

«Keineswegs. So fröhlich ist mir heute Morgen gar nicht zumute.»

«Es ist ja auch ein sehr trüber Tag», bemerkte Cleo mit Blick zum Fenster.

«Nein, wir wohnen nicht in der Nähe von St. Ives. Wir wohnen auf der anderen Seite des Tamar, nur einen Steinwurf von Devon entfernt, in einem kleinen Dorf, dessen Namen weder du noch sonst jemand je gehört hat, weshalb ich ihn auch nicht zu erwähnen brauche. Der nächstgrößere Ort heißt St. Jermyn's.»

«Wirst du lange fort sein?»

Hector zuckte die Achseln. «Das weiß ich noch nicht. Ich mag den Frühsommer in Cornwall, und außerdem hält mich gerade nicht viel hier in London.»

«Aber du wirst mich doch anrufen? Oder schreiben? Schreib mir doch zumindest eine Postkarte. ‹Ich genieße den Aufenthalt – schade, dass du nicht hier bist›, so etwas in der Art.»

«Hast du dich je bei ihr gemeldet, seit du hier in Cornwall bist?», wollte Leonie jetzt wissen.

«Nein.» Eigentlich hatte Hector ihr ja schreiben wollen, aber was hätte er sagen sollen? *Liebe Cleo, ich hoffe, es geht Dir gut. Ich wollte Dir nur kurz mitteilen, dass ich mich in eine andere Frau verliebt habe?*

«War Cleo denn in dich verliebt?»

«Können wir das Thema jetzt vielleicht beenden, Leonie? Ich weiß, du meinst es nur gut, aber es handelt sich trotzdem um meine Privatangelegenheit. Mach dir keine

Sorgen, es wird ganz sicher keine Szenen geben, falls du das befürchtest. Das ist nicht Cleos Stil, sie neigt kein bisschen zum Theatralischen. So etwas überlässt sie ihrer Mutter.»

7

Nachdem Matty ein Baumwollkleid übergestreift und Jen ihr Gesicht mit einem feuchten Taschentuch bearbeitet hatte, bis es glänzte, führte sie Cleo in die Bibliothek. Fitz saß nicht an seinem Schreibtisch, sondern auf der Fensterbank, eine Zigarette zwischen den Fingern, von der sich leichter Rauch emporkräuselte. Cleos Blick wanderte erstaunt über den Tisch mit der schweren Schreibmaschine und den ordentlich gestapelten Papieren. Arbeitete Lord Landrakes Sekretärin etwa hier?

Fitz folgte ihrem Blick. «Das ist meine Schreibmaschine.»

«Sind Sie etwa Schriftsteller?»

«Wenn man so will.»

«Meinem Großvater, also dem Vater von Onkel Fitz, gehört die *Sunday Gazette*», erzählte Matty voller Stolz. «Und dazu noch ein paar andere Zeitungen. Onkel Fitz schreibt Zeitungsartikel, er reist ständig in der Weltgeschichte herum.»

Dann war Fitz also Reporter. Ein recht vornehmer Vertreter dieser Gattung: Cleo hatte einige Bekannte, die für verschiedene Zeitungen schrieben und absolut nichts mit diesem weltgewandten, selbstsicheren Mann gemein hatten, der sich so frei durch Landrake Hall bewegte. Die Entdeckung erstaunte sie; eigentlich war sie fest davon ausgegangen, dass Lord Landrakes erste Frau adlig gewesen sein musste wie er selbst. Doch als Tochter eines Zeitungsverlegers hatte sie wohl einiges Geld mit in die Ehe gebracht.

«Wo sind denn die anderen?», fragte Fitz, an Matty gewandt.

«Das weiß ich nicht, und es ist mir auch egal. Tissy war gemein zu mir, als ich aus der Kirche gekommen bin. Sie meinte, ich würde garantiert hinfallen, wenn wir morgen zum Altar gehen, und damit die ganze Familie blamieren.» Einen Moment lang blieb sie in der Tür zur Bibliothek stehen und warf Cleo einen finsteren Blick zu. «Ich hoffe nur, die Zofe deiner Mutter ruiniert mein Kleid nicht völlig.»

«Ganz bestimmt nicht.»

Matty schob die Unterlippe vor und stapfte von dannen. Fitz sah ihr nach, einen halb mitfühlenden, halb belustigten Blick in den Augen. «Hier entlang», sagte er dann.

Cleo hielt ihn mit einer Handbewegung zurück. «Bevor Sie mich den anderen vorstellen, könnten Sie mir vielleicht …» Sie geriet ins Stocken, und er musste lächeln.

«Ein paar Dinge erläutern, meinen Sie?», beendete er den Satz für sie und deutete auf die breite Bank vor dem Fenster. «Nehmen Sie doch erst mal Platz.» Er schaute kurz aus dem Fenster, dann sah er Cleo wieder an und sagte: «Matty ist die Ungebärdigste von allen, aber sie lässt zumindest nie einen Zweifel daran, was sie über einen Menschen oder eine Sache denkt.»

«Und die anderen?»

«Philippa ist kühl, aber durchaus berechenbar. Ziemlich

hochnäsig, aber Sie werden schon mit ihr klarkommen. Und Tissy ... nun, Tissy haben Sie bereits gesehen.»

«Ach ja?»

«Sie war mit bei der Beerdigung. Das blonde Mädchen mit Hut und Schleier, das neben Jerry stand. Ich weiß gar nicht genau, warum sie dort war ... oder doch, jetzt fällt es mir wieder ein. Sie hat dem alten Foxton immer vorgelesen, als sein Augenlicht nachließ.»

Wie kam die Tochter von Lord Landrake dazu, einem alten Wildhüter vorzulesen? «Was hat sie ihm denn vorgelesen? Und warum?»

«Foxton hat mit dem Lesen erst angefangen, nachdem er sich als Wildhüter zur Ruhe gesetzt hatte. Er hatte eine besondere Schwäche für Dickens, und als er dann immer schlechter sah, hat Tissy sich bereit erklärt, ihm vorzulesen. Jerry hat die Mädchen immer angehalten, sich um die Pächter zu kümmern, da es seit dem Tod meiner Schwester keine Lady Landrake mehr gab, die sich darum hätte sorgen können.» Er schenkte Cleo ein ironisches Lächeln. «Aber jetzt haben wir ja eine neue Lady Landrake. Ihre Mutter.»

Cleo konnte sich nur sehr schwer vorstellen, dass Rosina überhaupt ein Pächterhaus betrat, um irgendjemandem, geschweige denn einem alten Wildhüter, Dickens oder sonst etwas vorzulesen. Doch das behielt sie für sich.

«Tissy hat eine messerscharfe Zunge und chronisch schlechte Laune. Sie ist nicht recht glücklich hier auf Landrake, aus Gründen, die ich Ihnen jetzt ersparen möchte.»

«Und das sind dann alle Mitglieder der Familie Landrake?»

«Nein. Da gibt es noch Esmond, Jerrys Neffen. Er ist der

Sohn von Jerrys jüngerem Bruder, der kurz nach dem Krieg starb, und da Jerry keinen eigenen Sohn hat, wird Esmond Landrake Hall erben. Er verbringt den Großteil seiner Zeit hier.»

Cleo verspürte nach wie vor kein großes Verlangen, ihre Stiefschwestern oder deren Vetter Esmond kennenzulernen, doch Fitz war schon wieder an der Tür und hielt sie auf.

«Bringen wir's hinter uns», sagte er.

Weitere Treppenabsätze und Zwischengeschosse, weitere Zimmerfluchten, weitere Treppen und schließlich Klavierklänge aus der Ferne. «Ich frage mich, ob Hector Bosworth wohl vorbeigekommen ist», sagte Fitz halb zu sich selbst und setzte dann hinzu, noch ehe Cleo reagieren konnte: «Aber nein, das ist nicht sein Stil. Wahrscheinlich wird Esmond ein wenig herumklimpern.»

Damit öffnete er eine weitere Tür und ließ Cleo als Erste auf die Galerie treten. Sie hatte sich halb der Hoffnung hingegeben, dass Fitz sich täuschte und tatsächlich Hector am Klavier saß, und wappnete sich bereits für die Begegnung, doch dann war der Klavierhocker ganz leer. Stattdessen stand das Mädchen, das Cleo bereits kurz auf dem Friedhof gesehen hatte, vor einem großen Grammophon, und neben dem aufgerollten Läufer tanzte eine auffallend hellblonde und bildschöne junge Frau Foxtrott mit einem großen, dunkelhaarigen Mann, der sie geschickt durch eine Reihe zusammenhängender Tanzschritte führte.

Trotz der komplementären Haarfarben sahen die beiden Tanzenden einander unwahrscheinlich ähnlich, was ihre Züge betraf. Es war, als hätte ein Künstler zwei Varianten desselben Motivs gezeichnet: eine männliche und eine weibliche, eine dunkel, die andere hell. Die schmale, edle Nase, die Gesichtsform, das sanfte, sinnliche Lächeln, die leicht gesenkten Lider: All das war bei beiden völlig identisch. Einen Augenblick lang meinte Cleo, ihnen schon einmal begegnet zu sein, doch dann wurde ihr klar, dass sie solche Gesichter aus den goldenen Bilderrahmen der National Portrait Gallery kannte. Es war das bleiche, edle Gesicht des Hauses Plantagenet, voller Hochmut und kühler Reserviertheit.

Philippa Landrake warf einen Blick über die Schulter und raunte ihrem Tanzpartner etwas ins Ohr, tanzte aber ungerührt weiter. Das Stück näherte sich seinem Ende, Tissy hob die Nadel an und nahm die Platte vom Plattenteller. Sie schob sie in ihre Hülle zurück, zog eine andere Platte hervor, legte sie auf und machte sich dann daran, das Grammophon erneut anzukurbeln. Fitz trat zu ihr und griff nach ihrer Hand, um sie davon abzuhalten. «Das ist eure Stiefschwester», sagte er mit klarer, lauter Stimme. «Philippa, Tissy, Esmond – Cleo Otway.»

Drei Augenpaare richteten sich mit feindseligem, belustigtem respektive hochmütigem Ausdruck auf Cleo und musterten sie von Kopf bis Fuß.

«Sie sehen Ihrer Mutter aber überhaupt nicht ähnlich», lautete Tissys Begrüßung.

«Und Sie arbeiten wirklich in einem Modesalon?», übernahm Philippa. «Wie sonderbar, was machen Sie denn bloß dort? Ich kann mir nicht vorstellen, dass Sie Mannequin sind.»

Einzig Esmond schien sich noch an seine Manieren zu erinnern. «Willkommen auf Landrake Hall, Cleo. Ich werde mich nicht lange mit ‹Miss Otway› und ‹Sie› aufhalten, da wir ja nun zur selben Familie gehören.» Es lag jedoch keine Wärme in seiner Stimme, und sein Ton war mokant. «Aber auch ich muss sagen, ich hätte dich nicht als Tochter unserer göttlichen Rosina erkannt. Vermutlich schlägst du mehr nach deinem Vater.»

Cleo hörte, wie Tissy mit gedämpfter Stimme, aber doch weithin hörbar murmelte: «Falls man überhaupt weiß, wer das war.»

Da hob Cleo kampflustig das Kinn. Matilda hatte ihr ja noch leidgetan, doch dieses Duo, oder vielleicht eher Trio, löste keinerlei Mitgefühl in ihr aus. Wie sollte ihre Mutter bloß in einem Haushalt zurechtkommen, der solche Menschen beherbergte – ihre Mutter mit all ihrer Warmherzigkeit, ihrem Glanz und ihrer natürlichen Herzlichkeit? Man kam sich ja vor, als öffnete man die Tür zu einem Eisschrank.

Fitz schien ihre Gedanken zu erahnen. «Normalerweise sind sie nicht so ungezogen», sagte er zu ihr. «Mir scheint, sie haben heute Nachmittag tatsächlich ihre Manieren verlegt.»

Wie um diese Äußerung noch zu bestätigen, wand sich Tissy aus seinem Griff und betätigte die Kurbel des Grammophons. Gleich darauf erfüllten eine einschmeichelnde Stimme und die Worte und Melodien Cole Porters die Galerie. Esmond stimmte mit seinem weichen, angenehmen Tenor in das Lied ein, zog seine Cousine Philippa erneut an sich und glitt weiter in schönster Eintracht mit ihr über die improvisierte Tanzfläche.

Mit undurchschaubarer Miene warf Tissy einen raschen

Blick auf Cleo und wandte sich dann an ihren Onkel. «Du solltest lieber auch noch ein wenig für morgen üben, Onkel Fitz. Vergiss nicht, die liebe Caroline wird zu unserem Ball kommen, und da du Tag und Nacht der Eine für sie bist, wie es in dem Lied hier heißt, wird sie jeden einzelnen Tanz nur mit dir tanzen wollen.»

«Wusstest du eigentlich, dass Caroline heute Abend ebenfalls zum Essen kommen wird?», setzte Philippa mit boshaftem Blick hinzu. «Das freut dich doch sicher ganz ungemein.»

«Beiß endlich in den sauren Apfel, Onkel Fitz, und mach ihr einen Antrag, damit sie einen ehrbaren Mann aus dir machen kann», fuhr Tissy neckend fort.

«Hör auf damit, Tissy. Wieso kommt Caroline denn auch zum Essen?»

«Weil die Bosworths irgendeine Amerikanerin zu Besuch haben, und das hätte geheißen, dass wir dreizehn bei Tisch gewesen wären, es sei denn, wir hätten Harby dazugeholt, und du weißt ja, wie ihr das immer zuwider ist. Deshalb hat Philippa eben noch Caroline angerufen.»

«Ich dachte, das freut dich», sagte Philippa. «Dass wir die richtige Anzahl Abendgäste sind, meine ich natürlich.»

«Wer ist denn Caroline?», erkundigte sich Cleo.

«Eine Nachbarin», antwortete Fitz wenig aufschlussreich. Dann zog er sie mit entschiedenem Schritt über die Galerie davon und warf die Tür so fest hinter ihnen beiden ins Schloss, dass sie beinahe knallte.

Eine Nachbarin, dachte Cleo, und eindeutig keine, auf deren Gesellschaft er großen Wert legt. So wenig wie sie selbst auf Hectors Gesellschaft.

8

Cleo hatte genug von diesem Haus gesehen, und als Fitz ihr vorschlug, sie noch durch das restliche Gebäude und anschließend durch Hof und Parkanlagen zu führen, lehnte sie ungewollt schroff ab. «Ich finde mich auch so schon kaum zurecht, verwirren Sie mich nicht noch mehr.» Es würde ja auch gar nicht nötig sein, dass sie sich richtig in diesem Haus zurechtfand. Doch erst einmal lag das ganze Wochenende vor ihr; sie wollte gar nicht daran denken, wie viele endlose Stunden sie noch zu überstehen hatte, bis sie sich wieder in ihr sicheres, anonymes, vertrautes Londoner Leben flüchten durfte.

«Dann werde ich Sie jetzt sich selbst überlassen. Um diese Stunde, wenn der Tee vorbei und es noch nicht an der Zeit ist, sich zum Abendessen umzukleiden, gehen Gäste und Hausbewohner ohnehin getrennte Wege.»

«Und spielen Krocket?»

«Falls das der jeweiligen Neigung entspricht. Man kann aber auch Tennis spielen oder spazieren gehen oder draußen im Garten ein wenig zeichnen.»

«Oder arbeiten?»

Fitz lachte und ging in Richtung Bibliothek davon. Als Cleo wenige Minuten später hinaus auf die Terrasse trat, hörte sie bereits das eifrige Klappern der Schreibmaschine. Sie dachte darüber nach, die Gärten und die ganze Anlage auf eigene Faust zu erkunden. Während er sie durch das Haus geführt hatte (oder – du liebe Zeit! – nur durch Teile des Hauses), hatte Fitz ihr aus einem der oberen Fenster den Rosengarten, die Eibenallee, den Brunnengarten, den Tudor-Garten, den Irrgarten und schließlich dahinter noch einen weiteren Teil gezeigt, der «Louisa-Landrake-Garten» genannt wurde. Dieser, hatte Fitz ihr erklärt, sei ein tropischer Garten, angelegt von einer unerschrockenen Lady Landrake aus viktorianischer Zeit, die mit einem gesunden Forschergeist gesegnet war und noch dazu über einen praktischerweise verstorbenen Ehemann verfügte. Sie hatte verschiedene Pflanzen aus allen Teilen der Welt zusammengetragen, die nun im milden Klima Cornwalls gediehen.

«Diesen Garten müssen Sie durchqueren, wenn Sie zu unserer Privatbucht möchten, um im Meer zu baden», erläuterte Fitz. Dann setzte er noch hinzu: «Sie sollten allerdings möglichst nicht allein zum Baden gehen. Die Strömungen sind hier unberechenbar, und auch der Sog ist ziemlich stark. Ich gehe fast jeden Morgen schwimmen. Wenn Sie möchten, können Sie mich ja einmal begleiten.»

Das war nun eine Einladung, die Cleo mit Sicherheit nicht annehmen würde. Sie hatte nur wenig Erfahrung mit dem Meer in England, und es gehörte zu ihren schlimmsten Kindheitserinnerungen, über Kiesstrände ins eiskalte Wasser geführt zu werden. Außerdem hatte sie bereits viel von dem tosenden Meer, den hohen Brechern und den gemeingefährlichen Strömungen in Cornwall gehört. Und so hatte sie ihm nur gesagt: «Ich bin leider keine allzu gute Schwimmerin.»

Sie ging bis an den Rand der Terrasse und setzte sich auf die breite, steinerne Balustrade. Philippa und Esmond liefen gerade Arm in Arm und schlägerschwenkend in Richtung Tennisplatz. Philippa trug ein weißes Tennis-Dress, das ihren gertenschlanken Körper gut zur Geltung brachte. Esmonds weiße Flanellhose wurde in der Taille von einer gestreiften Kordel gehalten, und beide wirkten sie gelöst und unbefangen, wie zwei Katzen, die ihr Territorium durchstreifen.

Cleo beschloss, sich auf die Suche nach Madge zu machen, um zu sehen, wie sie mit dem scheußlichen Brautjungfernkleid vorankam. Doch wo mochte Madge sein? Fitz hatte nur beiläufig auf diverse Treppenfluchten gedeutet und ihr erklärt, die Dienstbotenzimmer seien «dort oben». Doch in dieses Reich der Diener und Hausmädchen konnte sich Cleo keinesfalls alleine vorwagen.

Vielleicht konnte sie ja eines der Hausmädchen fragen, wo Madge zu finden sei, oder den Butler … aber nein, der war sicherlich vollauf mit dem Herrichten des Speisezimmers beschäftigt. Wie weit oben in der hausinternen Rangordnung die Zofe ihrer Mutter wohl stehen würde? Aus ihrer recht begrenzten Erfahrung mit den Dienstboten großer Herrenhäuser wusste Cleo, dass Dienstboten ihren eigenen Status aus dem ihrer Herrschaften ableiteten. Sicherlich gab es irgendwo in den Tiefen der Untergeschosse einen Raum, wo die Zofen Kleider instand hielten, doch Cleo kannte Madge gut genug, um zu wissen, dass sie sich in einem solchen Gemeinschaftsraum niemals wohlfühlen würde. Nein, sie hatte sich sicher irgendwo ihren eigenen Arbeitsort gesucht. Vermutlich im Ankleidezimmer ihrer Mutter.

Doch konnte Cleo sich erinnern, wo genau das Ankleidezimmer ihrer Mutter lag? Fitz hatte es ihr gezeigt, es war eine von mehreren Türen, die von einem breiten Gang im ersten Stock abgingen. Cleo ging zurück ins Haus und hielt ein Hausmädchen auf, das eben mit einem Arm voll weißer Tischwäsche an ihr vorbeieilte. Die Räumlichkeiten von Lady Landrake? Das Mädchen machte kugelrunde, fragende Augen. Hier hinunter, dort drüben hinauf, dann die zweite Treppe hoch, den Flur mit den Spiegeln entlang, dann würde Cleo sie gleich zu ihrer Rechten finden.

Nach einigen missglückten Anläufen fand Cleo sich schließlich vor der Tür der Bibliothek wieder. Fitz saß immer noch dort, sie hörte das Klappern seiner Schreibmaschine. Sie würde ihn nach dem Weg fragen. Als sie eintrat, tippte er wie ein Wilder und sah sie mit dem ausdruckslosen Blick eines Menschen an, der mit seinen Gedanken ganz woanders ist.

Cleos heimliche Hoffnung, er werde sie hinführen, wurde enttäuscht. Er sah kaum von seiner Arbeit auf. «Nehmen Sie die Treppe hier am Ende des Flurs, wenden Sie sich unten nach links und gehen Sie durch die alte Tür. Die können sie gar nicht verfehlen, sie hat auffallend große eiserne Türangeln. Die erste Tür links führt zu Jerrys Zimmern, ebenso wie die zweite. Die Zimmer Ihrer Mutter liegen gleich gegenüber. Die erste Tür führt in ihren Salon, die zweite ins Bad, die dritte ins Schlafzimmer.»

Cleo wagte eine weitere Frage. Sie glaubte, sich zu erinnern, auf dem Flur noch mehr Türen gesehen zu haben. «Und was für Zimmer sind dort noch?»

Fitz hob den Kopf und sah sie stirnrunzelnd an. «Zwei Gästezimmer, aber ich glaube nicht, dass sie dieses Wochenende belegt sind. Es sei denn, sie haben Archie dort untergebracht. Er ist immerhin der Ehrengast.»

«Archie? Wer ist denn Archie? Etwa noch ein Landrake?»

«Nein, kein weiterer Verwandter, nur ein Freund der Familie. Archie Conway. Er wird morgen unten in der Kirche heiraten. Sie erinnern sich doch noch an die Probe? Passen Sie auf, dass Sie nicht versehentlich bei ihm hereinplatzen, er ist von Natur aus schreckhaft, und im Augenblick ist er vermutlich völlig außer sich.»

«Wieso denn? Hat er kalte Füße bekommen?»

Fitz hatte sich schon wieder seiner Schreibmaschine zugewandt. «Ich denke, am Abend vor seiner Hochzeit fühlt sich jeder Mann ein wenig beklommen. Machen Sie bitte die Tür zu, wenn Sie hinausgehen?»

Wozu brauchte das Anwesen noch einen Irrgarten, wenn schon das Haus das reinste Labyrinth war? Und wozu benötigte heutzutage überhaupt noch jemand ein Haus dieser Größe, mit so vielen Zimmern? Es war wie ein Relikt, ein Überbleibsel aus einer fernen Epoche. Genau das wollte Cleo auch ihrer Mutter sagen, als sie schließlich ihren privaten Salon ausfindig gemacht hatte.

Rosina ruhte sich gerade aus. Sie lag hingestreckt auf der Chaiselongue, den Kopf in den Nacken gelegt, zwei Gurkenscheiben auf den Augen, und war damit beschäftigt, sich die Hände mit einer köstlich duftenden Creme einzureiben, und summte dabei leise vor sich hin.

Cleo kannte ihre Mutter gut genug, um auf einen Blick zu erkennen, dass sie in diesem Augenblick vollkommen glücklich war. Die Entspannungspausen waren Teil ihres schauspielerischen Rituals, eine Gewohnheit, die sie sicherlich niemals aufgeben würde; zu fest gehörten die Gurkenscheiben und die Creme zu ihrem täglichen Schönheitsprogramm. Doch das Summen zeigte, dass sie glücklich war.

Zugleich diente es als Signal an den Rest der Welt, dass Rosina nicht gestört werden wollte. Genau so bereitete sie sich immer auf ihre abendlichen Auftritte vor: Sie ließ die Anspannung aus jedem Muskel ihres Körpers weichen und zog sich in sich selbst zurück, um sich ganz auf ihre Rolle einzustellen. Cleo war damit groß geworden und hatte sich schon als kleines Kind an diese Stunden kurz vor dem Auftritt gewöhnt, in denen ihre Mutter ihr alle Aufmerksamkeit entzog.

Rosina stimmte sich darauf ein, auf die Bühne zu treten. Doch hier gab es keine Bühne, hier warteten keine Theaterscheinwerfer auf sie wie im Londoner West End. Ihre heutige Bühne hieß Landrake Hall, und Rosina eignete sich die Rolle der Lady Landrake mit derselben Sorgfalt und Intensität an, die ihr auch für ihre anderen Rollen so viel Lob und Anerkennung von Publikum und Kritikern eingetragen hatte.

So gern Cleo auch mit ihrer Mutter gesprochen hätte, sie konnte sich doch nicht dazu durchringen, sie in dieser vertrauten Prozedur zu unterbrechen. Deshalb durchquerte sie auf Zehenspitzen den Raum bis zur anderen Seite, wo eine Tür angelehnt war. Sie schob die Tür ein wenig weiter auf. Ja, sie hatte richtig geraten: Es war das Ankleidezimmer ihrer

Mutter, das Madge zu ihrem Reich auserkoren hatte – ein genaues Abbild der vielen, vielen Theatergarderoben, die Cleos Mutter in ihrem Leben ihr Eigen genannt hatte.

An der Wand befand sich eine mit Knöpfen verzierte Chaiselongue, ein kleiner Sessel mit Samtbezug stand etwas vorgerückt in einer Ecke, und in der anderen thronte Madges Arbeitsstuhl mit seiner hohen Lehne. Und gleich daneben die vertraute spanische Wand, schwarz mit goldenen chinesischen Schriftzeichen, hinter der Cleos Mutter sich immer umzuziehen pflegte, wenn nach der Vorstellung begeisterte Besucher ihre Garderobe bevölkerten. Hier waren solche Vorsichtsmaßnahmen kaum notwendig, und Cleo fragte sich, was Madge wohl hinter diesem Wandschirm verbarg. An einer weiteren Wand standen ein Bügelbrett und auf einem hölzernen Wagen mit großen Rädern die altehrwürdige, schwarze, pedalbetriebene Nähmaschine. An die letzte Wand schließlich war der Tisch mit dem großen, von Glühbirnen umrahmten Spiegel geschoben worden. Nur eines fehlte: die vielen Theaterschminkstifte und die großen Tiegel mit Fettcreme. Nirgends lagen Grundierung Nr. 1 oder Nr. 6 herum, nirgends sah man die wenig dezenten Farben und Puder, die das Theater erforderte. Stattdessen prangten auf dem Schminktisch edle Glasfläschchen und kleine Döschen von Coty und Elizabeth Arden.

Nur das Parfüm war dasselbe wie immer, das wohlvertraute Shalimar, das Cleos Mutter schon seit langem verwendete. Der einladende, moschusähnliche Duft schien Rosina stets einzuhüllen, und auch hier im Zimmer roch man ihn. Cleo schloss die Augen, überwältigt von den Erinnerungen an all die vielen Garderoben, in denen sie so oft gewartet hatte, wenn sich einmal niemand gefunden hatte, um auf sie aufzupassen, an all die Abende, die sie im Theater verbracht hatte, in jenem Sessel dort, mit einem Buch oder Papier und Buntstiften. Sie hatte sich in all den Garderoben ganz zu Hause gefühlt; meist trug sie auch schon ihr Nachtkleid, um gleich bettfertig zu sein, sobald sie nach Hause kamen. Unterdessen absolvierte ihre Mutter ihre Auftritte und Abgänge, und ihre Kostüme und ihre Konzentration machten sie für Cleo zu einer fremden, fernen Person.

Als sie noch klein war, hatte Cleo oft Angst vor dieser Fremden gehabt, die mit raschelnden Röcken hereingerauscht kam, ihre Perücke von sich warf und darüber klagte, wie sehr die Haarnadeln schmerzten, nur um die Perücke gleich darauf wieder aufzusetzen und ihren gefeierten Auftritt als Lady Anne in *Richard III.* zu Ende zu bringen. Wenig später kam sie wieder herein, diesmal mit einer Krone auf dem Kopf, und murmelte vor sich hin, was Shakespeare doch für ein Genie gewesen sein müsse, um ein solches Ungeheuer wie Richard III. gleichzeitig so verführerisch zu machen.

Oder sie beschmierte sich die Hände mit Theaterblut, um die Lady Macbeth zu geben, oder setzte sich eine Perücke für die revolutionär moderne Inszenierung des *Kaufmanns von Venedig* auf. «Portia war sicher kein einfaches Kind», bemerkte sie dann und sprühte sich dabei ein wenig Parfüm auf den Hals, um gleich darauf mit ihren Stimmübungen anzufangen.

So viele Erinnerungen, und alle hingen sie mit diesem Parfüm zusammen. «Sprüh einen Duft nie direkt auf dich oder deine Kleidung, Liebes», hatte Rosina ihr geraten.

«Sprüh ihn in die Luft, mach eine Duftwolke daraus und tritt dann mitten hinein.»

Nun, diese Zeiten waren vorbei, und diese «Garderobe» war längst kein so zeitlich begrenzter Aufenthaltsort wie die anderen, in denen Rosina residiert hatte. Wie wollte sie die neue Rolle als Lady Landrake bloß dauerhaft spielen? War das überhaupt möglich?

Madge saß auf ihrem ungepolsterten Arbeitsstuhl, das rosa Seidenkleid auf den Knien, und ließ mit geschickten Stichen die Nadel fliegen. «Wie kann man so ein Mädchen bloß in ein solches Kleid stecken?», sagte sie, ohne aufzuschauen. «Ich weiß wirklich nicht, was die sich dabei gedacht haben. Rosa kann so gut wie keiner tragen, erst recht nicht mit so heller Haut. Und das ist ja nicht mal ein schmeichelndes Rosa. Wenn Sie mich fragen, ich würde das eher lachsfarben nennen.»

Cleo musste ihr recht geben: Bei dieser Beleuchtung hatte das Kleid tatsächlich große Ähnlichkeit mit einem rohen Stück Lachs. «Die andere Brautjungfer ist dunkelhaarig und eher zart. Ihr dürfte Rosa gar nicht so schlecht stehen.»

«Dann ist das wohl die kleine Schwester der Braut. Miss Matilda und sie kommen gar nicht gut miteinander aus, obwohl anscheinend alle Welt glaubt, sie müssten die allerbesten Freundinnen sein, nur weil sie im selben Alter sind und praktisch nebeneinander wohnen. Miss Matilda ist kein besonders fröhliches Kind, und unglückliche Kinder freunden sich nun mal nicht gerade schnell mit anderen an.» Energisch biss sie das letzte Stück Faden ab und glättete dann mit geübter Hand den Saum. «Ich bügele das noch rasch auf, dann läute ich nach Jen, damit sie es holen kommt.

Gut, dass es gemacht ist, es wird bald Zeit, sich zum Abendessen umzuziehen, dann habe ich alle Hände voll damit zu tun, Ihnen und Mylady beim Ankleiden zu helfen.»

Cleo nahm belustigt zur Kenntnis, mit welchem Stolz Madge das Wort «Mylady» aussprach. «Ich dachte immer, du hast nichts übrig für solche Allüren, Madge.»

Madge ließ sich nicht aus der Ruhe bringen. «Ihre Mutter gibt eine ganz wunderbare Lady ab.»

Cleo hielt den Rock des rosa Kleides fest, während Madge die Taille zurechtbügelte. «Ist Matty denn wirklich unglücklich?», fragte sie. «Auf mich macht sie eher einen zornigen als einen unglücklichen Eindruck. Sie ist ein aufbrausendes Mädchen.»

«Sie hat sicher einiges, worüber sie zornig sein kann; andererseits könnte man aber auch sagen, sie hätte einiges, wofür sie dankbar sein könnte. Sie wohnt in einem großen Haus, hat eine Familie, genug zu essen, viele Leute, die sich um sie kümmern. Aber trotzdem braucht dieses Kind vor allem eine Mutter, und die hatte es eben nie. Wahrscheinlich ist das der Grund, warum sie so schwierig ist. Miss Tissy ist ja auch nicht gerade das, was man als warmherzige junge Dame bezeichnen würde, und diese Miss Philippa … so ein schönes Mädchen, aber sie ist derart mit sich selbst beschäftigt, dass sie sich sonst für keine Menschenseele interessiert.»

«Geht Matty aufs Internat? Ist sie dort vielleicht unglücklich?»

Für Cleo selbst waren die Jahre im Internat glückliche Zeiten gewesen. Ein wohlwollendes Schicksal hatte dafür gesorgt, dass ihre Schule, eine wenig anheimelnde Einrichtung im Norden Englands, über eine sehr fähige Kunstlehrerin verfügte, und Cleo hatte sich immer schon für Kunst begeistert. Außerdem hatte sie die Gemeinschaft und die tägliche Routine genossen: Der Schulalltag hatte ganz und gar nichts Dramatisches an sich und bildete damit einen angenehmen Kontrast zu ihrem Familienleben.

«Sie geht überhaupt nicht zur Schule», erwiderte Madge und rümpfte dabei missbilligend die Nase. «Und sie wird auch auf keine kommen, weil Seine Lordschaft nämlich nichts von Bildung für Frauen hält. Miss Philippa und Miss Tissy waren beide ein, zwei Jahre im Internat, zumindest hat man mir das erzählt, aber dann gab es irgendwelchen Ärger, und seither haben die Mädchen eine Gouvernante nach der anderen. Miss Matilda hat im Augenblick allerdings keine. Die letzte hat gekündigt, kurz nachdem wir hier eingetroffen sind. Ich sage Ihnen, das war vielleicht ein Theater! Ganze Ströme von Tränen hat das dumme Huhn geweint. Und so was nennt sich dann Gouvernante! Die hätte ja nicht einmal die Hauskatze gebändigt. Miss Matilda hat übrigens nicht eine Träne vergossen. Und die arme junge Frau war natürlich auch übel zugerichtet, als sie ging. Sie hatte ein blaues Auge. Das hatte Miss Matilda ihr verpasst, weil sie ein Buch nach ihr geworfen hat. Ich würde vermuten, das kleine Fräulein glaubt, wenn sie sich nur schlecht genug benimmt, gibt der Vater nach und schickt sie doch noch auf die Schule. Aber das wird kaum passieren. Ich habe nicht den Eindruck, dass Seine Lordschaft seine Meinung besonders häufig ändert, wenn er einmal einen Entschluss gefasst hat.»

Cleo hätte gern gewusst, was Madge von der Ehe ihrer

Mutter hielt. Über die Jahre hinweg hatte sie mit Madge über praktisch alles geplaudert, doch jetzt fiel es ihr schwer, das Thema anzuschneiden. «Ist Lord Landrake denn ein aufbrausender Mann? Hat Matty ihr Temperament von ihm?»

«Er ist ein Mann, der es gewohnt ist, seinen Willen durchzusetzen, und ärgerlich reagiert, wenn ihm das nicht gelingt. Das ist auch nur natürlich, wenn man seine Position und Stellung bedenkt. Aber Sie wollen eigentlich von mir wissen, ob er Ihrer Mutter ein guter Mann sein wird, und das ist eine Frage, die ich Ihnen nicht beantworten kann. Das werden Sie schon selbst beurteilen müssen. Aber Sie sind ja nur vier Tage hier, da weiß ich nicht, ob Sie sich eine allzu genaue Meinung darüber bilden können.»

Sie hängte das Kleid auf einen Bügel und zupfte den Rock zurecht. «Eines kann ich Ihnen aber sagen: Ihre Frau Mama ist so glücklich, wie sie nur sein kann.»

«Ja», sagte Cleo. «Ich habe sie summen gehört. Aber das hier ist schließlich keine Rolle. Und du weißt ja selbst, wie grässlich sie es immer fand, wenn ein Stück zu lange gespielt wurde, während sie schon längst wieder etwas Neues machen wollte. Diese Rolle hier soll sie für den Rest ihres Lebens spielen.»

Tochter und treue Garderobiere wechselten einen stummen Blick.

9

Auf Bosworth Castle waren Leonie und Adele Warburton schon lange vor den Herren umgezogen und warteten unten auf sie.

«Das ist die einzige Zeit des Tages, zu der Jonathan jemals trödelt», sagte Leonie. «Er verabscheut es, sich mit dem abendlichen Bad und der Rasur beeilen zu müssen, und leider verplaudert er sich auch jedes Mal mit seinem Kammerdiener, der ihn darüber in Kenntnis setzt, was im Untergeschoss vor sich geht.»

«Er benutzt seinen Kammerdiener also als Informanten?», fragte Adele interessiert nach.

«Ohne damit böse Absichten zu verfolgen. Jonathan interessiert sich einfach sehr für Menschen, und das umfasst auch sämtliche Mitglieder seines Haushalts. Er macht es aus Freundlichkeit, nicht aus Missgunst oder weil er sein Personal bei irgendetwas ertappen will.»

Sie saßen auf der Veranda, deren Fenstertüren an diesem lauen Abend geöffnet waren. Die Luft war erfüllt vom Duft des Jasmins, und Leonie lauschte den sanften Geräuschen, die von draußen hereindrangen: ein Traktor in der Ferne, ein Vogel, der zwitschernd über den Fluss flog, das Muhen von Jonathans preisgekrönter Kuhherde, die von der Weide zum Melken heimgetrieben wurde. Sie seufzte auf.

«Belastet Sie irgendetwas?», fragte Adele. Sie rauchte eine Zigarette, die in einer langen, schwarzgoldenen Zigarettenspitze steckte, und beugte sich vor, um die Asche in den großen Aschenbecher aus Granitstein auf dem Tisch neben sich fallen zu lassen.

«Nein. Ich dachte einfach nur, wie friedlich es hier ist und dass ich jetzt lieber nicht zu einer großen Abendeinladung gehen würde.»

«Sie haben ja auch eine lange Reise hinter sich und sind bestimmt müde.»

«Eigentlich nicht. Ich hatte einen Grund für diese Reise und habe erreicht, was ich wollte, und das beruhigt mich sehr. Geistige Erschöpfung ist ungleich viel fordernder als körperliche, finden Sie nicht auch? Nein, ich fürchte einfach nur, dass es heute Abend in Landrake Hall die eine oder andere Missstimmung geben könnte, und obwohl ich weiß, dass ich mich amüsieren werde, wenn ich einmal dort bin, habe ich doch das Gefühl, mich dafür ein wenig wappnen zu müssen.»

«Wer wird denn alles dort sein? Lord und Lady Landrake natürlich und dieser junge Esmond, der kürzlich zum Tennisspielen hier war. Und Lord Landrakes bildhübsche Tochter, nehme ich an, und ihre jüngere Schwester, die immer aussieht, als wäre sie eigentlich lieber ganz woanders?»

«Ganz genau. Und außerdem Cleo Otway, Rosinas Tochter, die noch nie auf Landrake war. Ich kann mir nicht vorstellen, dass die Landrake-Schwestern sie mit offenen

Armen empfangen haben. Sie sind auch so schon verstimmt genug über die überstürzte Heirat ihres Vaters, da legen sie sicher keinen Wert darauf, obendrein auch noch eine Stiefschwester zu bekommen. Außerdem hat sich herausgestellt, dass Cleo in London mit Hector befreundet war.»

«Befreundet? Das heißt …?»

«Ja, genau das heißt es. Er sagt, es sei alles längst vorbei, aber es ist doch immer eine unangenehme Situation. Und dann ist da noch der Ehrengast, Archie Conway.»

«Der morgige Bräutigam. Könnte es da auch Schwierigkeiten geben?»

«Das will ich nicht hoffen. Das will ich wirklich nicht hoffen. In gewisser Weise fühle ich mich für dieses junge Paar verantwortlich, und trotzdem weiß ich nicht recht, wie es mit ihnen enden wird.»

Adele lehnte sich im Sessel zurück und blies kleine Rauchringe in die unbewegte Luft. «Wollen Sie mir vielleicht davon erzählen?»

Leonie war selbst überrascht darüber, diesen Wunsch zu verspüren. Sie kannte Adele nicht besonders gut, und doch mochte sie sie und hatte Vertrauen zu ihr.

«Das habe ich bisher nicht einmal Jonathan erzählt. Wissen Sie, Archies Braut, Hermione Latimer, war früher einmal in Esmond verliebt. Vor gut anderthalb Jahren stand sie eines Nachmittags plötzlich hier vor der Tür, in heller Verzweiflung. Ich weiß nicht, weshalb sie gerade mir ihr Herz ausschütten wollte; vermutlich schien ich ihr die einzige Frau zu sein, der sie vertrauen konnte. Ihrer Mutter konnte sie nichts davon erzählen, das bringt keine junge Frau fertig, und wer blieb dann noch? Philippa ganz sicher nicht, sie ist eine rechte Schlange und hätte vermutlich keinerlei Mitgefühl gezeigt.»

«Hat Esmond ihr etwa den Laufpass gegeben? Ist sie deshalb zu Ihnen gekommen?»

«Nein. Ich habe nie recht herausgefunden, was genau zwischen ihnen vorgefallen ist. Hermione lag Esmond schon als junges Mädchen zu Füßen, und ich hatte immer das Gefühl, dass er sie ebenfalls gern hatte, vielleicht sogar ein klein wenig verliebt in sie war, wenn auch längst nicht so sehr wie sie in ihn. Es waren vor allem zwei Punkte, die ihr an diesem Tag so zu schaffen machten. Zunächst einmal war sie nicht bereit, Herrin von Landrake Hall zu werden. Sie sah sich einfach nicht in dieser Rolle. ‹Es ist ein so großes Haus und so unheimlich, und dann noch all diese Dienstboten und die alten Gemälde, die einen ständig anstarren›, hat sie zu mir gesagt. ‹Ich glaube nicht, dass ich mich je daran gewöhnen könnte, Lady Landrake zu sein.›»

«Eine durchaus verständliche Angst», sagte Adele. «Das wäre ja auch ein gewaltiger gesellschaftlicher Schritt für eine Pfarrerstochter gewesen.»

«In gewisser Weise gehört sie sogar zur Familie, ihr Vater und Jerry sind entfernt verwandt. Ich habe versucht, sie zu beruhigen. Man weiß doch nie, wozu man fähig ist, bis man es versucht, und es gab sicher schon viele Lady Landrakes, die bei ihrer Hochzeit ebenso wenig Erfahrung mit einem großen Haushalt hatten, wie sie es gehabt hätte.»

«Aber das war doch sicher nicht das eigentliche Problem.»

«Nein, natürlich nicht. Das andere schien sie aber schlecht in Worte fassen zu können. Sie sagte mir: ‹Es ist, als gäbe es da einen Esmond, den ich nicht kenne, als wäre ein Teil von ihm nicht zugänglich, weder für mich noch für sonst jemanden. Wie soll man mit einem Mann glücklich werden, der seine Seele so verschlossen hält?›»

Adele blickte skeptisch drein. «Ich würde ja sagen, das ist gut so. Eine Ehe, bei der beide Partner ihre eigenen Interessen, ihre eigenen Ansichten und vielleicht sogar ihre eigene Philosophie haben, scheint mir größere Chancen auf eine stabile Einheit zu bieten als das Modell ‹Mann und Frau sind eins›, bei dem das Paar alle Gefühle und Meinungen und selbst die tiefsten Geheimnisse miteinander teilt.»

«Das habe ich Hermione auch zu erklären versucht. Aber sie konnte und wollte sich einfach nicht trösten lassen. Sie meinte, sie sei eigentlich gar nicht um Rat zu mir gekommen, weil ihr Entschluss bereits feststehe. Sie könne Esmond nicht heiraten, und obwohl alle seit langem darauf warteten, dass sie sich endlich verlobten, habe er ihr ja auch nie einen Antrag gemacht und werde das sicher auch niemals tun. Damit müsse sie sich wohl oder übel abfinden, auch wenn sie beim besten Willen nicht wisse, wie sie den Schmerz jemals ertragen solle.»

«Das arme Kind», sagte Adele. «In ihrem Alter nimmt man Herzensangelegenheiten immer noch so schwer.»

«Ist das denn nicht in jedem Alter so?»

«Doch, aber in unserem Alter hat man bereits aus seinen Erfahrungen gelernt, wozu die Jungen noch keine Gelegenheit hatten. Was haben Sie ihr denn damals geraten?»

Leonie zuckte die Achseln. «Sie wollte ja keinen Rat. Sie wollte nur eine Schulter, an der sie sich ausweinen konnte. Als sie ging, schien es ihr schon wieder ein wenig besser zu gehen, und am nächsten Tag erhielt ich eine Nachricht von ihrer Mutter. Mrs Latimer ist eine verständige Frau, und sie machte sich furchtbare Sorgen, weil ihre Tochter so unglücklich war. Ich riet ihr, Hermione eine Weile von Landrake Hall und Esmond fernzuhalten, und so beschloss sie gemeinsam mit ihrem Mann, das Mädchen für ein Jahr in die Schweiz zu schicken.»

«Es wird sehr teuer, und eigentlich können wir uns das gar nicht leisten», hatte Mrs Latimer damals zu Leonie gesagt. «Aber Sie haben recht, es ist sicher das Beste für Hermione, eine Zeitlang von hier fortzugehen.»

«Und dann kam sie zurück und hat sich mit diesem Archie Conway verlobt?»

«Ganz genau. Er ist mit Esmond befreundet, so haben sie sich auch kennengelernt.»

«Aber wenn ich Sie recht verstanden habe, ist sie heute Abend nicht mit von der Partie?»

«Nein, nein. Ein verlobtes Paar speist am Abend vor der Hochzeit nie gemeinsam. Sie wird zu Hause bei ihren Eltern sein.»

Von draußen näherten sich Stimmen.

«Da sind die Herren schon», sagte Leonie. «Dabei habe ich von Lancelot, Hector und Philippa noch gar nicht angefangen. Und ich habe Sie auch nicht davor gewarnt, dass Lord Landrake sehr eigene Ansichten über berufstätige Frauen hegt. Ach, was soll's! Auf in den Kampf.»

❋ 10 ❋

Es wird sich alles finden», sagte Madge entschieden und setzte dann hinzu: «Und jetzt habe ich keine Zeit mehr zum Plaudern, ich muss Mylady ankleiden.»

Cleo schaute zu, wie sie die Kleider durchsah, deren jedes unter seiner eigenen weißen Baumwollhülle verborgen war.

«Es wird eine recht große Gesellschaft heute Abend», sagte Madge, während sie eines der Kleider von seiner Hülle befreite und es vom Bügel nahm. «Aber Sie haben ja sicher die passenden Kleider für so ein Wochenende dabei.»

Es war keine Frage, sondern eine Feststellung.

«Joulbert hat darauf bestanden, dass ich ein paar Abendkleider mitnehme.»

«Seine? Oder Ihre eigenen?»

«Seine natürlich. Aber ich habe auch ein paar von meinen mitgebracht, nur für alle Fälle. Und ich habe mir selbst ein Kostüm für den Ball entworfen.»

«Das spanische Kleid? Das habe ich beim Auspacken schon gesehen. Ein schönes Kleid. Sie beherrschen es ja bestens, sich Ihrem Typ entsprechend zu kleiden, das haben Sie von Mylady gelernt. Und bestimmt ist das Kleid von einem Gemälde inspiriert, das ist ja das Motto morgen

Abend. Ein Jammer, dass Sie es nicht beim Theater versuchen wollen.»

Madge war es schon seit langem ein Dorn im Auge, dass Cleos Herz dem Entwerfen von Mode gehörte und nicht der Kostümbildnerei. «Mal abgesehen von allem anderen würden Sie als Kostümbildnerin auch viel leichter eine Stelle finden, um endlich aus diesem Büro herauszukommen.»

Cleo war bereits mit fünfzehn von der Schule abgegangen, zum großen Entsetzen ihrer Mutter. «Liebes», hatte sie zu ihr gesagt, «eine junge Frau in deiner Position kann doch gar nicht genug lernen. Schließlich weißt du doch, du wirst dir deinen Unterhalt selbst verdienen müssen, genau wie ich. Natürlich hoffe ich sehr, dass du einmal heiratest, aber das habe ich ja auch getan, und ich musste trotzdem immer weiterarbeiten.»

«Aber anders als du werde ich meinen Lebensunterhalt nie mit meinem Aussehen oder meinem Talent bestreiten können», hatte Cleo erwidert. Sie sagte es ohne Groll – schließlich wusste sie ja, dass sie kein hässliches Entlein war, das sich plötzlich über Nacht in einen betörenden Schwan verwandeln würde. Bei ihrem Aussehen war das schlicht unmöglich, dabei war sie noch nicht einmal hässlich, einfach nur nicht besonders schön, weil sie die lange Nase ihres Vaters und das dunkle Haar und den dunklen Teint seiner spanischen Vorfahren geerbt hatte. Außerdem glaubte sie schon lange nicht mehr an Märchen.

Cleo wollte auf die Kunstakademie gehen, doch von dieser Idee hielt Rosina nicht das Geringste. Schließlich gelangten sie zu einer Art Kompromiss, der darin bestand, dass Cleo sich bereit erklärte, für etwa ein Jahr einen Sekretärinnenkursus zu besuchen: «Ungeheuer öde, Liebes, das ist mir klar, aber es wird dir noch nützlich sein, und du kannst immer wieder darauf zurückgreifen. Wenn du das einmal beherrschst, wirst du immer Arbeit finden. Und später kannst du dich immer noch etwas Riskanterem zuwenden.»

Und so verbrachte Cleo ein unglaublich langweiliges Jahr auf der Sekretärinnenschule in London. Doch sobald sie ihre Zeugnisse in der Tasche hatte, machte sie sich auf nach Paris. Sie hatte in der Schule eine exzellente Französischlehrerin gehabt. «Und stell dir nur vor», hatte sie ihrer Mutter zugeredet, «wie nützlich es erst sein wird, wenn ich mein Französisch verbessere. Meine Sekretärinnenausbildung kann ich doch auch dort fortsetzen – Sekretärinnen mit Fremdsprachenkenntnissen sind sicher sehr gefragt.»

Drei Monate nach ihrer Ankunft in Paris hatte Cleo eine schlechtbezahlte Stelle bei einem Modehaus, als Assistentin des Mannes, der sich um die Finanzen des Unternehmens kümmerte. Die Modewelt faszinierte sie ungemein, und sie wusste schon bald, dass sie ihre eigene Zukunft im Entwerfen von Mode sah.

Dort in Paris verliebte sie sich auch. Ihr Liebhaber war einer der Teilhaber jenes Modehauses, und die leidenschaftliche Romanze stürzte sie zunächst in einen Taumel des Glücks und dann in tiefes Leid, als sie feststellen musste, dass ihr geliebter Maximilian nicht nur eine Ehefrau besaß, die auf dem Lande residierte, sondern auch noch eine weitere Geliebte in einer kleinen Wohnung in Paris.

Weil Cleo es nicht ertragen konnte, weiter an einem Ort zu arbeiten, wo sie Maximilian unablässig begegnen würde, und weil es keine Möglichkeit für sie gab, sich in Frankreich zur Modezeichnerin ausbilden zu lassen, wo sie weder über die nötigen Kontakte noch über das nötige Geld verfügte, kehrte sie schließlich nach London zurück und nahm die Stelle bei den Gebrüdern Joulbert an.

Die Erfahrungen in Paris hatten sie klüger und vorsichtiger gemacht, und obwohl sie die Gesellschaft von Männern nicht eben mied, wahrte sie doch stets eine emotionale, wenn auch nicht unbedingt körperliche Distanz zu ihnen. Einmal hatte sie ihrer entsetzten Mitbewohnerin lachend erklärt, sie habe Platz genug für einen Mann in ihrem Bett, nicht aber in ihrem Herzen.

Es gab zwei Gebrüder Joulbert und zwei Geschäftszweige. Joel, der jüngere, kümmerte sich um die Theaterkostüme, während sein älterer Bruder Frederic den Modesalon führte, der für perfekt geschneiderte Kostüme und Reitbekleidung berühmt war. Seit kurzem hatte er sein Repertoire um Abendgarderobe erweitert, deren britische Betulichkeit um Cleo allerdings ein ums andere Mal bedauernde Seufzer ob der verpassten Möglichkeiten abrang und sie von den glamourösen Kleidern träumen ließ, die sie daheim am Schreibtisch entwarf. Freddie Joulbert schien die atemberaubenden Modelle aus Paris weder wahrzunehmen noch je davon gehört zu haben: die neuen Schnitte, die neuen Nähtechniken, die neuen Stoffe und die vielen neuen Möglichkeiten, die weibliche Silhouette noch sinnlicher, noch waghalsiger attraktiv zu gestalten.

Joulberts Kundinnen sahen stets lediglich aus wie neu aufgepolstert, doch das, so hatte ihr der deprimierte junge Hauszeichner Claude einmal sein Leid geklagt, war es offenbar, was britische Frauen wollten.

Madge bügelte jetzt ein Abendkleid auf, das Cleo noch nicht kannte. Es war im griechischen Stil gehalten und dabei auf eine Weise asymmetrisch geschnitten, die Cleo mit einem Blick als echten Geniestreich erkannte. Madge hielt es hoch, um es ihr zu zeigen. «Ob Sie's nun glauben oder nicht, das ist aus Amerika. Mainbocher. Mylady hat in New York einige seiner Modelle erstanden.»

Das Summen im Nebenzimmer brach ab, und gleich darauf schwebte Rosina in einem hinreißenden seidenen Morgenrock ins Ankleidezimmer. Sie warf Cleo eine Kusshand zu und ließ sich dann an ihrem Schminktisch nieder. Immer noch leise weitersummend, wollte sie eben nach ihrer Gesichtscreme greifen, als es an der Tür des Salons klopfte. Rosina warf Madge einen strengen Blick zu und deutete mit dem Kopf auf Cleo.

Zu Cleos großer Überraschung ergriff Madge sie daraufhin am Arm und schob sie rasch hinter den chinesischen Wandschirm, während draußen eine Männerstimme rief: «Rosina, bist du da?» Madge sprang hastig herbei, um die Tür des Ankleidezimmers zu öffnen, Lord Landrake einzulassen und sich dann ihrerseits in den Salon zurückzuziehen.

Durch den Spalt zwischen den Scharnieren des Wandschirms konnte Cleo alles ganz genau verfolgen; sie musste jedoch nicht einmal ein Kichern wegen dieser absurden Situation unterdrücken, so burlesk, theatralisch und vollkommen unnötig es auch sein mochte, sich auf diese Weise zu verstecken. Hatte sie denn nicht jedes Recht, im Ankleidezimmer ihrer Mutter zu sein?

Lord Landrake streichelte seiner Frau sanft die Schulter. Er hielt eine dunkelblaue Samtschachtel in der Hand.

«Die hatte ich für dich zum Reinigen gegeben, sie kam gerade gestern zurück. Ich möchte, dass du sie heute Abend trägst.»

Rosina öffnete die Schachtel, und Cleo sah es bläulich darin schimmern. Saphire. Mit einem kleinen Freudenschrei wandte sich Rosina um und legte Lord Landrake zärtlich die Hand an die Wange. Er beugte sich über sie und küsste sie auf die Lippen, dann schien ihn die duftende, feminine Umgebung des Ankleidezimmers doch zu sehr zu überwältigen, und er murmelte nur, er werde sie jetzt ihrer Zofe überlassen, damit sie sich weiter ankleiden könne.

Als sich die Tür des Salons hinter ihm geschlossen hatte, trat Cleo wieder hinter dem Wandschirm hervor. Die volle Pracht der Saphirkette blendete sie schier. «Die muss ja ein Vermögen wert sein!»

«Die Landrakes haben ganz wunderbaren Familienschmuck», erwiderte ihre Mutter vergnügt. «Und der gehört jetzt mir.»

«Dir?»

«Zumindest darf ich die Sachen tragen. Es sind natürlich alles Erbstücke, die in der Familie bleiben müssen. Aber zur Hochzeit hat Jerry mir ein paar bildschöne Diamanten geschenkt, und die gehören nur mir allein. Und eines Tages wirst du sie bekommen, Liebes.»

Rosina öffnete einen Tiegel auf ihrem Frisiertisch und begann, sich Gesicht und Hals einzucremen. Sie war wieder in ihre eigene Welt abgetaucht, und Cleo zog sich in den Salon zurück. Leise fragte sie Madge: «Warum hast du mich hinter dem Wandschirm versteckt?»

«Ich will damit nicht sagen, dass Lord Landrake kein

guter Mann ist, aber er hat Myladys Aufmerksamkeit gern für sich allein. Das werden Sie auch bald merken.»

«Ich könnte mir vorstellen, dass das auf die Dauer etwas lästig ist.»

«Sie wissen so gut wie ich, dass Ihre Frau Mama sich bestens mit Männern auskennt. Sie wird sich von ihm nichts bieten lassen, was ihr nicht passt, und er wird niemals merken, dass sie die Zügel in der Hand hält.»

Cleo war sich nicht ganz sicher, ob sie diese Ansicht teilte, behielt das aber für sich. Madge deutete mit dem Kopf zur Tür, wo soeben ein stetig anschwellender Gong zu hören war. «Das ist das Zeichen, sich zum Essen umzuziehen. Am besten gehen Sie schon mal auf Ihr Zimmer, und ich komme nach, sobald ich hier mit Mylady fertig bin.»

«Liebend gern, wenn ich nur wüsste, wo mein Zimmer ist. Du wirst mir wohl noch eine Wegbeschreibung geben müssen.»

Madge schnalzte missbilligend mit der Zunge. «Hat Ihnen etwa keiner Ihr Zimmer gezeigt?»

«Doch, doch, aber ich weiß beim besten Willen nicht, wie ich von hier aus dorthin zurückfinden soll.»

«Ich läute nach einem Hausmädchen, das Sie hinbringt. Es müsste alles schon bereitliegen.»

Auf das Läuten hin erschien Jen und führte Cleo raschen Schrittes über die inzwischen etwas vertrauteren, aber nach wie vor verwirrenden Flure und Stiegen, bis sie vor ihrer Zimmertür standen. «Das Bad ist rechts, zwei Türen weiter, Miss», erläuterte Jen. «Benötigen Sie sonst noch etwas?» Cleo schüttelte den Kopf, und das Hausmädchen verschwand.

Cleo war bereits zu dem Schluss gekommen, dass es sich um ein sehr gut geführtes Haus handelte, was angesichts der Größe eine beachtliche Leistung war. Lord Landrake schien eine äußerst fähige Haushälterin zu haben. Aber wie in aller Welt kam Rosina mit dieser Unmenge an Personal zurecht?

Madge hatte eine Antwort auf diese Frage. Sie wartete bereits im Zimmer, als Cleo wieder aus dem Bad kam. «Ich brauche wirklich keine Hilfe», protestierte Cleo. «Du weißt doch, dass ich auch sonst keine Zofe habe. Ich schaffe das alles auch allein.»

«Nicht hier in Landrake Hall, Miss Cleo. Wir müssen schließlich auch über die Runden kommen, das dürfen Sie nicht vergessen.» Und damit schloss sie geschickt die Häkchen an Cleos Kleid. Es war ein tiefdekolletiertes Kleid aus weinroter, in sich gemusterter Seide, die Cleos dunkles Haar und ihre weiße Haut gut zur Geltung brachte. Weil sie weiter keinen Schmuck besaß, legte sie sich ein Samtband um den Hals und steckte dann mit der Feuervogelnadel, die ihre Mutter ihr geschenkt hatte, die sanften Wellen ihres Haars zurück.

«Wie kommt meine Mutter denn mit dem vielen Personal zurande?», fragte sie Madge, die bereits damit beschäftigt war, Cleos abgelegte Kleidungsstücke einzusammeln. «Es muss doch unwahrscheinlich viel Arbeit sein, einen solchen Haushalt zu führen.»

«Damit muss sich Mylady nicht befassen. Es gibt da eine gewisse Mrs Harbinger, die Sekretärin seiner Lordschaft und außerdem irgendwie eine entfernte Verwandte. Seit die Witwe tot ist, führt sie den gesamten Haushalt, und es läuft alles wie am Schnürchen, das muss man ihr lassen. Sie ist eine sehr patente Frau, sie weiß immer, was zu tun ist und tut es auch, und sie sorgt dafür, dass die Revuemädchen nicht über die Stränge schlagen.»

«Was denn für Revuemädchen, Madge?»

«Na, die Hausmädchen natürlich, Sie wissen schon, was ich meine. Der Butler ist ein seltsamer alter Kauz, aber dafür ist der Unterbutler umso fähiger und hält den männlichen Teil auf Trab wie eine ganze Armee.»

Madge suchte Cleos Abendtäschchen hervor, erklärte ihr, sie habe noch jede Menge Zeit und müsse erst in einer halben Stunde unten sein, und verschwand.

Cleo, immer noch auf Strümpfen, trug einen Sessel ans Fenster und schob es auf. Die betörenden Gerüche und Geräusche eines englischen Sommerabends drangen zu ihr herein: frischgemähtes Gras, der Duft der Kletterrose unter ihrem Fenster, das Summen der Bienen, die zwischen den Blüten umherschwirrten, und aus der Ferne der Ruf eines Kuckucks.

Das alles war so völlig anders als ihr sonstiges Leben, dass Cleo glaubte, unversehens auf eine Bühne geraten zu sein und jetzt inmitten des Bühnenbilds zu sitzen, während das Publikum erwartungsvoll ihrer nächsten Taten oder Worte harrte. Es war ein unvertrautes Gefühl, das ihr nicht sehr behagte.

Wenn das tatsächlich ein Theaterstück war, war es dann eine Tragödie oder ein Possenspiel? Eine Komödie oder ein Melodram? Wer war der Bösewicht? Und würde es ein glückliches Ende nehmen?

Aber so war es ja gar nicht. Dies war ein Landsitz und

kein Theater, und seine Bewohner waren Menschen, die ihr Leben lebten, keine Schauspieler in irgendwelchen Rollen. Es gab keine Helden und keine Heldinnen, keine Bösewichte und keine Opfer.

11

Cleo warf einen Blick auf die Uhr. Die Zeit war nur so verflogen, sie hätte längst hinuntergehen müssen.

Vor ihrer Zimmertür blieb sie zögernd stehen. In welche Richtung musste sie jetzt? Sie schaute den Flur entlang. Links? Rechts? Verflixt, weshalb fand sie sich bloß nicht in diesem Haus zurecht? Es war ihr lästig und verunsicherte sie, ständig nach dem Weg fragen zu müssen. Sie war doch wohl von dort gekommen … oder nicht? Doch, sie war sich beinahe sicher. Sie würde einfach denselben Weg nehmen, den sie gekommen war und der sie nach ein, zwei Abzweigungen zurück zur Haupttreppe führen würde. Sobald sie dort war, war es nicht mehr schwierig: Sicherlich versammelte sich die Familie vor dem Essen in einem der Salons. Wie fand sich Rosina bloß hier zurecht, die nicht einmal in der Lage war, eine Landkarte zu entziffern?

Fünf Minuten später hatte Cleo sich erneut heillos verirrt. Sie konnte sich nicht entsinnen, überhaupt schon einmal in diesem Teil des Hauses gewesen zu sein, und als sie ans Fenster trat, erblickte sie draußen eine Terrasse, die sie noch nie gesehen hatte. Dahinter lag ein rundes Krocketfeld mit einer niedrigen, akkurat gestutzten Hecke und zwei Tennisplätzen gleich daneben.

Sie hätte früher aufbrechen müssen, anstatt bis zur letzten Sekunde auf ihrem Zimmer zu bleiben. Es war schrecklich unhöflich, erst nach Ankunft der Gäste nach unten zu kommen, und im Übrigen hatte sie auch vorgehabt, bereits im Salon zu stehen, selbstsicher und gelassen und möglichst mit einem Cocktail in der Hand, wenn die Gesellschaft vom Schloss eintraf.

Vor einer schweren Tür am Ende des Flurs blieb Cleo stehen. Was mochte auf der anderen Seite sein? Ein weiterer Flur? Oder eine Treppe? Womöglich – was für ein grässlicher Gedanke! – führte die Tür ja auch in ein Schlafzimmer. Ob sie klopfen sollte? Nein. Es war mit Sicherheit nicht der Trakt, in dem die Zimmer ihrer Mutter und Lord Landrakes lagen, und falls es sich um das Zimmer eines der Mädchen oder gar um das von Esmond handelte und Cleo sie beim Ankleiden überraschte, dann war das eben Pech.

Beherzt drehte sie den Türknauf und fand sich an einem Ort, den sie zunächst für einen weiteren Treppenabsatz hielt. Von unten drangen Stimmen herauf – nicht die lebhaften Stimmen einer Abendgesellschaft, sondern leise, gedämpfte Stimmen wie in einer Kirche. Cleo warf einen Blick über das hölzerne Geländer und stellte fest, dass sie keineswegs auf einem Treppenabsatz stand, sondern auf einer Galerie über einem Esszimmer.

Mitten in dem Saal unter ihr stand ein gewaltiger ovaler Tisch aus glänzendem Mahagoniholz, und ringsum waren Diener in Perücke und dunkelblauer Livree damit beschäftigt, ihn mit Silberbesteck und Gläsern zu decken. Cleo sah den Rücken einer schwarzgekleideten Gestalt, von der sie annahm, dass es wohl der Butler sein musste. Ein hölzernes

Lineal in der Hand beugte er sich vor, um sich zu überzeugen, dass der Abstand zwischen den einzelnen Plätzen auch in allen Fällen gleich groß war. Cleo war erstaunt, dass er von hier oben so viel älter und gebeugter wirkte als zuvor im Salon. Und was sollte überhaupt die Kostümierung? Diener in voller Livree – war das nicht etwas sehr altmodisch? Wahrscheinlich umgab sich Lord Landrake einfach gern mit einigem Pomp. Doch diese Diener sahen aus wie Statisten in der Oper, die in zur Aufführung passenden Kostümen Programme verteilten. Sie wirkten fast ein wenig lächerlich.

Das Hausmädchen, das Cleo bereits im Salon bemerkt hatte, eilte in einem strengen, schwarzen Kleid mit Spitzenschürze und einer gestärkten, spitzenbesetzten Haube herein. Das war nun wirklich altertümlich – störte es das Personal denn gar nicht, so herumzulaufen? Dann nahmen die Diener Haltung an, der Butler richtete sich auf, und eine in schwarze Spitze gehüllte Gestalt trat zur Tür herein, umweht von einer Wolke aus Tatendrang. Dunkle Augen blickten zur Galerie empor und sahen Cleo, die sich in einen dunkleren Winkel zurückzog, direkt an.

Cleo fröstelte. Sie hätte schwören können, dass es dieselbe Frau war wie auf dem Porträt in der Eingangshalle, aber das war natürlich völlig unmöglich. Es musste eine optische Täuschung sein, weiter nichts; ihr Kopf hatte ihr einen Streich gespielt.

Es blieb still unten im Raum, und Cleo wagte sich wieder ein paar Schritte vor. Dann hörte sie wieder die Stimmen und das Klirren von Gläsern und Besteck. Doch nun trugen die Bediensteten schlichte, dunkelblaue Jacken, der Butler wirkte jünger und korpulenter, und weder das Hausmädchen noch die schwarzgekleidete Dame waren noch zu sehen.

Wie eigenartig. Das alles hier, die strahlenden Lichter der Wandleuchter, das Glitzern des Silbers und des Kristalls, die strahlendweiße Tischwäsche und die Bediensteten mit ihren leisen Stimmen und ihren dezenten Bewegungen, hatte so viel Ähnlichkeit mit einem Bühnenbild, dass Cleos Phantasie mit ihr durchgegangen sein musste. Diener mit Perücken – also wirklich.

Sie zählte die Plätze am Tisch. Vier Mitglieder der Familie Landrake und ihre Mutter, das machte fünf. Mit Fitz und ihr waren es sieben, die anderen sieben Plätze würden also den Gästen zukommen. Archie natürlich und Caroline, und dann die Gesellschaft vom Schloss.

Zu der auch Hector gehörte.

12

Es war bereits einige Wochen her, dass Hector aufs Land gefahren war, und Cleo hatte seither nichts von ihm gehört. Sie vermisste ihn: Sie hatten sich im Unfrieden getrennt, und vieles war weiterhin ungeklärt zwischen ihnen. Außerdem machte London ohne Hector viel weniger Spaß, und die Arbeit bei den Gebrüdern Joulbert langweilte Cleo noch mehr als sonst.

Da erreichte sie die Nachricht von der Eheschließung ihrer Mutter, in Gestalt eines unerwarteten und wenig aussagekräftigen Telegramms:

HABE SAMSTAG GEHEIRATET STOPP KEHREN UNVERZÜGLICH NACH ENGLAND ZURÜCK STOPP KOMM BALDMÖGLICHST NACH TREWITHIEL STOPP IN LIEBE ROSINA STOPP.

Wenig später erhielt Cleo einen weitschweifigen, glückseligen Brief von Rosina, der die Schönheiten von Landrake Hall pries:

Ach, Liebes, es ist ein einziger Traum hier, so ein wunderschönes Haus mit himmlischen Gärten, und dazu noch das Meer. Bitte komm bald, ich möchte so sehr, dass Du Deine neue Familie kennenlernst. Trewithiel hat natürlich keinen eigenen Bahnhof, aber wir werden Dich mit dem Wagen in

St. Jermyn's abholen lassen. Vielleicht kommst Du ja gleich nächsten Freitag, es wird ein paar reizende Geselligkeiten geben, und Mr Falconer (Fitz) kommt mit dem Wagen aus London; ich bin überzeugt, dass er sich sehr über Deine Gesellschaft auf der Fahrt freuen würde. Du musst einfach kommen, ich habe Dir ja so viel zu erzählen.

Cleos Loyalität zu ihrer Mutter war über die Jahre hinweg bereits mehrfach auf harte Proben gestellt worden, doch so sehr es ihr auch missfiel, wie Rosina sich in diese Ehe gestürzt hatte, war ihr auch klar, dass ihre Mutter mit inzwischen dreiundvierzig ihre große Schönheit langsam, aber sicher verlor. Sie hatte sich ohnehin niemals vorstellen können, dass ihre Mutter in Würde altern und klaglos die Rollen übernehmen würde, die einer älteren Frau zustanden. Die Ehe mit einem Lord war da der perfekte Ausweg.

Eine letzte Verbeugung der Schauspielerin Rosina Otway – und dann Vorhang auf für die Baronin, Lady Landrake.

Cleo warf den Brief auf das Sofa im Wohnzimmer. «Das sieht Rosina wieder einmal ähnlich! Wer in aller Welt ist Mr Falconer? Du kannst ihn ruhig lesen», sagte sie zu ihrer Wohnungsgenossin, die den Brief bereits neugierig beäugte. «Es stehen keine Geheimnisse darin. Wann hätte meine liebe Frau Mama auch jemals Geheimnisse gehabt?»

Pam Henderson las den Brief langsam und konzentriert, da Rosinas ausladende, eigenwillige Handschrift nicht ganz leicht zu entziffern war. Als sie zu den Reisevorschlägen kam, sah sie auf. «St. Jermyn's! Na, das ist ja ein unglaublicher Zufall. Du musst unbedingt hinfahren, Cleo, das ist ein Wink des Schicksals. Komm schon, du weißt doch selbst, wie sehr du dich nach Hector sehnst. Das ist die Gelegenheit, ihn wiederzusehen.»

«Ich will doch nicht, dass er denkt, ich laufe ihm nach.»

«Ihm nachlaufen?» Pam war sichtlich schockiert. «Ihr wart ja nun nicht gerade nur flüchtige Bekannte! Ich meine, immerhin wart ihr … na, du weißt schon.» Sie brach ab. Pam konnte mitunter etwas prüde sein.

«Wir waren miteinander im Bett, ja. Du hast also recht: Wir waren mehr als flüchtige Bekannte.»

«Außerdem kann von Nachlaufen doch gar keine Rede sein, wenn deine Mutter jetzt dort lebt. Es ist ganz natürlich, dass du ihr und deinem neuen Stiefvater einen Besuch abstattest. Das wird sogar erwartet. Und wenn du schon einmal da bist, wäre es ausgesprochen unhöflich, nicht auch Hector zu besuchen.»

«Ich habe aber weder eine Telefonnummer noch eine Anschrift.»

«In einem so kleinen Ort kennt doch sicher jeder jeden. Außerdem kannst du Thirloff fragen.»

«Hector hat etwas von einem Familienunternehmen gesagt. Weißt du, dass ich gar keine Ahnung habe, was sein Vater von Beruf ist? Vielleicht ist er ja Lebensmittelhändler oder Gastwirt. Oder Dorfschmied.»

«Nach dem Sohn eines Schmieds sieht mir Hector nun nicht gerade aus, dafür ist er nicht kräftig genug.»

Cleo nahm den Brief ihrer Mutter und faltete ihn ganz klein zusammen. «Und er spricht auch nicht so, als käme er aus einer Familie von Lebensmittelhändlern.»

«Vermutlich ist sein Vater Rechtsanwalt oder so etwas.»

«Es ist ohnehin unmöglich. Joulbert müsste mir mindestens zwei Tage dafür freigeben, und das wird er niemals tun, vor allem nicht um diese Jahreszeit.»

Doch darin sollte Cleo sich täuschen. Kaum war sie am nächsten Morgen ins Büro gekommen, rief Frederic Joulbert sie auch schon zu sich, um ihr die Leviten zu lesen. Was dachte sie sich eigentlich dabei, bisher nicht mit der neuen adligen Familie ihrer Mutter und deren mutmaßlich schwerreichen adligen Freunden zu verkehren? Das war doch eine herausragende Gelegenheit, Kontakte zu knüpfen und die Kunde von den Vorzügen der Joulbert'schen Modelle zu verbreiten. «Bälle, Cocktailempfänge, Theaterbesuche, Abendgesellschaften, die Oper … über all das höre ich kein Wort von Ihnen.»

«Das liegt vor allem daran, dass meine Mutter augenblicklich in Cornwall ist, Mr Frederic. Im Herbst kommt sie sicherlich auch in die Stadt. Aber selbst dann sind es immer noch ihre Kreise, nicht meine.»

«Kreise! Was habe ich denn mit Kreisen zu schaffen?», ereiferte sich Frederic und schnippte dazu mit den Fingern, um die Wirkung seiner Worte zu unterstreichen. «Cornwall, natürlich, ich habe in der Zeitung darüber gelesen. Nun, dann müssen Sie eben nach Cornwall reisen.» Seine Begeisterung wuchs sekündlich. «Dort wird es Hausgesellschaften geben, Golf, Jagdausflüge, Ausritte, Bälle. Sie müssen hin. Fahren Sie von Freitag bis Montag hin. Und fahren Sie bald. Sie können mitnehmen, was immer Sie wollen, schließlich müssen Sie sich ja mehrfach umziehen, für die morgendliche Bewegung, das Mittagessen, den Tee, das Abendessen … und natürlich brauchen Sie ein strahlend elegantes Kleid für den Ball.»

«Was denn für ein Ball? Halten Sie mich etwa für Aschenbrödel?»

«Ach, *ma petite*», sagte Joulbert mit unvermittelt ernster Miene, «Sie könnten durchaus einen Hauch von Märchenhaftigkeit in Ihrem Leben vertragen. All der Glanz, der Glitzer und die Pailletten, Sie sehen sie immer nur an anderen Menschen; dabei ist es höchste Zeit, dass Sie endlich selbst erstrahlen, dass Sie im Scheinwerferlicht tanzen, so wie Ihre Frau Mama.»

«Dafür bin ich nicht die Richtige.»

«Man kann alles sein, was man sein will. Also, passen Sie auf, das ist eine dienstliche Anweisung. Sie werden sich eine Zeitlang freinehmen und Lord und Lady Landrake auf Landrake Hall besuchen. Widerspruch dulde ich keinen, mein Entschluss steht fest. Setzen Sie gleich ein Telegramm auf, einer der Botenjungen wird es zur Post bringen.»

«Tun Sie lieber, was er sagt», zischte Miss Kiteman, Mr Joulberts knochige Sekretärin, Cleo zu. «In solchen Fragen lassen Sie ihm besser seinen Willen, vor allem, wenn Sie Ihre Stelle behalten wollen. Im Übrigen: Ein Wochenende auf einem großen Landsitz … Wer weiß, was dort alles passieren, wer Ihnen alles begegnen wird?»

Diese Worte von Miss Kiteman klangen Cleo auch jetzt wieder in den Ohren, als sie von oben auf den Esstisch heruntersah. Es würde keine Stunde mehr dauern, dann säße sie dort, umringt von ihrer neuen Familie, die aus lauter Fremden bestand, und wieder einmal mit Hector vereint. Der Sohn eines Schmieds? Weit gefehlt.

Herrje, weshalb hatte sie sich bloß darauf eingelassen, überhaupt hierherzukommen?

13

Zurück im Flur, auf der anderen Seite jener Tür, nahte Rettung in der hochgewachsenen Gestalt Fitz Falconers, der aus dem Dämmerlicht auf sie zu trat. Er hatte offenbar einen wirklich exzellenten Schneider. Das schwarze Wolltuch seiner Smokingjacke warf nicht die winzigste Falte, und Hemd, Weste und gestärkter Klappenkragen erstrahlten in makellosem Weiß.

Cleo sah ihm die Belustigung an den Augen an, doch er sagte ganz ernst: «Ich hatte so eine Ahnung, dass Sie sich vielleicht verlaufen hätten, und einer der Diener meinte, er habe Sie auf der Galerie gesehen.»

Dann hatte man also bemerkt, dass sie auf der Galerie stand. «Es war faszinierend zu beobachten, wie sie unten den Tisch decken. Sie sind wie Tänzer, bewegen sich um den Tisch, als würden sie einer Choreographie folgen.» Cleo verschwieg, dass sie kurz geglaubt hatte, es würden sich zwei verschiedene Szenen dort unten abspielen.

«Hier entlang», sagte Fitz.

Cleo zögerte. Er blieb stehen und wandte sich mit fragendem Blick zu ihr um. «Haben Sie noch etwas vergessen?»

«Nein. Darf ich Ihnen eine vielleicht etwas dumme Frage stellen?»

Er musterte sie belustigt. «Wenn's denn sein muss.»
«Spukt es auf Landrake Hall?»
Fitz antwortete nicht gleich, sondern fragte zurück: «Wie kommen Sie denn darauf?»
«Es macht mich immer misstrauisch, wenn jemand eine Frage mit einer Gegenfrage beantwortet.»
Fitz musste lachen. «Es hängt ein wenig davon ab, was Sie mit ‹spuken› meinen.»
«Ich hätte eigentlich geglaubt, dass es in einem Haus entweder spukt, dass also Gespenster kettenrasselnd durch die Räume ziehen, oder eben nicht. Wollen Sie mir jetzt erzählen, dass es beim Spuken Abstufungen gibt? Verschiedene Grade, vom gelegentlichen Knarren und Klopfen und unerklärlichen Phänomenen bis hin zum leibhaftigen Mönch, der mit dem Kopf unter dem Arm die Treppe herunterschreitet?»
«Der Ausdruck ‹leibhaftig› ist bei Gespenstern generell etwas gewagt, finden Sie nicht? Ich habe hier noch nie einen Geist gesehen und auch kein Klopfen oder Knarren gehört, das in einem uralten Haus voller Holztreppen und -wände keine natürliche Erklärung hätte.»
«Dann haben also Sie noch nie ein Gespenst gesehen. Aber vielleicht jemand anderes?»
Fitz zögerte nur kurz und antwortete dann wahrheitsgemäß. «Meine Schwester war felsenfest davon überzeugt, dass es auf Landrake Hall spukt. Sie fand das Haus sogar ausgesprochen beängstigend und beunruhigend. Aber ich muss dazu sagen, dass sie recht schwache Nerven hatte.»
«Was für Gespenster hat sie denn gesehen?» Cleo sah ihn direkt an, als er schwieg. «Also?»

Fitz sprach mit spürbarem Widerwillen. «Sie sagte immer, sie sehe Menschen, Männer und Frauen, die die Kleidung vergangener Epochen trügen. Aber das sagen ja die meisten Leute, die Geister zu sehen glauben.»

Sie durchquerten eben einen langen, schmalen und dunklen Flur, an den Cleo sich beim besten Willen nicht erinnern konnte. «Sie müssen zugeben, dass es ein unheimliches Haus ist. Ich kann mir gut vorstellen, wie dämmrig, um nicht zu sagen: düster es hier zu Zeiten von Öllampen und Kerzen gewesen sein muss. Sieht denn heute noch jemand Gespenster?»

«Matty sagt häufig, dass ihr im Traum etwas erscheint oder wenn sie müde ist.»

«Und sonst noch jemand?»

«Sonst hat es keiner mir gegenüber erwähnt. Oder nein, falsch. Jerrys Mutter, die verwitwete Lady Landrake, behauptete immer, mit einem guten Halbdutzend Geister per Du zu sein.»

«War sie vielleicht etwas senil?»

«Ich kann guten Gewissens behaupten, mein Lebtag nie jemandem begegnet zu sein, der bei klarerem Verstand war als die Witwe Landrake.»

Fitz sprach mit einer gewissen Ergriffenheit; das konnte er einfach nicht vermeiden, wenn er von der verstorbenen Lady Landrake sprach oder an sie dachte. Er war der Witwe erstmals bei seinem ersten Besuch in Landrake Hall begegnet, im Jahr 1913. Damals ging er noch zur Schule, und sein Vater hatte ihn dazu verdonnert, seine frisch verheiratete Schwester Henrietta zu besuchen. Weil sie das Älteste und er das Jüngste von fünf Kindern war, war sie fünfzehn Jahre älter; besonders nahe waren sie einander nie gewesen, und Fitz mochte es auch nicht besonders, dass Henrietta sich ihm gegenüber als Autorität aufspielte.

Als er in Landrake Hall ankam, traf er weder Lord Landrake noch seine Schwester dort an. Der Butler erklärte ihm, Mylord und Mylady seien nach Bosworth Castle gefahren. «Wir hatten Sie erst später erwartet, Sir.»

Er führte Fitz in die Bibliothek, und der Junge blieb völlig bezaubert in der Tür stehen. Er verliebte sich sofort in diesen Raum. Sein Blick wanderte über die Regale, seine Nasenflügel weiteten sich, um den Geruch nach alten Ledereinbänden, Holz und Bohnerwachs einzusaugen. Fasziniert, wie er war, bemerkte er zunächst gar nicht, dass außer ihm noch jemand im Zimmer war.

Es war das erste und auch das einzige Mal, dass er die Witwe nicht bemerken sollte. Sie blickte von der obersten Stufe einer hölzernen Bibliothekstrittleiter mit Rollen auf ihn herab, und ihre klugen, schwarzen Augen gaben ihm das Gefühl, als sähe sie ihm bis ins Mark. Später erfuhr er, dass sie Landrake Hall nur selten betrat, wenn ihr ältester Sohn anwesend war, weil sie bereits seit längerem im Streit lebten. Sie selbst bewohnte das Witwenhaus an der Nordpforte, ein hübsches georgianisches Gebäude mit einem kleinen Türmchen; dorthin hatte sie sich nach dem Tod ihres Mannes zurückgezogen und alle Möbelstücke, Teppiche und Gemälde mitgenommen, die ihr gefielen.

«Jerry hätte es auch nicht gestört, wenn sie das ganze Haus ausgeräumt hätte», erzählte Henrietta ihm später in einem Anfall von Wut. «Ihm war alles egal, er wollte nur, dass sie endlich verschwindet.»

Seither verständigten sie sich nur noch über Mrs Harbinger, die Sekretärin und Gesellschafterin der Witwe, und auch das nur, wenn es um praktische Fragen ging.

Fitz' Schwester hatte ihm bereits erzählt, wie grauenvoll anstrengend das alles sei, und er wusste, dass ihr die dräuende Gegenwart der adlernasigen Witwe zutiefst zuwider war. «Ständig kommt sie her, wenn Jerry nicht da ist», beklagte sie sich. «Und nein, ich weiß wirklich nicht, weshalb Jerry und sie so zerstritten sind. Es hatte irgendetwas mit den Suffragetten zu tun, ein äußerst langweiliges Thema, und ich glaube auch nicht, dass mich die Sache allzu viel angeht. Und ich betrachte es vor allem nicht als meine Pflicht, eine Versöhnung herbeizuführen. So dumm bin ich nicht.»

Die Witwe war von einer knochigen Eleganz, der man ansah, wie schön sie in jungen Jahren einmal gewesen sein musste. Auch jetzt noch war sie eine fesselnde und aparte Erscheinung, mit ihren unwahrscheinlich dunklen Augen und dem akkurat frisierten weißen Haar. Man sah sie ausschließlich in Schwarz, und Henrietta bemerkte verdrossen: «Man sollte meinen, nach all den Jahren hätte sie langsam genug getrauert.»

Doch Fitz begriff, was seiner Schwester entging: dass Schwarz der Witwe nämlich ausgesprochen gut zu Gesicht stand. Er konnte sie sich gar nicht in den Tweedkostümen und den nichtssagenden Pastellfarben vorstellen, die Damen ihres Standes üblicherweise trugen, wenn sie sich auf dem Land aufhielten.

Rasch entdeckte er auch, dass sie von einem überbordenden Hochmut und überdies der Ansicht war, Henrietta sei keine würdige Herrin von Landrake Hall. So jung Fitz auch sein mochte, mit Hochmut hatte er bereits seine Erfahrungen, und so überraschte es ihn keineswegs, als er erfuhr, dass die Witwe selbst ursprünglich aus recht bescheidenen Verhältnissen stammte. Als Jerrys Vater sie kennenlernte, arbeitete sie als Stenotypistin in Paris, wo sie mit ihrem Vater, einem Engländer und erfolglosen Maler, und ihrer scharfzüngigen, geschäftstüchtigen französischen Mutter lebte, die am linken Seineufer einen Laden für Künstlerbedarf unterhielt.

Die Verbindung musste die Angehörigen und Bekannten des verstorbenen Lord Landrake damals zutiefst schockiert haben, doch das lag alles lange zurück, und inzwischen konnte wohl niemand aristokratischer wirken als die Witwe in Haltung, Ausdrucksweise, Gebaren und selbstherrlicher Rücksichtslosigkeit.

«Dein Vater besitzt also eine Zeitung», lautete eine ihrer ersten Bemerkungen Fitz gegenüber. «Ich lese ja keine Zeitungen mehr. Früher las ich die *Times*, doch inzwischen lehne ich alle Zeitungen ab, die das Wahlrecht für Frauen nicht unterstützen.»

Dieses Thema, so erzählte ihm Mrs Harbinger später, war es auch, das zum Streit zwischen der Witwe und ihrem Sohn geführt hatte. «Sie haben beide sehr entschiedene Ansichten darüber, und da Lord Landrake die Suffragetten verabscheut und findet, sie sollten alle ins Gefängnis wandern, bis sie wieder zur Besinnung gekommen sind, während die Witwe das Frauenstimmrecht befürwortet, gibt es leider wenig Raum für Kompromisse.»

Fitz löste sich wieder aus seiner Träumerei und sah, dass Cleo ihn weiterhin erwartungsvoll anblickte. «Verzeihen Sie, ich war eben ganz woanders. Erinnerungen an die Witwe.» Er lachte. «Und da wir schon von Gespenstern reden: Es würde mich gar nicht wundern, wenn ich hier um die Ecke böge und ihrem Schatten begegnete.» Dann führte er Cleo ans Ende des langen Flures und über die Haupttreppe nach unten. Sie waren beinahe unten angekommen, als die Türglocke erklang.

Ein Diener eilte durch die Eingangshalle, um dem Butler zur Hand zu gehen, und rief ihnen im Vorbeihasten zu: «Da kommt die Gesellschaft aus Bosworth Castle, Mr Fitz.»

Freitagabend

1

Vier Fremde traten ein, zwei Männer und zwei Frauen. Und Hector.

Er stand mit dem Rücken zur Treppe und unterhielt sich mit einem älteren Mann, der wohl sein Vater sein musste: älter und untersetzter als sein Sohn, doch in Haltung und Gestik ihm sehr ähnlich. Hector bemerkte Cleo nicht. Erst als sie am Fuß der Treppe stand, drehte er sich um und sah sie. Ein kurzes Zögern nur, dann trat er auf sie zu, ergriff ihre Hand und küsste sie flüchtig auf die Wange.

«Guten Abend, Cleo. Ich habe erst heute Nachmittag gehört, dass du das Wochenende hier verbringst. Warum hast du mich denn nicht benachrichtigt?» Er sprach in einem höflichen, distanzierten Plauderton.

«Wie hätte ich das machen sollen? Ich hatte ja weder eine Anschrift noch eine Telefonnummer von dir.»

«Nein, natürlich nicht.»

Man stellte sich vor. Mrs Howard, eine zierliche, elegante Frau, trug ein Kleid von Vionnet, dessen Preis Cleo sich kaum ausmalen mochte. Hectors Bruder Lancelot, die breitschultrigere Ausgabe seines jüngeren Bruders, war ein reservierter Mann mit einem Monokel im Auge, dessen Lächeln ohne jede Wärme blieb. Der Vater, Jonathan

Bosworth, zeigte sich als jovialer Herr und hatte dieselbe Stimme wie sein Sohn. Er schüttelte Cleo kraftvoll die Hand, begrüßte sie freundlich und stellte ihr dann das fünfte Mitglied seiner Gesellschaft vor. «Das ist Mrs Warburton, die gerade aus Amerika zu Besuch ist.» Mrs Warburton war mager, unansehnlich und strahlte große Würde aus. Sie begrüßte Cleo mit tiefer Stimme, hielt ihre Hand eine Zeitlang in ihrer und musterte sie dabei, als wollte sie sich ihr Gesicht für immer einprägen.

Cleo und Hector verließen als Erste die Eingangshalle, die anderen folgten ihnen. Hector plauderte mit ihr wie mit einer Fremden, erkundigte sich, ob sie mit dem Zug oder mit dem Wagen gekommen sei und ob sie Cornwall bereits gut kenne.

Dabei hatte Cleo ihm doch an jenem Tag im Februar erzählt, dass sie noch nie in Cornwall gewesen war. Erinnerte er sich etwa nicht mehr daran?

Offenbar nicht.

Ihr erster Besuch also? Da habe sie aber Glück, es gleich in seiner ganzen frühsommerlichen Pracht zu erleben.

Ob Hector einer jener Menschen mit zwei Gesichtern war? Stadtmaus und Landmaus? Falls dem so war, so fand sich für den Mann, den Cleo in London gekannt hatte, hier auf dem Land ganz offensichtlich kein Platz. In der Stadt bewegte sich der Komponist Hector völlig ungezwungen in denselben künstlerischen Kreisen, in denen auch Cleo verkehrte, einem Umfeld, in dem es keine Rolle spielte, aus welcher Familie man stammte oder woher man kam. Es zählte nur die kreative Arbeit.

Dieser Hector hier aber war ein ganz anderer, einer,

von dem Cleo gar nichts wusste, der aus einer reichen, privilegierten Familie stammte und in dem Schloss aufgewachsen war, das sie jenseits des Tales erspäht hatte: ein Mann, der sich sorglos und ohne jeden Vorbehalt in der besseren Gesellschaft bewegte, in einer Welt, zu der Cleo niemals ganz gehören würde, selbst wenn man sie dort tolerierte. Sie war ein Eindringling, eine Außenseiterin; Hector nicht.

Inzwischen hatten sie den Salon erreicht. Es war nicht derselbe, in dem sie zuvor beim Tee gesessen hatten, sondern ein sehr viel größerer, der auf die Gärten hinter dem Haus hinausging. Ein aufwendig möbliertes Zimmer mit breiten Brokatsofas und Vorhängen aus Damaststoff. Ein hoher Raum mit reich verzierter und gemusterter Stuckdecke. Eine Wand wurde von einem gewaltigen steinernen Kamin beherrscht, über dessen Sims das holzgeschnitzte Wappen der Landrakes prangte. Die raumhohen Fenster zerfielen in Dutzende kleiner Scheiben, die in der Abendsonne glitzerten.

An der Wand den Fenstern gegenüber hing ein gewaltiger Wandteppich, der das Zimmer mit seinen gedeckten Farben dominierte. Ein Waldstück, in dem es von Rittern auf dickleibigen Pferden wimmelte, von wehenden Wimpeln und eifrigen Jagdhunden. Im Hintergrund erhoben sich auf einer Anhöhe die Zinnen eines ehrwürdigen Schlosses. Augenscheinlich war der Teppich nicht nur für dieses Haus, sondern just für diese Wand gewebt und seither nicht mehr entfernt worden.

Rosina befand sich bereits im Salon und plauderte mit einem jungen Mann mit strohblondem Haar und einem sommersprossigen Gesicht. Sie hatte nie blendender ausgesehen, das musste Cleo ihr lassen, und schien sich zudem mit großer Selbstverständlichkeit in dieser Umgebung zu bewegen. Philippa stand mit Esmond bei den Fenstertüren und blickte lachend zu ihm auf. Ihr Kleid war einem Modell von Schiaparelli nachempfunden und am Rücken zu einem tiefen V ausgeschnitten. Cleo glaubte zu wissen, welcher Londoner Schneider es gefertigt hatte.

Kaum hatte Philippa Hector entdeckt, eilte sie auch schon mit klappernden Absätzen über die breiten, gebohnerten Bodendielen auf ihn zu. Sie ergriff seine beiden Hände, hauchte ihm mit gesenkten Lidern einen sanften Kuss auf die Wange und sagte: «Liebster Hector! Wie ich sehe, hast du meine neue Schwester bereits kennengelernt. Wie ärgerlich, ich wollte sie dir doch selbst vorstellen.»

«Hector und ich kennen uns bereits», sagte Cleo und hörte verärgert, wie Hector, ihres Erachtens völlig überflüssigerweise, hinzusetzte: «Wir haben in London zusammengearbeitet.» Lancelot gesellte sich hinzu und verwickelte Philippa in ein Gespräch über ein Pferd, an dem Hector sich sofort eifrigst beteiligte. Ja, dies war tatsächlich ein Land-Hector, einer, der sich kundig und interessiert zu dem Jagdpferd äußerte, das Lancelot gerade erstanden hatte und das Philippa unbedingt einmal ausprobieren musste.

«Ein Widerrist von hundertzweiundsechzig», spülten die Worte über sie hinweg. «Es ist ein Brauner, der Vater ist Caligula. Und die Mutterstute stammt von …»

Cleo rettete sich zu einem der Cocktails, die ein Diener herumreichte. Lord Landrake, bemerkte sie, trank Sherry, ihre Mutter schien sich an etwas Alkoholfreies zu halten.

Der Drink war köstlich und kühl und mehr als willkommen. Sie sah sich im Zimmer um, wo die Gespräche unter dem lockernden Einfluss von Cocktails und Sherry immer lebhafter wurden.

Was ihre Mutter ihr am Nachmittag eröffnet hatte, ließ Cleo immer noch keine Ruhe. War es tatsächlich möglich, dass sich unter diesen elegant und korrekt gekleideten, begüterten und mit den besten Manieren ausgestatteten Gästen, die ganz nach den Regeln ihrer gesellschaftlichen Schicht lebten, ein Erpresser befand? Das erschien vollkommen abwegig. Gelangweilt vom Gespräch über die Finessen des Lancelot'schen Pferdes und fest entschlossen, zumindest heute Abend nicht mehr an Erpressung zu denken, schlenderte Cleo zu den Gemälden hinüber, die zu beiden Seiten des Kamins an den Wänden hingen.

Vor allem das größere von beiden, ein Gruppenporträt, zog ihre Aufmerksamkeit auf sich. Es konnte noch nicht sehr alt sein, um die zwanzig Jahre vielleicht. Wer diese Leute wohl sein mochten? Das Bild zeigte das Zimmer, in dem es hing, allerdings zu einer anderen Jahreszeit: Kein Sommersonnenlicht ließ die Fensterscheiben erstrahlen – stattdessen brach sich Mondlicht darin, und im Kamin flackerte ein offenes Feuer.

«Sie bewundern den Sargent?» Fitz hatte sich geräuschlos von hinten genähert, und Cleo fuhr zusammen. «Ein großartiges Bild.»

«Ist das Lord Landrake, da rechts am Kamin, in der Uniform?»

«Ja, das ist Jerry in jüngeren Jahren. Und der andere Uniformierte ist Philip Landrake. Das Bild entstand 1915, als beide Brüder sich gleichzeitig auf Heimaturlaub befanden, was im Krieg nur dieses eine Mal der Fall war.»

«Philip Landrake?»

«Jerrys jüngerer Bruder.»

«Und die Frau da neben ihm?» Leuchtende Augen in einem herzförmigen Gesicht, umrahmt von dichtem, dunklem Haar. Die ganze Person strahlte eine beinahe erschreckende Intensität aus.

«Das ist Clemmie, Philips Frau. Die beiden sind Esmonds Eltern. Der Herr im Smoking hinter ihr ist Felix Gothard, ein Vetter der Familie Landrake.»

«Und die beiden ganz jungen Männer, die halb im Schatten stehen?» Cleo hob sich auf die Zehenspitzen, um besser sehen zu können, und wandte sich dann zu Fitz um. «Sind das Sie?»

«Ja. Das bin ich als Schuljunge. Noch ohne Uniform.»

Neben Fitz stand ein Junge mit Eton-Kragen, der trotz des rundlicheren Kindergesichtes an der langen Nase und dem sinnlichen Mund doch gleich als ein sehr viel jüngerer Esmond zu erkennen war.

«Und wer ist die Frau auf dem Sofa, mit dem Kind?»

«Meine Schwester Henrietta. Der Säugling ist Tissy, und das kleine Mädchen, das sich da an ihren Rock drückt, ist Philippa.»

«Und das Mädchen mit den dunklen Locken?»

«Das ist Ginny, Esmonds kleine Schwester. Und die Dame mit dem kerzengeraden Rücken, die uns so intensiv anschaut, das ist die Witwe.» Fitz schwieg einen Augenblick. «Ich weiß gar nicht recht, weshalb Jerry das noch hier hängen lässt. Es ist ein sehr trauriges Bild.»

«Traurig?»

«Ja. Wir Hinterbliebenen sind schließlich nur noch ein kleines Grüppchen. Esmond, Philippa und Tissy. Und Jerry und ich.»

«Hinterbliebene? Wollen Sie damit sagen …»

«Die anderen sind alle tot.»

«Tot? Alle?», rief Cleo fassungslos. «Ich wusste ja, dass Ihre Schwester tot ist, aber auch all die anderen? Auch dieses entzückende kleine Mädchen?»

«Leider ja. Die Witwe war die Einzige unter ihnen, die ihre Lebensspanne auf Erden voll ausgeschöpft hat.»

«Aber weshalb? Ich meine, war es der Krieg oder vielleicht die Grippe-Epidemie danach? Die soll etliche Familien ja schwer dezimiert haben.»

«Nein, die Brüder sind beide aus dem Krieg heimgekehrt, und auch die Spanische Grippe hat alle verschont. Es waren einfach Unfälle der unterschiedlichsten Art.»

Fitz betrachtete das Bild mit ernster Miene, Augen und Gedanken auf die Vergangenheit gerichtet. «Es ist so viel ergreifender als ein Foto, aber das liegt wohl an Sargents Genialität. Er selbst war gar nicht zufrieden mit dem Bild, ich erinnere mich noch, wie er kopfschüttelnd davor stand.»

«Eigentlich sieht es aus wie eine Szene aus einem Theaterstück», sagte Cleo. «Der letzte Akt, kurz bevor der Vorhang fällt.»

«Nun, in gewisser Weise war es das wohl auch. Allerdings eher das Ende des ersten Aktes, nicht des letzten.» Fitz kehrte wieder in die Gegenwart zurück. «Nun, wie dem auch sei. Es gibt kein Publikum und keinen Applaus, und wir befinden uns hier immerhin unter den Überlebenden.»

Cleo sah sich blinzelnd im Salon um. Trotz der Wärme des frühen Sommerabends lief ihr ein Schauer über den Rücken. Ob die Landrakes an jenem Abend des Jahres 1915 wohl schon geahnt hatten, welche Tragödien ihnen bevorstanden? Es musste eine aufwühlende Zeit gewesen sein. Aus dem Krieg, der schon Weihnachten 1914 hätte zu Ende sein sollen, war ein langer, verzweifelter Kampf geworden.

Die Überlebenden, hatte Fitz gesagt. Esmond und Philippa, den dunklen und den blonden Kopf zusammengesteckt, lachten zusammen über irgendetwas, Tissy beobachtete sie mit abwesender Miene. Lord Landrake war neben seine Frau getreten, und Cleo missfiel der besitzergreifende Blick, mit dem er sie maß.

Der Essensgong hallte ebenso laut wie unerwartet durch den Raum; Rosina löste sich von Lord Landrakes Seite, lächelte in die Runde ihrer Gäste und führte sie dann aus dem Salon.

Cleo blieb ein wenig zurück. Sie wollte wissen, wie das Zimmer wirken würde, wenn es leer war, wollte es sich an jenem Winterabend vorstellen, um so ein paar Spuren jener Menschen aus der Vergangenheit zu entdecken. Die letzten Strahlen der untergehenden Sonne ließen die Scheiben aufleuchten, das Licht im Zimmer veränderte sich, und einen Augenblick lang schien es gar nicht mehr leer zu sein. Schattenhafte Gestalten scharten sich um den Kamin, in dem plötzlich ein Holzfeuer flackerte und knisterte. Cleo erkannte ein paar der Gesichter von dem Gemälde: Clemmie, Henrietta und dann einen kleinen Jungen mit schüchternem Lächeln. Hectors Lächeln. Und Fitz, einen sehr viel jüngeren, betreten dreinblickenden Fitz. Man schien sich zu streiten, und ganz in der Ferne hörte Cleo blecherne Glocken läuten.

Sie schloss die Augen, und als sie sie wieder öffnete, war das Trugbild verschwunden. Sie sah nur noch ein schönes, altes, vom Atem der Geschichte erfülltes Zimmer, den Schauplatz der zahllosen Familientreffen, die darin stattgefunden haben mussten, seit der Wandteppich vor gut vierhundert Jahren dort aufgehängt worden war. Und kein Gespenst weit und breit.

Fitz hatte vor dem Salon gewartet, und als Cleo nach draußen kam, unterhielt er sich gerade mit der Dame, die ihr bereits in der Kirche begegnet war. Sie trug einen Kneifer auf der dominanten Nase und einen besorgten Ausdruck im strengen Gesicht.

«Wie ich höre, haben Sie Mrs Harbinger ja bereits in der Kirche kennengelernt», sagte Fitz.

«Haben Sie etwas vergessen oder verlegt?», erkundigte sich Mrs Harbinger. «Sie haben sich so suchend im Zimmer umgesehen.»

«Nein», antwortete Cleo rasch. «Ich wollte den Salon nur einmal ohne Menschen sehen. Es ist ein bemerkenswerter Raum. So voller Geschichte», setzte sie noch hinzu.

Mrs Harbinger lächelte. «Wenn Wände reden könnten, dann hätte dieses Zimmer vermutlich Tausende Geschichten zu erzählen und könnte uns Tausende von Bildern vor Augen rufen, wenn wir nur fähig wären, sie zu sehen.»

Cleo lächelte zurück, doch ein Unbehagen blieb. Was verstörte sie denn bloß so? Ein Gemälde mit lauter Fremden, ein paar schattenhafte Gestalten – Ausgeburten des veränderten Lichts und ihrer Phantasie, weiter nichts.

2

Wir sollten uns lieber beeilen», mahnte Fitz. «Sonst wird die Suppe bereits serviert, bevor wir unsere Plätze eingenommen haben, und Jerry ist verstimmt.»

Er fasste Cleo am Ellbogen und führte sie durch den breiten Flur in in das Esszimmer, das sie bereits von oben gesehen hatte. Cleo hob den Blick zur Galerie und hätte sich in ihrer momentanen geistigen Verfassung nicht weiter gewundert, sich selbst von dort oben herunterschauen zu sehen. Bei dieser Vorstellung musste sie dann doch lächeln, und das Lächeln lag noch auf ihren Lippen, als sie auf ihrem Stuhl Platz nahm. Dann stellte sie erschrocken fest, dass sie zur Rechten Lord Landrakes saß. Rechts neben ihr saß Fitz, was immerhin zu bewältigen war.

Lord Landrake lehnte sich zurück, um dem Butler ein paar Anweisungen zu geben, und Fitz wandte sich an Cleo, um ihr etwas über die Geschichte des Esszimmers zu erzählen. «Ursprünglich war das hier die Hauskapelle, deshalb hat es bis heute eine leicht sakrale Atmosphäre. Ein geradezu theatralischer Saal, finden Sie nicht auch? Die Wandteppiche stammen noch aus der Zeit, als das Haus erbaut wurde, hingen aber ursprünglich in einem anderen Zimmer, was auch die Türausschnitte erklärt.»

«Türausschnitte?»

«Unsere Vorfahren betrachteten Wandteppiche nicht als Kunstwerke, sondern als Gebrauchsgegenstände, etwa so wie wir heute unsere Teppiche. Sie sollten vor allem die Wände bemänteln und die Zugluft abhalten. Und wenn eine Wand eine neue Tür bekam, schnitt man dafür einfach ein Loch in den Teppich. Glücklicherweise waren die Landrakes schon immer große Sammler, und so wurden alle herausgeschnittenen Teppichstücke in einer Truhe aufbewahrt und konnten wieder sorgsam an ihren angestammten Platz gebracht werden. Am besten schauen Sie sich das später einmal genauer an, bei diesem Licht sieht man die Nähte kaum.»

«Und was ist aus der Kapelle geworden?»

«Die kam im achtzehnten Jahrhundert außer Gebrauch, als ein aufklärerisch gesinnter Lord Landrake beschloss, der offiziellen Religionsausübung keinen Platz mehr in seinem Haus einzuräumen. Es gibt allerdings immer noch eine Kapelle, wenn auch nicht im Hauptteil des Hauses. Sie wurde im neunzehnten Jahrhundert von einer damaligen Lady Landrake eingerichtet, die wiederum sehr zur Frömmigkeit neigte.»

«Wahrscheinlich gibt es auch Führungen hier, und Sie zeigen den Leuten das Haus, für zweieinhalb Shilling pro Person.»

«Selbstverständlich, und anschließend halte ich noch die Hand auf: ‹Vergessen Sie den Schlossführer nicht, die Herrschaften, denken Sie auch an den armen Schlossführer.› Nein, für die Öffentlichkeit ist das Haus nicht zugänglich. Aber ich höre da einen gewissen Sarkasmus in Ihrem Ton.

Interessieren Sie sich etwa nicht für elisabethanische Architektur?»

«Wenn ich ganz ehrlich sein darf, ist mir zumindest dieses elisabethanische Haus nicht ganz geheuer. Es ist natürlich ungeheuer beeindruckend, und trotzdem kommt es mir vor, als schwelte ein böser Geist in den Wänden und den Kaminen. Ich brauche ja nur den Fuß vor meine Zimmertür zu setzen, schon gehe ich in die falsche Richtung und verlaufe mich hoffnungslos.»

«Mit ein wenig Konzentration und größerer Vertrautheit mit dem Aufbau des Hauses ließe sich das leicht beheben. Vom einen oder anderen Geist einmal abgesehen, ist Landrake seinen Bewohnern durchaus wohlgesonnen, das kann ich Ihnen versichern. Wie sollte es auch anders sein?»

Fitz schwieg, als er sah, dass Lord Landrake sich umgewandt hatte, und vertiefte sich in ein Gespräch mit seiner Tischdame zur Linken. Lord Landrake richtete mit ausgesucht unterkühlter Höflichkeit das Wort an Cleo.

«Wie ich von Rosina höre, sind Sie mit dem Leben auf dem Lande nicht allzu vertraut. Sie sind in London aufgewachsen? Wie gefällt Ihnen Cornwall denn bei diesem ersten Besuch? Sagt unsere Grafschaft Ihnen zu?»

Cleo, die sich um ein gutes Verhältnis zu ihrem Stiefvater bemühen wollte, lächelte und setzte alles daran, die perfekte Tischnachbarin zu geben: höflich, aufmerksam und friedfertig. Doch während sie von der Fahrt hierher berichtete und ihrer Begeisterung über die sommerlich grüne Landschaft und die Schönheiten von Landrake Hall Ausdruck verlieh, musterte ein verborgener Teil ihres Geistes insgeheim diesen Mann, den ihre Mutter so überstürzt geheiratet hatte und der nun von Unbekannten erpresst wurde, und versuchte, ihn zu ergründen.

Attraktiv war er durchaus, das entging ihr nicht. Er war natürlich zu alt für sie, aber er strahlte eine gewisse gebieterische Männlichkeit aus, was ihrer Mutter, wie Cleo wusste, sicher sehr gefiel. Doch als die Nachricht von der überraschenden und in ihren Augen wenig durchdachten Eheschließung bei ihr eintraf, hatte Cleo eine instinktive Feindseligkeit gegen diesen unbekannten Lord Landrake entwickelt, der Rosina einfach so von der Bühne raubte und in sein hochherrschaftliches Haus im hintersten Winkel des Landes verschleppte.

Nun fiel es ihr schwer, mit ihm zu plaudern. Sie war überzeugt, dass hinter seiner Weltläufigkeit und den untadeligen Manieren ebenfalls eine gewisse Feindseligkeit lauerte, eine Kälte und tiefe Abneigung ihr gegenüber. Und hatte Madge sie nicht sogar gewarnt?

Ob Lord Landrake wohl befürchtete, dass Cleo als einzige Tochter und Frucht einer früheren Ehe, die ebenso rasch wie tragisch geendet hatte, einen unverrückbaren Platz im Herzen ihrer Mutter einnahm – einem Herzen, das er doch ganz für sich allein haben wollte? In mancher Hinsicht lag er da auch gar nicht falsch, obwohl Cleo nur zu gut wusste, dass ihre Mutter in der Lage war, die verschiedenen Aspekte ihres Gefühlslebens perfekt voneinander getrennt zu halten. Und schließlich war Liebe ja auch kein begrenztes Gut: Ihre Gefühle für ihre Tochter würden Rosina keineswegs von der Liebe ablenken, die sie für Lord Landrake empfand.

Liebte Rosina ihren Mann? Da war Cleo sich nicht sicher. Ihre Zweifel an dieser Ehe gründeten keineswegs auf Lord

Landrakes Wesen oder auf der Frage, ob er tatsächlich der richtige Mann für Rosina war, sondern vielmehr darauf, wie sinnvoll eine Ehe sein, welche Aussicht auf Glück sie haben würde, wenn sie Rosina dauerhaft von ihrem Leben am Theater trennte.

Während Lord Landrake sich in einer recht gestelzten Schilderung erging, weshalb sein elisabethanischer Ahnherr – der allem Anschein nach ein rechter Halunke gewesen sein musste – das Haus ursprünglich an diesem Ort erbaut hatte, beobachtete Cleo aus dem Augenwinkel ihre Mutter. Hier stand sie nun endlich im Mittelpunkt, dominierte die Tischgesellschaft mit ihrem Glanz und ihrer Schönheit. Sie unterhielt sich angeregt mit Jonathan Bosworth – so angeregt sogar, dass Cleo ein wenig in Sorge geriet.

In der Gegenwart eines attraktiven Mannes musste Rosina einfach strahlen, sie konnte gar nicht anders; und Jonathan Bosworth war zwar weder so attraktiv noch so distinguiert wie Lord Landrake, sprühte jedoch vor Energie und besaß die Aura des vermögenden Mannes, der sich kaum eine Frau entziehen kann. Cleo hoffte sehr, dass Lord Landrake den Anschein von Intimität nicht bemerkte, den ihre Mutter ganz instinktiv und ohne jede böse Absicht zwischen sich und einem angenehmen männlichen Gegenüber kreierte und der, wie Cleo ganz genau wusste, nichts weiter zu bedeuten hatte. Ein erfahrener und weltgewandter Mann wie Jonathan Bosworth würde dieses Verhalten als das erkennen, was es war – doch einem eifersüchtigen Ehemann würde das schon schwerer fallen.

Um Lord Landrakes Aufmerksamkeit vom anderen Tischende fernzuhalten, lenkte Cleo das Gespräch auf

Landrake Hall zurück, ein Thema, das ihm offensichtlich am Herzen lag. «Ich weiß so wenig über die Reformation und die Auflösung der Klöster», sagte sie. «Wir haben das natürlich in der Schule durchgenommen, aber ich fürchte, vom Geschichtsunterricht ist nicht allzu viel bei mir hängengeblieben.»

Die Bemerkung gefiel Lord Landrake offensichtlich. «Ihre Mutter sagte mir bereits, dass Sie auf einem Internat waren. Ich muss ja zugeben, ich halte nichts von diesen ganzen Bildungsansprüchen für Frauen, die man heutzutage zu hegen scheint. Knaben müssen natürlich zur Schule gehen, um eine fundierte Ausbildung zu bekommen, das versteht sich von selbst, aber für Mädchen ist das vollkommen überflüssig. Meine beiden älteren Töchter waren für kurze Zeit auf einem solchen Institut, weil meine Mutter es für geboten hielt, ihnen eine umfassendere Bildung zukommen zu lassen, als es zu Hause möglich ist. Aber das war natürlich bloße Zeit- und Geldverschwendung und führte, vor allem in Tissys Fall, zu großen Schwierigkeiten. Da habe ich der Sache ein Ende gesetzt und wieder eine Gouvernante eingestellt.» Er besann sich und setzte mit einem angedeuteten Lächeln hinzu: «Ich will Ihre Mutter natürlich keineswegs dafür kritisieren, dass sie Sie aufs Internat gegeben hat. Das war mit Sicherheit eine völlig andere Situation.»

«Hat Matty denn eine Gouvernante?»

«Im Augenblick wechseln wir gerade», gab Lord Landrake knapp zur Antwort. «Meine Sekretärin Mrs Harbinger … haben Sie sie bereits kennengelernt? … führt Gespräche mit einigen jungen Frauen, die sich um die Stelle beworben haben. Matty ist in einem schwierigen Alter. Ich höre immer, Töchter seien generell schwieriger als Söhne, aber da ich nun einmal keinen Sohn habe, kann ich dazu selbst gar nichts sagen.»

Die köstliche Suppe aus verschiedenen Gemüsen war verspeist, die Teller wurden abgeräumt, und der Diener servierte Cleo ein Seezungenfilet. Lord Landrake machte sich begeistert über seinen Fisch her und wechselte dann ein wenig das Thema. «Meine Frau sagt mir, Sie arbeiten in einem sogenannten Modesalon.»

Es gelang ihm, dem Wort «Modesalon» einen leicht anrüchigen Unterton zu verleihen, als unterstellte er ihr, in einem exklusiven Freudenhaus tätig zu sein.

Sein Blick wanderte dabei unwillkürlich zum anderen Tischende, wo Rosina, wie Cleo erleichtert bemerkte, inzwischen nicht mehr so angeregt mit Jonathan Bosworth plauderte. Stattdessen bedachte sie Lord Landrake über den Tisch hinweg mit ihrem hinreißenden Lächeln.

Verflixt, Rosina musste sich wirklich in Acht nehmen. Cleo wusste besser als manch anderer, wie sprunghaft und leichtfertig ihre Mutter sich oft Männern gegenüber verhalten hatte. Das war Teil ihres früheren Lebens gewesen, in dem Amouren und Affären höchstens Anlass für Klatsch und Tratsch, ein Schulterzucken und bühnenreife Streitereien boten. Sie verflogen so rasch, wie sie kamen, solange man nur vernünftig genug war, sie auf die leichte Schulter zu nehmen. Doch Rosina hatte jetzt ein neues Leben, in einer Welt, die nach ganz anderen Regeln funktionierte. Bei Lord Landrake musste sie aufpassen, was sie tat, denn das war eine Beziehung, aus der sie sich nicht einfach mit einem Lächeln und ein paar schönen Erinnerungen wieder verabschieden konnte, ohne einen Blick zurückzuwerfen.

«Ihre Mutter hat ihr Kleid in New York erstanden. Das hat mich erstaunt. Ich hätte gedacht, sie ordert ihre Kleider lieber in Paris.»

«Das Kleid ist von Mainbocher, einem amerikanischen Modeschöpfer, der im Augenblick höchst gefragt ist, und das keineswegs nur bei Amerikanerinnen.»

«Und der Betrieb, für den Sie in London arbeiten, wird von Engländern geführt? Rosina hat mir den Namen zwar gesagt, aber ich erinnere mich leider nicht mehr. Er klang ausländisch.»

«Gebrüder Joulbert. Der Hauptsitz ist London, die beiden Brüder, die den Salon führen, sind allerdings Halbfranzosen.»

«Wie ich höre, schneidern sie auch Kostüme für Theater- und Ballettaufführungen.» Lord Landrake hielt einen Moment inne und wirkte plötzlich weniger angespannt. «Ich habe ja eine Schwäche für das Ballett.»

Das überraschte Cleo: Sie hätte nie einen Ballettfreund in ihm vermutet.

«Als ich in den Zwanzigerjahren in Frankreich war, machte gerade Diaghilew mit seinen Ballets Russes Furore. Er hat zu seiner Zeit zwar etliche Skandale ausgelöst, doch alltägliche Kunst führt ja keine Veränderung herbei.»

Lord Landrake war allem Anschein nach für einige Überraschungen gut. Cleo konnte sich ja noch vorstellen, dass ihm *Schwanensee* gefiel, doch sie hätte nicht damit gerechnet, dass er Gefallen am Tanzstil der Ballets Russes finden würde. Vor allem aber war sie erleichtert, auf neutralerem Boden gelandet zu sein. Ballett war ein entschieden ungefährlicheres Gesprächsthema als ihre Stelle. Sie spürte, dass Lord Landrake ein Mann war, dem es ganz automatisch und instinktiv missfiel, dass die Tochter seiner Gattin sich ihren Lebensunterhalt selbst verdiente. Und tatsächlich, als der Fisch einem wunderbar zarten Lamm als Zwischengericht wich, kam er erneut auf ihre Arbeit in London zu sprechen.

«Sie waren ja noch ein kleines Kind, als Ihr Vater starb. Ihre Mutter erzählt mir, Sie seien damals erst drei Jahre alt gewesen. Vermutlich erinnern Sie sich kaum noch an ihn. Und Ihre Mutter und Sie blieben in einer nicht ganz einfachen Lage zurück.»

Eine mehr als höfliche Umschreibung für die Tatsache, dass Cleo und ihre Mutter nach dem Tod des Vaters völlig mittellos dastanden.

«Ich weiß ja, dass manche junge Frau heutzutage das Gefühl hat, arbeiten zu müssen, aber es ist doch ein Jammer, dass Ihr Vater Sie nicht entsprechend versorgen konnte. Ich bin überzeugt, er wäre höchst betrübt darüber, dass Sie sich schon in so jungen Jahren mit Arbeit über Wasser halten müssen. Meine Frau sagt mir, Sie teilen in London eine Wohnung mit einer anderen jungen Dame? Arbeitet sie auch in diesem Modesalon?»

«Sie arbeitet in einem Büro.»

«Und ihre Familie?»

«Ihr Vater ist Regierungsbeamter.»

«In höherer Position? Wissen Sie, welches Ministerium?»

«Er ist Staatssekretär beim Ministerium für Luftfahrt.»

«Und wie heißt er?»
«Henderson.»
«Theodore Henderson?»
«Ja, genau.»
«Ich hatte bereits mit ihm zu tun. Ein sehr fähiger Mann. Ich muss sagen, es erstaunt mich, dass seine Tochter es für nötig hält, ihren Lebensunterhalt selbst zu bestreiten.»
«Es war ihre eigene Entscheidung. Ihr gefällt es, eine Aufgabe zu haben, auch wenn sie das Geld im Grunde nicht braucht.»
«An Hendersons Stelle würde ich ihr das ja nicht erlauben», sagte Lord Landrake. Und mit diesen Worten, die keinerlei Widerspruch duldeten, bedachte er Cleo mit einem frostigen Lächeln und wandte sich Adele Warburton zu, die an seiner anderen Seite saß.

Fitz musterte Cleo belustigt. «Hat Jerry wieder sein Steckenpferd ausgepackt? Er glaubt, der Platz einer Frau sei am heimischen Herd. Nehmen Sie sich das bloß nicht zu Herzen.»
«Das tue ich auch nicht. Glücklicherweise ist es ja nicht seine Entscheidung, ob ich arbeiten darf oder nicht. Mir blieb zwar in dieser Hinsicht gar nichts anderes übrig, doch selbst wenn ich die Wahl hätte, würde ich lieber arbeiten wollen, als untätig sein.»
«Das glaube ich. Ich kann mir auch gar nicht vorstellen, dass Sie zu Hause sitzen und Däumchen drehen oder sich mit Haushaltsfragen befassen. Dafür sind Sie nicht der Typ.» Er schaute zum anderen Tischende hinüber und fuhr dann fort: «Wie ich sehe, hat Ihre betörende Frau Mama ihren

Wein kaum angerührt. Auch vor dem Essen hat sie keinen Aperitif genommen. Trinkt sie etwa keinen Alkohol?»

Tatsächlich: Der Wein in der Phalanx von Gläsern an Rosinas Platz war praktisch unberührt geblieben. Cleo hatte keine Lust, Fitz zu erläutern, dass ihre Mutter vor oder während einer Aufführung nie Alkohol trank und ihr, Cleo, diese heutige Zurückhaltung nur wie ein weiterer Beweis dafür erschien, dass ihre Mutter eine neue Rolle spielte. Das neue Stück mit Rosina Otway in der Rolle der Lady Landrake, Baronin und Herrin über ein großes Haus.

Der Unterschied zwischen dieser Rolle und ihren früheren lag allerdings darin, dass am Ende des Abends kein Vorhang fallen würde. Es würde keinen Applaus geben, kein spätnächtliches Essen mit Freunden und keine der vielen lebhaften, gesellschaftlichen Aktivitäten aus Rosinas Theaterzeit, bei denen sie durchaus Wein trank.

Cleo wollte gar nicht darüber nachdenken, wie weit die Vorstellung ihrer Mutter ging. Ob sie auch hinter verschlossenen Schlafzimmertüren noch weiterspielte? Oder legte sie ihre Rolle ab, wenn sie mit ihrem Mann zu Bett ging, so wie sie auch im Theater ihre Rollen ebenso umstandslos fallenlassen konnte wie eine Stola?

«Sie ist nicht streng abstinent, falls Sie das meinen. Wenn ihr danach ist, trinkt sie Alkohol, und wenn nicht, dann eben nicht.»

Cleo kannte sich mit Wein nicht allzu gut aus, doch sie vermutete, dass die Weine, die mit jedem neuen Gang in einem neuen Glas serviert wurden, etwas ganz Besonderes sein mussten.

Als hätte er ihre Gedanken gelesen, bemerkte Fitz: «Jerry

hat einen ausgesucht guten Weinkeller. Seine Vorfahren hätten ihn noch mit Schmuggelware bestückt, aber heutzutage leistet sich natürlich kein Mitglied des Oberhauses, das auf ein politisches Amt aus ist, etwas anderes als völlig legale Weine.»

Cleo hörte ihm kaum noch zu. Ihr Blick war zu Esmond gewandert, der an der Längsseite des Tisches saß, und da Mrs Howard rechts von ihm das stetig dahinplätschernde Gespräch soeben unterbrochen hatte, um sich mit Archie Conway, ihrem anderen Tischnachbarn, zu unterhalten, ruhte sein Blick nun auf Rosina. Er drehte den Stiel eines Weinglases zwischen den langen Fingern, und seine Miene wirkte aufmerksam, undurchdringlich und, zumindest für Cleos Empfinden, leicht bedrohlich.

«Wie alt ist Esmond eigentlich?», fragte sie Fitz.

«Dreißig.»

«Und noch nicht verheiratet.»

«Nein. Das ist aber nicht weiter ungewöhnlich, die Landrake-Männer heiraten eher spät. Es gab einmal eine Zeit, da …» Er schaute über den Tisch zu Archie hinüber und schüttelte dann ganz leicht den Kopf.

«Da …?»

«Nun, Archie wird morgen Hermione Latimer heiraten, die Pfarrerstochter. Sie und Esmond standen einander eine Zeitlang sehr nahe. Für ihn wäre es keine allzu gute Partie gewesen, obwohl zwischen den Familien Latimer und Landrake verwandtschaftliche Beziehungen bestehen, aber Hermione ist ein reizendes Mädchen. Es wurde allerdings nichts daraus, und schließlich war es Esmond, der Hermione und Archie einander vorgestellt hat.»

«Steht Esmond denn nicht in der Pflicht, zu heiraten und für einen neuen Landrake-Erben zu sorgen? Eigentlich könnte er doch Philippa heiraten, dann bliebe alles in der Familie.»

«Vetter und Cousine ersten Grades? Das ist aus biologischer Sicht nicht ratsam, auch wenn dieser Verwandtschaftsgrad von der Kirche zur Heirat zugelassen wird. In früheren Zeiten gab es einige Fälle von Inzucht in der Familie, was zu geistig verwirrten und gewalttätigen Nachkommen geführt hat. Abgesehen davon sind Esmond und Philippa einander aber auch viel zu ähnlich, um miteinander glücklich zu werden.»

«Die äußerliche Ähnlichkeit sieht man gleich, bis auf die Haarfarbe. Sind sie sich denn auch charakterlich so ähnlich?»

«Und wie.» Fitz schwieg einen Augenblick und fuhr dann fort: «Hier sitzen ja heute Abend gleich vier Hagestolze am Tisch. Ein ungewöhnlich hoher Anteil an unverheirateten Männern, finden Sie nicht auch? Wenn man dazu noch bedenkt, dass Archie ebenfalls noch Junggeselle ist, wenn auch nicht mehr allzu lange, und Jonathan geschieden, dann ist tatsächlich Jerry als Einziger von uns verheiratet. Und vor wenigen Wochen hätte er als Witwer auch zu diesem illustren Kreis alleinstehender Herren gezählt.»

Cleo musterte Philippa aus zusammengekniffenen Augen. «Ich weiß ja nicht, wie es mit den alleinstehenden Herren aussieht, aber mir scheint, Philippa plant, einen der Bosworth-Brüder zu heiraten.»

Fitz spürte die Spannungen zwischen Cleo und Hector Bosworth nur allzu genau, und er war erfahren genug, die Spuren einer verflossenen Affäre zu erkennen. Wie sie wohl geendet haben mochte? Keineswegs gleichgültig, zumindest nicht von ihrer Seite, aber auch nicht in Streit und Tränen, was wiederum gar nicht zu Hector passte. Vermutlich hatte er sich aus dem einen oder anderen Grund einfach davongemacht. Dann war er, immer noch in Liebeslaune, hier auf dem Schloss gestrandet und hatte sich Hals über Kopf in Philippa verliebt.

Cleo kam es sicher hart an, hierher nach Landrake zu fahren und dann mitansehen zu müssen, wie Hector Philippa anhimmelte. Es war ja auch töricht von dem Jungen. Hector kannte Philippa doch schon sein Leben lang, er hätte sie von Anfang an durchschauen müssen, anstatt sich von ihrer Schönheit und ihren erotischen Reizen verführen zu lassen.

Und was um Himmels willen dachte Philippa sich dabei, ihren Charme mit solch kalter Berechnung spielen zu lassen? War sie tatsächlich für einen der beiden Bosworth-Brüder entbrannt? Fitz bezweifelte das, doch falls seine herzlose Nichte tatsächlich stärkere Gefühle als langjährige Vertrautheit und Zuneigung für einen der beiden hegte, so musste das sicherlich Hector sein. Dummerweise war Hector alles andere als reich. Jonathan ließ ihn natürlich keineswegs verhungern, doch sowohl er als auch Lancelot missbilligten seine Berufswahl und die Tatsache, dass er nicht in das Familienunternehmen einsteigen wollte. Es war also sehr wahrscheinlich, dass der Großteil von Sir Jonathans gewaltigem Vermögen ebenso wie das Schloss an Lancelot gehen würde.

Das Erscheinen einer neuen Lady Landrake hatte Philippa sicherlich aus dem Konzept gebracht. Mrs Harbinger führte den Haushalt auf Landrake, doch als offizielle Hausherrin fungierte seit ihrem Debüt in London Philippa. Bei früheren Abendgesellschaften hatte sie den einstigen Platz ihrer Mutter am Kopfende des Tisches eingenommen, nun war sie wieder auf den Platz der ältesten unverheirateten Tochter verbannt, so lange, bis sie am Kopfende ihres eigenen Tisches thronen würde. Angesichts des unkonventionellen Familienlebens, das Leonie und Jonathan Bosworth führten, stünde Philippa diese Position in Bosworth Castle zu, falls sie Lancelot heiratete. Und wie würde Leonie, die Geliebte, die keine Ehefrau war, darauf reagieren, wenn Philippa sich als junge Mrs Bosworth aufspielte?

Mit einem Mal langweilte es Fitz, sich weiter mit den zwischenmenschlichen Problemen anderer Leute auseinanderzusetzen. Das kam häufig vor. Es gab so viel wichtigere Dinge auf Erden als das, was in den Gesellschaftsspalten der Zeitungen erschien. Was spielte es für eine Rolle, ob die hochwohlgeborene Philippa Landrake, älteste Tochter des vierzehnten Baron Landrake auf Landrake Hall in Cornwall, bald ihre Verlobung mit Lancelot Bosworth, dem ältesten Sohn Sir Jonathan Bosworths auf Bosworth Castle, bekannt geben würde?

Fitz interessierten und alarmierten derzeit die Meldungen auf der Titelseite am allermeisten, vor allem die Nachrichten aus dem Ausland.

Cleo war ganz in ihr Dessert vertieft, eine köstliche Komposition aus Baiser und Bayrischer Creme. Umso besser. Fitz hatte schnell bemerkt, dass Cleo Otway sich freimütig äußerte und keine gesellschaftlichen Skrupel kannte, und er hatte die ungute Befürchtung, sie könnte ihn über die Hintergründe seines eigenen Junggesellendaseins ausfragen.

Kurz darauf erhob sich Lady Landrake von ihrem Stuhl und hielt einen Augenblick inne, bis auch Mrs Warburton den Kopf hob, die so sehr in ihre Unterhaltung mit Lord Landrake vertieft war, dass sie das Zeichen der Gastgeberin an die anwesenden Damen, sich zurückzuziehen, gar nicht bemerkt hatte.

Es folgte allgemeines Stühlerücken, und auch die Herren erhoben sich, als die Damen den Raum verließen. An der Tür drehte Rosina sich noch einmal um und schenkte Lord Landrake ein rasches, liebevolles Lächeln. Philippa ihrerseits bedachte Hector mit einem direkten, herausfordernden und koketten Lächeln, das eine sofortige Wärme in seinen Blick zauberte. Cleo, der der Blickwechsel nicht entgangen war, sah zwischen Hector und Philippa hin und her, und das Blut schoss ihr in die Wangen.

Aus Kummer?, fragte sich Fitz. Oder aus Zorn?

3

Als die Damen die Eingangshalle durchquerten, blieb Rosina stehen und erkundigte sich, ob sich noch jemand rasch die Nase pudern wolle. Sie verschwand mit Leonie nach oben, und die anderen gingen weiter in den Salon, der nun von sanftem Dämmerlicht erfüllt war. Kleine Lampen mit roten Schirmen an den Wänden und auf den Tischen spendeten ein wenig Helligkeit.

Philippa sank elegant auf ein Sofa und nahm sich eine Zeitschrift vom Tisch, die sie aufschlug und mit anscheinendem Desinteresse überflog. Cleo war noch nie einer Frau begegnet, die sich in der Gesellschaft ihrer Geschlechtsgenossinnen so offenkundig langweilte und sichtlich die Minuten zählte, bis die Herren aus dem Esszimmer nachkamen.

Caroline hatte auf einer der gepolsterten Fensterbänke Platz genommen, und Tissy gesellte sich zu ihr. Cleo konnte zwar nicht hören, worüber sie sprachen, doch offenbar stellte Caroline Tissy einige Fragen, die diese mit sichtlichem Eifer und einigem unwillkürlichen Stirnrunzeln beantwortete.

Philippa sah von ihrer Zeitschrift auf und blickte zu ihrer Schwester hinüber. «Caroline will Tissy überreden, nach London zu ziehen», sagte sie ungerichtet in den Raum hinein. «Als ob sie da noch weitere Ermunterung bräuchte. Der Wille zur Veränderung fehlt ihr ja nicht, nur die Mittel.»

Mrs Warburton musterte Cleo mit ernstem Interesse. Sie hatte sich auf ein größeres Sofa gesetzt; jetzt fing sie Cleos Blick auf und klopfte auf den Platz direkt neben sich. «Setzen Sie sich doch zu mir.»

Etwas misstrauisch, aber doch vor allem fasziniert von dieser Frau, leistete Cleo ihrer Aufforderung Folge. Sie selbst fühlte sich ja bereits fehl am Platz in diesem Salon, doch Mrs Warburton konnte noch sehr viel mehr als Außenseiterin gelten.

«Ich würde mich gern ein wenig mit Ihnen unterhalten», sagte Mrs Warburton. «Ihre Mutter hat mir von Ihrer Arbeit in London erzählt, und ich kann Sie nur dazu beglückwünschen, dass Sie für Ihren eigenen Lebensunterhalt sorgen. Ich kann es immer kaum mitansehen, wenn intelligente junge Frauen einfach untätig zu Hause sitzen, was für euch Mädchen aus der englischen Oberschicht gemeinhin der einzige Ehrgeiz zu sein scheint.»

«Ich stamme gar nicht aus der Oberschicht. Kaum jemand könnte mittelständischer sein als ich.»

Auf dem anderen Sofa murmelte Philippa, ohne den Blick von ihrer Zeitschrift zu heben: «Wie wahr … und dann auch noch so schrecklich offensichtlich.»

Mrs Warburton schenkte ihr keine Beachtung, obwohl Cleo überzeugt war, dass sie die Worte ebenfalls gehört hatte. Ihr selbst machte Philippas Bemerkung nicht weiter zu schaffen, da sie nicht das geringste Verlangen spürte, das Wohlwollen oder gar die Zuneigung ihrer Stiefschwestern zu erringen. Hätte sie vorgehabt, länger auf Landrake Hall zu bleiben, vielleicht sogar das großzügige, wenn auch keineswegs ehrlich gemeinte Angebot ihres Stiefvaters anzunehmen und Landrake Hall als ihr neues Zuhause zu betrachten, dann hätte Philippas Feindseligkeit ihr gegenüber ihrer Mutter auf Dauer das Leben schwergemacht. Doch da Cleo nichts ferner lag, konnte Philippa so viele gehässige Bemerkungen machen, wie sie wollte.

«Ich mag meine Arbeit, aber man kann wahrhaftig nicht behaupten, dass sie sonderlich glamourös oder auch nur irgendwie interessant wäre.»

Philippa, die ganz offensichtlich jedes Wort mitbekam, das auf dem anderen Sofa gesprochen wurde, obwohl sie weiterhin ganz in ihre Zeitschrift vertieft schien, blickte auf. «Ich habe da eine Freundin, Angela Sandringham ... Du kennst sie nicht zufällig, Cleo? Nein, ich dachte mir schon, dass ihr nicht in denselben Kreisen verkehrt. Sie hatte zeitweilig eine Stelle als Empfangsdame in einem Schönheitssalon angenommen. Kann man so etwas glauben? Natürlich dauerte es keine sechs Wochen, dann hat sie wieder gekündigt und Stein und Bein geschworen, nie wieder zu arbeiten. Vermutlich hat man sie sogar gefeuert, weil sie einfach zu nichts nutze war.»

«Wenn sie nicht arbeiten muss, also nicht in der Pflicht ist, sich ihren Lebensunterhalt selbst zu verdienen, um ihre Miete zu zahlen und etwas zu essen auf den Tisch zu bringen», sagte Cleo, «dann ist es gut, dass sie die Stelle wieder aufgegeben hat, was immer der Grund dafür gewesen sein mag. So bleibt die Arbeit für jemanden erhalten, der tatsächlich arbeiten will und das Geld braucht.»

«Ständig über Geld zu sprechen ist so schrecklich gewöhnlich», bemerkte Philippa, drehte ihnen eine weiße Schulter zu und beugte sich wieder über ihre Zeitschrift – ein klares Signal, dass sie das Gespräch nunmehr für beendet hielt.

Mit hochgezogenen Brauen sah Cleo Mrs Warburton an, die der Wortwechsel sichtlich amüsierte. «Es ist doch immer wieder sehenswert, wenn zwei Welten aufeinanderprallen», sagte sie. «In diesem Fall, würde ich sagen, stehen die alten Sitten gegen die neuen. Sie, Cleo, verkörpern die neue Ordnung. Sie werden sehen, in ein paar Jahren ist es ganz an der Tagesordnung, dass Frauen arbeiten und überall im öffentlichen Leben, auch außerhalb der heimischen vier Wände, eine Rolle spielen.»

Cleo hatte bereits bemerkt, dass das Tischgespräch zwischen Lord Landrake und Mrs Warburton trotz der exzellenten Umgangsformen des Lords nicht ganz einvernehmlich verlaufen war. Selbst wenn man ihn so wenig kannte wie Cleo, merkte man ihm doch an, dass Mrs Warburton auf irgendeine Weise sein Missfallen erregte. Nun fragte Cleo sie geradeheraus: «Arbeiten Sie denn auch, zu Hause in Amerika?»

Und Mrs Warburton setzte den ganzen Salon in Erstaunen, indem sie mit klarer, vernehmlicher Stimme antwortete: «Ob ich arbeite? Allerdings. Ich bin Richterin.»

Nach kurzem Schweigen ließ sich Caroline mit ihrer hellen, aristokratischen Stimme vernehmen: «Das kann doch wohl nicht Ihr Ernst sein!»

Mrs Warburton musterte sie erstaunt. «Weshalb sollte ich so etwas denn sagen, wenn es nicht stimmen würde? Das

Recht ist mein Metier, und ich wurde zur Richterin ernannt. Sie haben hier in England doch sicher auch Anwältinnen.»

Caroline wusste nichts von Anwältinnen, und man sah ihr an der Miene an, dass allein die Vorstellung sie zutiefst schockierte. «Heißt das, Sie tragen eine Perücke und einen roten Talar und sitzen so zu Gericht? Als Frau? Das kann ich einfach nicht glauben!»

«Aber es stimmt», mischte Tissy sich ein. «Jetzt erinnere ich mich wieder, dass Leonie so etwas erwähnt hat. Sir Jonathan findet nichts weiter dabei, ihr wisst ja, wie fortschrittlich seine Ansichten sind, aber es liegt natürlich auf der Hand, dass allein die Vorstellung einer Anwältin, geschweige denn einer Richterin, Papa den Schaum vor den Mund treibt.»

Ihr Ton klang ein wenig boshaft, und Mrs Warburton warf ihr einen strengen Blick zu. «Wir tragen keine Perücken und auch nicht dieselben Talare, wie sie an britischen Gerichten üblich sind. Ich trage vor Gericht immer eine schwarze Robe.»

«Können Sie auch jemanden zum Tode verurteilen?», wollte Tissy wissen.

«Ja. Ich bin Bundesrichterin.»

«Und womit beschäftigen Sie sich so?» Caroline hatte den Schock, mit einer Richterin im selben Raum zu sitzen, anscheinend überwunden und wollte mehr erfahren. In der Zeitung las sie für ihr Leben gern Artikel über Gewaltverbrechen, hegte aber nur wenig Hoffnung, dass diese sonderbare Amerikanerin sie mit entsprechend schaurigen Verbrechergeschichten beglücken würde. «Einbrüche, Zimmermädchen, die in den Hotels, wo sie arbeiten, Handtücher klauen, Schwarzfahrer im Bus und solche Sachen?»

«Ich habe durchaus mit schwerer wiegenden Verbrechen zu tun. Kurz vor meiner Abreise hatte ich noch eine große Verhandlung, bei der es um einen Fall von Erpressung ging.»

Das war wieder einmal bezeichnend. Da dachte man nie auch nur im Ansatz an ein bestimmtes Thema, und kaum beschäftigte es einen in Gedanken oder im Leben, schon tauchte es an allen Ecken und Enden auf. Allein schon der Klang des Wortes, diese drei harten, kurzen Silben, war Cleo inzwischen zuwider: Er-pres-sung.

«Erpressung?», fragte Tissy. «Ich dachte, solche Fälle kommen niemals vor Gericht. Ist es denn nicht der ganze Sinn einer Erpressung, jemandem Geld abzuknöpfen, der ein Geheimnis hat und es vor der Öffentlichkeit verbergen will? Wenn der Fall vor Gericht verhandelt wird, erfährt doch jeder davon.»

«In diesem Fall hat sich das Opfer mitsamt den belastenden Unterlagen der Polizei gestellt, und der Erpresser wurde zur Verantwortung gezogen.»

«War es denn ein Profi?», wollte Caroline wissen. «Oder gehörte er zu einer Erpresserbande?»

«Es war ein Verwandter des Opfers, was den Fall noch sehr viel bedrückender machte.»

«Und wurde er schuldig gesprochen?», fragte Cleo. Welche Strafe stand wohl in England auf Erpressung? Sie wusste es nicht.

«Ja», antwortete Mrs Warburton. «Ich habe ihn zu fünf Jahren Haft verurteilt.»

«Das ist doch Unfug», sagte Tissy verächtlich. «Wenn es ohnehin in der Familie blieb, hätte die Person doch einfach den Mund halten und bezahlen sollen. Wer wäscht denn seine schmutzige Wäsche schon freiwillig in aller Öffentlichkeit?» Dann setzte sie nachdenklich hinzu: «Außerdem hätte sie den Erpresser doch auch selbst außer Gefecht setzen können.»

Caroline schrie entsetzt auf. «Tissy, was redest du denn da bloß? Das klingt so gewalttätig.»

«Nun, für einen Erpresser besteht immer ein gewisses Risiko, dass derjenige, den er erpresst, völlig daran verzweifelt und beschließt, sich auf eigene Faust zu rächen und den Erpresser auszuschalten. Die Kunst der Erpressung liegt darin, es nicht zu weit zu treiben.»

Ein weiterer entsetzter Aufschrei von Caroline. «Tissy, das hört sich ja an, als hättest du dich eingehend mit dem Thema beschäftigt.»

«Natürlich nicht. Aber im Gegensatz zu dir lese ich gelegentlich Bücher. In der Literatur ist Erpressung ein beliebtes Thema, vor allem Kriminalromane befassen sich damit. Aber in den Büchern wird der Erpresser natürlich immer gefasst, was im richtigen Leben meist nicht der Fall ist.»

«Manchmal schon», sagte Cleo. «Mrs Warburton hat uns doch gerade von einem Fall erzählt.»

Und im Stillen dachte sie, dass Tissy gar nicht schlecht daran tat, sich keine Stelle in London zu suchen. Mit ihren schroffen, radikalen Ansichten würde sie jeden normalen Arbeitgeber zur Weißglut bringen.

4

Unterdessen saß Rosina oben in ihrem Ankleidezimmer vor dem hellerleuchteten Spiegel und ließ sich von Madge mit einer Puderquaste aus weichen Schwanendaunen das Gesicht abtupfen.

Leonie klopfte und streckte dann den Kopf ins Zimmer. «Sind Sie soweit? Wollen wir wieder nach unten gehen?»

«Einen Augenblick noch. Die Herren sind ohnehin noch im Esszimmer und werden mindestens noch eine halbe Stunde bleiben. Wir haben reichlich Zeit.»

Madge erkundigte sich, ob Mylady noch irgendetwas benötige, und als Rosina verneinte, wünschte sie Mrs Howard «Einen schönen Abend, Madam», verließ das Zimmer und schloss sanft die Tür hinter sich.

«Sagen Sie, Rosina, wie kommt Madge denn eigentlich mit den anderen Bediensteten aus? Sie ist ein wahres Juwel, aber doch so ganz anders als alle Zofen, die ich kenne, und Hausangestellte sind doch meist sehr konservativ und verbohrt in ihren Ansichten. Ich könnte mir vorstellen, dass sie hier auf Landrake mit einiger Feindseligkeit zu kämpfen hat.»

Rosina betrachtete mit kritischer Konzentration ihr Spiegelbild und feuchtete dann den kleinen Finger an, um eine widerspenstige Wimper zurechtzurücken. «Nicht im Geringsten. Ich bin überzeugt davon, dass man sie sonderbar findet, aber sie kommt immerhin aus einer Welt, die alle ungemein fasziniert. Es gibt kaum jemanden aus dem Umfeld des Theaters, den Madge nicht kennen würde oder bereits persönlich getroffen hätte, und das gilt auch für die meisten amerikanischen Filmstars. Ich habe sie selbst gefragt, ob sie Probleme hat, und ich weiß, dass auch Mrs Harbinger ihretwegen in Sorge war und mit der Wirtschafterin darüber gesprochen hat. Aber offenbar nehmen alle Madge so, wie sie ist. Sie hat eine scharfe Zunge und kann sich gut behaupten, da sagt keiner zwei Mal ein falsches Wort.»

«Und wie kommen Sie mit Mrs Harbinger zurecht?»

Rosina hakte ihr Armband wieder zu, hob dann den Kopf und schenkte Leonie ein verschwörerisches Lächeln. «Mit einer Frau, die mich von der elenden Aufgabe befreit, einen so großen Haushalt zu führen, muss ich doch einfach blendend auskommen. Für mich ist das alles vollkommen neu; wahrscheinlich weiß selbst die Hauskatze mehr darüber, wie man ein solches Haus führt als ich. Ich bin diesen Lebensstil nicht gewöhnt, mein Hintergrund ist ein völlig anderer. Als ich klein war, wohnten wir über dem Laden meiner Eltern, zwei winzige Zimmer in einem heruntergekommenen Viertel von London. Meine Eltern besaßen einen Tabakladen mit Süßwarenabteilung – bescheidenere Verhältnisse kann man sich wohl kaum vorstellen.»

«Sind Ihre Eltern denn noch am Leben?»

Rosina entfernte ein Puderstäubchen von ihrem Arm. «Nein. Sie haben beide den Krieg nicht überlebt; eine Bombe traf den Laden, sie hatten großes Pech. Nun schauen Sie doch nicht so mitfühlend drein. Mir tut es um jeden leid, der bei einem Bombenangriff ums Leben gekommen ist, aber ich hing nicht allzu sehr an meinen Eltern und sie auch nicht an mir. Ich habe sie nicht mehr gesehen oder gesprochen, seit ich mit sechzehn von zu Hause ausgerissen bin.»

«Wie traurig.»

«Es waren fleißige, sparsame, gottesfürchtige und anständige Leute, und ich war ein hübsches kleines Mädchen mit parodistischem Talent. Ich trieb mich häufig bei der Laienspielgruppe im Viertel herum, erledigte Botengänge für sie und so etwas. Das wenige Taschengeld, das ich mir verdient habe, indem ich im Laden mithalf, habe ich immer gespart, und als ich alt genug war, habe ich mir, so oft ich konnte, die Nachmittagsvorstellungen im West End angesehen. Und eines grauen Februartages fanden meine Eltern dann heraus, dass ich mir ein Stück im Adelphi angesehen hatte, anstatt im Gemeindezentrum zu arbeiten, wie sie glaubten. Du liebe Zeit, was haben sie mir da die Hölle heißgemacht! Sie haben mich in mein Zimmer eingesperrt, weil sie der irrigen Ansicht waren, eine Frist bei Wasser und Brot, ohne Gesellschaft und ohne Bewegung würde mich wieder zur Vernunft bringen.»

«Was aber nicht der Fall war.»

«Natürlich nicht. Ich bin einfach aus dem Fenster gestiegen, ein äußerst praktisches Abflussrohr hinuntergeklettert und losgezogen, um mir allein ein neues Leben aufzubauen. Noch am selben Tag traf ich im Theater einen jungen Mann, der mir gefiel, und zog bei ihm ein. Zwei Monate später heirateten wir, weil ich ein Kind erwartete.»

«Weiß Jerry von alldem?»

Rosina lachte. «O nein, den Tabakladen würde der arme Schatz doch nie verwinden. Aber ich erzähle ihm keine Lügenmärchen, ich spreche nur einfach nicht darüber. Er weiß, dass meine Eltern beide tot sind, und es ist doch schon so lange her, dass ich den Süden Londons verlassen habe. Aber auch eine Wohnung in Chelsea hält dem Vergleich mit Landrake Hall kaum stand.»

«Als Mrs Harbinger von Jerrys neugeschlossener Ehe hörte, hat sie aber doch sicher geglaubt, dass Sie von nun an den Haushalt übernehmen.»

«Gott bewahre!», rief Rosina. «Jerrys erste Frau hat sich ja auch nicht gerade im Haushalt hervorgetan, stimmt's? Nach allem, was ich von Madge weiß, deren Ehrgeiz es ist, sämtlichen Klatsch und Tratsch und alle Gerüchte und Legenden aufzuschnappen, die in einem Haus wie diesem kursieren, hielt sich meine Vorgängerin sehr viel lieber in London als hier draußen auf. Mrs Harbinger hat sich um alles gekümmert, so wie sie es seit dem Tod der armen Frau tut und es auch weiterhin für mich tun wird. Und schließlich gehört sie ja sogar zur Familie, sie ist eine geborene Landrake, auch wenn sie einer Nebenlinie entstammt.»

Leonie nickte. «Als ich nach dem Krieg nach Bosworth Castle kam, lebte Henrietta, Lord Landrakes erste Frau, natürlich noch, aber sie verließ sich voll und ganz auf Mrs Harbinger, vor allem später, als sie Matty erwartete und es ihr schon nicht mehr gutging. Clemmie war damals allerdings schon tot. Hat Jerry Ihnen von seiner Schwägerin erzählt, der Frau seines jüngeren Bruders? Während des

Krieges war hier im Haus ein Genesungsheim für Verwundete untergebracht, und im Grunde hat Clemmie damals, während die Männer fort waren, das gesamte Haus verwaltet. Sie muss das großartig gemacht haben. Jonathan sagt immer, sie habe sich hier verschwendet und hätte eigentlich ein großes Unternehmen leiten sollen.»

«Was für ein eigenartiger Gedanke.»

«Von Adele weiß ich, dass sich in Amerika viele Frauen ganz großartig im Berufsleben schlagen, sei es als Geschäftsführerin oder in anderen Bereichen.»

Rosina schloss für einen Moment die Augen und presste die Finger auf die Lider. «Ich finde Ihre Freundin Mrs Warburton ja sehr sympathisch, aber es ist kaum mitanzusehen, wie sie Jerry zur Weißglut bringt! Der arme Schatz kommt einfach nicht zurecht mit der Vorstellung, dass Frauen arbeiten oder verantwortungsvolle Positionen innehaben. Er kann es mir ja schon kaum verzeihen, dass ich so viele Jahre auf der Bühne gestanden habe, und schreibt das gerne den Umständen und der Notwendigkeit zu, anstatt einfach zu akzeptieren, dass ich vielleicht Talent und eine Berufung habe.»

«Sie werden das Theater bestimmt vermissen», sagte Leonie.

«Ganz sicher nicht. Ich habe mehr als fünfundzwanzig wunderbare Jahre hinter mir, das genügt. Ich denke, vierzig ist ein gutes Alter für eine Frau, um ihr Leben noch einmal zu ändern. Finden Sie nicht auch?»

Vierzig …

Rosina musterte Leonie mit leicht schief gelegtem Kopf. «Verraten Sie mir, woran Sie gerade denken?», fragte sie.

Leonie schüttelte den Kopf. «Ach, nur an eine Entscheidung, die ich noch treffen muss.»

Rosina war sicher bereits über vierzig, besaß aber noch einen makellosen Teint, und Leonie war voller Bewunderung für diese Frau, die sich ihre Schönheit so gut erhalten hatte. Doch ihr Strahlen war nicht das Produkt von Madges handwerklichem Können: Es schien von innen zu kommen, schimmerte durch die kunstvolle Fassade hindurch. Die Frage lag Leonie bereits auf den Lippen, doch dann besann sie sich eines Besseren.

Die beiden Damen gingen gemeinsam den Flur entlang zur Treppe zurück. «Jerry bedrückt doch irgendetwas, nicht wahr?», fragte Leonie, als sie auf der obersten Stufe waren. Sie griff mit einer Hand nach dem breiten Geländer, denn sie kannte diese Treppe schon lange genug und wollte verhindern, dass es ihr die Füße in den eleganten Abendschuhen unter dem Körper wegzog.

«Ach, nur die Politik», antwortete Rosina leichthin. «Ihnen kann ich es ja verraten, weil ich weiß, dass Sie es für sich behalten werden: Es ist sehr wahrscheinlich, dass man Jerry einen Regierungsposten anbieten wird. In der neuen Regierung, versteht sich. Jerry meint, die jetzige werde das Jahr nicht überdauern, und wenn die Konservativen erst wieder an der Macht sind, werden sie ihn mit an Bord holen wollen.»

Leonie kannte Lord Landrake gut genug, um zu wissen, dass das, was ihn bedrückte, eher persönlicher und emotionaler Natur sein musste. Mit der Politik, da war sie sich sicher, hatte es nichts zu tun. Ob Rosina wohl selbst glaubte, was sie ihr da erzählte? Oder wusste sie etwa, was Lord

Landrake belastete, und wollte nur nichts darüber sagen? Was immer der Grund sein mochte: Leonie beschloss, Rosina nicht weiter zu bedrängen.

Auf dem Zwischenabsatz hielt Rosina inne und legte Leonie sanft die Hand auf den Arm. «Es geht mich ja eigentlich nichts an, aber fühlen Sie sich nicht von dieser Dreiecksbeziehung zwischen Philippa und den beiden jungen Bosworths belastet?»

Leonie blieb ebenfalls stehen und sah Rosina nachdenklich an. «Dass Lancelot Philippa anschmachtet, daran hat man sich ja bereits gewöhnt, aber dass Hector plötzlich nach Hause kommt und sich Hals über Kopf in sie verliebt, damit war nicht zu rechnen, und ich muss gestehen, ich finde das tatsächlich besorgniserregend. Die beiden Brüder standen einander nie besonders nahe, und diese Sache treibt nur einen weiteren Keil zwischen sie. Ich kann mir nicht vorstellen, dass das gut enden wird.»

«Lancelot ist bereits dreißig, nicht wahr? Er sollte langsam heiraten. Tut er denn etwas dafür, eine Frau kennenzulernen?»

«Ich glaube, er hat eine Geliebte irgendwo in London», sagte Leonie. «Aber darüber wird natürlich nicht gesprochen. Und Hector …» Sie schwieg einen Moment und überlegte, ob Rosina wohl von der Affäre zwischen Hector und Cleo wusste. «Nun, da gab es wohl etwas in London, das aber inzwischen beendet zu sein scheint. Und Philippa ihrerseits kann sich vor Verehrern kaum retten, was sich vermutlich auch niemals ändern wird.»

«In Lancelot ist sie jedenfalls nicht verliebt, das würde ich beschwören. In Herzensangelegenheiten irre ich mich nie. Sie ist sehr viel mehr auf Hector aus; ich würde sogar behaupten, sie sei in ihn verliebt, soweit sie überhaupt in der Lage ist, sich in einen anderen Menschen zu verlieben.»

«Ich hoffe sehr, dass Sie sich irren», sagte Leonie. «Eine Verbindung zwischen den beiden würde nur Unglück nach sich ziehen.»

«Philippa wird jeden Ehemann unglücklich machen, das ist bei einer Frau wie ihr gar nicht zu vermeiden», erklärte Rosina mit jener kühlen Hellsichtigkeit, die Leonie gleich beim ersten Mal erstaunt hatte, als sie der neuen Lady Landrake begegnet war. «Ich höre Männerstimmen, anscheinend haben die Herren das Esszimmer inzwischen verlassen. Hoffen wir, dass Hector für uns spielen wird, es gibt doch nichts Besseres als Musik, um die Befangenheit bei einer solchen Abendgesellschaft zu beseitigen, die nur aus Familie und engen Freunden besteht.»

5

Nachdem die Damen sich zurückgezogen hatten, hatte Lord Landrake seine Gäste zu sich ans Tischende gebeten. Die Diener hatten abgeräumt und die Herren ihrem Portwein und ihren Zigarren überlassen. Lord Landrake und Jonathan Bosworth zündeten sich Zigarren an, Esmond hielt eine schwarzgoldene russische Zigarette zwischen den schlanken Fingern, und der Rauch, der sich von der Spitze emporkräuselte, wirkte beinahe so schläfrig-schwül wie Esmond selbst.

Fitz rauchte nicht; er hatte keine Lust, sich den Nachgeschmack eines guten Essens mit einer Zigarette zu verderben, und Zigarren mochte er grundsätzlich nicht. Außerdem missfiel ihm die Sitte, dass die Damen vor den Herren den Tisch verließen. Seiner Erfahrung nach waren Frauen meist sehr viel klügere und unterhaltsamere Gesprächspartner als seine Geschlechtsgenossen. Jerry beispielsweise, der sich nun nicht mehr durch die Höflichkeit verpflichtet sah, mit seiner Meinung über Mrs Warburton hinterm Berg zu halten, erging sich in einer Schmährede gegen alle arbeitenden Frauen, und allein die Vorstellung einer Frau in der Rechtsprechung, noch dazu einer, die es darin so weit gebracht hatte, trieb ihm die Röte der Empörung ins

Gesicht. «Eine veritable Richterin! Ich weiß nicht, was aus unserer Welt noch werden soll!»

Jonathan Bosworth ließ sich von dieser heftigen Reaktion nicht aus der Ruhe bringen. Sie kannten einander schon seit mehr als dreißig Jahren, und so nahm er das Wettern des Gastgebers gegen seinen Hausgast mit Gleichmut hin.

«Wir kennen alle deine Ansicht, dass Frauen ins Haus gehören und es ihnen in einer gerechten Gesellschaft strengstens untersagt wäre, berufstätig zu sein. Aber so ist die Welt nun einmal nicht, Jerry, und das weißt du ganz genau. Wo wärst du denn ohne all deine weiblichen Hausangestellten? Wie kämst du ohne Mrs Harbinger zurecht?»

«Das ist doch etwas völlig anderes! Du weißt ganz genau, dass ich das nicht meine», gab Lord Landrake ärgerlich zurück. «Es ist absolut nichts dagegen einzuwenden, wenn eine Frau als Hausangestellte arbeitet oder eine verantwortungsvolle Verwaltungsstelle innerhalb eines Haushalts innehat, so wie Mrs Harbinger, noch dazu in der eigenen Familie. Ich bin nur strikt dagegen, wenn Frauen plötzlich in Fabriken und Büros arbeiten, den Männern, die das sehr viel besser machen würden, die Arbeit wegnehmen, ihr eigenes Geld verdienen und sich dadurch Unabhängigkeitsflausen in den Kopf setzen … Wie soll ein Mann es denn ertragen, dass seine Frau und seine Töchter plötzlich nicht mehr von ihm abhängig sind? Das untergräbt ja sämtliche Grundlagen seiner Autorität. Der Mann versorgt die Familie, und die Frau hat die Aufgabe, die Kinder großzuziehen und sich um den Haushalt zu kümmern. Als Figur in einem Shakespearestück soll mir Portia ja ganz recht sein, doch jenseits der Bühne, im wahren Leben, ist die Vorstellung einer Richterin fast so ungeheuerlich wie die einer Ärztin.»

Lancelot Bosworth hatte sich in seinem Stuhl zurückgelehnt, sog mit leisem Paffen den Rauch seiner Zigarre ein und nickte beifällig zu Lord Landrakes antiquierten Ausführungen. «Ich denke, Sie haben da ganz recht, Sir. All die Frauen, die inzwischen in Oxford und Cambridge die Hörsäle füllen und sich selbst und ihr Studium so unglaublich wichtig nehmen. Sämtliche Dozenten und alle, die die Universität noch kannten, bevor Frauen zugelassen waren, berichten übereinstimmend, dass ihre Anwesenheit die Atmosphäre dort vollständig zunichte mache.»

Nun hatte Fitz doch genug von dem Unfug. «Nachdem Frauen bereits seit Ende des letzten Jahrhunderts zum Studium zugelassen sind, sollte man eigentlich meinen, dass sich selbst die Dozenten inzwischen an sie gewöhnt haben müssten», sagte er. «Die Institute, an denen Frauen studieren dürfen, sind hervorragende Einrichtungen, es sollte noch sehr viel mehr davon geben. Außerdem tragen intelligente Frauen deutlich mehr zur akademischen Atmosphäre bei als all die Rugby- und Ruder-Fanatiker, die gar nicht wissen, worum es an der Universität eigentlich geht.»

«Blaustrümpfe ... Gibt es denn etwas Unweiblicheres? Wer würde sich mit einer solchen Frau ins Bett wagen? Womöglich zitiert sie noch unter der Bettdecke Plato», warf Lord Landrake ein.

Auch Lancelot war aufgebracht. «Mir scheint, Fitz, du glaubst, eine Universität sollte heute noch so sein wie im Mittelalter, ein Ort, an dem lauter Gelehrte ernsthaft über dies und jenes diskutieren. Was ich aus Cambridge mitgenommen habe, ist einzig und allein von gesellschaftlichem Wert. Ein Mann kann dort erwachsen werden, herausfinden, was für ein Mensch er eigentlich ist. Diese Langweiler, die den lieben langen Tag im Labor verbringen und dann noch die halbe Nacht in der Bibliothek über den Büchern hocken, haben doch gar keine Möglichkeit, anschließend noch etwas aus ihrem Leben zu machen. In geschäftlicher Hinsicht war mir nichts von alledem, was ich an der Universität gelernt habe, jemals von Nutzen, doch die Kontakte, die ich damals geknüpft habe, sind von unschätzbarem Wert.»

Archie Conway hatte bis dahin schweigend und mit genießerischer Miene an seinem Port genippt. Jetzt mischte auch er sich ins Gespräch und sagte zu seinem Gastgeber: «Was die Ärztinnen betrifft, Sir, so bin ich ganz Ihrer Meinung. Sie nehmen uns die Praktikumsplätze weg, und in den allermeisten Fällen heiraten sie anschließend doch und geben den Beruf wieder auf. Ich will gar nicht behaupten, dass sie keine guten Ärztinnen abgeben würden, aber so ist die ganze Sache doch reine Zeitverschwendung, vor allem für sie selbst. Mir wäre es lieber, wenn eine junge Frau sich einfach am Leben freuen und das Beste aus den paar Jahren machen würde, in denen sie bereits erwachsen, aber noch nicht verheiratet ist und frei von den späteren Verpflichtungen als Ehefrau und Mutter.»

«Woher kennst du diese Mrs Warburton überhaupt?», fragte Lord Landrake Jonathan Bosworth streng.

«Aus Amerika, Jerry, was glaubst du denn? Sie ist sogar ganz entfernt mit mir verwandt, vor ein paar Jahren sind wir uns zufällig in Chicago begegnet. Übrigens teile ich deine Vorbehalte gegenüber berufstätigen Frauen keineswegs.

Ich bin der Ansicht, dass jede junge Frau die Möglichkeit haben sollte, eine gute Ausbildung zu bekommen und sich anschließend ihren Lebensunterhalt selbst zu verdienen.»

«Man merkt, dass du Söhne hast und keine Töchter», gab Lord Landrake zurück. «Wenn du drei solche Töchter hättest wie ich, würdest du dir umso mehr Gedanken darüber machen, welche gesellschaftliche Rolle sie einmal einnehmen sollen.»

Eigentlich wollte Fitz Lord Landrake nicht noch weiter reizen; er wusste, dass sein Schwager jedes Fünkchen Humor verlor, wenn die Rede auf dieses Thema kam. Doch er konnte sich einfach nicht zurückhalten. «Ich bitte dich, Jerry, die neue Lady Landrake hat sich ihren Lebensunterhalt schließlich auch selbst verdient, und zwar vom sechzehnten Lebensjahr an, soweit ich informiert bin. Und ich persönlich bin ihr ausgesprochen dankbar dafür. Ihre Bühnenauftritte haben mir einige der schönsten Theatererlebnisse meines Lebens verschafft.»

«Meine Frau ist Künstlerin. Bei Künstlern ist das etwas anderes, man braucht schließlich Tänzerinnen und Schauspielerinnen und Ähnliches, obwohl ich doch festhalten möchte, dass Shakespeare bestens ohne Frauen auf der Bühne ausgekommen ist. Und Opernsängerinnen braucht man natürlich auch.» Das war Lord Landrake ausgesprochen wichtig, denn für die Oper schwärmte er fast ebenso sehr wie fürs Ballett. Er hatte sogar, wie Fitz wusste, vor einigen Jahren eine längere Liebschaft mit einer bekannten Sopranistin aus Finnland unterhalten.

Hector saß schweigend da, ohne sich am Gespräch zu beteiligen und offensichtlich ganz in seine eigenen Gedanken versunken. Sein Vater, der dem musikalischen Talent seines jüngeren Sohnes recht zwiespältig gegenüberstand, vermutete, dass er den Kopf voller Musik hatte, dass ihm neue Ideen, vielleicht auch eine eingängige Melodie oder wie er das nennen würde, in den Ohren klangen, und so richtete er mit einiger Heftigkeit das Wort an ihn. «Was ist denn mit Musikerinnen, Hector?»

«Was soll mit denen sein?» Hector zuckte leicht zusammen und kehrte in die Wirklichkeit zurück. «Frauen geben anscheinend keine allzu guten Komponistinnen ab, so wie es auch nur wenig wirklich große Malerinnen gibt. Ich habe nie ganz herausgefunden, ob das an der schlechteren Ausbildung liegt, ob es an Ermunterung oder an Möglichkeiten mangelt oder ob der weibliche Geist nicht vielleicht doch etwas an sich hat, das ihn daran hindert, wahre Genialität zu entwickeln. Ich mag Adele, und wenn ich schon vor den Kadi müsste, was Gott verhüten möge, dann wäre es mir deutlich lieber, sie säße über mich zu Gericht als irgendein unsympathischer alter Knacker mit Perücke. Außerdem bin ich überzeugt, dass Richterinnen privat nicht halb so viel Unfug treiben wie die männlichen Rechtsverdreher.»

Eine Pause entstand, in der sich fast alle der Anwesenden an einen Fall aus jüngster Vergangenheit erinnerten. Ein Zivilrichter, obendrein noch ein Vetter von Lord Landrake, war im Park mit heruntergelassenen Hosen und in Gesellschaft zweier Strichjungen aufgegriffen worden. Das Ganze war selbstverständlich vertuscht und der Übeltäter in den ehrenhaften Ruhestand entlassen worden.

Lord Landrake musterte Hector finster, dann lachte er auf, schüttelte den Kopf und hob die Hand, um Hector seinen

Volltreffer zuzugestehen. «Dagegen kann ich wohl nichts mehr sagen.» Dann wandte er sich unvermittelt an Jonathan Bosworth und entschuldigte sich mit jener angeborenen Freundlichkeit bei ihm, die mit ein Grund dafür war, dass Fitz seinen Schwager so schätzte: «Verzeih mir, Jonathan, ich hätte wohl meine Zunge in Zaum halten müssen. Es ist schrecklich unhöflich von mir, jemanden zu kritisieren, der Gast in deinem Hause ist. Aber du weißt ja, wie empfindlich ich auf dieses Thema reagiere.»

«Kein Grund zur Entschuldigung, Jerry. Mich hat es nicht gekränkt, und ich kann dir versichern, Adele hätte es sich auch nicht weiter zu Herzen genommen, wenn sie hier wäre. Sie ist an ganz unterschiedliche Reaktionen auf ihre Berufstätigkeit gewöhnt, und es stört sie kein bisschen.»

Lord Landrake machte Franklin ein Zeichen und erhob sich dann. «Es wird wohl Zeit, uns zu den Damen im Salon zu gesellen.» Er blieb zurück, um noch ein paar Worte mit dem Butler zu wechseln, während die anderen bereits aus dem Zimmer gingen, dann folgte er ihnen und trat neben Fitz.

«Ich wollte das dort drinnen nicht auch noch erwähnen, aber es missfällt mir doch sehr, dass Rosinas Tochter allein in London lebt und offenbar vorhat, ihre Stelle auch weiterhin zu behalten. Anscheinend betrachtet sie diese Arbeit eher als Karriere und nicht so sehr als Übergangsphase vor der Ehe. Sei doch so gut, Fitz, und sprich einmal mit ihr. Erkunde für mich, ob es da vielleicht einen jungen Mann gibt. Sie ist natürlich keine solche Schönheit wie ihre Mutter, aber dennoch ein angenehmes Mädchen, und ich möchte sie gut versorgt wissen. Ich lege keinen Wert auf eine Stieftochter, die in irgendeinem Londoner Büro arbeitet, und nach allem, was ich von Rosina weiß, führt sie auch noch ein rechtes Boheme-Leben. Das schickt sich ganz und gar nicht.»

«Du bist und bleibst ein alter Patriarch», sagte Fitz. «Über deine eigenen Töchter kannst du ja noch bestimmen, solange du die finanziellen Zügel in der Hand hältst, aber ich fürchte, Cleo wird sich da nicht ganz so gefügig zeigen. Außerdem solltest du nicht vergessen, dass ich als Zeitungsreporter ebenfalls ein Boheme-Leben führe und dadurch bisher weder zum Barbaren noch zum Bolschewisten geworden bin. Zumindest nicht, soweit ich das selbst beurteilen kann.»

Lord Landrake blieb wie angewurzelt stehen. «Mein Gott, Fitz, du willst mir doch nicht etwa erzählen, dass die Kleine mit den Bolschewisten sympathisiert?»

Fitz feixte und hakte sich bei seinem Schwager unter. «Du solltest endlich aufhören, unter jedem Bett einen Linken zu vermuten, Jerry, sonst erleidest du demnächst noch einen Herzinfarkt. Ich habe keine Ahnung, wo Cleo politisch steht, und es interessiert mich auch nicht weiter. Aber sie ist ganz sicher keine Bolschewistin, du alter Esel.»

6

Umhüllt von einer Wolke Zigarrenrauch, betraten die Herren den Salon. Lord Landrake, immer noch reichlich rot im Gesicht, ging schnurstracks zu seiner Frau und setzte sich neben sie. Archie Conway kam als Letzter herein, und Leonie lächelte ihm zu, als er in der Tür stehen blieb. Er kam zu ihr herüber. Leonie mochte ihn; er war ein kluger, unprätentiöser junger Mann, und sie bewunderte ihn dafür, mit welcher Hingabe er sich seinem angestrebten Beruf widmete.

«Freuen Sie sich denn auf morgen?», fragte sie ihn. «Wahrscheinlich sind Sie im Augenblick vorwiegend nervös. Ich bin ja immer der Ansicht, dass Hochzeiten eher für Familie und Freunde da sind als für Braut und Bräutigam. Hatten Sie heute Nachmittag nicht eine Probe in der Kirche? Ist alles nach Plan gelaufen?»

«Im Großen und Ganzen ja.» Archie legte die Stirn in Falten, zögerte kurz und sagte dann mit leiser Stimme und einem raschen Seitenblick auf seinen Gastgeber: «Ehrlich gesagt bin ich ein klein wenig in Sorge wegen Matty. Sie war in einer äußerst missmutigen Stimmung. Es ist ja nur recht und billig, dass Hermione sie gebeten hat, ihre Brautjungfer zu sein, aber sie scheint mir doch in einer recht schwierigen Phase zu stecken.»

Leonie musste lachen. «Matty befindet sich schon seit ihrer Geburt in einer schwierigen Phase. Ich wünschte, ihr Vater würde sie endlich aufs Internat geben. Es täte ihr bestimmt gut, mit anderen Mädchen ihres Alters zusammen zu sein. Ein Internat hat auf komplizierte Charaktere meist einen recht heilsamen Einfluss.»

«Das mag schon sein, aber es ist doch auch schön für ein junges Mädchen, zu Hause zu bleiben. Haben Sie schon gehört, dass die Latimers Hermiones kleine Schwester zum nächsten Schuljahr aufs Internat schicken werden? Sie glauben, dass es für Jane zu Hause sonst zu einsam sein wird, wenn Hermione verheiratet ist und nur noch die beiden kleinen Brüder dort sind. Jane sträubt sich mit Händen und Füßen, und Hermione macht sich große Sorgen um sie, sie ist so ein empfindsames Kind und wird sich sicher nicht allzu gut anpassen können.»

Insgeheim war Leonie der Ansicht, dass Jane Latimer eine kleine Heulsuse war, die sich immer wieder in Tränen flüchtete, um ihren Willen durchzusetzen. Das Internat würde ihr möglicherweise sehr gut tun, ganz sicher aber keine angenehme Erfahrung für sie werden. Laut sagte sie: «Das wird sicherlich ein harter Schlag für Matty, wenn sie es hört. Sie möchte doch selbst so schrecklich gern aufs Internat. Und Esmond ist also Ihr Trauzeuge?»

Archie schaute zu Esmond hinüber, der an das Klavier gelehnt stand. «Ja, und er ist wie ein Fels in der Brandung. Sie wissen ja, dass er mich Hermione vorgestellt hat, da erschien es mir nur richtig, ihn zum Trauzeugen zu nehmen.»

Ob Archie Hermione wohl glücklich machen würde? Wer konnte das schon sagen? Leonie, deren eigene Ehe ein ganz gewaltiger Fehlgriff gewesen war, war viel zu bodenständig, um den möglichen Erfolg oder das Glück irgendeiner Ehe zu prognostizieren. Doch immerhin liebte Archie seine Zukünftige sehr, und falls Hermione, wie Leonie vermutete, tatsächlich immer noch mehr als nur ein wenig an Esmond hing, würde sie sich dennoch zufrieden in ihr Leben als Mrs Conway fügen, wenn sie erst einmal mit Archie und ihrer rasch wachsenden Familie in Kanada lebte.

Archie schaute zu Esmond und Hector hinüber, die inzwischen nebeneinander auf dem Klavierhocker saßen und darüber debattierten, was sie spielen sollten. Ein Lächeln malte sich auf sein Gesicht. «Esmond ist wirklich der Allerbeste», sagte er. «Wenn er bloß endlich auch eine Frau finden würde. Er sollte wirklich heiraten, schließlich wird das alles hier ja eines Tages ihm gehören.»

«Eine große Verantwortung, die da auf ihn zukommt», bemerkte Leonie.

«Esmond bedeutet das sehr viel, er liebt Landrake und alles, was dazugehört, mit einer Leidenschaft, die er wohl niemals für eine Frau empfinden wird. Ein Jammer. Und dennoch wird er heiraten müssen, denn er will ja sicher einen Erben haben.»

Cleo beobachtete Hector, der gerade eine Bassbegleitung zu Esmonds flotter Interpretation von *Greensleeves* improvisierte, und Fitz beobachtete Cleo. Schließlich nahm er seinen Kaffee und setzte sich neben sie. Sie warf ihm einen abwesenden Blick zu und raffte sich dann mit sichtlicher Anstrengung auf, ihn zu fragen, ob die Unterhaltung im Esszimmer denn interessant gewesen sei.

«Nicht gerade unvergesslich», antwortete Fitz.

Beim Eintreffen der Männer hatte Philippa ihre Zeitschrift beiseitegelegt und ihre Lebhaftigkeit zurückgewonnen. Jetzt saß sie auf der Sofalehne, sah lachend zu Lancelot auf und strahlte vor koketter Aufmerksamkeit.

«Sie ist sehr schön», sagte Cleo halb zu sich selbst.

«Ich könnte jetzt sagen, dass wahre Schönheit von innen kommt», sagte Fitz. «Aber ich habe eigentlich nicht viel übrig für solche Klischees.»

«Ich bin vor allem erstaunt, dass sie noch nicht verheiratet ist», bemerkte Cleo. «Sie kann sich doch vor Angeboten sicher kaum retten.»

«Zumindest gibt es, wie ich höre, etliche Herren, die heillos in sie verliebt sind. Und sie ist nun anscheinend darauf aus, Verheerung im Hause Bosworth anzurichten. Die beiden Brüder sind ja nie allzu gut miteinander ausgekommen, aber seit Hector aus London zurück ist, stehen sie anscheinend völlig auf Kriegsfuß, und das liegt meines Erachtens daran, dass Philippa sie gegeneinander ausspielt. Ich weiß beim besten Willen nicht, was überhaupt in Hector gefahren ist. Als er aus London hierherkam, war er ganz griesgrämig und niedergeschlagen. Dann war es plötzlich, als sähe er Philippa zum allerersten Mal, und seither liegt er ihr förmlich zu Füßen.»

Cleo rutschte unbehaglich auf ihrem Stuhl herum, und Fitz fuhr im selben ruhigen Plauderton fort: «Sie sind doch selbst in Hector verliebt oder waren es zumindest einmal? Haben Sie einander in London denn oft gesehen?»

«Ich habe Ihnen doch bereits erzählt, dass wir uns kennen», erwiderte Cleo.

«Aber es war doch sicher sehr viel mehr als das? Ich will ja gar nicht indiskret sein, mir ist einfach nur aufgefallen, dass es Sie gestört hat, wie Philippa Hector bei Tisch schöne Augen gemacht hat.»

Eine Zeitlang sagte keiner von beiden etwas. Schließlich schaute Cleo zum Klavier hinüber. «Ich bin mir gar nicht sicher, ob ich wirklich in Hector verliebt war. Zumindest nicht mit aller Leidenschaft. Andernfalls wäre ich vermutlich aufgesprungen und hätte sie geohrfeigt.»

«Aber trotzdem schmerzt es noch?»

Cleo sah ihn an, schlug dann die Augen nieder und spielte mit dem Riemen ihres Abendtäschchens. «Wer sieht schon gerne tatenlos zu, wenn jemand, der einem am Herzen liegt, sich so zum Narren macht?»

Fitz war ganz gefesselt von Cleo. Sie besaß eine Ehrlichkeit, die er von anderen Frauen seiner Bekanntschaft nicht gewohnt war, und er spürte, dass sie mit sich selbst mindestens so ehrlich war wie mit anderen. Als er sie am Morgen in London abgeholt hatte, war er, das musste er sich eingestehen, einen Augenblick lang enttäuscht gewesen. Ihre Mutter war so strahlend schön mit ihrem liebreizenden Gesicht, ihrer volltönenden Stimme und diesen atemberaubenden Augen. Und dann stand da diese Tochter mit ihrer langen Nase vor ihm, eine völlig alltägliche Erscheinung; eine junge Frau, nach der er sich kein zweites Mal umgedreht hätte, wenn sie ihm auf der Straße begegnet wäre.

Und doch war sie eine höchst interessante Person, das war ihm auf der langen Fahrt nach Cornwall immer klarer geworden. Offenbar hatte sie zumindest einen Teil des Charmes ihrer Mutter geerbt, doch das war es nicht allein.

Vor allem besaß sie eine verblüffende Intelligenz, die Fitz in hohem Maße anzog.

Während er noch darüber grübelte, glitt zu seinem äußersten Missfallen plötzlich Caroline heran. «Fitz, mein Lieber, worüber redest du denn bloß ständig mit Cleo? Ihr beiden seht ja ganz vertieft aus.»

Ihr Ton klang spielerisch, doch sie musterte Cleo mit einem abschätzigen Blick, der nach Fitz' Ansicht nichts Gutes verhieß.

«Wir sprachen eben über das Theater», erwiderte er gewandt und ohne jedes Zögern. «Rosina Otway habe ich zum ersten Mal in Oxford auf der Bühne gesehen.»

Cleo sah ihn überrascht an. «In Oxford? Was hat sie denn dort gespielt?»

«Es war eine universitätseigene Inszenierung, das große Sommerstück der OUDS.»

«Und was ist die OUDS?»

«Die Oxford University Dramatic Society. Frauen sind dort nach wie vor nicht als Mitglieder zugelassen, deshalb werden für die Hauptrollen immer Schauspielerinnen aus London engagiert. In diesem Fall war es die *Orestie* in der neuen Übersetzung eines höchst genialen Kopfes namens Balliol. Rosina gab die Klytämnestra, und ich werde ihren Auftritt niemals vergessen. Im nächsten Jahr war sie erneut eingeladen und spielte die Helena in Marlowes *Dr. Faustus.*» Er lächelte versonnen. «Mein Gott, sie war hinreißend!»

Caroline machte ein verwirrtes Gesicht. «Was ist denn die *Orestie*?»

«Was für eine Ignorantin du doch bist, liebe Caroline», sagte Fitz.

Sie streckte ihm die Hand hin. «Besser ignorant als ein Blaustrumpf. Du weißt, dass du keine klugen Frauen magst, Fitz, das geht allen Männern so. Holst du mir noch einen Kaffee?»

Doch Fitz erhob sich keineswegs, wie sie es beabsichtigt hatte, sondern drehte sich einfach nur um und winkte einen Diener heran. Caroline mochte ihre guten Seiten haben, doch sie konnte auch ein ganz unmögliches Benehmen an den Tag legen und hatte die unangenehme Neigung, sich an ihn zu heften wie eine Klette. Eine Zeitlang hatten sie eine wenig verbindliche Romanze gehabt, und Caroline machte keinen Hehl daraus, dass sie erneut damit beginnen und etwas Dauerhaftes daraus entstehen lassen wollte.

Fitz war nach Berlin entsandt worden, was ihm damals als glückliche Fügung erschienen war, doch nach seiner Rückkehr hatte er festgestellt, dass Caroline sich zwar in der Zwischenzeit mit einem seiner Freunde vergnügt, ihn, Fitz, aber nach wie vor fest im Visier hatte.

Doch das kam gar nicht in Betracht. Selbst wenn Fitz Heiratspläne gehegt hätte, was keineswegs der Fall war, so wäre Caroline doch die denkbar ungeeignetste Ehefrau für einen Reporter gewesen. Eine Frau wie sie forderte die ungeteilte Aufmerksamkeit eines Mannes, sie würde es niemals akzeptieren, dass die Arbeit ihn oft für längere Zeiträume von zu Hause fort führte. Fitz hatte schon allzu oft erlebt, wozu solche Ehen führten. Männer, die ihre Arbeit liebten, gaben schließlich doch nach und nahmen Posten mit geregelteren Arbeitszeiten an, nur um ihre Frauen zufriedenzustellen oder friedlich zu stimmen, weil die nicht ständig allein gelassen werden und auch keinen

Mann haben wollten, der zu so wenig gesellschaftstauglichen Zeiten arbeitete.

Cleo mit ihrem unkonventionellen Hintergrund würde vermutlich mehr Verständnis für seinen Lebensstil aufbringen, doch Caroline, die in einem sanft verfallenden palladianischen Herrenhaus aufgewachsen war, brauchte einen reichen, vorzeigbaren Ehemann, der genau das Leben führte, das ihr am meisten zusagte und zu ihr passte.

Fitz würde wohl bald ein ernstes Wort mit ihr reden müssen, denn für Andeutungen war sie anscheinend nicht empfänglich. Doch das würde vermutlich unschöne Szenen nach sich ziehen. Vielleicht war es das Beste, er würde einfach seine Koffer packen, ein paar Monate nach Übersee reisen und vergessen, ihr eine Postkarte zu schicken.

Seine innere Stimme schalt ihn einen Feigling, doch wie den allermeisten Männern waren auch ihm solche Szenen verhasst. Warum zum Teufel konnte sie sich nicht einfach in Hector oder Lancelot verlieben? Wobei natürlich keiner der beiden im Augenblick so recht verfügbar war – sie waren viel zu sehr damit beschäftigt, sich zum Narren zu machen. Gerade jetzt sahen sie beide wieder Philippa an, als wollten sie sie mit Blicken verspeisen.

Vom anderen Ende des Zimmers her beobachtete auch Jonathan Bosworth seine Söhne. Fitz sah, dass der ältere Mann eine Zigarre zwischen den Fingern hielt, von der sich dicker Rauch emporkringelte. Er schnippte die Asche in den Aschenbecher, den ihm ein zuvorkommender Diener hinhielt. Dann musterte er mit amüsiertem Lächeln erst Lancelot, dann Hector und schließlich Philippa, schüttelte den Kopf und sah mit hochgezogenen Brauen zu Fitz herüber.

Ob ihm die Aussicht wohl zusagte, Philippa als Schwiegertochter zu bekommen? Kaum, doch falls Philippa einmal die Lust zum Heiraten anwandelte und sie sich dafür einen der beiden jungen Bosworths erwählte, würde Jonathan sich wohl oder übel mit ihr arrangieren müssen. Doch konnte Philippa sich ihrerseits mit Leonie arrangieren? Auch hier lautete die Antwort: wohl kaum. Warum in aller Welt beendete Leonie nicht endlich auch offiziell ihre längst verweste Ehe, um Lady Bosworth zu werden? Das würde allen Intrigen, die Philippa spinnen konnte, einen Riegel vorschieben.

Nun, glücklicherweise ging ihn das alles ja eigentlich nichts an.

Caroline wandte sich mit zum Schmollen verzogenem Mund und einem verächtlichen Zucken ihrer bloßen Schultern ab und verwickelte Lord Landrake in ein Gespräch. Cleo neben ihm schwieg, immer noch in Gedanken versunken.

«Reiten Sie?», hörte Fitz sich unvermittelt fragen.

Der Blick, den sie ihm zuwandte, war dunkel und sorgenvoll. «Ob ich reite? Auf einem Pferd, meinen Sie? Ja, ich kann reiten. Wieso?»

«Vielleicht könnten Sie dann ja morgen Nachmittag ein wenig Zeit für einen Ausritt erübrigen? Natürlich nur, falls Sie sich vor dem Ball nicht ausruhen wollen.»

«Tagsüber ruhe ich nie.»

«Dann nehmen wir uns doch zwei Pferde, und ich zeige Ihnen ein wenig die Gegend.» Damit erhob er sich, nickte ihr zu und entfernte sich raschen Schrittes, während er sich noch fragte, was ihn bloß zu diesem Vorschlag veranlasst hatte.

Samstagmorgen

1

Es klopfte, und Cleo erwachte aus einem tiefen Schlummer. Wer klopfte denn da an ihre Tür? Und weshalb? Ihre Wohnungsgenossin brachte ihr zwar hin und wieder einen Tee, wenn sie als Erste auf war, machte sich aber nie die Mühe zu klopfen, sondern kam einfach herein und stellte die Tasse neben Cleos Bett.

Blinzelnd öffnete sie die Augen und sah ein Fenster, wo keines hingehörte. Dann fiel ihr wieder ein, wo sie war. Sie war gar nicht in London, sondern in Cornwall, und lag in einem großen Himmelbett, während die Sonne durch die Vorhänge schimmerte. In ihr kleines Nordzimmer zu Hause wagte sich nie ein Sonnenstrahl.

«Herein», rief sie, setzte sich im Bett auf und schob den Träger ihres seidenen Nachthemds zurecht, der ihr von der Schulter geglitten war. Madge trat ins Zimmer, ein Tablett auf vier Füßen in der Hand, das sie Cleo auf den Schoß stellte.

Frühstück! Nach dem opulenten Mahl vom Abend zuvor konnte sie doch unmöglich schon wieder hungrig sein. Doch als sie die Abdeckung vom Teller hob, stellte Cleo fest, dass ihr beim Anblick der Rühreier mit den schmalen, knusprig gebratenen Schinkenstreifen das Wasser im Mund zusammenlief. Dazu gab es dreieckige Toaststücke in einem silbernen Ständer, ein gläsernes Töpfchen mit Marmelade und ein weiteres mit Honig sowie ein Porzellanschälchen mit Butter.

Cleo nahm das Butterschälchen in die Hand und betrachtete es genauer.

«Bevor Sie fragen: Das ist das Wappen der Landrakes», erläuterte Madge. «Ob Sie's glauben oder nicht, die haben einen Butterstempel in der Küche, und jedes Butterschälchen wird damit gestempelt, bevor es auf die Zimmer gebracht wird. Eigentlich soll ich Ihnen das Frühstückstablett gar nicht bringen, aber ich hab's dem Hausmädchen draußen abgeluchst, weil ich nämlich eine Nachricht von Mylady für Sie habe. Sie möchte, dass Sie gleich nach dem Frühstück zu ihr ins Schlafzimmer kommen. Und Sie brauchen sich übrigens keine Sorgen zu machen, dass Sie dort Seiner Lordschaft begegnen und komisch angeschaut werden. Er ist schon seit zwei Stunden auf den Beinen und kommt so schnell nicht von seinem Ausritt zurück.»

Madge ging zum Fenster und zog die Vorhänge auf, dann verschwand sie wieder. Sonnenlicht fiel ins Zimmer, und Cleo, die eigentlich nie lange im Bett liegen blieb, wenn sie einmal wach war, stellte das Tablett zur Seite, um aufzustehen, ans Fenster zu treten und es vollends zu öffnen.

Im frischen Morgenlicht wirkte die ganze Welt wie neu belebt. Das intensive Grün des Gartens, der Wälder und der Hügel in der Ferne und das laute, fröhliche Zwitschern der Vögel erfüllte Cleo mit reiner Lebensfreude. Sie holte sich das Frühstückstablett an den Schreibtisch.

Wer hatte hier bloß die Zeit, Butter zu stempeln – zumal

an einem Tag wie diesem, wo doch sicher das ganze Haus alle Hände voll mit den Vorbereitungen für den abendlichen Ball zu tun hatte? Man brauchte sich ja nur vorzustellen, wie viel Arbeit in einer Theaterinszenierung steckte. Und selbst wenn ein Ball keine professionelle Inszenierung war, mussten die Planungen und Vorkehrungen für so viele Gäste ein wahrer Albtraum des organisierten Chaos sein.

Eine Viertelstunde später stellte sich Cleo, gesättigt, frisch gewaschen und mit einem Leinenkleid angetan, erneut mutig den Fluren dieses Hauses und begab sich auf die Suche nach dem Zimmer ihrer Mutter. Einige Korridore und eine kleine Treppe später, als sich gerade wieder das inzwischen so vertraute Gefühl einzustellen begann, sich verlaufen zu haben, trat wie von Zauberhand plötzlich Madge aus einer Tür.

«Ich dachte mir schon, dass Sie sich verlaufen würden, Miss Cleo. Sie hatten ja immer schon ein wenig Schwierigkeiten, rechts und links auseinanderzuhalten, und dieses Haus hier ist ein regelrechter Kaninchenbau. Anscheinend werden heute Abend Pläne für die Gäste in den Zimmern ausgelegt. Ich sage dem Hausmädchen, es soll dafür sorgen, dass Sie auch einen bekommen.»

Damit übernahm sie resolut und zielsicher die Führung, und Cleo erkundigte sich, weshalb man ihr denn nicht von Anfang an einen Plan ins Zimmer gelegt habe.

«Ihr Zimmer gehört zu denen, die nur an Familienmitglieder vergeben werden, darum nimmt man automatisch an, dass die Leute, die dort wohnen, sich auch auskennen.»

Hausgäste, die zur Familie gehörten? Diese Vorstellung behagte Cleo ganz und gar nicht. Ob sie womöglich das

Bad mit einer krittelnden Großtante oder einer entfernten Cousine teilen musste, dem schwarzen Schaf der Familie Landrake? «Kommt denn viel Familie zum Ball?», fragte sie Madge.

«Ein paar, aber die meisten wohnen in Fahrdistanz und werden nicht hier nächtigen. Heute Abend ist Vollmond, und um diese Jahreszeit wird es morgens auch bereits früher hell, es ist also nicht weiter schwierig, nach dem Ball noch nach Hause zu fahren. Aber diejenigen, die morgen noch zum Picknick bleiben, übernachten natürlich im Haus.»

Zum Picknick?

Madge klopfte kurz an Rosinas Tür, öffnete sie dann, ohne eine Antwort abzuwarten, und trat beiseite, um Cleo einzulassen. Rosina lag noch im Bett, einige Kissen mit spitzenbesetzten Bezügen im Rücken, und sah recht bleich aus, obwohl ihr Teint selbst im starken Licht dieses Sommermorgens sehr viel strahlender wirkte als bei mancher zehn Jahre jüngeren Frau.

Cleo trat ans Bett und gab ihrer Mutter einen Kuss auf die Wange. «Hast du schon gefrühstückt? Madge hat mir meine Rühreier aufs Zimmer gebracht.» Erstaunt sah sie, wie Rosina daraufhin die Augen schloss und ihr Gesicht einen gequälten Ausdruck annahm.

«Bitte, Liebes, sprich nicht vom Essen. Mir ist heute morgen ein wenig übel. Aber setz dich doch, ich möchte etwas mit dir besprechen.»

Cleo tat wie geheißen und musterte ihre Mutter dabei misstrauisch. Ging es etwa schon wieder um die Erpressung? Rosina erwartete doch hoffentlich nicht schon nach dem ersten Abend einen Statusbericht? Weil ihre Mutter nichts sagte, fragte Cleo, um das Schweigen zu brechen: «Was höre ich denn da von einem Picknick morgen? Damit habe ich ja gar nicht gerechnet.»

«Das ist auch eine Tradition, so wie der Porträt-Ball. Bei schönem Wetter wird unten im tropischen Garten gepicknickt. Da warst du noch nicht, nicht wahr? Du musst ihn dir unbedingt einmal von Fitz oder Esmond zeigen lassen. Es wimmelt dort nur so von diesen scheußlichen tropischen Blumen und Büschen und allen möglichen Pflanzen mit riesigen Blättern. Wenn mich nicht alles täuscht, gibt es sogar eine Voliere mit Papageien. Und Pfauen natürlich.»

«Pfauen? Papageien?», fragte Cleo. «Heraus damit, Rosina, worüber wolltest du mit mir sprechen?»

Ihre Mutter seufzte auf und hob flehentlich die Hände. «Liebes, es ist alles so furchtbar kompliziert. Du musst das verstehen. Jerry ist ein recht traditionell gesinnter Mensch, er hält gern an althergebrachten Gepflogenheiten fest.»

«Was für Gepflogenheiten denn?» Cleo dachte an das Gespräch mit Fitz zurück. Im Herzen war ihr Stiefvater wohl immer noch ein Feudalherr, der alles beherrschen wollte, was in seiner Reichweite lag.

«Liebes ...», setzte Rosina wieder an.

«Ich weiß schon, worum es geht. Es gefällt ihm nicht, dass ich bei den Joulberts arbeite. Aber da hat er Pech, Rosina. Wie ich meinen Lebensunterhalt verdiene, geht ihn nicht das Geringste an.»

«Darauf wollte ich gar nicht hinaus, aber da du es selber ansprichst ...»

«Vergiss es. Worauf wolltest du denn hinaus?»

«Es ist nur eine Kleinigkeit, Liebes, aber Jerry missfällt es, dass du Rosina zu mir sagst. Er empfindet es als unpassend und sähe es lieber, wenn du mich Mutter oder Mama nennen würdest.»

Cleo spürte, wie ihr eine Zorneswelle heiß in die Wangen stieg. Sie fand es ungeheuerlich, dass Lord Landrake sich anmaßte zu bestimmen, wie sie ihre Mutter nannte. Seit sie die Schule beendet hatte, sagte sie Rosina zu ihr, unter anderem deshalb, weil es den Wünschen ihrer Mutter entsprach: Rosina wollte sich nur ungern von einer erwachsenen Tochter mit «Mutter» oder «Mummy» ansprechen lassen. Und Cleo konnte ihr das nicht verdenken. Rosina hatte stets viel zu jung gewirkt, um eine Tochter in Cleos Alter zu haben, und Schauspielerinnen fürchteten sich immer davor, ihr Alter offenbaren zu müssen. Und in der Theaterwelt, in der sie sich beide bewegten, fand das auch niemand eigenartig oder auch nur kommentierenswert.

So starrte sie jetzt ihre Mutter an und rang um die Beherrschung und gegen die zornigen Worte, die aus ihr herauszusprudeln drohten.

Rosina legte ihr die Hand auf den Arm. «Nur solange du hier bist, Liebes. Tu es mir zuliebe. Ich merke ja, dass es dich ärgert, und ich weiß, dass du denkst, Jerry hätte kein Recht, sich über das zu äußern, was du sagst oder tust. Aber es würde einfach ein wenig zur Besänftigung beitragen. Dir ist ja mit Sicherheit schon aufgefallen, dass er wenig fortschrittliche Ansichten über Frauen hegt.»

«Allerdings», sagte Cleo. Dann konnte sie ihren Ärger nicht länger zügeln, und es brach aus ihr heraus: «Lord Landrake wollte gar nicht, dass ich herkomme, stimmt's? Natürlich, ich weiß, er ist unglaublich höflich und das alles, aber ich merke doch, dass er mir von Grund auf misstraut. Wahrscheinlich will er deine Aufmerksamkeit und Zuneigung einfach mit niemandem teilen und fürchtet, dass nicht mehr genug für ihn übrig bleibt, wenn du auch mich liebst. Das ist schrecklich traurig, weil es zeigt, wie wenig er eigentlich über Liebe weiß, vor allem über die Liebe zwischen Eltern und Kindern. Liebt er seine Töchter überhaupt? Und nein», schnitt sie Rosina das Wort ab, denn sie hatte den Ausdruck im Gesicht ihrer Mutter bemerkt, der typischerweise einer Notlüge voranging, «werd jetzt bloß nicht rührselig, Rosina. In der besten aller Welten lieben Eltern ihre Kinder, und man sollte doch meinen, dass Landrake Hall in diesen unruhigen Zeiten die größtmögliche Annäherung an die beste aller Welten ist. Trotzdem kommt mir dein Mann vor wie ein Vater, der seine Töchter als Besitztümer ansieht und nicht als junge Frauen mit einer eigenen Persönlichkeit und einem eigenen Leben.»

Rosina war gekränkt. «Ich wollte gar nicht rührselig werden. Ich bin doch niemals rührselig. Landrake hat ein schwieriges Verhältnis zu seinen Töchtern. Für Mädchen ist es sehr viel schlimmer, keine Mutter mehr zu haben, als ohne Vater aufzuwachsen. Es hat mir natürlich immer großen Kummer bereitet, dass du keinen Vater hattest, aber ich würde doch meinen, du bist deutlich ausgeglichener als die drei Landrake-Mädchen.»

Cleo wollte nicht ungerecht sein. «Ich bin ja auch älter als sie. Aber ich kann mir nicht vorstellen, wie ihr Leben jemals besser werden soll, zumindest nicht mit diesem Vater. Philippa wird heiraten und bei ihrer Schönheit vermutlich auch eine gute Ehe schließen, zumindest was den Reichtum ihres Zukünftigen betrifft. Damit wird sie sich dem Einfluss ihres Vaters entziehen. Aber was soll aus Tissy werden? Man merkt ihr an, dass sie keine Vorliebe für Männer hat, und ich würde alles darauf verwetten, dass sie weder jetzt noch später einmal auf einen Ehemann aus ist.»

Rosina spitzte die Lippen und zog mit dem Finger die Stickerei auf ihrer Bettdecke nach. «Das ist dir also auch aufgefallen? Das dachte ich mir bereits. Aber weißt du, wenn sie bloß nach London könnte, wie sie das ja auch selbst möchte, und dort ihre erste Saison absolviert und ein paar nette junge Männer kennenlernt, ändert sich das vielleicht.»

Cleo glaubte nicht recht daran. Sie selbst hatte nie eine solche Ballsaison erlebt und wusste wenig darüber, doch nach allem, was sie gehört und auf ein, zwei Debütantinnenveranstaltungen selbst erlebt hatte, war sie überzeugt davon, dass einer jungen Frau wie Tissy die meisten jungen Männer, die ihr dort begegnen konnten, milchbärtig und unreif vorkommen würden. «Wie seltsam es sein muss, so aufzuwachsen, ganz allein in diesem Haus, ohne Mutter und ohne Brüder. Nur mit Esmond, der zwar eine Art Bruder zu sein scheint, aber …»

«Esmond. Nun ja …», setzte Rosina an und brach dann ab. Cleo wusste, dass ihre Mutter immer wieder zum eigentlichen Thema zurückkehren würde, ganz gleich, wohin das Gespräch sich zwischendurch wendete.

«Jerry wird sich schon beruhigen, wenn er dich erst einmal besser kennt und wenn ihm klarwird, dass ich ihn auch dann nicht vernachlässigen werde, wenn du hier bist oder wir nach London kommen und dich häufiger sehen werden. Das verspreche ich dir. Im Augenblick hat er einfach Sorgen, das verschafft ihm schlechte Laune, und er verbeißt sich in Dinge, die ihn sonst nicht weiter stören würden. Wie diese unsinnige Aufregung über Adele. Warum sollte es ihn denn stören, was eine Amerikanerin für ein Leben führt? Bitte, Liebes, tu mir den Gefallen. Sag ‹Mutter› zu mir und sprich nicht zu viel von deiner Arbeit.»

Die Erwiderung lag Cleo bereits auf der Zunge, dass es für alle Beteiligten wohl das Beste wäre, wenn sie Lord Landrake für den Rest ihres Aufenthalts in seinem Haus ganz einfach mied. Doch als sie die stumme Bitte in den Augen ihrer Mutter sah, lächelte sie widerwillig und sagte: «Gut, Mamilein, wenn du das unbedingt möchtest.»

Rosina schloss mit gequälter Miene die Augen. «Cleo! Ständig musst du dich über mich lustig machen. Aber ich weiß ja, dass ich mich auf dich verlassen kann, Liebes, ich habe so viel Vertrauen zu dir. Und …» Ihre Stimme nahm plötzlich wieder einen ganz sachlichen Ton an. «… du denkst doch auch weiterhin an die andere Sache, ja?»

Cleo war schon aus dem Zimmer, ehe ihre Mutter das Wort «Erpressung» aussprechen konnte.

❊ 2 ❊

Die Hochzeit sollte am Mittag stattfinden. Cleo warf einen Blick auf ihre Armbanduhr: halb zehn erst. Sie fühlte sich unwohl und aufgewühlt und wollte weg von diesem Haus mit seinen zahllosen Winkeln und Abzweigungen. Draußen schien die Sonne, das Land ringsum erstrahlte im Grün des frühen Sommers. Sie würde zum Meer hinuntergehen.

«Da sind Ihre Sachen, frisch gewaschen und gebügelt.» Madge erschien wie aus dem Nichts, den Arm voller Kleidungsstücke. «Ich gehe mit Ihnen zurück und lege Ihnen auch gleich die Kleidung für die Hochzeit zurecht.»

Zurück auf ihrem Zimmer, öffnete Cleo den großen Satinholz-Kleiderschrank und nahm nach kurzem Nachdenken ein Kleid aus bedruckter Seide heraus, um es Madge zu zeigen. «Das ist doch ideal für eine Hochzeit auf dem Land, findest du nicht?»

«Und dazu den roten Hut und die Schuhe da. Aber das Kleid muss erst noch aufgebügelt werden, ich nehme es gleich mit. Wo wollen Sie denn hin?», erkundigte sich Madge, als Cleo ein weiteres Paar Schuhe aus dem Kleiderschrank nahm.

«Ich mache einen Spaziergang. Es ist ein so schöner Tag,

da muss ich einfach nach draußen. Ich werde ein bisschen ans Meer gehen.»

«Dann nehmen Sie aber eine Jacke mit.»

«Wozu denn? Es ist doch so schön warm.»

«Wir sind hier nicht in London. Auf dem Land können Sie dem Wetter niemals trauen.»

Cleo winkte lachend ab, als Madge ihr eine Jacke hinhielt. «Ein Hut genügt völlig.» Sie setzte einen Strohhut mit breiter Krempe auf und trat dann mit Madge ans Fenster, um sich den Weg zur Küste zeigen zu lassen.

«Am schnellsten ist es, wenn Sie durch den tropischen Garten gehen. Ziemlicher Unfug, wenn Sie mich fragen, all diese ausländischen Pflanzen und Bäume ziehen doch nur scheußliche Insekten und anderes Ungeziefer an. Es ist ja schön und gut, mit offenem Mund vor Pflanzen aus China und Sansibar und weiß der Teufel woher noch zu stehen, aber ich glaube, sie sind trotzdem da am besten aufgehoben, wo sie herkommen.»

Madge ging mit ihr bis zur Haupttreppe, dann eilte Cleo allein die Stufen hinunter und zur Haustür hinaus. Auf knirschenden Kieswegen umrundete sie das Haus und erklomm dann rasch den Hang, der dahinter lag. Mit jedem Schritt, den sie sich von Landrake Hall entfernte, wuchs ihre Erleichterung. Leicht außer Atem, kam sie oben an und fand sich vor einer hohen Sandsteinmauer wieder, die sich nach beiden Seiten erstreckte.

Was sich wohl dahinter verbergen mochte?

Wenige Schritte weiter entdeckte Cleo ein hübsches, schmiedeeisernes Tor. Das passte zu Landrake Hall: drinnen lauter Flure und Türen, draußen von Mauern umschlossene Gärten. Wie ein Häftling durch die Gitterstäbe seiner Zelle spähte sie durch das verschlossene Tor in einen großen Nutzgarten. An der Wand standen Obstbäume, in den Beeten wuchs Gemüse in Reih und Glied, und hinter einer weiteren, noch höheren Steinmauer auf der linken Seite sah man die Scheiben eines Gewächshauses in der Sonne glitzern.

Das Tor war zwar geschlossen, aber nicht verriegelt, und einen Augenblick lang war Cleo in Versuchung, es zu öffnen und in den Garten zu gehen. Aber nein, sie wollte nicht schon wieder eingesperrt sein, nicht einmal an einem so ruhigen, friedlichen Ort. Stattdessen folgte sie dem Pfad an der Mauer entlang, der nach etwa fünfzig Metern in einen kleinen, gepflegten Ziergarten mit einer abgesenkten Rasenfläche und einer Sonnenuhr in der Mitte führte.

Über den Rasen stolzierte ein Pfau, und als Cleo zu ihm hinsah, schüttelte er seine Schwanzfedern und schlug ein Rad. Natürlich kannte Cleo das Farbenspiel von Pfauenfedern, doch sie hatte noch nie einen solchen Vogel in seiner ganzen Pracht gesehen, und so blieb sie stehen, betrachtete voller Staunen die Farben in all ihrer Schönheit und Intensität und hielt dabei instinktiv den Atem an, als könnte selbst dieses leise Geräusch das exotische Geschöpf da vor ihr in die Flucht schlagen.

Der Pfau ließ sich bereitwillig bewundern, dann senkte er die Federn wieder und flatterte hinauf auf die Sonnenuhr. Seine Schwanzfedern wölbten sich in elegantem Schwung bis auf den Boden herab.

Cleo überlegte, einfach hierzubleiben, sich auf die Marmorbank am Rand des makellosen Rasens zu setzen und weiter den Pfau zu beobachten. Doch nein, sie war viel zu ruhelos, sie sehnte sich nach Bewegung, nicht nach Untätigkeit.

Über ein paar gemauerte Stufen verließ sie den Ziergarten und fand sich unten vor dem Eingang zu Louisa Landrakes subtropischem Garten. Man durchschritt nur einen kleinen, steinernen Torbogen, doch schon nach wenigen Schritten spürte Cleo eine steigende Wärme und Feuchtigkeit. Madge hatte ihr geraten, auf dem Hauptweg zu bleiben, und das erwies sich als äußerst weiser Rat. Zu beiden Seiten des Weges fiel der Boden steil ab in dunkle Untiefen, aus denen fremdartiges Blattwerk herauswucherte. Cleo drängte sich an Mammutbäumen mit riesigen, breiten Blättern vorbei, an seltsamen, stachligen Stämmen und ausladenden Schlingpflanzen mit hellroten, glockenförmigen Blüten.

Es war wie eine fremde Welt: Plötzlich schien sie Tausende von Kilometern von dem englischen Frühsommer ringsum entfernt zu sein und war erleichtert, als der Pfad in einen kleinen Hain aus Palmen mündete, die im Halbkreis eine Wiese umstanden. Anstelle von Gras wuchs dort ein unvertrautes, duftendes Kraut. Cleo überquerte die Lichtung, und ihre Füße versanken in dem federnden Gewächs, das einen würzigen Duft zu ihr emporsandte und sie zum Niesen brachte.

Nachdem sie einen Busch mit leuchtend rosafarbenen Blüten, deren schwerer Duft die warme Luft erfüllte, hinter sich gelassen hatte, kam sie an eine weitere, kleinere Lichtung, die von Rosen mit gefährlich wirkenden Dornen umrankt war. Ein ältlicher Gärtner, der sich die Hosenbeine mit Schnüren unterhalb der Knie festgebunden hatte, lockerte die Erde rund um einen Rosenstock, die von winzigen, weißen Blütenblättern übersät war.

Cleo grüßte, und der Mann hob den Kopf, musterte sie aus wässrigen blauen Augen und erwiderte ihren Gruß im brummigen Ton des Landbewohners.

«Wie komme ich denn von hier zur Küste?»

Er deutete mit dem Kopf auf einen schmalen Pfad auf der anderen Seite der Lichtung, und wandte sich dann wieder der Aufgabe zu, die Erde mit leichten kreisenden Bewegungen seiner Harke zu bearbeiten.

Cleo ging jetzt langsamer; auf diesem unbefestigten Pfad musste sie aufpassen, wo sie hintrat, und häufig den Kopf einziehen, um den Blättern und Ranken der Pflanzen auszuweichen, die dicht an dicht über ihr wuchsen und einen dunkelgrünen Tunnel bildeten. Der Weg, der teilweise recht uneben und an den steilsten Stellen mit steinernen Stufen versehen war, schlängelte sich immer weiter abwärts und führte Cleo schließlich auf eine Klippe hinaus.

Sie schloss die Augen und atmete tief durch, genoss den salzigen Geruch der Meerluft und war froh, die eingezäunte Landrake-Welt endlich hinter sich gelassen zu haben. Vor ihr lag ein Blick, den einzig der Horizont begrenzte, dort, wo das Meer auf den Himmel traf. Weiter vorn erstreckte sich ein Küstenstreifen wie aus dem Bilderbuch, zahllose kleine Buchten vor einem glitzernden Meer, und auf den Wellen lieferten sich zwei Boote ein Wettrennen, das eine mit einem weißen, das andere mit einem roten Segel.

Eine steile Treppe aus in den Fels gehauenen Stufen führte hinunter zur Bucht. Cleo überwand die letzten paar Stufen mit einem Sprung und kam auf einem sandig-kiesigen Strandstück auf. Hinter ihr türmten sich Felsen und Geröll, vor ihr lag eine kleine Bucht, wo die Wellen murmelnd an die Steine schlugen.

Ein paar Handtücher auf einem Stein zeugten davon, dass Cleo an diesem friedlichen Ort keineswegs allein war. Sie schirmte die Augen gegen das Sonnenlicht ab, das auf dem Wasser funkelte, und entdeckte weit draußen drei Gestalten im Wasser.

Eigentlich wäre sie lieber ganz allein mit dem Meer und ihren Gedanken gewesen. Wer badete wohl dort draußen? Wahrscheinlich jemand von der Hausgesellschaft. Fitz hatte ja erwähnt, dass er fast jeden Morgen im Meer schwamm. Nun, Cleo war hier am Strand und die anderen dort draußen, sie würde also zumindest eine Zeitlang für sich sein können. Es war höchste Zeit, sich ein paar ernsthafte Gedanken zu machen. Cleo erklomm einen flachen Felsen und setzte sich, die Arme um die angezogenen Knie geschlungen.

Es war so idyllisch hier. Wenn man durch den Garten streifte oder auch hier am Meer war, schien es völlig undenkbar, dass unter all dieser strahlenden Schönheit der Natur etwas Böses am Werk sein sollte. Und dennoch war es so, falls das, was Cleos Mutter ihr erzählt hatte, der Wahrheit entsprach. Erpressung hatte sogar etwas überaus Bösartiges an sich. Erpresser verschafften sich Macht über ihre Opfer, ihre Forderungen sprachen von Geheimniskrämerei, Rachsucht und Habgier und erschienen darin besonders unheilvoll und gefährlich. Ging es bei einer Erpressung überhaupt jemals nur ums Geld und nicht vielmehr um Rache und Herrschsucht?

Nach allem, was Cleo von Fitz und ihrer Mutter über

Lord Landrake gehört und selbst erlebt hatte, war er offensichtlich ein Mann von großem Familienstolz. Rosina hatte er erzählt, es handele sich um eine persönliche, familiäre Angelegenheit – mit anderen Worten um etwas, das den Namen Landrake in Verruf bringen oder ein Mitglied seiner Familie in Schimpf und Schande stürzen konnte.

Cleo dachte daran, was ihre Mutter gesagt hatte: *Die Leute vertrauen sich dir an, das war schon immer so, und vor allem hier, wo du eine Fremde bist.* In der Tat: Sie gehörte nicht hierher und war auch nicht weiter interessiert an diesem Ort. Sie war eine Außenstehende, und ihre Mutter hatte sogar recht, wenn sie sagte, dass Menschen sich ihr gern anvertrauten. Das taten sie – bis auf die Menschen, die ihr nahestanden.

Man konnte beispielsweise nicht gerade behaupten, dass Hector sich ihr anvertraut hätte. Sie hatte auch gar nicht gewollt, dass er ihr etwas von sich erzählte. Aber worüber hatten sie dann geredet? Über das Theater, über seine Musik, über Tanz und Jazz, Klatsch und Tratsch aus den Kreisen, in denen sie beide verkehrten. Cleo war ein wandelnder Widerspruch: Menschen, die sie kaum kannte, erzählten ihr Dinge, die sie sonst nicht einmal ihren besten Freunden anvertraut hätten, doch diejenigen, die ihr am nächsten waren, verschlossen sich vor ihr wie vor einer Wildfremden. Wahrscheinlich war sie selbst daran schuld, dass sie Menschen wie Hector so sehr entmutigte.

Aber an Hector wollte sie jetzt gar nicht denken.

Was für eine verrückte Idee von Rosina. Wie sollte Cleo während eines Besuchs, der sich problemlos noch in Stunden bemessen ließ, dem auf den Grund kommen, was in

Landrake Hall vor sich ging? Wie sollte sie im Laufe eines einzigen Wochenendes herausfinden, was Lord Landrake nicht enthüllen wollte, und dann auch noch ergründen, wer außer ihm dieses Geheimnis kannte und boshaft oder bedürftig genug war, ihn damit zu erpressen?

Ihre Mutter hielt Cleo für besonders einfühlsam, bescheinigte ihr die Fähigkeit, Menschen und ihre Beweggründe rasch und genau zu durchschauen, und da war tatsächlich etwas Wahres dran. Wenn man zur Beobachterin geboren war, ergab sich das wie von selbst. Von Kindesbeinen an hatte Cleo die Welt um sich herum betrachtet, als wäre sie ein Theaterstück und die Menschen, die sie bewohnten, lauter Schauspielerinnen und Schauspieler. Für sie war die ganze Welt tatsächlich Bühne, und wenn man wie sie eine Beobachterin war, konnte man die Motive und Intentionen der handelnden Personen durchaus entschlüsseln, wenn man nur gewieft und aufmerksam genug war.

Das war ein altes Spiel und ein gefährliches noch dazu.

Menschen waren schließlich keine wandelnden Klischees, sie erfüllten nicht nur die Rollenbilder, die ein allwissender Dramatiker ihnen zugedacht hatte. In den Köpfen der Zuschauer mochten die Figuren aus einem Theaterstück zwar weiterleben, wenn der Vorhang gefallen war, doch sie besaßen keine Identität mehr in der Wirklichkeit, sobald sie von der Bühne abgegangen waren. Cleo hatte die unbekannte Welt der Landrakes betreten und sich damit nicht so sehr auf eine fremde Bühne als vielmehr auf unsicheren, realen Boden vorgewagt. Hier auf Landrake Hall lief sie Gefahr, ihre Distanz zu den Dingen zu verlieren.

Während sie noch über Auftritte und Abgänge nachgrübelte, kündete Wasserplatschen davon, dass die drei Schwimmer an Land kamen. Es waren drei Männer: Fitz, Lancelot und Esmond. Sie rannten aus der Gischt an den Strand, Lancelot lachte über eine Bemerkung von Esmond, und Fitz strich sich das nasse Haar aus der Stirn und winkte Cleo zu.

«Guten Morgen, Cleo. Sind Sie denn gar nicht versucht, auch kurz ins Wasser zu kommen?»

«Es wäre mir viel zu kalt, das sehe ich schon von hier aus.»

Cleo bemerkte mit anerkennendem Blick, wie drahtig und muskulös Fitz selbst in seinem unvorteilhaft geschnittenen Badeanzug war. Esmond wirkte im Vergleich zu ihm mager und knochig, während Lancelot den ausladenden Brustkorb, die breiten Schultern und die muskulösen Beine eines Mannes besaß, der in seinem Leben viel Rugby gespielt hat.

Fitz streifte einen Bademantel über, band sich den Gürtel um die Taille und schlüpfte in ein Paar Strandschuhe. «Bleiben Sie noch ein wenig hier und träumen weiter Ihren Felsentraum, oder kommen Sie mit uns zum Haus zurück?», fragte er.

Cleo glitt von ihrem Felsen herunter. «Ich denke, ich sollte langsam zurückgehen.»

«Dann begleite ich Sie. Sind Sie durch den Louisa-Landrake-Garten gekommen? Ich zeige Ihnen einen anderen Weg, der schneller und auch einfacher ist, wenn Sie ihn einmal kennen.»

Der andere Weg entpuppte sich als grasbewachsener Pfad, der sich in sanften Kurven zu einem langen, geraden, zu beiden Seiten von akkuraten Eiben gesäumten Weg hinaufschlängelte.

«Das ist der westliche Zugang zum Haus», erklärte Fitz.

Esmond steuerte auf ein Motorrad zu, das an einer Eibe lehnte. «Wir sehen uns dann im Haus. Wir würden euch zwei ja begleiten, aber ich muss mich schon vor den anderen in meinen Feststaat werfen und zur Kirche aufbrechen, schließlich bin ich ja Archies Trauzeuge. Spring auf, Lancelot.»

Einen Augenblick lang fragte sich Cleo, ob Esmond womöglich vorhatte, im Bademantel zusammen mit dem kaum weniger spärlich bekleideten Lancelot über Land nach Bosworth Castle zu fahren, doch Fitz lachte nur und erklärte ihr, Lancelot habe seine Festtagskleidung schon am Morgen vom Schloss herübergebracht und werde sich auf Landrake Hall umziehen.

Der Weg führte sie zu einem gepflegten Rasen, an dessen Längsseite sich eine Terrasse erstreckte, flankiert von zwei schweren steinernen Blumenkübeln mit fröhlich bunten Blumen darin. Als sie sich dem Haus näherten, sah Cleo zwei Männer in Lederschürzen, die auf einem Teil der Terrasse hölzerne Planken auslegten.

«Da das Wetter schön bleiben soll, kann auch hier draußen getanzt werden», erläuterte Fitz. «Wenn die Fenstertüren geöffnet sind, dringt die Musik aus dem Ballsaal bis hier heraus.»

Cleos Gedanken waren noch weniger mit dem Ball als mit dem unmittelbar bevorstehenden Ereignis beschäftigt. «Ich weiß wirklich nicht, weshalb ich überhaupt zu dieser Hochzeit gehe», sagte sie, blieb dabei unvermittelt stehen und blickte Fitz stirnrunzelnd an. «Ich habe Hermione Latimer doch noch nie im Leben gesehen. Weshalb sollte sie eine Wildfremde auf ihrer Hochzeit haben wollen?»

Fitz hakte sich bei ihr unter. «Sie gehören doch jetzt zur Familie. Außerdem kennen Sie Archie bereits, er hat doch gestern Abend mit hier gegessen. Das wäre bereits Grund genug. Im Übrigen ist Hermione eine ausgesprochen offene Person. Und selbst wenn das nicht so wäre: Nach meiner persönlichen Erfahrung mit Bräuten an ihrem Hochzeitstag würde wohl kaum eine es auch nur zur Kenntnis nehmen, wenn Dracula höchstpersönlich unter den Gästen wäre.»

3

Matty hatte sich bereits vor den anderen zum Pfarrhaus aufgemacht, merklich besser gelaunt als tags zuvor, da das rosa Kleid nun sehr viel vorteilhafter saß. Auch Lord Landrake war vorausgegangen, denn er sollte die Braut zum Altar führen. «Da ist er wenigstens schon in Übung», kommentierte Tissy, «wenn Philippa dann mit ihrem reichen Traumprinzen zum Altar schreitet.»

Archie war gemeinsam mit Lord Landrake und Esmond aufgebrochen, und der Rest der Familie wartete nun auf Philippa, um gemeinsam die kurze Fahrt zur Dorfkirche anzutreten.

Schließlich kam die Säumige mit gelangweilter Miene die Treppe hinunter und streifte im Gehen ein Paar wunderbar zarte Glacéhandschuhe über. Mit ihrer Laune stand es offenbar nicht zum Besten, denn sie sagte in verdrießlichem Ton zu Cleo: «Furchtbar lästig, nicht wahr, so eine Hochzeit am Samstag?»

Rosina, die die Bemerkung gehört hatte, drehte sich zu ihr um: «Du weißt doch sehr genau, weshalb sie heute heiraten und nicht unter der Woche. Archie musste bis einschließlich Donnerstag noch im Krankenhaus arbeiten, und morgen stechen sie bereits in See.»

«Philippa ist einfach nur neidisch auf alle Bräute, ganz gleich, wen sie heiraten und wann oder wo die Hochzeit stattfindet», sagte Tissy. Sie trug ein braunes Kleid mit winzigen weißen Pünktchen, das nach Cleos Ansicht allein schon durch Farbe und Schnitt noch die schönste Frau entstellt hätte.

Doch die schwesterliche Spitze traf offensichtlich. Philippa zog einen Flunsch und stieg ohne ein weiteres Wort hinter Rosina ins Automobil. Cleo kam mit dem Rücken zum Chauffeur auf einem Klappsitz neben Fitz zu sitzen, der seinen Zylinder auf den elegant behosten Knien balancierte, und fand es erneut äußerst merkwürdig, mit dieser Familie unterwegs zu sein. Fitz hatte ihr gesagt, dass sie jetzt dazugehöre, und so war es ja auch: Sie war zwar nicht blutsverwandt, aber angeheiratet, ob ihr das nun gefiel oder nicht. Doch da sie bisher nie eine rechte Familie gehabt hatte – bis auf Rosina, die ihr plötzlich so fern schien und ohnehin nie allzu mütterlich gewesen war –, empfand Cleo die Situation weder als natürlich, noch fühlte sie sich besonders wohl.

Als sie vor dem Kirchenportal hielten, blickte Cleo zu den steinernen Gesichtern empor. Wie viele Hochzeitsgesellschaften dieses Tor wohl schon durchschritten hatten? Ganze Generationen von Bräuten, aus dem Dorf und von Landrake Hall, mussten im Laufe der Jahrhunderte auf ihrem Weg von der Jungfernschaft zum Eheleben diesen Durchgang passiert haben.

Der Organist spielte Bach, und er spielte auffallend gut – ganz anders, als Cleo das in einer Dorfkirche erwartet hätte. «Wundern Sie sich nicht», flüsterte Fitz ihr ins Ohr.

«Hector sitzt an der Orgel. Das macht er häufig, wenn er hier ist. Zu Hause, in der Kapelle von Bosworth Castle, hat er eine ausgewachsene Orgel, ein gewaltiges Instrument, aber er ist auch jederzeit bereit, hier bei der Messe auszuhelfen, vor allem bei solchen Gelegenheiten, wenn ein Freund heiratet.»

Archie saß in der vordersten Kirchenbank. Er trug schottische Festtagstracht, und sein Gesicht über den Spitzenrüschen am Hals blickte ebenso nervös wie erwartungsvoll, während er auf seine Braut wartete. Neben ihm saß Esmond wie hingegossen, und Cleo fragte sich, wie ein Mann gleichzeitig so graziös und in vieler Hinsicht auch androgyn wirken konnte und dabei doch kein bisschen effeminiert. Im Grunde war es ein Jammer, dass ihm ein Leben als Adliger vorbestimmt war: Mit diesem Gesicht und dieser Stimme hätte er beim Film ein Vermögen machen können, falls er auch nur eine Winzigkeit an schauspielerischem Talent besaß.

Fitz stupste sie an, und Cleo merkte, dass sie als Einzige der versammelten Gemeinde noch saß. Die Orgel schwoll zu einem mächtigen Solo an, und alle drehten sich um und sahen Hermione entgegen, die an Lord Landrakes Arm den Mittelgang entlangschwebte und, wie Cleo fand, für eine Braut eine recht ernste Miene zur Schau trug. Elfenbein hätte ihr sicher besser gestanden als das harte Weiß ihres Kleides. In der Hand hielt sie einen ausladenden Strauß aus Rosen, Lilien und Jasmin, und der Schleier war mit einem bildschönen Diadem im Haar befestigt, dessen Diamanten glitzerten, sobald ein Sonnenstrahl darauffiel.

«Das Diadem gehört Ihrer Mutter», flüsterte Fitz Cleo

zu. «Etwas Geborgtes. Es war sehr freundlich von ihr, es Hermione auszuleihen.»

Das Diadem ihrer Mutter.

Ein Diadem, an dem echte Diamanten funkelten – kein Vergleich mit den Glas-Imitaten, die Rosina so oft auf der Bühne getragen hatte. Cleo schaute nach vorn, wo ihre Mutter neben Philippa saß. Rosina war tadellos gekleidet, sie trug ein hellgraues Kostüm aus Wildseide mit einem kleinen Strauß Rosen am Aufschlag und einen Hut, dessen Krempe vorn nach oben geklappt und mit einer diamantenen Hutnadel und einer Feder fixiert war. Offensichtlich hatte sie, die mit ihrer Präsenz und ihrer Schönheit überall den Mittelpunkt bilden konnte, sich ganz bewusst so gekleidet, um die Braut nicht in den Schatten zu stellen. Cleo wusste, dass Rosina das teils aus Freundlichkeit tat, teils aber auch, weil es sich für ihre Rolle in diesem religiösen Ritual – das sie, da war sich Cleo sicher, als bloße Inszenierung betrachten musste – eben so schickte.

Anfangs hatte Cleo sich darüber gewundert, dass Lord Landrake die Braut zum Altar führte, doch der Grund war natürlich, dass ihr Vater die Messe hielt. Er konnte ja schlecht seine Tochter zum Altar führen und dann flugs auf die andere Seite wechseln, um das Brautpaar zu trauen. Das wäre völlig verkehrt gewesen: eine bloße Farce statt der notwendigen Ernsthaftigkeit bei einer Eheschließung.

Niemand erhob sich, um Einwände oder Hinderungsgründe gegen die Ehe anzugeben. Cleo war noch bei keiner Hochzeit gewesen, bei der sie sich nicht insgeheim gewünscht hätte, dass es einmal passierte, um der sonst allzu vertrauten Szenenabfolge, die so gar keine Überraschungen bereithielt, etwas zusätzliche Würze und Dramatik zu verleihen.

Matty absolvierte ihren Auftritt, ohne den Brautstrauß fallen zu lassen oder über die Schleppe der Braut zu stolpern. Doch als sie hinter dem frisch getrauten Paar den Mittelgang wieder entlangschritt, machte sie ein missmutiges Gesicht, und Cleo hatte das Gefühl, dass sie mit den Tränen kämpfte.

Waren es Tränen des Kummers oder Tränen der Wut?

Sie sollte es bald herausfinden. Braut und Bräutigam und ihre Hochzeitsgesellschaft wollten den kurzen Weg zum Pfarrhaus, einem hübschen Haus aus dem achtzehnten Jahrhundert gleich an der Straße, wo der Hochzeitsempfang stattfinden sollte, zu Fuß zurücklegen. Lord Landrake verließ die Kirche Arm in Arm mit Rosina, und als er einen Augenblick stehen blieb, um das Brautpaar vorangehen zu lassen, schoss seine Tochter wie ein rosafarbener Blitz auf ihn zu.

«Jane geht im nächsten Schuljahr aufs Internat! Die Latimers schicken sie hin, weil sie denken, sie wird sich hier sonst langweilen, nur mit den kleinen Jungs. Sie finden, sie muss mit anderen Mädchen in ihrem Alter zusammen sein. Muss ich das denn nicht auch? Ach, bitte, Vater, bitte bitte bitte lass mich aufs Internat gehen! Ich könnte auf dieselbe Schule gehen wie sie, dann könnten wir sogar zusammen hin und wieder zurückfahren. Siehst du denn nicht, wie praktisch das wäre?»

Lord Landrakes Miene verfinsterte sich.

«Matilda, das ist weder die rechte Zeit noch der rechte Ort für einen solchen Ausbruch. Wenn die Latimers ihre

Tochter aufs Internat schicken wollen, so ist das ihre Sache. Ich habe meine eigene Entscheidung getroffen, die du sehr wohl kennst. Du wirst nicht aufs Internat gehen. Das ist mein letztes Wort.»

Die anderen setzten sich bereits in Bewegung, bis auf Tissy, die stehen blieb und mit einem leicht boshaften Lächeln auf den Lippen beobachtete, wie ihre kleine Schwester in Tränen ausbrach.

«Das nützt doch auch nichts», sagte sie gleichgültig. «Du weißt, wie sehr Vater Tränen verabscheut.»

Matty fuhr zu ihr herum. «Das ist überhaupt alles nur deine Schuld! Hättest du nicht diesen Ärger auf der Schule gehabt, würde Vater mich bestimmt gehen lassen. Aber so denkt er, ich würde Dummheiten machen, dabei stimmt das gar nicht. Wenn ich bloß von hier weg darf, werde ich mich tadellos benehmen, das schwöre ich!» Den letzten Satz schrie sie ihrem Vater hinterher, der sich bereits entfernte.

Rosina drehte sich um, fing Mattys Blick auf und schüttelte ganz leicht den Kopf, und Fitz nahm seine Nichte bei der Hand. «Es nützt gar nichts, deinen Vater anzubrüllen, mein Mädchen, das weißt du doch ganz genau. Habe ich dir überhaupt schon gesagt, wie entzückend du heute in diesem Kleid aussiehst?»

Matty funkelte ihn an, die Augen immer noch voller Tränen. «Du warst auf dem Internat, Esmond war auf dem Internat. Bei Jungen sagt keiner was, nur Mädchen müssen zu Hause sitzen, sich von einer blöden Gouvernante unterrichten lassen und vor Langeweile sterben und darauf warten, bis der Traummann oder besser noch der Traumprinz kommt und sie zu seiner Traumprinzessin macht. Völlig egal, ob ich dann mal die dümmste Frau von ganz England bin und der Traummann sich in meiner Gesellschaft nur anödet!»

Fitz ging nicht weiter auf diesen Gefühlsausbruch ein. Er wusste, dass er mit Argumenten ohnehin nichts ausrichten konnte, und griff stattdessen erneut nach ihrer Hand. «Wie wäre es denn jetzt mit einem Glas Champagner?»

Matty sah ihn verächtlich an. «Ich darf doch gar keinen Champagner trinken. Dafür bin ich noch zu jung.»

«Ich denke, dreizehn ist durchaus ein Alter, in dem man ein Glas Champagner riskieren kann. Finden Sie nicht auch, Cleo?»

«Aber natürlich. Ach herrje, jetzt habe ich meine Handschuhe in der Kirche liegenlassen. Gehen Sie doch schon voraus, ich komme nach.»

4

Cleo kehrte rasch zur Kirche zurück und trat aus der Sonne wieder in den stillen, düsteren Innenraum, dessen Wände den vergänglichen Riten der Sterblichen Hohn zu sprechen schienen. Die Kirche war wieder in ihr jahrhundertealtes, steinernes Schweigen versunken.

Cleo hatte ihre Handschuhe bereits gefunden und rutschte gerade ans Ende der Bank, als sie merkte, dass sie nicht allein war. Der Pfarrer kam zielstrebig den Mittelgang entlang. Er hatte sein Chorhemd ausgezogen und trug es über dem Arm.

«Hallo, haben Sie etwas vergessen? Die Handschuhe? Aber Sie haben sie ja schon wiedergefunden, bestens, bestens. Wie Sie sehen, habe ich meine Messgewänder jetzt abgelegt und mich wieder in den stolzen Brautvater verwandelt. Eine wunderbare Zeremonie, finden Sie nicht auch? So eine Hochzeit gehört doch zu den schönsten Feiern überhaupt. Oh, darf ich mich übrigens vorstellen? Ich bin Henry Latimer. Wer Sie sind, weiß ich bereits, Sie sind ja mit den Landrakes gekommen, also müssen Sie Miss Otway sein.»

Er gab Cleo die Hand, und sie gingen gemeinsam weiter. Als sie sich auf Höhe des Landrake-Grabmals befanden, sagte sie: «Ich musste vorhin an die vielen Bräute denken, die hier im Lauf der Jahrhunderte verheiratet wurden. Wahrscheinlich stammten viele davon aus der Familie Landrake.»

«In der Tat, so ist es. Vor allem aber wurden sie hier begraben», setzte der Pfarrer seufzend hinzu und klopfte an eine der marmornen Säulen, die das Grabmal zierten. «Seit ich hier in Trewithiel bin, habe ich nicht ein Mitglied der Familie Landrake getraut, dafür aber umso mehr von ihnen begraben. Viel zu viele.» Seine Stimme klang melancholisch, und er hatte den abwesenden Blick eines Menschen, der in die Vergangenheit schaut anstatt auf seine Gesprächspartnerin. Sie standen gerade vor der Gedenktafel für Virginia Landrake. «Beispielsweise die kleine Ginny hier. Sie war erst sechs, als sie starb, das arme Kind.» Schweigend gingen sie weiter bis zum Kirchenportal, wo Henry Latimer stehen blieb und kopfschüttelnd in den Kirchenraum zurückblickte.

«Ich war fast während des ganzen Krieges Soldatenpfarrer. Dabei bin ich überhaupt nicht kämpferisch veranlagt, sondern ein äußerst friedliebender Mensch. Doch die Pflicht rief, und so wurde ich Militärgeistlicher. Genug an Tod für ein Menschenleben. Ich war sehr froh, wieder zurück nach Trewithiel zu kommen, zu meiner Frau und meiner Familie, in die gute englische Luft, und in ein Dorf, das von Geschützfeuer und Bomben verschont geblieben war. Und doch musste ich gleich im ersten Jahr nach dem Krieg drei weitere Mitglieder der Familie Landrake zu Grabe tragen. Philip starb, er liegt hier in der Gruft bei seiner Ginny, und nur wenig später gesellte sich seine Frau hinzu, Lady Clementine.»

«Und wer war das dritte Familienmitglied?»

«Felix Gothard, ein Vetter der Landrakes. Er starb gleichzeitig mit Lady Clementine, wurde aber nicht hier in der Gruft beigesetzt.» Henry Latimers Blick wanderte hinauf zu den steinernen Verzierungen über der Tür, während er in seinem Gedächtnis kramte. «Esmond, der damals erst fünfzehn war, wollte nicht, dass Felix bei seinen Eltern liegt, da war er völlig unerbittlich. Aber der arme Mann hatte ja keine eigene Familie, seine nächsten Angehörigen lebten in Indien. Schließlich hat die Witwe entschieden, dass er hier in Trewithiel begraben werden soll, allerdings draußen auf dem Friedhof und nicht in der Familiengruft der Landrakes.»

Cleo hätte gern noch mehr erfahren, doch sie fand, dass es weder der rechte Ort noch der rechte Zeitpunkt war, um den Pfarrer auszufragen.

Der hing immer noch seinen Erinnerungen nach. «Ja, das war ein schreckliches Jahr, obwohl es, wie in allen schrecklichen Zeiten, auch Lichtblicke im Dunkeln gab. Aber ich empfand es als großes Unglück, dass kaum zwei Jahre später Lord Landrakes erste Frau Henrietta starb. Was für eine Tragödie: eine junge Mutter mit kleinen Kindern, eine glückliche Ehe, das ganze Leben noch vor sich. Fast war es gegen die Natur, dass sie vor der Witwe heimgeholt wurde, die ihre Schwiegertochter noch um etliche Jahre überlebt hat.» Er schüttelte den Kopf und senkte ihn dann für einen Augenblick, als würde er beten.

Dann richtete er sich wieder auf und bedachte Cleo mit einem Lächeln. «Herrje, ich weiß selbst nicht, weshalb ich mich an diesem frohen Tag in so traurigen Erinnerungen ergehe. Kommen Sie, die anderen werden sich schon fragen, wo wir bleiben.»

Und damit schloss er das Kirchenportal hinter ihnen, und sie gingen gemeinsam durch den Sonnenschein zum Pfarrhaus.

5

Das Brautpaar hieß die Gäste an der Tür des Salons willkommen, einem großen, eindrucksvollen Raum mit weißer Holztäfelung, der auf eine Terrasse und einen großen Garten hinausging. Hermiones Gesicht erstrahlte, als sie ihren Vater mit Cleo hereinkommen sah, und sie stellte sich auf die Zehenspitzen und gab ihm einen Kuss. «Das war eine wunderschöne Trauung! Vielen Dank, Papa.»

Der Pfarrer lächelte seine Tochter an und schüttelte seinem frischgebackenen Schwiegersohn dann herzlich die Hand. Und Fitz hatte vollkommen recht gehabt: Als Cleo der Braut vorgestellt wurde, sah man Hermione an, dass sie in ihrer ganz eigenen Welt schwebte. Sie lächelte und zeigte sich hocherfreut, sie kennenzulernen, doch Cleo sah ihr an, dass sie nicht die geringste Ahnung hatte, wer diese Miss Otway wirklich war und weshalb sie zu ihrer Hochzeit kam.

Sie ging durch den Salon und trat auf die Terrasse hinaus. Wie immer, wenn Menschen zusammenkamen, die einander lange und gut kannten, waren die Gespräche ringsum laut und lebhaft. Fitz trat neben sie. «Sie haben ja noch gar keinen Champagner.» Er winkte ein Hausmädchen heran und reichte Cleo ein Glas.

Tissy näherte sich. «Caroline ist auf der Suche nach dir, Fitz. Wenn sie dich nicht finden soll, machst du dich mal lieber aus dem Staub.»

«Oh», sagte Fitz. «Dann gehe ich am besten zu Jonathan in die Bibliothek. Ich habe ihn vorhin in die Richtung gehen sehen. Wenn Sie mich entschuldigen wollen?» Und damit drängte er sich rasch zwischen den anderen Gästen hindurch.

Tissy blieb neben Cleo stehen. Sie wollte offensichtlich ein Gespräch beginnen, zögerte aber noch. Cleo war auf der Hut, denn Tissy zügelte ihre Zunge sonst selten. Jetzt zupfte sie am Kragen ihres scheußlichen braunen Kleides und fragte dann unvermittelt: «Was genau arbeitest du eigentlich in London? Und wie bist du an die Stelle gekommen?»

War das womöglich der weitere Versuch einer Landrake, Cleo zu schmähen, weil ihre Herkunft eine ganz andere war und weil sie sich – Gott behüte! – ihren Lebensunterhalt selbst verdiente? Doch so lästig das auch sein mochte, Cleo würde Tissy keinesfalls die Genugtuung verschaffen, ihr zu zeigen, wie sehr sie sich über sie und ihre Schwestern ärgerte.

Als könnte sie Cleos Gedanken lesen, fuhr Tissy fort: «Ich meine das gar nicht böse, ich will es wirklich wissen. Ich brauche eine Stelle, damit ich von Landrake fortgehen und in London leben kann.»

Cleo entschloss sich, Tissys Worte für bare Münze zu nehmen. «Die Stelle bei den Gebrüdern Joulbert habe ich bekommen, weil ich gut stenographieren kann und Französisch spreche – ich habe fast ein Jahr lang für ein Modehaus in Frankreich gearbeitet. Und nicht zuletzt natürlich, weil meine Mutter beim Theater ist und die Joulberts nicht nur Mode, sondern auch Theaterkostüme entwerfen.»

Tissy blickte trübsinnig drein. «Stenographieren ist sicher nicht leicht, stimmt's? Ich habe ja schon versucht, mir das Schreibmaschineschreiben beizubringen, aber …» Sie brach ab. «Nun, auf jeden Fall muss man wohl zur Sekretärinnenschule gehen, um das alles richtig zu lernen, und das ist teuer. Und bevor du fragst: Nein, es hat keinen Sinn, Vater zu bitten, die Gebühren für mich zu übernehmen, das würde er niemals tun, nie im Leben. Hat deine Mutter das Schulgeld für dich bezahlt?»

«Ja», antwortete Cleo. «Heutzutage fällt es aber selbst Leuten mit einer guten Ausbildung nicht leicht, eine Stelle zu finden. Du darfst nicht glauben, dass du einfach irgendwo hereinspazierst und eine Stelle finden wirst, die deinen Lebensunterhalt deckt.»

«Vermutlich nicht.» Tissy schaute zum Rasen hinüber, wo Mrs Warburton in ein angeregtes Gespräch mit Rosina vertieft war. «Sie ist Juristin, hast du das gewusst? Um genau zu sein, ist sie sogar Richterin. Das muss man sich mal vorstellen!»

«Ja, ich habe sie gestern Abend davon sprechen hören.»

«Inzwischen können auch hier in England Frauen Juristinnen werden. Lancelot hat eine Bekannte, die Rechtsanwältin ist. Er findet das natürlich grauenhaft, aber er ist nun mal so wie Vater und glaubt, dass Frauen nicht arbeiten sollten, weil sie damit den Männern die Butter vom Brot nehmen. Jonathan Bosworth ist da ganz anderer Meinung, er hat mir erzählt, wie großartig er es findet, dass Mrs Warburton so eine erfolgreiche juristische Karriere gemacht hat.

Und er glaubt, in Zukunft wird es auch hierzulande immer mehr Juristinnen geben. Ich wünschte, ich könnte auch Juristin werden. Mir gefällt der Gedanke, einen Männerberuf zu haben; das geschieht denen doch ganz recht, findest du nicht?»

Nach Cleos persönlicher Meinung war es kaum weniger wahrscheinlich, Tissy eines Tages als Juristin zu sehen als in Priestertracht vor dem Altar. «So ein Studium ist ausgesprochen teuer, und anschließend dauert es noch Jahre, bis man sein eigenes Geld damit verdient. Die meisten Anwälte werden bis zu ihrem dreißigsten Lebensjahr von ihren Eltern unterstützt.»

Philippa war hinzugekommen. «Daran ist in dieser Familie nicht zu denken. Es sei denn, Esmond wollte Jurist werden, dann wäre das natürlich alles kein Problem. Er bekommt alles, was er will.»

«Da täuschst du dich aber», sagte Tissy. «Papa würde ihm zwar eine Wohnung und ein luxuriöses Leben in London finanzieren, aber er würde ihm doch niemals irgendeine Ausbildung gestatten. Seine Zukunft liegt schließlich in der Verwaltung von Landrake.»

«Wer kann sich Esmond auch beim Studieren vorstellen? Man braucht sich ja nur anzuhören, wie er sich über Archie lustig macht, weil der noch so viele medizinische Prüfungen zu absolvieren hat.»

«Esmond ist ohnehin zu alt, um noch Jura zu studieren», sagte Tissy. «Aber ich nicht.»

«Was interessiert dich denn so an der Jurisprudenz?», erkundigte sich Cleo. «Einmal abgesehen davon, den Männern ein Schnippchen zu schlagen.»

Tissy dachte so lange nach, ehe sie antwortete, dass Cleo bereits überlegte, ob sie die Frage überhaupt gehört hatte. Doch dann sagte Tissy: «Es ist so logisch. Das Recht ist einfach das Recht, und man muss Möglichkeiten finden, es anzuwenden, und Argumente für einen Fall suchen. Ich glaube allerdings nicht, dass ich sonderlich gut darin wäre», setzte sie erbittert hinzu. «Ich kann ja nicht mal Vater mit meinen Argumenten überzeugen – wie sollte ich das dann vor Gericht schaffen?»

Unglücklicherweise hatte besagter Vater, der gerade aus dem Haus getreten war und über den Rasen auf Rosina zuging, Tissys Bemerkung gehört. Er sah seine Tochter stirnrunzelnd an. «Kein sehr passendes Gesprächsthema für eine Hochzeit.»

Tissy hob das Kinn und sagte mit lauter, trotziger Stimme: «Ich habe Cleo gerade erzählt, dass ich Anwältin werden will.»

Cleo schloss für einen Moment verzweifelt die Augen, und als sie sie wieder öffnete, sah sie Fitz ein Stück weiter weg stehen und sichtlich belustigt zu ihr herüberschauen. Dann bemerkte er, dass Lord Landrake rot anlief, und trat zu ihnen, als sein Schwager gerade zu reden begann.

Lord Landrake erhob nicht einmal die Stimme, er sprach mit einer eisigen Beherrschtheit, die seine Autorität nur noch vergrößerte. «Frauen besitzen weder die Fähigkeiten noch das Durchsetzungsvermögen oder andere Qualitäten, die nötig sind, um sich in einem Beruf zu behaupten. Leider Gottes gibt es ein paar Frauen, die gezwungen sind, sich ihren Lebensunterhalt selbst zu verdienen …» Das sagte er mit einem Seitenblick auf Cleo. «… aber du, Tissy, zählst nicht dazu, und selbst wenn du ein Mann wärst, hätte niemand Anlass zu glauben, dass du die nötige Intelligenz und Ausdauer für eine so anspruchsvolle Ausbildung im Bereich der Jurisprudenz besitzt.»

Cleo staunte nicht so sehr über die schreckliche Kälte in Lord Landrakes Stimme, sondern vielmehr über den Hass, der daraufhin in Tissys Augen aufblitzte.

Doch Lord Landrake war noch nicht fertig. «Diese ganzen Flausen hat dir nur deine Großmutter in den Kopf gesetzt, weil sie dir eingeredet hat, du wärst intelligent und besäßest eine rasche Auffassungsgabe, von der ich allerdings noch nie etwas gemerkt habe.» Sein Ton wurde ein wenig weicher. «Ich will gar nicht hart zu dir sein, Tissy, aber solche unrealistischen Erwartungen an die eigenen Fähigkeiten führen doch nur geradewegs ins Unglück. Wenn du erst einmal verheiratet bist und deinen eigenen Haushalt hast, wird dir klarwerden, wie lächerlich dein jetziger Ehrgeiz ist. Du musst dich einfach damit abfinden, dass du weder Schriftstellerin noch Juristin, noch sonst irgendetwas sein wirst.»

Er sah zu Archie und Hermione hinüber, die sich auf der Terrasse lachend mit Jonathan Bosworth unterhielten. «Sieh dir Hermione an: der Inbegriff einer wahrhaft glücklichen, erfüllten Frau. Sie hegt gar nicht den Wunsch, ins harte Leben hinauszugehen und sich dort alleine durchzuschlagen, weil sie weiß, wie viel Zufriedenheit und Glück sie daraus ziehen wird, eine gute Ehefrau und Mutter zu sein.»

Wäre Tissy vernünftig gewesen, sie hätte nichts weiter dazu gesagt; doch sie war aufgebracht und nicht bereit, ihrem Vater das durchgehen zu lassen. «Da täuschst du dich aber, sie ist alles andere als glücklich. Du bist der reinste Viktorianer, Vater, du lebst in einer anderen Zeit. Du wolltest ja nicht einmal, dass Frauen wählen dürfen, erinnere dich nur, wie du die Suffragetten verabscheut hast. Aber im Krieg haben Frauen auch Männerarbeit verrichtet, und zwar mindestens so gut wie sie. Da werden wir doch jetzt nicht wieder aufgeben und ins Nichts, an den Herd zurückkehren. Und es nützt auch gar nichts, dass du ständig meine Hochzeit heraufbeschwörst, weil ich dir ganz sicher sagen kann, dass ich niemals heiraten werde. Der Unrealistische bist doch du: Sieh dir nur die Ehen in unserer Familie an. War Tante Clemmie etwa glücklich verheiratet? War sie zufrieden damit, nur Ehefrau und Mutter zu sein?»

Mit zusammengepressten Lippen drehte Lord Landrake sich auf dem Absatz um und ging davon. Tissy wollte ihm nach, doch Fitz legte ihr eine besänftigende Hand auf den Arm. «Gib dir keine Mühe. Du weißt, dass du an seiner Meinung nichts ändern wirst, und du willst Hermione doch sicher nicht ihre Hochzeit durch einen öffentlichen Familienstreit verderben.»

Tissy sah ihn an, und die hellen Tränen sprangen ihr in die Augen. «Du findest doch auch nicht, dass Frauen einfach zu Hause sitzen sollten, bis sie heiraten, um dann in einem anderen Zuhause herumzusitzen? Du hast doch auch keine Abneigung gegen Reporterinnen und alle anderen Frauen, die für ihren Lebensunterhalt arbeiten, oder?»

«Nein, wahrhaftig nicht», antwortete Fitz gleichmütig. «Aber ich bin auch um einiges jünger als dein Vater, für mich ist es leichter, damit zurechtzukommen, dass die Welt sich in jeder möglichen Hinsicht ändert. Mir kommt das alles ganz natürlich vor, doch auf einen Mann in Jerrys Alter und mit seinem Hintergrund muss das schlicht und einfach erschreckend wirken. Den Plan mit der Juristerei würde ich aber an deiner Stelle tatsächlich nicht weiterverfolgen, Tissy. Ich kenne zwei Juristinnen, sie sind äußerst kompetent und schätzen ihre Arbeit sehr – aber ich glaube dennoch nicht, dass der Beruf so recht zu dir passen würde, selbst wenn du zum Studium zugelassen würdest. Außerdem wolltest du doch immer Schriftstellerin werden. Was ist denn aus diesem Plan geworden?»

Cleo war überrascht zu sehen, dass Tissy zögernd lächelte und ihrem Onkel geradewegs in die Augen sah. «Das würde Vater doch genauso wenig gefallen, außerdem glaube ich auch nicht, dass ich richtig gut darin wäre. Eigentlich beneide ich Mrs Warburton vor allem um ihre Unabhängigkeit. Das hätte ich auch gern: von niemandem abhängig sein.»

«Schriftsteller sind auch unabhängig», sagte Fitz.

«Erfolgreiche Schriftsteller sind unabhängig», korrigierte Tissy.

«Ich sehe keinen Grund, warum du nicht erfolgreich sein solltest, wenn du dir nur entsprechend Mühe gibst. Es ist so wie mit allem anderen auch: Man muss es lernen, Zeit investieren und versuchen, immer besser darin zu werden. Schuften, mein Mädchen, schuften.»

In Tissys Augen trat ein berechnender Blick. «Vielleicht sollte ich einen Roman über die Familie Landrake schreiben. Der würde sich sicher gut verkaufen, meinst du nicht? Mord und Totschlag im Adelshaushalt, das zieht doch immer.»

Fitz war sichtlich überrascht, fasste sich aber schnell wieder und sagte: «Mord und Totschlag, was redest du denn da? Außerdem sind autobiographische Romane kein ganz einfaches Unterfangen.»

Erst jetzt entdeckte er Caroline, die sich mit einem kläffenden kleinen Hund unter dem Arm zielstrebig näherte. Fitz machte Anstalten, die Flucht zu ergreifen, doch es war bereits zu spät: Caroline setzte Cleo den Hund vor die Füße und küsste Fitz auf die Wange.

«Großer Gott, Caroline, warum bringst du denn den verflixten Köter mit zu einer Hochzeit?»

«Fliege liebt Kirchen, ich nehme ihn immer mit in die Messe. Da sitzt er dann ganz brav unter der Bank und macht keinen Mucks.»

Fliege?

«Warum heißt der Hund denn Fliege?», erkundigte sich Cleo.

«Weil er so friedfertig ist.»

Friedfertig und Fliege? Ach so, er konnte keiner Fliege etwas zuleide tun. Nun, hier im Garten gab es keine Fliegen, und offenbar hegte der kleine Hund Cleo gegenüber keine solchen Hemmungen. Das Kläffen verwandelte sich in ein Knurren, und er schnappte nach ihrem Knöchel.

«Ich glaube, an dieser Stelle sollte ich mich verabschieden», rief Cleo hastig und brachte sich vor den scharfen Zähnen in Sicherheit.

Fitz bückte sich und hob den Hund hoch, hielt dann ein vorbeieilendes Hausmädchen auf und bat es, das Tablett abzusetzen. Die junge Frau deponierte das Tablett gehorsam auf einem kleinen Beistelltisch, und Fitz überreichte ihr den Hund mit der Anweisung, ihn wegzubringen und irgendwo einzusperren.

«Seien Sie vorsichtig», rief Cleo ihr nach. «Er beißt!»

«Mich nicht, Miss», erwiderte die Hausangestellte und legte Fliege dabei die Hand wie einen Maulkorb um die kleine Schnauze. «So, jetzt bist du mal still, und wir suchen dir einen feinen Knochen.»

6

Endlich zurück in Landrake Hall, ging Cleo auf direktem Weg in ihr Zimmer. Mit einem Gefühl der Erleichterung stieß sie die Tür auf, zog sich den Hut vom Kopf und warf ihn auf das Bett.

Vom Fenster her ließ sich eine Stimme vernehmen. «Damit machst du ihn bloß kaputt. Mir sagen immer alle, ich soll meine Kleider nicht aufs Bett oder einen Sessel werfen, sondern sie sorgfältig falten oder in den Schrank hängen. Jen darf meine Sachen nicht aufheben, weil Mrs Harbinger meint, wenn ich nicht lerne, selbst darauf zu achten, kann ich meiner Zofe später nicht sagen, wie sie ihre Arbeit machen soll. Das ist doch absolut blödsinnig, findest du nicht?»

Das Sonnenlicht fiel hell zum Fenster herein, und Cleo brauchte einen Augenblick, um die resolute kleine Gestalt zu erkennen, die sich im Sessel vor dem Fenster niedergelassen hatte.

Es war Matty. Jetzt drehte sie den Sessel so, dass sie Cleo direkt ansah. Ihre Augen waren noch rot vom Weinen, die Miene erschreckend finster.

«Das hat ja ewig gedauert, bis du zurückgekommen bist. Weißt du, wie langweilig es ist, hier zu sitzen und auf dich zu warten?»

Cleo nahm ihre Ohrringe ab und rieb sich das Ohrläppchen, an dem der Clip zu fest gesessen hatte. «Was hast du denn hier zu suchen?»

«Na los, sag's schon. Du willst dein Zimmer für dich alleine haben, das sagen Tissy und Philippa auch immer. Ich weiß ja, dass ich nur lästig bin und immer im Weg. Ich bin nur hier, weil Mrs Harbinger meinte, dass ich Danke sagen soll, weil du mein Kleid geändert hast. Also: Danke. So, jetzt habe ich's gesagt.»

«Ich habe doch kaum etwas daran gemacht. Geändert hat es die Zofe meiner Mutter.»

«Madge finde ich nett. Wusstest du, dass die anderen Bediensteten alle Angst vor ihr haben? Sie trauen sich nicht, irgendwas gegen sie zu sagen, weil sie ja die Zofe von Lady Landrake ist und damit wichtiger als fast alle anderen, bis auf Johnston, der Vater bedient, und Franklin natürlich. Der Butler steht immer an erster Stelle. Trotzdem werde ich mich bei Madge nicht bedanken, weil sie ja nur eine Zofe ist.»

«Das ist aber gar nicht nett, Matty. Wenn du so über Hausangestellte denkst, werden deine eigenen dich nie respektieren, wenn du einmal welche hast.»

«Wozu sollen sie mich denn respektieren? Sie werden schließlich für ihre Arbeit bezahlt, Respekt spielt da keine Rolle. Außerdem hat Madge doch nur gemacht, was du ihr gesagt hast, das ist so wie bei einem General in der Armee. Generäle sind viel wichtiger als die Soldaten, weil sie wissen, was zu tun ist, und das ihren Männern sagen. Und später bekommen die Generäle einen Haufen Medaillen, und ihre Männer sind tot.»

Cleo schien es geboten, das Thema zu wechseln. «Ich werde Madge sagen, dass du dich gefreut hast. Du sahst ja auch sehr hübsch aus in dem Kleid.»

«Das ist jetzt geschwindelt. Es hat viel besser gepasst, und ich sah nicht mehr ganz so grässlich darin aus wie vorher, aber immer noch ziemlich schlimm. Die Farbe ist einfach widerlich. Ich werde ganz bestimmt nie wieder Rosa tragen. Mrs Latimer hat sich gar nicht mehr eingekriegt, sie hat mir gesagt, ich soll nur ja dafür sorgen, dass Jen es auch gut in Seidenpapier einschlägt, weil ich sicher bald wieder Brautjungfer sein werde, mit zwei älteren Schwestern. Pah. Ich wette, falls Philippa jemals heiratet, wird sie mich ganz sicher nicht als Brautjungfer wollen, und Tissy schwört Stein und Bein, dass sie sowieso niemals heiraten wird.» Matty schniefte und zog ein reichlich schmuddeliges Taschentuch hervor, mit dem sie sich die Nase putzte und dann, zu Cleos Entsetzen, auch noch die Augen rieb.

«Komm, ich gebe dir ein frisches Taschentuch. Das da sieht aus, als hätte es schon einiges hinter sich.»

Matty betrachtete ihr Taschentuch, als sähe sie es zum ersten Mal. «Meine Taschentücher sind immer dreckig. Jedenfalls werde ich das Kleid sowieso nicht nochmal anziehen können, weil ich nämlich beim Ausziehen einen Riss hineingemacht habe. Das war Absicht, und der Riss ist groß, den kriegt nicht einmal deine tolle Madge wieder so geflickt, dass ich das Kleid wieder anziehen kann.»

Cleo brachte es nicht über sich, Matty deswegen Vorhaltungen zu machen; sie wusste nur zu gut, dass sie in dieser Situation ganz ähnlich gehandelt hätte. «Wenn du das nächste Mal Brautjungfer bist, wirst du vermutlich ohnehin ein neues Kleid brauchen. In deinem Alter schießen Mädchen oft sehr schnell in die Höhe.»

«Es würde mir ja gar nicht schaden, ein bisschen in die Höhe zu schießen», erwiderte Matty bedrückt. «Meine Mutter war groß und schlank. Aber ich komme wohl mehr nach Großmutter, und die war nicht besonders groß.» Sie sah sich eingehend im Zimmer um. «Wusstest du, dass das früher mal ihr Zimmer war? Ich würde hier ja um nichts in der Welt schlafen wollen. Das war im Krieg, während Vater an der Front war. Da haben sie das Witwenhaus geschlossen, um Öl und Personal zu sparen.»

«Ich weiß nicht, was schlecht an diesem Zimmer sein soll, nur weil es das Zimmer deiner Großmutter war.»

«Meine Großmutter war eine furchteinflößende Frau. Alle hatten Angst vor ihr. Ich war zwar noch klein, als sie starb, aber ich kann mich gut an sie erinnern. Man kann sie einfach nicht vergessen. Und außerdem sehe ich sie ja auch jetzt noch häufig hier im Haus.»

Cleo brauchte einen Augenblick, um zu verstehen, was das Mädchen damit sagen wollte. «Auf den Bildern meinst du?»

Die missmutige Miene wich einem verächtlichen Blick. «Nein, das meine ich nicht, und so viele Bilder gibt es doch auch gar nicht, weil Vater nicht gern an sie erinnert werden will. Er wollte sogar das Porträt in der Eingangshalle abnehmen, aber das ist zu fest verschraubt. Sie haben sich fürchterlich gestritten und irgendwann kaum noch miteinander gesprochen. Vater war nicht mal bei ihrer Beerdigung, sie ist hier in der Kirche beigesetzt, und er war gerade in der Türkei. Tissy sagt immer, er ist extra weggefahren, als sie krank wurde, um nicht zur Beerdigung zu müssen. Und das Zimmer hier mag ich nicht, weil man sie hier so oft sieht.»

«Man sieht sie?»

«Ja, so wie damals, als sie noch hier gelebt hat. Ich kann mich nicht daran erinnern, als ich zur Welt kam, wohnte sie schon längst wieder im Witwenhaus. Sie ist dorthin zurückgekehrt, als Vater aus dem Krieg nach Hause kam.»

Cleo lagen zahllose Fragen auf der Zunge, die sie Matty gern gestellt hätte, sie hatte jedoch zugleich das Gefühl, dass es falsch sein könnte, sie zu stellen. In jedem Fall war es nicht der richtige Moment, sie zu der seltsamen Vorstellung zu befragen, dass sie ihre Großmutter sehen konnte. Fitz hatte ihr ja schon erzählt, dass das Kind mit einer etwas übersteigerten Phantasie gestraft war. Noch während sie diesem Gedanken nachhing, richtete Matty ihren durchdringenden Blick auf sie.

«Ich weiß genau, was du jetzt denkst. Du findest, ich habe zu viel Phantasie und ich bräuchte irgendein Pulver oder so was, das mich beruhigt und dafür sorgt, dass ich besser schlafen kann. Das sagen immer alle, wenn ich jemandem erzähle, was ich sehe. Großmutter hat das nie gesagt, aber sie hatte ja auch selbst Gesichte.»

«Was hat sie denn gesehen?»

«Dinge, die früher hier im Haus passiert sind. Dinge aus der Vergangenheit. Leute, die sich streiten und miteinander kämpfen. So etwas sehe ich auch.»

«Du glaubst also, hier im Haus verstorbene Menschen zu sehen? Gespenster?»

«Gespenster sind Tote, die zurückkommen, um bei den

Lebenden zu spuken. Wenn ich tot wäre, würde ich auch gern ein Gespenst werden und hier bei Vater spuken. Das würde ihm ganz recht geschehen.»

«Aber was siehst du denn dann, wenn es keine Geister sind?»

«Das habe ich dir doch gerade gesagt: Ich sehe Szenen aus der Vergangenheit, so wie im Lichtspieltheater. Wenn ich in ein Zimmer gehe, sind da lauter Leute, die gar nicht dort sind, es aber zu einem früheren Zeitpunkt einmal waren. Manchmal höre ich sie auch, aber meistens sehe ich sie nur. Oft sind ihre Gesichter ganz deutlich, manchmal aber auch verschwommen. Einmal habe ich Mummy dabei gesehen, wie sie sich mit Tante Clemmie gestritten hat. Ich weiß, dass es meine Tante gewesen sein muss, weil ich Fotos von ihr kenne, und außerdem ist sie ja mit auf dem großen Bild.»

«Welches große Bild meinst du?»

«Das im Salon, mit der ganzen Familie, von dem inzwischen so viele tot sind. Vater sagt immer, er wird es abhängen, aber ich glaube nicht, dass er das jemals tun wird.»

«Siehst du denn nicht auch mal schöne Dinge? Es muss doch in all den Jahren auch viel Glück hier im Haus gegeben haben.»

«Ich glaube nicht an Glück. Die Leute reden ständig von glücklichen Zeiten und solchem Unsinn. Das ist genau wie mit Hermiones Hochzeit, die doch angeblich so wunderschön war, dabei hat sie beim Umziehen heute Morgen noch literweise Tränen vergossen, weil sie jetzt mit Archie nach Kanada muss, anstatt einfach durchzubrennen und mit Esmond ins Bett zu gehen, was sie nämlich eigentlich will. Jedenfalls hat Großmutter mir erklärt, dass Glück längst kein so intensives Gefühl ist wie Zorn und Mordlust und solche Sachen. Manchmal sehe ich auch, wie Leute sterben, aber das ist immer sehr verschwommen. Der Mann auf dem Pferd unten, der Royalist, der angeblich so tapfer war – den habe ich schon die Treppe runterfallen und tot unten liegen bleiben sehen. Seine Frau hat ihn gestoßen, und das kann ich sogar verstehen. Man sieht ihm doch an, dass er ein schrecklicher Tyrann gewesen sein muss.»

Langsam fragte sich Cleo, ob Mattys Vater wohl schon einmal daran gedacht hatte, das Kind in die Hände eines Spezialisten zu geben. Ihre Freunde in London hätten sicher zu einer Psychoanalyse geraten, doch Cleo hielt es für recht unwahrscheinlich, dass ein Mann wie Lord Landrake überhaupt etwas über Psychoanalyse wusste, geschweige denn, dass er sie guthieß oder auf ihre Wirksamkeit vertraute. Ganz offensichtlich musste Mattys Psyche aber dringend einmal gründlich erforscht und sortiert werden. Sigmund Freuds Tochter war auf die Arbeit mit Kindern spezialisiert. Am besten, sie erwähnte das einmal Rosina gegenüber – vielleicht konnte sie Lord Landrake ja überzeugen, dass Matty Hilfe benötigte.

«Das ist auch ein Grund, weshalb ich unbedingt aufs Internat will», fuhr Matty fort. «Dann käme ich endlich fort aus diesem Haus, von all den Sachen, die ich ständig sehe. Es macht mir keine Angst, zumindest nicht so richtig, aber ich wünschte doch, diese Leute würden endlich verschwinden.» Ihre Lippen zitterten, und Cleo merkte, dass sie erneut den Tränen nahe war.

«Im Internat gefällt es auch nicht jedem», sagte sie und bereute die Worte im selben Moment. Als sie selbst noch in

Mattys Alter war, hatten solche Äußerungen von Erwachsenen sie immer entsetzlich geärgert.

Matty richtete sich auf und musterte sie abwägend. «Das würde ich aber gern selbst herausfinden. Warst du in einem Internat?»

«Ja, das war ich. Und um deine Frage vorwegzunehmen: Es hat mir dort sehr gut gefallen.»

In Mattys Augen glomm ein Funken Respekt auf. «Das hätte jetzt sicher nicht jeder gesagt. Die meisten Leute lügen, weil sie einen dazu bringen wollen, so zu denken, wie man soll. Sie glauben, dass dann alles besser wird. Auf welchem Internat warst du denn? Ich habe Prospekte von allen Mädcheninternaten, ich habe überall hingeschrieben und mich als meine Mutter ausgegeben. Überall hin, nur nicht an die Schule, wo Tissy war.»

«Und warum nicht an die?»

«Eigentlich darf ich das gar nicht wissen, aber man hat Vater damals gebeten, sie von der Schule zu nehmen. Angeblich unterhielt sie eine unschickliche Beziehung. Vermutlich heißt das, dass sie den Gärtner geküsst hat. Wegen so was wird man doch ständig der Schule verwiesen, oder nicht?»

«Ich kann mich nicht erinnern, dass zu meiner Zeit auf dem Internat irgendein Mädchen der Schule verwiesen worden wäre», sagte Cleo und hatte erneut das Gefühl, Matty nicht recht beikommen zu können.

«Sehr wahrscheinlich ist das auch nicht. Ich kann mir kaum vorstellen, dass Tissy irgendwen küsst. Sie mag keine Männer. Ich glaube, ich werde auch nicht heiraten. Wusstest du, dass Männer da unten ganz haarig sind?»

Cleo fehlten die Worte. Das Gespräch, das zuvor schon

recht absonderlich gewesen war, drohte völlig aus dem Ruder zu laufen. Sie holte tief Luft. «Manche Männer sind tatsächlich am ganzen Körper recht behaart», bemerkte sie möglichst beiläufig und fragte dann weiter, weil es sie doch interessierte, wie Matty an diese Information gekommen war: «Woher weißt du denn, wie Männer nackt aussehen? Ist das einfach nur Gerede unter Mädchen?»

Ein weiterer böser Blick. «Ich habe doch gar keine Mädchen zum Reden. Sobald man mit Jane Latimer mal über etwas Vernünftiges reden will, fängt sie immer gleich an zu weinen und behauptet, das sei alles ekelhaft, sie wolle nichts davon hören. Als ich ihr erzählt habe, wie das alles ist mit dem Sex und der Aufklärung, da hat mir ihre Mutter den Mund mit Seife ausgewaschen. Aber natürlich habe ich schon nackte Männer gesehen. Esmond sonnt sich immer oben auf dem flachen Dach, von Jens Zimmer aus kann man das ganz genau sehen. Sie mag es nicht und zieht die Vorhänge zu, aber manchmal schleiche ich mich hoch und beobachte ihn. Lancelot sonnt sich da auch oft, er ist noch viel haariger als Esmond.»

«Wenn man erwachsen ist, machen einem die Haare nicht mehr so viel aus», sagte Cleo.

«Hattest du denn schon viele Liebhaber, so wie Philippa?»

Cleo ging zu Mattys Sessel hinüber und hockte sich neben sie. «Matty, du bist kein kleines Mädchen mehr, und ich gebe dir jetzt mal einen guten Rat. Frag nie eine Frau danach, ob sie mit einem bestimmten Mann im Bett war oder ob sie schon viele Liebhaber hatte. Das ist ausgesprochen ungehörig. Manchmal sprechen Frauen mit ihrer besten Freundin darüber, doch selbst unter engen Freunden ist das eine Frage, die man sich einfach nicht stellt.»

Matty musterte sie interessiert. «Und warum nicht?»

«Manche Dinge sind eben sehr privat. Glaub mir.»

Doch das Thema Liebhaber schien das Mädchen schon nicht mehr zu interessieren. Cleo hatte den Eindruck, als habe Matty damit nur testen wollen, wie leicht Cleo zu schockieren war. Jetzt kehrte sie wieder zu der Frage zurück, die sie am allermeisten beschäftigte: dem Internat.

«Wenn Mummy noch am Leben wäre, hätte sie mich bestimmt aufs Internat gehen lassen. Ich wünschte wirklich, sie wäre nicht gestorben. Großmutter hat gesagt, es läge ein Fluch auf der Familie, weil so viele hintereinander gestorben sind. Ich wünschte, Vater wäre tot und nicht Mummy.»

Jetzt konnte Matty sich nicht mehr beherrschen. Ihr Gesicht verzog sich zum Weinen, sie griff nach dem Taschentuch, das Cleo ihr in den Schoß gelegt hatte, und rannte mit einem erstickten Schluchzen aus dem Zimmer.

Cleo ließ sich in den Sessel sinken. Doch, Matty brauchte ganz sicher eine Psychoanalyse. Wo würde so ein Kopf voller Menschen, die gar nicht existierten, sie sonst noch hinführen? Dann richtete Cleo sich wieder auf. Ihr war klar, dass sie sich nur über Matty amüsierte, weil sie selbst das verstörende Gefühl nicht loswurde, dass die Vergangenheit in die Gegenwart eindrang. Wenn das einem Mädchen wie Matty geschah, das in diesem Haus aufwuchs, wo seine Ahnen seit dreieinhalb Jahrhunderten lebten, ging das ja noch an. Aber was war mit Cleos eigener schwacher Wahrnehmung unsichtbarer Präsenzen? Vielleicht sollte statt Matty lieber sie einen Psychoanalytiker aufsuchen.

Samstagnachmittag (1934/1919)

1

Fitz erwartete Cleo auf der Terrasse, und sie gingen gemeinsam zu den Stallungen hinüber. Der klassische Bau lag ein Stück hinter dem Haupthaus: eine eindrucksvolle Anlage mit einem Rundbogen, der auf einen kopfsteingepflasterten Hof führte, sowie dem traditionellen Uhrenturm. Die Hälfte der Ställe war inzwischen zu Garagen umgebaut worden, und durch die halboffenen Boxentüren schauten ihnen nur wenige Pferde entgegen.

«Es gibt hier inzwischen nur noch ein Halbdutzend Pferde, einen Pferdewirt und einen Stallburschen», erklärte Fitz. «Ursprünglich boten diese Stallungen natürlich Platz für mehrere Dutzend, darunter nicht nur viele Jagd- und Reittiere, sondern auch Kutschpferde.»

Ein kleiner o-beiniger Mann in lederner Reithose kam auf sie zu und legte zum Gruß einen Finger an die Stirn.

«Das ist Trewin, Jerrys Stallmeister», stellte Fitz ihn vor. «Grüß Sie, Trewin. Ich reite den Rappschimmel, und ich schlage vor, Miss Otway geben wir Delilah.» Er wandte sich zu Cleo um. «Das ist eine Araberstute, die Jerry Ihrer Mutter geschenkt hat.»

Ihre Mutter und ein Pferd? Soweit Cleo informiert war, wusste ihre Mutter bei Pferden kaum, wo vorne und hinten war, und hatte nie das Verlangen bekundet, reiten zu lernen, geschweige denn, dass sie tatsächlich einmal im Sattel gesessen hätte. Cleo selbst hatte bei den Eltern ihrer Wohnungsgenossin in Surrey Reiten gelernt. Und während ihr jetzt der lebendige Duft nach Pferden, Heu und Leder in die Nase stieg, war sie heilfroh darüber, Reithose, Stiefel und eine äußerst vorteilhaft geschnittene Reitjacke eingepackt zu haben, die bei Joulbert für eine Kundin angefertigt, aber nie abgeholt worden war. Ihre Reitkappe hatte sie auf dem Zimmer gelassen, weil sie an einem so warmen Tag lieber ohne Kopfbedeckung ritt.

Der Stallmeister führte eine elegante Stute mit langer Mähne heran, die über den hoch angesetzten Schwanz, die gewölbte Nase, den klugen Blick und den kleinen Kopf eines echten Araberpferdes verfügte.

«Eigentlich wollte ich Mylady ein paar Reitstunden geben», sagte er. «Aber sie meint, wir sollten noch ein Weilchen damit warten, im Augenblick wäre ihr nicht nach Reiten zumute. Wahrscheinlich hat sie Angst, ist ja auch nicht mehr ganz so leicht – bitte sehr um Entschuldigung, Miss –, in ihrem Alter noch das Reiten anzufangen. Aber die hier wird Ihnen keinen Ärger machen, ist ja selbst eine echte Lady und lammfromm, das kann ich Ihnen versprechen.»

Während der Mann die Stute aufzäumte, folgte Cleo Fitz in die Sattelkammer. Es war ruhig und friedlich dort, ein Ort, an dem man förmlich die Hand ausstrecken und die vergangenen Jahrhunderte berühren konnte. An diesen Holzhaken mussten bereits seit Generationen Ledersättel verschiedenster Machart befestigt gewesen sein. Direkt über Cleos Kopf hing ein Damensattel, und Fitz sagte: «Der hat meiner Schwester gehört. Sie ritt immer nur im Damensitz, weil sie fand, dass Reithosen Frauen einfach nicht stehen. Für sie traf das durchaus zu: Sie sah im Reitkleid hinreißend aus, der lange Rock schmeichelte ihr. In Wahrheit war sie aber wohl einfach keine allzu gute Reiterin und wusste, dass ein Damensattel sicherer war. Ich glaube, damit ist es praktisch unmöglich, vom Pferd zu fallen.»

Mit einem Sattel unter dem Arm ging er wieder auf den Hof zurück und öffnete die Tür einer Box. Drinnen ließ er den Sattel auf den Rücken eines Rappschimmels gleiten und brachte Zaumzeug und Halfter an. Schließlich gab er dem Pferd einen freundschaftlichen Klaps auf den Bauch, zog den Sattelgurt fest und führte es auf den Hof hinaus. Trewin hatte unterdessen Cleo in den Sattel geholfen und brachte die Steigbügelriemen auf die richtige Länge.

«Sie müssen sie mit Trense reiten, Miss, ihr Maul ist nämlich recht empfindlich.»

Cleo begriff, dass er ihr damit höflich zu verstehen geben wollte, vorsichtig zu sein und die Stute nicht versehentlich am Maul zu verletzen. «Seien Sie ganz unbesorgt, ich werde keinen zu starken Zug ausüben.»

Im Schritttempo verließen sie den Hof, die Hufe der Pferde klapperten über das Kopfsteinpflaster. Sie ritten langsam über einen Kiesweg zwischen zwei großen Gewächshäusern hindurch, die, wie Fitz Cleo erklärte, im neunzehnten Jahrhundert erbaut worden waren und bis heute genutzt wurden, um frühe oder empfindliche Blumen oder Nutzpflanzen zu züchten, und dann von dort aus weiter, durch ein Tor und auf einen Weg, der zu einem Fluss hinunterführte.

«Wir könnten den Hügel dort hochreiten und oben einen kleinen Galopp einlegen», schlug Fitz vor.

Cleo merkte, dass er sie im Auge behielt, und vermutete, dass er umgehend nach Delilahs Zügeln greifen würde, falls sich herausstellen sollte, dass sie das Pferd nicht bändigen konnte. Sie selbst war kein bisschen nervös, obwohl sie noch nie ein solches Pferd geritten hatte, das sich so fließend bewegte und so viel unterdrückte Energie und Kraft ausstrahlte. Die Stute war genau so leicht zu führen, wie der Stallmeister gesagt hatte, und als plötzlich und unvermittelt ein Vogel zwischen ihren Hufen aufflatterte, scheute sie nur leicht und tänzelte ein wenig.

Und tatsächlich: Fitz war auf der Stelle neben ihr und streckte bereits die Hand nach den Zügeln aus.

«Ich kann durchaus reiten», sagte Cleo. «Und ich habe auch nicht vor, mich abwerfen zu lassen. Sie sollten sich lieber um Ihr eigenes Pferd kümmern, das mir um einiges nervöser vorkommt als meines.»

Das traf den Kern, denn der Rappschimmel gehörte anscheinend zu den äußerst phantasiebegabten Tieren, die jedes Rascheln im Laub und jedes Geräusch aus der Umgebung als Zeichen drohender Gefahr deuteten.

Fitz lachte und tätschelte dem Pferd den Hals. «Das ist alles nur Spaß. Orest und ich sind alte Freunde. Er kann kein Wässerchen trüben.»

«Das ist aber ein ungewöhnlicher Name für ein Pferd.»

«Er hat ihn sich verdient, weil er ein kleiner Rabauke war und als Fohlen seine Mutter so böse getreten hat, dass es sie fast das Leben gekostet hätte. Kennen Sie die alten Griechen?»

«Das meinen Sie jetzt doch wohl nicht ernst? Ich kann kein Wort Griechisch und habe die Stücke auch nicht in Übersetzung gelesen. Allerdings habe ich viele davon auf der Bühne gesehen, und vor kurzem habe ich sogar die Masken für eine Inszenierung von *König Ödipus* im Criterion entworfen.»

Fitz' Interesse war geweckt, und als sie wieder bergab ritten, fragte er sie nach ihrer Arbeit. «Ich dachte, Sie wären im Büro tätig.»

«Das stimmt auch, aber eigentlich möchte ich Mode entwerfen. In der Modebranche habe ich noch keine Gelegenheit zur Mitarbeit gefunden, aber bei den Kostüm- und Maskenbildnern ist das anders. Als Tochter meiner Mutter habe ich viele Kontakte, und so betreibe ich das als kleinen Nebenerwerb, wann immer sich die Gelegenheit bietet.»

Cleo bereute die Worte, kaum dass sie sie ausgesprochen hatte. Sie wollte doch nichts von ihrer Arbeit erzählen, die gehörte schließlich zu ihrem Privatleben, ihrem Leben in London. Seltsam genug, dass sie Fitz überhaupt so viel erzählt hatte. Das zeugte von einem Vertrauen, das sie selbst überraschte. Herrje, sie kannte den Mann doch erst seit vierundzwanzig Stunden und behandelte ihn trotzdem schon wie einen alten Freund.

Der Weg führte zu einer seichten Stelle im Fluss, und sie platschten hindurch bis ans andere Ufer. «Immer kann man hier nicht durchwaten», sagte Fitz. «Wenn der Regen von den Bergen herunterkommt, sieht es völlig anders aus. Aber dieses Jahr war es ungewöhnlich trocken.»

Vor ihnen erstreckte sich ein einladend breiter, grasüberwachsener Weg, und sie kanterten den Hang hinauf bis ganz nach oben. Fitz brachte sein Pferd zum Stehen, und als Cleo neben ihm war, deutete er mit der Reitgerte über das Tal hinweg auf Landrake Hall. «Schauen Sie, von hier aus kann man das Haus von oben sehen. Man erkennt die E-Form des ursprünglichen elisabethanischen Hauses und die beiden angebauten hinteren Flügel.»

«Und welcher Flügel wird nicht mehr genutzt?»

«Der ganz im Norden. Er wurde im achtzehnten Jahrhundert hinzugefügt und ist seit ein paar Jahren außer Gebrauch. Im Krieg war er ein Genesungsheim für verwundete Soldaten, aber als das 1919 nicht mehr gebraucht wurde, hat man den ganzen Trakt geschlossen.»

«Das muss ja eine gewaltige Umstellung für die Männer gewesen sein, aus den französischen Schützengräben plötzlich hierherzukommen.»

«O ja, wobei die meisten der Verwundeten hier zur Marine gehörten. Jerrys Schwägerin Clemmie hat das Heim geleitet, mit bewundernswerter Effizienz übrigens. Es fehlte einem dort an nichts. Ich weiß, wovon ich rede, kurz vor Kriegsende bin ich nämlich selbst hier gelandet. Deshalb war ich auch noch im Haus, als …» Er unterbrach sich und schüttelte den Kopf, als ärgerte er sich über sich selbst.

«Als … was?», fragte Cleo.

«1919 war ein äußerst ereignisreiches Jahr für die Familie Landrake.» Mehr sagte Fitz nicht. Ohne ein weiteres Wort gab er seinem Pferd die Sporen und galoppierte in atemberaubendem Tempo den Weg entlang, der über die Kuppe des Hügels führte. Cleo tat es ihm gleich und genoss das magische Gefühl, eins mit der Stute zu werden. Sie spürte den Geruch nach Pferd und Leder, die frische Landluft und den fernen Salzgeruch des Meeres, hörte das Trommeln der Hufe auf dem Boden, und all das vereinigte sich zu einem einzigen zeitlosen Glücksgefühl.

Der Weg wurde schmaler, sie verlangsamten ihren Galopp und verfielen dann in einen leichten Trab, bis sie an ein Tor mit einem Zauntritt gelangten. Landrake Hall war ihren Blicken inzwischen ganz entzogen, und vor Cleos Augen breitete sich ein neues, unbekanntes Panorama aus. Einen Augenblick lang befürchtete sie, Fitz wolle mit seinem Pferd über das Tor setzen. Falls ja, würde sie es ihm ganz sicher nicht gleichtun.

Er warf ihr einen Blick zu, lenkte sein Pferd ganz dicht an das Tor und bückte sich, um den Riegel zu lösen. Dann wich er ein kleines Stück zurück, um das Tor aufzuhalten und Cleo hindurchreiten zu lassen. Er folgte ihr, zog das Tor hinter sich zu und verriegelte es wieder. Während sie im Schritttempo weiter dem schmalen Pfad folgten, der im Grunde nicht viel mehr als ein Trampelpfad war, erzählte Fitz, dass der Fluss, den sie eben durchquert hatten, ein Nebenarm des Tamar sei. Wieder deutete er mit der Reitgerte. «Der Viadukt dort drüben dient auch als Eisenbahnbrücke. Man sieht alle Züge, die nach St. Jermyn's einfahren.» Während sie noch hinüberschauten, ratterte wie aufs Stichwort drüben ein Zug in einer Wolke von Dampf auf den Viadukt, drosselte sein Tempo vor der Kurve, die in den Bahnhof führte, und kam schließlich am Bahnsteig zum Stehen.

«Von hier aus sieht er aus wie eine Modelleisenbahn», sagte Cleo.

«Das ist der Regionalzug. Der Zug aus London kommt

erst in einer Stunde und wird eine ganze Flut von Gästen ausspucken, die alle zu unserem Ball wollen. Wenn wir diesem Weg weiter folgen, können wir eine andere Strecke zurückreiten und sind in etwa zwanzig Minuten wieder in Landrake Hall.»

In einträchtigem Schweigen ritten sie weiter, obwohl Cleo sich immer noch fragte, was Fitz wohl über das Jahr 1919 hatte sagen wollen. Es war das Jahr, das Henry Latimer bei ihrem Gespräch in der Kirche so kummervoll Revue passieren ließ – das Jahr, in dem der Tod mit seiner Sense durch die Familie Landrake gefahren war.

Der Weg, den Fitz eingeschlagen hatte, führte an einem Bauernhof am Dorfrand von Trewithiel vorbei. Dort bogen sie auf die Straße ab, passierten die Kirche und folgten einem weiteren, steileren Pfad, der sie wieder zum Haus zurückführte. Auf halbem Weg bergan brachte Cleo ihr Pferd zum Stehen und sah über das Dorf hinweg zur Kirche hinunter, die dort unerschütterlich wie ein Fels inmitten von Grün stand. Plötzlich klang ihr helles, stimmungsvolles Glockengeläut in den Ohren, und sie neigte überrascht den Kopf.

«Weshalb schauen Sie denn so?» Fitz sah sie fragend an. «Was ist denn?»

«Ich höre Kirchenglocken.»

«Ich höre nichts», sagte Fitz. «Und das wäre um diese Tageszeit auch reichlich ungewöhnlich. Die Hochzeit ist bereits vorbei, die Abendandacht beginnt erst um fünf, und das Probeläuten findet, seit ich zurückdenken kann, immer dienstags statt.»

Cleo blinzelte verwirrt und schüttelte den Kopf, wie um den Klang aus ihren Ohren zu vertreiben. «Seltsam, ich könnte schwören, dass ich Glocken gehört habe. Aber wahrscheinlich habe ich mir das nur eingebildet. Manchmal klingen einem Töne ja noch im Kopf nach, kennen Sie das nicht auch? So wie Musik, die man manchmal auch nach dem Konzert noch in der Stille der Nacht hört, wenn man ganz darauf konzentriert war. Ich hatte gestern Abend schon den Eindruck, Glocken zu hören, als wir zum Essen gegangen sind. Im Salon.» Sie brach ab. Gern hätte sie Fitz das verstörende Gesicht vom Abend zuvor anvertraut und wagte es doch nicht, weil es ihr lächerlich vorkam.

«Haben Sie nur die Glocken gehört? Oder haben Sie vielleicht auch etwas gesehen?» Fitz' Ton war so schroff, dass Cleo zusammenfuhr. Er schüttelte entschuldigend den Kopf. «Verzeihen Sie, ich wollte nicht barsch klingen. Ich hoffe einfach nur, dass das Haus Sie nicht ähnlich affiziert wie Henrietta.»

Cleo sah ihn geradeheraus an. «Das würde doch gar keine Rolle spielen. Ihre Schwester hat hier gelebt, genau wie Matty. Ich bin nur für ein paar Tage zu Gast.»

«Also? Haben Sie nur die Glocken gehört, oder war da noch mehr?»

Nun gut, wenn er es unbedingt wissen wollte, würde sie es ihm sagen. Was machte es schon aus, wenn er sie für verrückt hielt? «Ich glaubte, Sie zu sehen, in der Zimmerecke. Sie waren viel jünger als jetzt, noch kaum erwachsen. Und Sie wirkten bleich und ausgemergelt, als wären Sie lange krank gewesen. Sie lauschten den Glocken ebenfalls.» Dann fuhr sie mit plötzlicher Hellsicht fort: «Sie hatten ein Glas in der Hand, das Sie hochhielten, um damit anzustoßen. Alle Anwesenden tranken, doch dann …» Sie unterbrach sich. «Dann verschwamm alles. Die Leute stritten. Es war nur ein kurzer Eindruck, nichts weiter», beeilte sie sich zu versichern. «Bei all den vielen Ahnenporträts muss man ja den Eindruck gewinnen, das Haus habe mehr Bewohner als in Wirklichkeit.»

Fitz blickte ein paar Sekunden lang sinnend vor sich hin, dann zog er die Beine aus den Steigbügeln und glitt vom Pferd. Er führte das Tier zu einer rustikalen Bank, die ein Stück vom Weg entfernt stand, band es dort fest und wartete, bis Cleo ebenfalls abgestiegen war. Die Pferde begannen zu grasen. Cleo zögerte nur kurz, dann folgte sie ihm und setzte sich zu ihm auf die Bank. Er saß etwas seitlich, die langen Beine von sich gestreckt, und betrachtete die Spitzen seiner blankpolierten Stiefel.

«Haben Sie einen Augenblick Zeit?», fragte er mit völlig unangebrachter Höflichkeit. Glaubte er etwa, sie würde gleich wieder in den Sattel springen und davongaloppieren?

Dann warf er einen Blick auf seine Armbanduhr. «Sie brauchen sicher genügend Zeit, um sich für den Abend fertig zu machen, aber noch ist es früh genug, nicht wahr? Ich würde Ihnen gern etwas erzählen, was hier auf Landrake Hall im Jahr 1919 geschehen ist. Als die Glocken läuteten. Womöglich haben Sie aus einem Grund, den keiner von uns begreift, einen Blick in die Vergangenheit geworfen. Der Himmel weiß, warum, und im Grunde interessiert mich das auch nicht weiter; es ist nur einfach ein kurioses Zusammentreffen, nachdem ich eben, oben auf dem Hügel, selbst an die Geschehnisse von 1919 denken musste. Sonst versuche ich immer, möglichst nicht an dieses Jahr zu denken, weil ich mich jedes Mal frage, ob nicht … Nun, manches hätte sicher anders verlaufen können, aber es war nun einmal so, wie es war. Jedenfalls …» Sein Ton wurde plötzlich sehr förmlich. «Mir scheint, es ist an der Zeit, dass Sie doch etwas über die Familiengeschichte erfahren.»

Am liebsten hätte Cleo das Gespräch gleich an dieser Stelle beendet, ihn unterbrochen – «Nein, kein Wort mehr!» – oder sich beide Ohren zugehalten und laut gerufen: «Ich höre Ihnen gar nicht zu!» Sie wollte nichts wissen, sie interessierte sich nur für die Gegenwart, nicht für die Vergangenheit. Doch die eindringlichen Worte ihrer Mutter vom Tag zuvor konnte sie auch nicht einfach vergessen. Es war etwas faul in diesem friedlichen Winkel Englands. Und obwohl es so ganz und gar nicht zu Cleos selbstgewählter Beobachterrolle passte, in das Leben und die Geschichte anderer Menschen hineingezogen zu werden, spürte sie doch, dass Fitz etwas loswerden musste … Nur was? Das Gemälde im Salon, ihr Gespräch mit dem Pfarrer am Mittag – was war damals bloß auf Landrake passiert? Als sie tags zuvor den großen Torbogen durchquerten, hatte Cleo an Hamlet und Schloss Helsingör denken müssen und damit offenbar gar nicht so falsch gelegen. Hier auf Landrake Hall war die Zeit aus den Fugen. Cleo schob die Hände in die Taschen ihrer Reithose und nahm sich selbst zurück. Hör ihm zu, sagte sie sich. Hör dir einfach nur an, was er zu sagen hat.

Fitz sprach mit gedämpfter Stimme. Es kostete ihn sichtlich Mühe, all die Erinnerungen wieder hervorzukramen, die er in den Tiefen seiner Gedanken verborgen hatte, und Cleo merkte, dass er eigentlich mehr zu sich selbst sprach als zu ihr. «Die Glocken läuteten, weil das neue Jahr bevorstand. 1918 war zu Ende gegangen, und 1919 begann. Sie erklangen zum Ende des Silvestergottesdienstes, um das alte Jahr zu beenden und das neue einzuläuten.»

2

Silvester 1918

Es war ein stürmischer Abend. Hin und wieder zeigte sich eine schmale Mondsichel zwischen den vorbeihastenden Wolken am Himmel. Draußen war es bitterkalt, und die Bauern von Trewithiel kannten das örtliche Wetter und seine Kapriolen gut genug, um zu ahnen, dass es bald schneien würde.

In Friedenszeiten lebten in Trewithiel annähernd dreihundert Seelen, doch der Krieg hatte seinen Tribut gefordert. Jetzt waren nahezu alle verbliebenen Dorfbewohner auf dem Weg zur Kirche, um in der Mitternachtsmette das neue Jahr zu begrüßen. Allerdings füllten sie längst nicht so viele Bänke wie fünf Jahre zuvor, als die Glocken das Schicksalsjahr 1914 eingeläutet hatten, ein Jahr, das im Frieden begann und mit Krieg und Blutvergießen endete. Die glücklicheren unter den Familien warteten darauf, dass ihre Söhne aus dem Kriegsdienst entlassen wurden und nach Hause kommen durften, doch nicht wenige trauerten um die Männer, die nie mehr in das beschauliche kornische Dorf zurückkehren würden.

Trotz alledem waren auch einige junge Männer anwesend – junge Männer in Uniform, die sich schweigend in den hinteren Bänken der alten Kirche niederließen. Sie waren von Landrake Hall heruntergekommen, das während des Krieges in ein Genesungsheim umgewandelt worden war. Viele von ihnen waren bleich, und ihr leerer Blick sprach von einem tiefsitzenden Schock, andere waren so schwer verwundet, dass sie sich kaum auf den Beinen halten konnten und auf Stöcke und Krücken angewiesen waren, und wieder andere hatten den Weg vom Hügel herab im Rollstuhl zurückgelegt, von munteren Krankenschwestern in Mantel und weißem Häubchen über den gefrorenen Boden geschoben.

Im hinteren Teil der Kirche entstand plötzlich ein kleineres Durcheinander, dann öffnete sich das Portal erneut, und inmitten eines Schwalls kalter Luft, der die Seiten der Gebetbücher aufblätterte, trat, hoch aufgerichtet und unverzagt, die verwitwete Lady Landrake in die Kirche. Sie blieb vor einer der hinteren Bänke stehen und machte Fitz ein Zeichen, der die viel zu große Uniform eines Leutnants der Königlichen Marine trug.

«Ich bin heute Abend als einzige Vertreterin der Familie hier. Komm und setz dich zu mir.»

Die Oberschwester, die in ihrer strengen weißen Tracht am anderen Ende der Kirchenbank saß, nickte Fitz zu und erhob sich, um ihn vorbeizulassen. Er reichte der Witwe den Arm und führte sie nach vorn, zur Familienbank der Landrakes. Dann legte er ihr das Kniekissen zurecht und half ihr beim Niederknien, und nach einigen Minuten des stillen Gebets – zu welchem Gott?, fragte er sich – richtete sie sich wieder auf und lehnte sich in der Bank zurück.

Die Kirche wurde von Öllampen und Kerzen erhellt. Der

alte Ofen war zwar gut bestückt worden, dennoch war es eisigkalt in der Kirche, und die Dorfbewohner saßen mit steinernen Mienen und roten Wangen zusammengedrängt und in Mäntel und Hüte eingemummt auf ihren Plätzen. Ein Kind begann, im Arm seiner Mutter zu greinen, wurde aber rasch wieder in den Schlaf gewiegt.

Aus dem hinteren Teil der Kirche erklangen noch andere Geräusche: ein Räuspern, Stiefelabsätze auf Steinfliesen, und gleich darauf erwachte die Orgel schnaufend zum Leben. Sieben Jungen und Mädchen, fast schon unnatürlich sauber und adrett in ihren roten Roben mit den weißen Chorhemden darüber, schritten dem Pfarrer voran durch den Mittelgang und intonierten das Eingangslied.

Hochwürden Henry Latimer war eben erst zu seiner Gemeinde zurückgekehrt, nachdem er während des Krieges als Militärgeistlicher im Einsatz gewesen war, und Fitz war erschrocken, wie diese wenigen Jahre den Mann verändert hatten. Vor vier Jahren war er noch ein rosiger, gutgelaunter, fröhlicher Pfarrer gewesen. Sein Amt schien ihn kein bisschen zu belasten, und er taufte, verheiratete und beerdigte seine Schäfchen mit einer Güte und Heiterkeit, von der nun keine Spur mehr in seiner Miene zu finden war.

Jene Jahre, als das England, in dem Fitz groß geworden war, in scheinbar unendlichem Frieden und Wohlstand zu existieren schien, waren wie ein goldenes Zeitalter. Der August des Jahres 1914 hatte alldem ein so jähes Ende gesetzt, als hätte irgendeine heidnische Gottheit die Seiten der Geschichtsbücher mit ihrem erbarmungslosen Scherenblatt durchtrennt.

Henry Latimer war braungebrannt von der Zeit, die er in heißeren Klimazonen verbracht hatte, und in seinem Blick lag jene brüchige Müdigkeit, die Fitz selbst nur allzu gut kannte. Es war der Blick eines Mannes, der Dinge jenseits jeden menschlichen Vorstellungsvermögens mitansehen musste und Tag für Tag ein Grauen erlebt hatte, das zu erleben man selbst seinem ärgsten Feind nicht wünschen würde.

Hochwürden Latimer war von Grund auf verändert, als hätte man alle Heiterkeit aus ihm herausgeprügelt. Fitz überlegte, wie es ihm wohl damit gehen mochte, zu seiner Kirche und seiner Gemeinde in diesem friedlichen Winkel Cornwalls zurückzukehren und sich wiederum dem Alltag als Künder von Gottes Wort zu widmen.

Wie war es ihm gelungen, sich seinen Glauben zu erhalten? Hatte er ihn sich überhaupt erhalten, oder würde er für den Rest seines Lebens als Geistlicher einer jener Pfarrer werden, die die Gesten und Worte einfach abspulten und nur noch schmerzende Leere dort empfanden, wo einst Gott ihren Geist beherrschte?

«Ich habe dich nicht gebeten, dich zu mir zu setzen, damit du dreinschaust wie drei Tage Regenwetter», zischte die Witwe Fitz zu. «Immerhin habe ich mit großer Wahrscheinlichkeit einen Sohn verloren, und meine Familie bricht vor meinen Augen auseinander, und trotzdem trage ich hier keine Trauermiene zur Schau.»

Fitz musste grinsen. «Tut mir leid», flüsterte er zurück, während sich die Gemeinde erhob, um das erste Lied zu singen.

«Such mir die richtige Stelle im Gesangbuch, und hör

endlich auf, dich selbst und Henry zu bemitleiden. Seine Seele und sein Gewissen sind seine Sache, nicht deine.»

Während er in das Lied einstimmte, fragte Fitz sich zum wiederholten Mal, woher die Witwe eigentlich ihre unheimliche Fähigkeit nahm, fast immer ganz genau zu wissen, was andere Leute dachten.

Die Müdigkeit lag nicht nur in Henry Latimers Blick, sie schien auf der ganzen Gemeinde zu lasten. Und doch gab es auch Hoffnung in diesem kurzen Gottesdienst des Dankes und der Erneuerung, der sowohl den glücklichen Ausgang des Krieges vor wenigen Wochen feierte als auch den Ausklang des Jahres. Die Worte, mit denen Henry Latimer mit ernster Stimme das neue Jahr willkommen hieß, schienen die Tore zu einer besseren Zukunft aufzustoßen.

Schlag Mitternacht, als das Jahr 1919 begann, ließen die Glocken im Turm über allen Köpfen erneut ihr helles Läuten hören, und Fitz musste an die Zeilen aus Lord Tennysons Gedicht *In Memoriam* denken, deren glockengleicher Rhythmus ihm noch aus der Schulzeit im Ohr war:

Klingt, wilde Glocken, läutet auf! …
Hinaus das alte, und herein
Das neue läutet durch den Schnee:
Es geht das alte Jahr, es geh;
Das falsche aus, das echte ein.

Als der Pfarrer mit seinem kleinen Chor wieder durch den Mittelgang verschwunden war, blieben alle auf ihren Plätzen, bis die Witwe langsamen Schrittes und auf Fitz' Arm gestützt (ob sie eine Vorstellung davon hatte, wie viel Schmerzen ihm das bereitete?) zum Kirchenportal gegangen war. Die Frauen knicksten, als sie vorbeiging. Im ganzen

Dorf gab es niemanden, den sie nicht gekannt hätte, und, wie Fitz vermutete, auch niemanden, der sie nicht zumindest widerstrebend respektierte. Sie flößte einfach Respekt ein und mitunter auch echte Angst, denn die Witwe kannte die Sünden und Schwächen sämtlicher Dorfbewohner.

Henry empfing sie draußen vor dem Kirchentor, und sein weißes Messgewand flatterte im Wind. Er küsste die Witwe auf beide Wangen und hielt Fitz die Hand hin, zog sie dann aber mit einem dünnen Lächeln wieder zurück, weil er sich erinnerte: «Richtig, Sie sollen ja noch keine Hände schütteln.»

Fitz war im Sommer 1918 verwundet worden, drei Monate vor Kriegsende. 1915 hatte man ihn eingezogen, und in der Folge hatte er großes Glück gehabt: Nicht den kleinsten Kratzer hatte er abbekommen, bis auf die lange Streifwunde am Unterarm, als sein Kriegsschiff unter Granatbeschuss geriet. Die Wunde an sich war nicht weiter gefährlich, doch in der ungesunden, fliegenverpesteten Umgebung des griechischen Militärhospitals hatte sie zu eitern begonnen und war nicht richtig verheilt. Fitz, der sich von Schnitt- und ähnlichen Wunden bis dahin immer rasch und ohne Komplikationen erholt hatte, war fuchsteufelswild darüber. Er wurde nach England zurückgeschickt und konnte sich noch glücklich schätzen, seinen Arm überhaupt behalten zu haben. Als er bereits auf dem Weg der Besserung war, erkrankte er unversehens an den für sein Alter nicht eben typischen Windpocken und landete schließlich mit einer Lungenentzündung im Krankenhaus.

Danach wurde er für untauglich befunden, weiter bei der Armee zu bleiben; stattdessen wurde ihm eine Rekonvaleszenzzeit verordnet. Sein Vater, einflussreicher Zeitungsbesitzer mit Freunden an den richtigen Stellen, nahm die Dinge in die Hand und sorgte dafür, dass Fitz seinen Genesungsurlaub auf Landrake Hall verbringen konnte.

Bei einem der wenigen Besuche, die er seinem Sohn im Krankenhaus abstattete, hatte Fitz' Vater ihn mit scharfem, besorgtem Blick unter buschigen Brauen hervor gemustert. «Es wird das Beste sein, wenn du an einen vertrauten Ort kommst, das kann dir nur guttun. Manche dieser Heime sind äußerst trostlose Einrichtungen, und in Zeiten wie diesen zählt doch vor allem die Nähe zur Familie.»

«Ich will überhaupt nicht ins Genesungsheim, ganz gleich, wo es ist», hielt Fitz dagegen. «Wenn die Nähe zur Familie so viel zählt, warum kann ich dann nicht einfach hier in London bleiben?»

«Der Arzt sagt, du brauchst Ruhe und Erholung. Und außerdem Seeluft, der Nebel hier in London ist Gift für einen jungen Mann, der auf seine Lungen achten muss. Du kennst Landrake Hall, das ist etwas völlig anderes, als wenn man dich nach Yorkshire oder auf die Isle of Wight schicken würde, und nach allem, was ich höre, ist es ein sehr gut geführtes Heim mit einer exzellenten Oberschwester. Henrietta wirst du kaum zu Gesicht bekommen, sie hält sich in letzter Zeit herzlich selten dort auf, aber du könntest für mich ein Auge darauf haben, was Clemmie Landrake im Schilde führt.»

«Ich werde auf keinen Fall nach Landrake gehen, um der Familie nachzuspionieren», protestierte Fitz.

«Red keinen Unsinn. Es geht dabei nicht ums Spionieren, sondern darum, die Interessen deiner Schwester zu wahren.

Falls Landrake tatsächlich tot ist, was immer wahrscheinlicher wird … und übrigens auch noch seine eigene Schuld ist, was musste er auch an diesem hirnrissigen Einsatz teilnehmen? … Falls er also tot ist, so ist es meine Pflicht, dafür zu sorgen, dass Henrietta und die Mädchen bekommen, was ihnen zusteht. Du bist ihr Bruder, also stehst auch du in der Pflicht. Ich habe einige Gerüchte gehört, die Lady Clemmie und diesen Vetter betreffen, und was ich da höre, gefällt mir ganz und gar nicht.»

Mehr sagte sein Vater nicht, und Fitz war pflichtschuldigst nach Landrake Hall aufgebrochen. Dort wurde ihm, trotz seiner eben erst einundzwanzig Jahre, rasch klar, dass Clemmies Verhältnis zu Felix Gothard mehr war als nur eine enge verwandtschaftliche Beziehung. Sie verhielt sich äußerst diskret, und alle anderen im Haus waren nach den Mühsalen der Kriegsjahre viel zu erschöpft und viel zu beschäftigt, um zu begreifen, was da vor sich ging. Sie kannten Lady Clementine als unermüdliche, energische Frau, die sich gleichbleibend tüchtig um den hauseigenen Hof und den Landbesitz kümmerte. Der Haushalt lief unter ihrer Führung wie ein Uhrwerk, trotz des recht ausgedünnten Personals, das vor allem aus Leuten bestand, die entweder noch zu jung oder schon zu alt waren, um den Dienst an der Waffe zu leisten oder (im Fall der jungen Frauen) in den Fabriken zu arbeiten. Doch weder diese noch die zusätzlichen Verpflichtungen durch das Genesungsheim im Haus, das Clemmie überdies selbst initiiert, finanziert und ausgestattet hatte, schienen sie übermäßig zu belasten.

Fitz, dem die Jahre im Kriegsdienst und die lange Krankheit eine seinem Alter kaum entsprechende Menschenkenntnis beschert hatten, merkte rasch, dass Clemmie ihren Ehemann Philip Landrake nie mit derselben Wärme im Blick angesehen hatte, mit der sie Felix Gothard betrachtete. Es war sogar mehr als Wärme: Es war ungeschminkte Leidenschaft. Felix seinerseits blieb der reservierte englische Gentleman aus der Oberschicht, dessen Worte und Verhalten nichts erahnen ließen.

Clemmies Sohn Esmond, ein launischer, schwieriger Junge, war auf dem Internat. Fitz fragte sich, wie er wohl mit der dauerhaften Abwesenheit seines Vaters zurechtkam, die erst durch den Kriegsdienst und nun, seit dem Waffenstillstand, durch weitere militärische Verpflichtungen in Frankreich bedingt war. Und wie empfand Esmond die Tatsache, dass Gothard Landrake Hall im Grunde zu seinem ständigen Wohnsitz gemacht hatte?

Man konnte Gothard keinen Vorwurf daraus machen, dass er selbst nicht ins Kriegsgetümmel gezogen war. Er war so alt wie Lord Landrake, war aber wegen seiner schlechten Augen für den aktiven Dienst an der Waffe als untauglich befunden worden. Das Monokel, das er ständig trug, war keine Allüre, sondern schlichte Notwendigkeit, weil er nach einer schweren Masernerkrankung als Kind auf einem Auge schlecht sah und auf dem anderen praktisch blind war.

Jetzt war Fitz erstaunt, ihn nicht hier beim Silvestergottesdienst zu sehen. Clemmie, das wusste er, setzte seit dem grauenvollen Tag, an dem sie ihre sechsjährige Tochter begraben hatte, keinen Fuß mehr in die Kirche, doch Felix, der stets den tadellosen Gentleman herauskehrte, empfand es als ganz normal und natürlich, allwöchentlich zur Sonntagsmesse zu gehen. Vermutlich hatte Clemmie ihm verboten, an der Mitternachtsmette teilzunehmen, und angesichts ihrer Stimmung in letzter Zeit erschien es ihm wohl geboten, sich ihren Wünschen zu beugen.

Draußen vor der Kirche wartete bereits der Wagen auf die Witwe, und sie schien ganz selbstverständlich davon auszugehen, dass Fitz sie begleiten würde.

«Ich sollte aber mit den anderen Männern zurückgehen», protestierte er.

«Nein, heute Nacht ist dein Platz in Landrake Hall, nicht im Genesungstrakt. Wo steckt denn wieder diese Oberschwester?» Als jene gleich darauf in ihren Mantel gehüllt aus der Kirche trat, winkte die Witwe sie herrisch zu sich heran. «Leutnant Falconer fährt mit mir zum Haus zurück, Schwester.»

Im Salon hatte sich der Rest der Familie Landrake beim Champagner versammelt. Es herrschte keine rechte Feierstimmung; von der Freude und dem Überschwang, wie man sie von Silvesterabenden aus der Vorkriegszeit kannte, war nichts zu spüren. Die Familie Bosworth war vom Schloss herübergekommen, und Fitz spürte, dass die vier aufreibenden letzten Jahre anscheinend selbst Jonathan Bosworths überbordende Energie gedämpft hatten.

Jonathan hatte einen Gast mitgebracht, Mrs Leonie Howard, die seit einiger Zeit bei ihm auf Bosworth Castle weilte. Fitz fand sie reizend und bewunderte sie für die stille Würde, mit der sie der Missgunst einer noch sehr von moralischer Prüderie erfüllten Dorfgemeinschaft trotzte.

Was aber mochte Lancelot, der genau so alt war wie Esmond, über Mrs Howards Rolle im Leben seines Vaters denken? Sie schien sowohl mit Lancelot als auch mit Hector bestens zurechtzukommen, und Jonathans Scheidung lag immerhin bereits fünf Jahre zurück. Nach allem, was man hörte, unterhielt er zu seiner geschiedenen Frau weiterhin freundschaftliche Beziehungen. Fitz hatte Bosworth immer für seine angeborene Freundlichkeit geschätzt und bewunderte diese einzigartige Mischung aus liebenswürdigem Verhalten und Unerbittlichkeit.

Die Witwe winkte Jonathan Bosworth zu sich. Sie saß kerzengerade auf einem Sofa, und ihr Blick wanderte zu Lancelot Bosworth und Esmond hinüber, die nebeneinander auf der Fensterbank saßen, jeder ein Glas Champagner in der Hand. Sie waren von Kindesbeinen an befreundet und in den Schulferien absolut unzertrennlich.

«Wie auch im Internat», sagte Lady Landrake jetzt mit strenger Stimme zu Jonathan Bosworth. «Sie sind sogar im selben Haus untergebracht. Das war ein Fehler, Sie hätten dafür sorgen sollen, dass sie getrennt werden. Ich habe das auch schon zu Clemmie gesagt, doch sie hat sich nicht darum gekümmert, und Philip war viel zu sehr damit beschäftigt, sein Regiment über die Berge in den Schützengraben zu führen, um auch nur einen Gedanken an seinen Sohn zu verschwenden.»

«Esmond schließt nur schwer Freundschaften. Mit Lancelot hat er zumindest einen Verbündeten in seinem Haus.»

«Der Junge hängt viel zu sehr am Rockzipfel seiner Mutter. Man schickt die Knaben doch gerade aufs Internat, um diese enge Bindung zu durchbrechen. Für Esmond kam dieser Krieg zum völlig falschen Zeitpunkt: Er ist zu jung, um selbst zu kämpfen, und wächst in einer Zeit ohne Vater auf, in der er diesen Einfluss dringend gebraucht hätte. Jetzt fängt er bereits an, über seine Mutter zu urteilen. Wäre Philip hier, so wäre das alles niemals passiert. Aber er bringt es ja nicht einmal fertig, seinen Fronturlaub auf Landrake zu verbringen, da ist er genauso selbstsüchtig wie eh und je. Wann werden Sie Mrs Howard denn zu einer ehrbaren Frau machen?»

Jonathan Bosworth war an die unverblümte Art der Witwe gewöhnt, doch das brachte ihn ein wenig aus dem Konzept. «Mrs Howard ist bereits verheiratet.»

«Dann sollte sie nicht länger als nötig bei Ihnen auf dem Schloss bleiben. Die Leute fangen schon an zu reden.»

«Sollen sie doch. Leonie ist ihrem Mann längst entfremdet, aber sie können sich unmöglich scheiden lassen. Sie sind beide katholisch.»

«Katholisch!» Lady Landrakes Stimme troff vor Verachtung. «Dann hätte sie wohl besser gar nicht erst geheiratet, wenn sie sich nicht in der Lage sieht, das durchzustehen.»

«Ihr Mann ist ein Unmensch. Sie konnte nicht bei ihm bleiben.»

Ein weiterer direkter Blick. «Manche Frauen tun auch das. Sagen Sie ihr, sie soll sich von ihrem Glauben verabschieden, sich scheiden lassen und noch einmal von vorne anfangen. Ihre Priester verheißen ihr doch sicher ohnehin ewige Verdammnis für ihre Sünden. Ich würde mich ja nie mit solchem Unfug abgeben. Man stelle sich vor, ich müsste mir von Henry in diesem Bereich Vorschriften machen lassen.»

Das konnte sich auch Jonathan Bosworth nicht vorstellen, doch es war ohnehin nicht ganz leicht, sich auszumalen, dass die Witwe sich von irgendjemandem Vorschriften machen ließ, ganz gleich in welchem Bereich.

Henrietta Landrake ging zu Lancelot und Esmond hinüber und sagte etwas zu ihnen, das Fitz nicht hören konnte. Die beiden Knaben reagierten mit zustimmendem Lächeln. Fitz war froh, dass seine Schwester sich durchgerungen hatte, über Weihnachten und Neujahr mit ihren beiden kleinen Töchtern nach Landrake Hall zu kommen – auch wenn das sicherlich auf Druck ihres Vaters geschehen war, der mit seiner Meinung nicht hinterm Berg hielt, dass man Landrake Hall, allen Vorbehalten Henriettas zum Trotz, als das Zuhause seiner Enkelinnen betrachten müsse, solange nichts Genaues über das Schicksal von Jerry Landrake bekannt sei.

In Abwesenheit ihres Mannes galt Henrietta als offizielles Familienoberhaupt und musste ihre Verpflichtungen gegenüber dem Haushalt und der Familie erfüllen, ob sie nun wollte oder nicht. Zumindest um diese Jahreszeit war es also unerlässlich, dass sie sich zeigte und ihre Stellung festigte.

Henrietta hatte versucht, ihrem Vater zu erklären, weshalb sie sich auf Landrake so unwohl fühlte, doch ihre zögernden Beschreibungen der Schrecken, die das Haus für sie bereithielt, und ihres schwierigen Verhältnisses zu Clemmie stießen auf blankes Unverständnis. Stattdessen machte ihr Vater ihr auf unmissverständliche Weise klar, dass Clemmie schließlich nicht Lady Landrake sei. Das sei sie, Henrietta.

Fitz wusste wohl als Einziger, wie tief die Abneigung seiner Schwester gegen Landrake Hall tatsächlich saß. Als ob die geisterhaften Gesichte und die Schwierigkeiten mit der Schwägerin noch nicht genügten, war sie auch nie gut mit der Witwe ausgekommen, die keinen Hehl daraus machte, dass sie diese Schwiegertochter für eine unzulängliche Nachfolgerin als Herrin von Landrake Hall hielt.

Fitz wusste, dass nach Ansicht der Witwe Clemmie eigentlich Jerrys Frau hätte werden sollen. Lady Clementine, die Tochter eines verarmten Herzogs, dessen Stammbaum bis zu den Normannen zurückreichte, erschien ihr in jeder Hinsicht als passende Partie für ihren ältesten Sohn. Die Tatsache, dass Jerry Landrake und Clemmie bereits bei ihrer allerersten Begegnung auf einem Kinderfest eine sofortige Abneigung gegeneinander gefasst hatten, die sich in den Jahren, als sie heranwuchsen, nur noch verstärkte, war ihres Erachtens durchaus zu vernachlässigen.

Lord Landrake hatte all seinen Mut zusammennehmen müssen, um seiner Mutter mitzuteilen, dass er Henrietta Falconer heiraten werde, und zudem noch den Fehler begangen, die Ankündigung seiner Verlobung bereits an die *Times* zu schicken, bevor der Brief mit den Neuigkeiten seine Mutter erreicht hatte. «Und ich hatte ihm noch gesagt, das soll er nicht tun», hatte Henrietta Fitz in einem Moment höchster Verbitterung über die Zustände in Landrake Hall anvertraut.

Das alles erklärte jedoch noch lange nicht, weshalb Clemmie schließlich Philip Landrake geheiratet hatte. Vielleicht, weil ihre herrschsüchtige Mutter und die nicht weniger herrschsüchtige Witwe bereits vor langer Zeit vereinbart hatten, dass Lady Clementine in die Familie Landrake einheiraten sollte? Und als der älteste Sohn dann ebenso unerwarteter- wie empörenderweise nicht mehr verfügbar war – war Clemmie da eben auf den jüngeren Bruder ausgewichen? Fitz wusste, dass Clemmie Philip immer attraktiv gefunden hatte, das hatte ihm seine Mutter erzählt, als er sich einmal laut darüber gewundert hatte, weshalb die beiden überhaupt geheiratet hatten. Diese Wirkung hatte Philip auf die allermeisten Frauen. Anders gesagt: Philip liebte Frauen, liebte sie im Grunde viel zu sehr. Das musste auch Clemmie klargewesen sein.

«Clemmie hat Philip geheiratet, weil sie ihn begehrt hat», hatte Mrs Falconer ihrem Sohn erklärt. «Doch für eine Ehe braucht es mehr als das. Vertrauen beispielsweise. Ich habe Philip wirklich gern, aber er ist kein Mann, dem man als Frau vertrauen könnte.»

Clemmie verfügte über eine einnehmendere Persönlichkeit als Henrietta und verbarg ihren eisernen Willen hinter ständiger Fröhlichkeit. Nach außen hin verzieh sie Philip seine Seitensprünge und zeigte aller Welt eine so gleichmütige Miene, dass manche bereits vermuteten, sie habe keine Ahnung, wie treulos er wirklich war. In einem dunkleren Moment hatte Henrietta Fitz erzählt, was Clemmie ihr anvertraut hatte: Philips Bettgeschichten seien ihr gleichgültig, solange sich keine davon auf ihr Leben auswirkte. Ihr Mann schlafe nun einmal gern mit Frauen, die ihm gefielen, hatte sie weiter berichtet, und sei, soweit sie das beurteilen könnte, ohnehin unfähig, sich ernstlich in jemanden zu verlieben.

Doch dann waren zwei Ereignisse eingetreten, durch die Clemmies Haltung Philip gegenüber von Zuneigung in tiefen, anhaltenden Hass umgeschlagen war.

Zunächst war ihr aus London zu Ohren gekommen, dass Philips jüngste Affäre offenbar ernster war als seine üblichen

Liebeleien. Und zu allem Überfluss konnte sie nicht einmal herausfinden, wer die neue Frau in Philips Leben war, da er zum ersten Mal höchste Diskretion in Liebesdingen walten ließ.

An diesem Punkt, so erzählte Henrietta, hatte das Scheitern der Ehe ernsthaft begonnen.

Und ein Jahr später war sie dann ganz und gar am Ende. Das Paar hatte zwei Kinder bekommen, erst Esmond und einige Zeit später noch eine Tochter. Und Clemmie liebte das kleine Mädchen geradezu abgöttisch. Ginny war ein fröhliches, glückliches Kind, das Zuneigung weckte, wo es ging und stand.

Doch wenn Philip einmal auf Landrake weilte, gab er sich als strenger, autoritärer Vater. Seiner Ansicht nach hing Clemmie auf viel zu rührselige Weise an ihrer Tochter und verzärtelte sie. Ginny war anfällig, litt häufiger als andere Kinder an Erkältungen, und Clemmie lebte in ständiger Sorge um ihre Gesundheit.

Eines Wintertages hatte Clemmie ihrer Tochter untersagt, mit ihrem Pony mit auf die Jagd zu reiten. Sie selbst musste schon am Morgen aus dem Haus, und als sie wiederkam, stellte sie fest, dass Philip Ginny gegen den Willen ihrer Mutter aus dem Bett geholt und mit zu dem Jagdtreffen genommen hatte. Das Kind kam völlig durchgefroren und nass bis auf die Haut zurück, und eine Woche später, nachdem aus der Bronchitis eine Lungenentzündung geworden war, war es tot.

Das trug sich zu Beginn des Jahres 1914 zu, und als im August desselben Jahres der Krieg ausbrach, atmeten alle im Haus erleichtert auf, weil Philip Landrake sich umgehend seinem Regiment anschloss. Seither war er nur einmal nach Landrake zurückgekehrt, zu einem kurzen Besuch im Jahr 1915. Er war zwar häufiger auf Fronturlaub nach England gekommen, hatte es aber nie bis nach Cornwall geschafft, sondern seine wenigen freien Tage lieber in London zugebracht. Von Henrietta hatte Fitz erfahren, dass Philip wohl auch einmal in Eton gewesen war, um Esmond zum Essen auszuführen, doch zu Clemmie hatte er seit jener Zeit keinen Kontakt mehr aufgenommen.

Clemmie, die in einer verarmten, aber dennoch herzoglichen Familie aufgewachsen war, beherrschte die Führung eines Hauses wie Landrake bestens, selbst unter den erschwerten Kriegsbedingungen. Sie stellte ihren unbeugsamen Willen und all ihre Energie und Tüchtigkeit in den Dienst der Familie und arbeitete, wie die Witwe einmal bemerkte, als könnte sie durch körperliche Erschöpfung jede Erinnerung an ihr totes Kind auslöschen.

Henrietta indes reagierte empfindsam auf die Schemen aus der Vergangenheit, die sie auf Landrake Hall nicht losließen. Auch war sie der unglücksschwangeren Atmosphäre, die sie umgab, und der Feindseligkeiten der Witwe ohnehin überdrüssig. Und so hatte sie sich schließlich nach London geflüchtet und Landrake Hall den fähigen Händen Lady Clementines überlassen.

«Sind alle da?», fragte Jonathan Bosworth. «Dann wollen wir jetzt unsere Gläser auf das neue Jahr erheben.»

Clemmie saß auf einem Hocker neben dem gewaltigen Kamin, in dem ein großes Feuer prasselte. Sie kraulte ihren Hund, einen English Setter, an den Ohren und sagte, ohne den Kopf zu heben: «Henry wollte doch noch zu uns stoßen.»

Der Hund war früher am Abend Gegenstand einer erbitterten Auseinandersetzung gewesen. Henrietta konnte Hunde nicht ausstehen und war strikt dagegen, dass sie ins Haus kamen, und so hatte sie zu ihrer Schwägerin gesagt: «Um Himmels willen, Clemmie, schaff bloß den Hund hier raus. Ein Salon ist nun wirklich kein Ort für Haustiere.»

Clemmie hatte sie mit einem Blick aus kalten, eigentümlich hellgrauen Augen fixiert. «Wenn ich meinen Hund im Salon haben möchte, dann bleibt er dort auch. Ich werde ihn auf gar keinen Fall vor die Tür setzen, nur weil du dich herabgelassen hast, uns einmal für ein paar Tage zu beehren.»

Henrietta hatte daraufhin den Butler, einen langjährigen Diener der Familie, der aus dem wohlverdienten Ruhestand geholt worden war, als die jüngeren Männer alle in den Krieg ziehen mussten, angewiesen, den Hund hinauszubringen.

Er hatte die beiden Kontrahentinnen aus wässrigen, kummervollen Augen gemustert, doch schließlich hatte die über viele Jahre eingeübte Dienstfertigkeit gesiegt. Gleichmütig sagte er: «Sehr wohl, Mylady», und führte den widerstrebenden Hund aus dem Salon.

Jetzt jedoch war der Hund zurück; Clemmie hatte ihn hereingelassen, als er von draußen an der Tür gekratzt hatte. Henrietta fand es unter ihrer Würde, vor den anderen mit Clemmie zu streiten, und so hatte sie ihr einfach nur den Rücken zugedreht und eine Bemerkung darüber fallen lassen, wie streng der Hund rieche.

Draußen läuteten immer noch die Glocken, doch plötzlich wurde das gleichmäßige Auf und Ab der Klänge von einer Dissonanz zerrissen. Hector, der auf einem Kissen am Boden saß und sein Glück genoss, bis zum Jahreswechsel aufbleiben zu dürfen, hielt sich die Ohren zu und verzog schmerzlich das Gesicht.

«Da hat wohl einer der Glöckner einen über den Durst getrunken», bemerkte Felix Gothard mit gutmütigem Lachen. Die Glocken schwiegen, und Esmond unterbrach sein Gespräch mit Lancelot und sagte in den Raum hinein: «Das ist doch ein schlechtes Omen für das neue Jahr, glaubt ihr nicht? Es gibt bestimmt irgendeine alte Geschichte darüber, dass Landrake und Trewithiel Unheil droht, wenn die Glocken zu früh aufhören zu läuten.»

Felix Gothard legte die Stirn in Falten. «So etwas solltest du nicht sagen, Esmond.»

Esmond maß ihn mit einem durchdringenden, wütenden Blick aus dunklen Augen. «Ich kenne mich immerhin aus mit den Anwohnern und ihren Geschichten, Felix. Du bist nicht aus Cornwall – was verstehst du schon davon?» Lancelot flüsterte ihm etwas zu, das die anderen nicht hören konnten, und Esmond musste lachen.

Zehn Minuten später traf Henry Latimer ein. Die Gesellschaft hatte während dieser zehn Minuten schweigend an ihrem Champagner genippt; nur Leonie gab sich noch Mühe, leichthin mit Clemmie zu plaudern.

Der Pfarrer konnte sich gar nicht genug entschuldigen. «Ich wollte eben aufbrechen, da hat sich Arthur Foxton, dieser alte Taugenichts, in seinem Glockenstrang verheddert. Es ist im Grunde ein Wunder, dass er sich nicht damit stranguliert hat. Er war betrunken, wahrscheinlich hat er vor der Messe schon den ganzen Abend im Landrake Arms gebechert. Dabei schärfe ich den Glöcknern jedes Mal ein, dass sie vor dem Festläuten nichts trinken sollen, und verspreche ihnen, einen Krug Ale für sie bereitzuhalten, wenn sie fertig sind.»

Er ließ sich ein Glas Champagner reichen, während in der Ferne die Glocken erneut zu läuten begannen. «Glücklicherweise war einer der jungen Offiziere hier aus dem Haus noch geblieben, um mir zu helfen, die Kirche in Ordnung zu bringen, und wie der Zufall so spielt, hat er in seiner Heimatgemeinde in Suffolk immer die Glocken geläutet. Er hat den Part des alten Foxton übernommen, und sie werden wohl noch mindestens eine Stunde weiterläuten.»

Jonathan Bosworth räusperte sich. «Wir haben nur noch auf Sie gewartet, Henry. Nun ist unsere Gesellschaft ja komplett. Ich möchte also mein Glas erheben, nicht nur in der Hoffnung, dass das Jahr 1919 das erste vieler friedlicher, glücklicher Jahre sein wird, sondern auch, um auf die Freunde zu trinken, die heute nicht hier sein können.» Er hob das Glas, und alle erhoben sich. Nur Clemmie blieb zunächst sitzen, doch dann stand auch sie schulterzuckend auf und wartete, bis der Butler die Gläser wieder mit Champagner gefüllt hatte.

«Auf 1919 und die heile Wiederkehr jener, die heute nicht bei uns sind», sagte Jonathan Bosworth. Alle tranken, dann warf Clemmie mit ebenso eigentümlicher wie theatralischer Geste ihr leeres Glas ins Feuer. Es zerschellte im Kamin, und die Scherben glitzerten einen Augenblick lang im Feuer, ehe die Flammen sie verschluckten.

«Was für Heuchler wir doch sind», rief Clemmie. «Jetzt, da alle hier sind, kann ich es ja sagen. Jerry wird nicht zurückkehren, das wissen wir alle ganz genau. Nur du, Henrietta, glaubst noch daran, dass er am Leben ist. Großer Gott, warum siehst du nicht endlich den Tatsachen ins Auge und setzt die nötigen Hebel in Bewegung, um ihn für tot erklären zu lassen? Es muss doch ein Verfahren dafür geben – ich weiß sogar, dass es eines gibt, weil ich bereits mit den Anwälten gesprochen habe. Das kann doch nicht alles jahrelang in der Luft hängen. Er ist tot, so wie Millionen anderer Männer, und das müssen wir akzeptieren.»

Von ihrem Platz auf dem Sofa ließ sich Lady Landrakes kühle Stimme vernehmen: «Clemmie hat vollkommen recht. Jerry ist mit ziemlicher Sicherheit tot. Inzwischen sind achtzehn Monate vergangen, ich habe meine eigenen Nachforschungen angestellt, und selbst das Kriegsministerium geht inzwischen zweifellos davon aus, dass er sein Leben gelassen hat. Mir ist klar, Henrietta, dass du keinen Wert darauf legst, eine zweite verwitwete Lady Landrake zu werden, aber ich fürchte, diese Entscheidung ist dir aus der Hand genommen. Deine Stellung hier im Haus hängt einzig und allein vom Status deines Mannes ab, und da dein Mann nicht mehr unter uns ist, wirst du zur Hinterbliebenen. Du bist Witwe, so wie ich.»

Henrietta hatte die Lippen fest zusammengepresst, und Fitz fürchtete schon, dass der seltene Fall eintreten und sie aus der Haut fahren würde. Er hatte keine guten Erinnerungen an die wenigen Gelegenheiten, zu denen seine sonst so ruhige, zurückhaltende Schwester ihrem Zorn freien Lauf gelassen hatte. Doch auch diesmal veranlassten die vielen

Gäste, die nicht einmal alle zur Familie gehörten, Henrietta dazu, sich zusammenzureißen.

Sie holte tief Luft und sagte dann mit überraschend ruhiger Stimme: «Wenn mich nicht alles täuscht, Clemmie, ist bisher keiner unserer Männer aus dem Krieg zurückgekehrt. Du weißt natürlich inzwischen, dass dein Mann lebt und wohlauf ist und sich in Paris amüsiert. Verzeih, das muss ich noch einmal anders sagen: dass er in Paris dringenden Geschäften nachgeht, die ihn daran hindern, zu seiner Frau und seinem Sohn zurückzukehren. Wo Jerry ist, weiß hingegen niemand. Aber es ist an mir, an mir ganz allein, zu entscheiden, ob und wann ich Schritte einleite und meinen Mann für tot erklären lasse. Das habe ich bisher nicht getan, und ich werde einstweilen auch nichts dergleichen tun. Aber heißt das denn gleich, dass ich mir etwas vormache? Anders als du, Clemmie, vermisse ich meinen Mann. Und deshalb werde ich mich auch erst damit abfinden, dass Jerry tot ist, wenn alle verbliebenen Ungereimtheiten dieses grauenvollen Krieges beseitigt sind.» Dann brach es mit plötzlicher Macht aus ihr heraus: «Wenn er tot wäre, würde ich das spüren. Er lebt. Ich weiß in der Tiefe meines Herzens, dass er noch am Leben ist.»

Clemmie lachte. «Was für eine Närrin du doch bist, Henrietta. Und was für ein Triumph der Hoffnung über die Lebenserfahrung. Die Toten kehren niemals zu uns zurück, außer vielleicht in der Phantasie.»

3

Fitz erhob sich und nahm die Zügel seines Pferdes wieder auf.

Cleo blieb auf der Bank sitzen. Der Einblick in die Geschichte der Familie, in die ihre Mutter eingeheiratet hatte, war ihr sehr nahegegangen.

«Ich verstehe, weshalb Sie das Jahr 1919 lieber vergessen möchten. Clemmies Affäre mit ihrem Vetter Felix, während ihr treuloser Ehemann noch im Ausland weilte. Henriettas Abneigung gegen Landrake und Clemmie, die unterdessen dort das Regiment führte. Und die Witwe klingt wirklich furchteinflößend.»

«Das war sie auch. Das Porträt in der Eingangshalle wird ihr in dieser Hinsicht kaum gerecht.»

Ob diese Geschehnisse wohl mit der Tatsache zusammenhingen, dass Lord Landrake erpresst wurde? Warum hatte Clemmie ihren Schwager unbedingt tot sehen wollen, obwohl Henrietta felsenfest überzeugt war, er müsse noch am Leben sein? Womit sie ja auch recht behalten hatte. Wieso hatten sie überhaupt geglaubt, er wäre tot? Wo hatte er die ganze Zeit gesteckt?

Die Fragen schwirrten Cleo nur so durch den Kopf.

Fitz stand bereit, um ihr aufs Pferd zu helfen. Als sie

sicher im Sattel saß, stieg er ebenfalls auf und trieb sein Pferd in Richtung Landrake an.

«Sie hatten noch keine Gelegenheit, Jerry richtig kennenzulernen», sagte er. «Sie sehen ihn als konservativen Grundbesitzer, als Patriarchen, der der modernen Frau misstraut und nur eine liebende Ehefrau will.»

«Stimmt das denn etwa nicht?»

«Doch, doch. Das stimmt durchaus. Es ist nur einfach längst nicht alles, was ihn ausmacht. Tatsache ist, dass er in jenem grauenvollen Jahr 1919 nicht hier war. Wäre er hier gewesen, wäre vieles vielleicht anders ausgegangen, und Clemmie und Philip und die anderen wären womöglich noch am Leben.»

«Warum war er denn nicht hier?»

«Er war im Ausland. Wie wir hinterher erfuhren, hielt er sich in Persien auf und litt unter Gedächtnisschwund, aber man hatte ihn als vermisst und möglicherweise gefallen gemeldet. Und was das gemeinhin bedeutet, wissen Sie ja wohl: Wir sind überzeugt, dass er tot ist, können aber keine Leiche vorweisen. Er war in geheimer Mission unterwegs – aber auch das erfuhren wir erst später. In jedem Fall hat er äußerst ereignisreiche Kriegsjahre hinter sich.»

Langsam ritten sie zu den Stallungen zurück und überließen die Pferde dort dem Stallmeister. «Gute Reiterin sind Sie, Miss», sagte der anerkennend zu Cleo. «Schöne, leichte Handführung, und Sie bringen sie mir ruhig und ohne einen Schweißtropfen zurück. So hab ich's gern. Lassen Sie mir die Pferde, Mr Fitz. Bringen Sie mal lieber die junge Dame ins Haus zurück, sie muss sich doch sicher noch für heute Abend herausputzen.»

«Herausputzen.» Cleo musste lächeln. «Das ist aber ein hübscher Ausdruck.»

Fitz führte sie durch einen Hinterhof ins Haus und ging ihr dann durch ein paar Flure mit Steinfliesen voran, eine steinerne Stiege hinauf und schließlich durch eine Flucht von kleinen, holzgetäfelten Zimmern, die ihr völlig unbekannt waren.

«Dieser Teil des Hauses ist noch fast so wie im sechzehnten Jahrhundert», erklärte er. «Lauter kleine Zimmer, die eines ins andere übergehen, ohne Flure dazwischen. Am Ende kommen wir wieder in der Eingangshalle raus.»

Als sie die Eingangshalle betraten, sah Cleo sich mit großen Augen um. Der große Raum war wie verwandelt: Die Deckenbalken verschwanden hinter Wolken aus Musselinstoff, sodass man glaubte, sich in einem gewaltigen Zelt zu befinden. An den vertäfelten Wänden war der Musselin gerafft, zu Girlanden zusammengefasst und mit Blumen dekoriert, deren betäubender Duft den ganzen Raum erfüllte.

«Na, Harby? Wie immer mitten im Auge des Wirbelsturms?», fragte Fitz die Haushälterin.

«Danke der Nachfrage, Fitz – kein Wirbelsturm weit und breit», erwiderte Mrs Harbinger. «Alles ist an seinem Platz, und alles läuft nach Plan, ist bestens arrangiert und geordnet. Nur so kann man eine solche Veranstaltung überhaupt meistern.»

Cleo war am Fuß der Treppe stehen geblieben. «Ist das denn ein großer Ball? Ich dachte, er hält sich eher in kleinerem Rahmen.»

«Das scheint mir nicht so», sagte Fitz. «Aber Mrs Harbinger weiß da sicherlich mehr.» Er rief durch die Eingangshalle zu Mrs Harbinger hinüber, die bereits wieder mit dem Butler konferierte: «Harby, wie viele Gäste werden denn heute Abend erwartet?»

«Dreihundertdreiundfünfzig. Aber es sagen ja immer noch einige im letzten Moment ab.»

«Mehr als dreihundertfünfzig Gäste?» Cleo war fassungslos. «Sind die denn alle aus der Gegend, oder kommen viele auch von außerhalb der Grafschaft?»

«Etwa die Hälfte wohnt hier in der Nähe, der Rest reist aus London und von weiter weg an. Wir bringen hier etwa dreißig Gäste unter, einige weitere werden im Schloss nächtigen. Mrs Howard erklärt sich immer gern bereit, viele Gäste bei sich unterzubringen, sie verfügt ja auch über den entsprechenden Platz und das nötige Personal. Und viele der Anwohner sind auch mit von der Partie.»

Als er Cleos verständnislose Miene sah, erläuterte Fitz: «Sie teilen uns mit, wie viele Personen sie unterbringen können, und die Gäste nächtigen dann bei ihnen, bekommen vor dem Ball ein Abendessen und reisen morgen nach dem Frühstück wieder ab. Manche bleiben natürlich noch zum Picknick, aber das sind eigentlich nur Verwandte und gute Freunde, und die meisten Picknickgäste sind traditionell hier auf Landrake untergebracht.»

Cleo musterte Mrs Harbinger mit neu erwachtem Respekt. «Man sollte meinen, dass das ganze Haus im Chaos versinkt, wenn eine so große Veranstaltung bevorsteht und so viele Gäste erwartet werden, aber das ist überhaupt nicht der Fall.»

«Ich habe festgestellt, dass sich mit guter Vorausplanung

viel an Belastung und Überforderung beim Personal vermeiden lässt. In Ihrer Welt, Miss Otway, oder besser gesagt in der Welt Ihrer Mutter ist es sicherlich auch nicht anders. Eine Theateraufführung fußt genauso sehr auf Organisation und Zeitplanung wie ein großer Ball.»

Fasziniert betrachtete Cleo das geschäftige Treiben in der Halle. Mrs Harbinger hatte durchaus recht: Das Ganze erinnerte sehr an das, was vor der großen Premiere eines neuen Stücks hinter der Bühne vorging. Mrs Harbinger konsultierte ihre Liste, und Cleo fragte sie: «Meine Mutter sagte mir, dieser Ball sei bereits Tradition in Landrake. Haben Sie ihn denn schon häufig organisiert?»

«Aber ja. Ich habe bereits für die Witwe gearbeitet, als sie dem Haushalt noch vorstand, und als Henrietta Landrake, Lord Landrakes erste Frau, noch lebte, hat sie mir im Grunde alles überlassen. Seither kümmere ich mich darum, und es ist ja auch sehr viel einfacher, wenn man bestimmte Abläufe von Jahr zu Jahr wieder übernehmen kann. Die Eingangshalle gestalten wir immer wieder anders, man kann ja unmöglich jedes Jahr dasselbe machen. Die Idee mit dem Musselin stammt übrigens von Ihrer Mutter, und ich muss sagen, es sieht wirklich sehr hübsch aus. Während der Kriegsjahre gab es natürlich keinen Ball. Lord Landrake und sein Bruder waren von Anfang an im militärischen Einsatz, und je weiter der Krieg fortschritt, desto weniger war irgendwem noch nach Tanzen zumute. Es fehlte ja auch an allem. 1919 haben wir wieder damit begonnen, in sehr kleinem Rahmen. Persönlich hielt ich das ja nicht für den besten Einfall. Mr Philip war noch nicht wieder aus dem Krieg zurück, und Lord Landrake wurde noch vermisst, aber Lady

Clementine bestand darauf. Sie sagte damals, Landrake Hall sei es seinen Anwohnern schuldig, ihnen etwas zu bieten, sie nach dem Krieg ein wenig aufzuheitern.»

«Und es war ja auch ein erinnerungswürdiger Abend, nicht wahr, Harby?», sagte Fitz.

«Allerdings. Ein glückliches Ereignis in einem Jahr, das so viel Unglück mit sich brachte.»

4

Mai 1919

Zu Beginn des Jahres 1919 wurde Fitz aus der Marine entlassen und kehrte nach Oxford zurück, um sein unterbrochenes Studium wieder aufzunehmen. Es stimmte ihn traurig zu sehen, wie viele der Kommilitonen, die mit ihm dort begonnen hatten, im Krieg gefallen waren, doch zugleich freute er sich darüber, wie entschlossen das erlesene Grüppchen Überlebender nun daranging, die verlorenen Jugendjahre wieder wettzumachen und das Leben nach Kräften zu genießen.

Henrietta war mit dem Wagen nach Oxford gekommen, um ihn zu besuchen, und hatte seine beiden kleinen Nichten mitgebracht, und er empfing alle drei in seinen Räumlichkeiten im Christ Church College zum Mittagessen. Nach dem Essen nahm sich der freundliche Hausdiener, der selbst zwei kleine Töchter hatte, Philippas und Tissys an und zog mit ihnen los, um ihnen die Fische und den Merkur-Brunnen im Tom Quad zu zeigen.

Kaum waren sie fort, kam Henrietta völlig übergangslos auf das Thema zu sprechen, dessentwegen sie die weite Fahrt zu Fitz auf sich genommen hatte. «Auf Landrake wird es immer unerträglicher, Fitz. Clemmie ist nicht davon abzubringen, diesen schrecklichen Ball zu veranstalten, dabei kann ich mir kaum einen unpassenderen Zeitpunkt dafür vorstellen. Philip ist immer noch in Paris, er hat sich eine Geliebte zugelegt und lebt ganz offen mit ihr in einer Wohnung an den Champs-Élysées. Und als ob das nicht schon schlimm genug wäre, stellt sich jetzt auch noch heraus, dass sie irgendwie mit der Witwe verwandt ist.»

Das erstaunte Fitz. Bisher war Philip immer davor zurückgeschreckt, im eigenen Revier zu wildern.

«Da kann man nur hoffen», fuhr Henrietta fort, «dass sie nicht auch so niederträchtig ist wie die Witwe. Sonst wird Philip ja seines Lebens nicht mehr froh.»

«Weiß Clemmie davon?» Fitz schenkte Kaffee ein, hatte seiner Schwester dabei den Rücken zugedreht und war froh, dass sie seine besorgte Miene nicht sehen konnte.

«Selbstverständlich weiß Clemmie davon.» Henrietta erhob sich unruhig und trat ans Fenster. «Ich begreife wirklich nicht, weshalb du wieder hier in Oxford bist, in zwei kleinen Zimmerchen haust und dich in den Büchern vergräbst. Das ist doch fast so, als würde man als Erwachsener noch einmal zur Schule gehen. Warum hast du Vaters Angebot ausgeschlagen, für eine seiner Zeitungen zu arbeiten?»

Fitz ging nicht weiter auf die Frage ein, er interessierte sich immer noch für Philip. «Aber woher weiß Clemmie, was er da in Paris treibt?»

«Sie hält sich ein ganzes Heer von Spitzeln und hat Philip über die Jahre hinweg ständig beobachten lassen. Ich glaube, sie hat bereits ein ganzes Dossier über ihn; es würde mich gar nicht wundern, wenn sie eine richtig schmutzige Scheidung plant. Ich könnte mir aber auch vorstellen, dass sie ihn erpressen will, denn wenn sie sich tatsächlich scheiden lässt, wäre das ja das Ende ihrer Zeit auf Landrake. Und Landrake ist vermutlich das Einzige auf der Welt, das Clemmie wirklich am Herzen liegt. Jerry wird immer noch vermisst, und mit jedem Monat, der ins Land geht, sieht sie sich mehr in der Rolle der neuen Lady Landrake. Wahrscheinlich sammelt sie einfach genügend Material, um Philip dorthin zu bringen, wo sie ihn haben will. Auf keinen Fall will sie, dass er zurückkommt und sich wieder als Hausherr aufspielt, so wie früher.»

«Er ist ja auch nicht der Hausherr, zumindest noch nicht. Solange wir nicht wissen, was aus Jerry geworden ist …»

«Ich glaube, Philip ist mindestens so überzeugt wie Clemmie, dass er längst der neue Lord Landrake ist. Eins muss ich ihm aber lassen: Er zeigt ebenso wenig Bereitschaft wie ich, Jerry für tot erklären zu lassen. Ganz anders als Clemmie. Sie liegt mir fortwährend in den Ohren, endlich das einzuleiten, was sie ‹die nötigen Schritte› nennt, und Jerrys Tod offiziell zu machen.»

«Dann hast du also Kontakt zu Philip aufgenommen?»

Henrietta wirbelte herum. «Kontakt aufgenommen? Ich bin sogar höchstpersönlich nach Paris gefahren, um mit ihm zu reden. Daher weiß ich auch von der Geliebten und der Wohnung. Er geht ganz frei und ungeniert damit um, er hat mich sogar zu sich zum Abendessen eingeladen. Da saß dann dieses liederliche Weib bei ihm am Tisch, als wäre sie seine Frau.»

Fitz' Neugier war geweckt. «Sonst war Philip doch immer überaus diskret mit seinen Affären. Was ist denn das für eine Frau?»

Henrietta zuckte mit den Schultern. «Hübsch ist sie

schon, aber das war ja auch klar, Philip macht sich nichts aus farblosen Frauen. Sie hat irgendeinen absurd hochtrabenden Namen, angeblich ist sie eine Prinzessin, kannst du dir das vorstellen? Philip behauptet, ihre Mutter sei eine Cousine zweiten Grades oder so etwas der Witwe gewesen. Die bürgerliche Tochter eines Kleinstadtnotars, die einen exilierten Russen geheiratet hat – einen von den vielen, die den Zaren gegen sich aufgebracht hatten. Seine Geliebte, erzählt mir Philip, soll ihr einziges Kind gewesen sein und keine lebenden Verwandten mehr haben. Angeblich hat er ihr nur deshalb ein Zimmer in seiner Wohnung angeboten, ‹so lange, bis sie wieder auf die Füße kommt›. Ich bitte dich! Das ist doch völlig absurd, wer lässt sich denn von so etwas hinters Licht führen? Trotzdem weißt du ja, wie sehr die beiden Brüder aneinander hängen, und es macht Philip wirklich sehr zu schaffen, sich mit dem Gedanken abzufinden, dass Jerry vermutlich tot ist.» Sie schwieg und sah ihrem Bruder dann direkt ins Gesicht. «Du glaubst auch, dass er tot ist, stimmt's?»

Fitz schreckte vor der Antwort zurück. «Ich kann dazu keine gesicherte Aussage machen, Henrietta. Wie denn auch? Ich habe im Krieg so viel Unfassbares erlebt, so viele Menschen, die doch noch überlebt haben oder unter den abstrusesten Umständen gefangengenommen wurden. Weißt du denn inzwischen Genaueres darüber, was Jerry bei seinem Verschwinden eigentlich gemacht hat? Jetzt, wo der Krieg vorbei ist, wird Vater doch wohl herausfinden können, was passiert ist.»

«Er tut, was er kann, aber in dieser entlegenen Gegend kommt man nun einmal nicht so leicht an Informationen.

Mein Gott, warum hat er diesen blödsinnigen Auftrag überhaupt angenommen?»

«Aus Pflichtgefühl», sagte Fitz. «Niemand hatte ... oder besser gesagt, niemand *hat* ein stärker ausgeprägtes Pflichtgefühl als Jerry.»

«Können wir vielleicht ein wenig an die frische Luft gehen?», fragte Henrietta. «Dein Diener kann sich doch sicher noch etwas länger um die Mädchen kümmern?»

«Das macht er bestimmt gern.» Fitz half seiner Schwester in den Mantel und ging mit ihr die kahle Holztreppe hinunter. Seine Zimmer befanden sich in Meadows, einem viktorianischen Gebäude, das direkt auf die Wiesen hinter dem Christ Church College und den Fluss hinausging. Sie traten durch das Tor und bogen auf den Broad Walk ab. «Es ist auffallend feucht hier», bemerkte Henrietta. «Oxford scheint mir kein allzu gesundes Klima zu haben. Du solltest lieber nach Cornwall kommen, hier wirst du nur wieder krank.»

«Du weißt ganz genau, dass ich in Cornwall nicht zu Hause bin.»

«Du kannst nach Landrake kommen, wann immer du willst. Clemmie kann nichts dagegen sagen, zumindest einstweilen nicht.»

«Und was sollte ich dort tun? Wenn ich nicht hier in Oxford wäre, würde ich für Vater arbeiten, das hast du eben noch selbst gesagt. Heraus damit, Henrietta. Was soll ich für dich tun?»

«Es ist nur dieser verflixte Ball. Ich habe dir ja bereits erzählt, dass Clemmie beschlossen hat, in diesem Jahr den Porträt-Ball wiederzubeleben. Ich muss hin, und ich möchte, dass du mich begleitest. Das ist doch nicht zu viel verlangt, Fitz.»

«Vor Clemmie kann ich dich nicht schützen, das weißt du.»

Henrietta seufzte auf. «Ich glaube nicht, dass Clemmie mich noch mit irgendetwas beleidigen oder kränken könnte, was sie mir nicht schon längst gesagt hat.» Dann fuhr sie mit echtem Mitgefühl in der Stimme fort: «Aber Esmond tut mir so furchtbar leid. Für einen Jungen in seinem Alter muss diese Atmosphäre doch schwer erträglich sein, außerdem weiß er sicher auch, dass Clemmie und Gothard ein Liebespaar sind. Und man braucht nicht viel Phantasie, um sich vorzustellen, wie es sich mit Philip und seinen Eskapaden in Paris verhält, solcher Klatsch und Tratsch spricht sich in Eton doch im Handumdrehen herum, und Jungen können sehr grausam zueinander sein. Philip und Clemmie sollten einmal anfangen, mehr an Esmond zu denken, sonst stellen sie eines Tages fest, dass sie sein Leben noch sehr viel gründlicher zerstört haben als ihr eigenes. Auf keinen Fall werde ich zulassen, dass Clemmie den Porträt-Ball in meiner Abwesenheit hält. Ich bin immer noch Lady Landrake, so sehr sie sich das auch anders wünschen mag. Und Esmond ist der designierte Erbe, ganz gleich, ob Jerry noch am Leben ist oder nicht, daran wird sich nichts ändern. Sie sollten sich endlich damit zufriedengeben.»

Versuchte Henrietta wirklich standhaft, Jerrys Tod zu verleugnen, oder bestand tatsächlich eine so enge Verbundenheit zwischen ihnen, dass sie spüren konnte, ob er noch lebte? Fitz hatte schon oft von Leuten gehört, die sich einem anderen Menschen so nahe fühlten, dass sie spürten, wenn er in Gefahr war oder Kummer hatte. Zwillinge nahmen eine solche innere Nähe häufig für sich in Anspruch. Er selbst glaubte nicht daran.

Henrietta bohrte die Spitze ihres eleganten Schuhs in den Kies. «Jerry ist mit Sicherheit etwas zugestoßen, aber ich bin überzeugt, dass er nicht tot ist. Wenn es so wäre, wüsste ich das. Natürlich kann ich weder dich noch sonst jemanden dazu bringen, mir das zu glauben, aber Clemmie kann mir zusetzen, so viel sie will, ich werde trotzdem nicht nachgeben.»

Schweigend gingen sie weiter bis zum Fluss, wo gerade zwei Schwäne flügelschlagend aufflogen; ihr Abbild spiegelte sich für einen Augenblick im plötzlich aufgewühlten Wasser. Es war ein kühler Tag, und auf dem Weg zurück zum College zog Henrietta ihren Pelzmantel enger um sich.

«Dann will Clemmie also tatsächlich alles genauso machen wie früher?», fragte Fitz. «Ich kann mir nicht helfen, ich finde das ein wenig geschmacklos.»

«Du weißt doch, wie sie ist, wenn sie sich etwas in den Kopf gesetzt hat. Sie wischt jeden Widerspruch einfach beiseite. Die Witwe ist fuchsteufelswild.»

Als sie wieder am Tor waren, sagte Fitz: «Gut, ich werde zum Ball nach Landrake kommen. Allerdings nur für eine Nacht, wenn du erlaubst; das ganze Wochenende möchte ich nicht dort verbringen.»

Fitz legte die Fahrt von Oxford nach Cornwall in dem neuen Wagen zurück, den sein Vater ihm zum einundzwanzigsten Geburtstag geschenkt hatte. Er fuhr nur widerwillig; sehr viel lieber hätte er das Wochenende in

Oxford verbracht. Das Wetter war schön genug, um auf dem Fluss zu staken, außerdem war er mit der Arbeit ein wenig hinterher. Kurz dachte er daran, abzusagen und die Arbeitsbelastung ins Feld zu führen, aber er hatte es Henrietta ja versprochen, und sein Entschluss hatte sich durch einen Brief seines Vaters nur noch verfestigt, in dem dieser seinem Sohn für die Bereitschaft dankte, Henrietta zu unterstützen, und außerdem in wenigen, ebenso wohlgesetzten wie bissigen Worten seine Meinung über Lady Clementine kundtat.

Landrake Hall war berühmt für den Porträt-Ball, der jedes Jahr zur Mittsommernacht stattfand und jahrzehntelang ein Fixpunkt auf dem Kalender der besseren Gesellschaft gewesen war. Die Tradition sah vor, dass die Mitglieder der Familie Landrake sich in ihrer Kleidung nach einem der vielen Porträts an den Wänden des Hauses richteten, während die Gäste ihr Kostüm frei nach jedem beliebigen Porträtgemälde gestalten konnten.

Der letzte Porträt-Ball auf Landrake Hall hatte 1914 stattgefunden, und es war der einzige, bei dem Fitz bisher gewesen war. Mit seinen damals siebzehn Jahren hatten ihn die spektakuläre Umgebung und die ebenso spektakulären Kostüme schier überwältigt. Es war ihm peinlich gewesen, sich zu verkleiden, und so hatte er einen Anzug gewählt, in dem sein Großvater als junger Mann porträtiert worden war: viktorianisch, aber nicht weiter auffällig.

Fünf Jahre später, nach den Jahren im Kriegsdienst, hatte Fitz keine Hemmungen mehr, sich zu kostümieren. Seine Eltern hatten die Marineuniform herausgesucht, in der sein Großonkel einst Modell gestanden hatte, und ihm vorgeschlagen, sie für ihn ändern zu lassen. Doch nach einem schaudernden Blick auf die Epauletten und die Goldtressen hatte Fitz erklärt, er hoffe inständig, nie mehr im Leben eine Uniform anlegen zu müssen.

Stattdessen suchte er seinen Schneider auf und ließ sich die Livree eines französischen Edelmannes aus dem achtzehnten Jahrhundert anfertigen, der 1788 porträtiert worden war. Der unglückliche Adlige hatte die Französische Revolution nicht überlebt, und Fitz' Vater konnte sich die sarkastische Bemerkung nicht verkneifen, da könne er doch gleich als Geist gehen und den Kopf unterm Arm tragen. Seine Mutter merkte nur an, man werde ihn wohl mit dem Personal verwechseln. Fitz jedoch ließ sich nicht beirren und verwies nur darauf, dass Kostümfeste und -bälle sehr im Kommen seien und dieses Kostüm ihm sicher noch bei einigen weiteren Gelegenheiten dienlich sein werde.

Clemmie hatte immerhin so viel Vernunft besessen, die Veranstaltung im Vergleich zu den Vorkriegsbällen recht klein zu halten. Es wurden nur wenige Gäste aus London erwartet, der Rest setzte sich aus Verwandten und Freunden aus der Umgebung zusammen. Als sie Fitz begrüßte, klang sie fast ein wenig betreten: «Ihr jungen Leute habt es in den letzten paar Jahren so ungeheuer schwer gehabt. Es wird höchste Zeit, dass wir diesen Krieg alle hinter uns lassen und ihr wieder lernt, zu tanzen, zu lachen und euch zu amüsieren.»

Fitz erwiderte ihren pflichtschuldigen Begrüßungskuss und ging dann zu Mrs Harbinger hinüber, deren Willkommenslächeln sehr viel echter wirkte. «Sie haben dasselbe Zimmer wie immer, Fitz. Ich freue mich so, Sie wiederzusehen. Gefällt es Ihnen denn in Oxford? Frank pflegte immer zu sagen, dass die Jahre auf der Universität zu den glücklichsten seines Lebens zählten.»

Fitz brauchte einen Augenblick, um sich darauf zu besinnen, wer Frank war. Dann fiel es ihm wieder ein: der verstorbene Mr Harbinger, jener schemenhafte Mann aus Harbys Vergangenheit, der kein Jahr nach der Hochzeit im Burenkrieg gefallen war und den folglich niemand je gekannt hatte.

«Ich sollte wohl am besten gleich der Witwe meine Aufwartung machen», sagte er mit wenig Begeisterung in der Stimme.

«Ja, das sollten Sie. Ich fürchte allerdings, Sie werden sie nicht in der allerbesten Stimmung vorfinden.»

«Hat sie etwas gegen den Ball einzuwenden?»

«Vor allem ist sie wieder in ihrer sonderbaren, hellsichtigen Verfassung. Sie sagt, es sei nicht das rechte Jahr, um die Johannisnacht zu feiern.»

«Die Johannisnacht?»

«Die Mittsommernacht. Die Sommersonnenwende. Henry Latimer sagt, die Johannisfeuer seien ein Überbleibsel der früheren Hexenfeiern. In seiner Predigt vergangenen Sonntag hat er versucht, sie in ein christliches Symbol der Läuterung und Auferstehung umzudeuten.»

«Ach herrje.»

«Sie sagen es. Eine weitschweifige und nicht allzu interessante Predigt, aber immerhin hat er nun das Gefühl, seine Pflicht getan zu haben. Die Witwe allerdings behauptet, es seien zurzeit zu viele Geister auf Landrake zugegen, und die Feuer würden nur Unglück und Gewalt anlocken. Sie will Disteln über die Türen hängen, um missgünstige Geister fernzuhalten.»

«Großer Gott, verliert sie denn jetzt völlig den Verstand?», seufzte Fitz. «Das mit den Feuern hatte ich ja völlig vergessen. Glauben Sie, sie wird es mir sehr übelnehmen, wenn ich doch erst später bei ihr vorbeischaue?»

«Das wäre zwar durchaus verständlich, allerdings auch ein wenig feige. Außerdem wird sie dann wissen wollen, weshalb Sie sie nicht gleich besucht haben.»

Und so stellte Fitz sich der Herausforderung, die letztlich nur darin bestand, sich von der Witwe anzuhören, dass er und seine Schwester doch lieber gleich ganz fort geblieben wären, und die Frage zu erdulden, weshalb er in Oxford und nicht in Cambridge studiere. Er antwortete, sein Vater sei ebenfalls in Oxford gewesen, worauf die Witwe nur die Brauen hob, damit aber recht deutlich zu verstehen gab, wie sehr es sie wunderte, dass Fitz' Vater überhaupt so etwas wie eine klassische Ausbildung genossen hatte.

Fitz konnte nicht widerstehen. «Natürlich war er mit einem Stipendium dort, er war ja damals arm wie eine Kirchenmaus und nicht so ein Söhnchen aus besserem Hause.»

«Das hätte ich auch nicht vermutet.»

Fitz versuchte, sich von der Gehässigkeit nicht weiter beeinflussen zu lassen. Seine Mutter hatte einmal geäußert, die Witwe gleiche jenen Menschen, die sich erst als Erwachsene zur Religion bekehrt hätten und nun päpstlicher seien als der Papst. «Solche Äußerungen wie sie kann nur jemand tun, der selbst aus einer durch und durch bürgerlichen Familie stammt.»

Im Großen Saal fanden sich immer mehr attraktive, fröhliche junge Leute ein, die Fitz teilweise schon von früheren Besuchen auf Landrake kannte. Das Essen war exzellent, die Musiker ebenfalls, und Fitz stellte zu seiner eigenen Verwunderung fest, dass er den Abend genoss, obwohl er Henrietta bisher fast nicht zu Gesicht bekommen hatte. Mit einem Anflug von Ärger fragte er sich, weshalb seine Schwester ihn mit aller Gewalt hierher nach Landrake gelockt hatte.

Gegen halb zwölf verließen die Gäste den Saal, hüllten sich in Mäntel und Stolen und traten nach draußen, um zuzusehen, wie das gewaltige Feuer entzündet wurde, das draußen auf dem Kies vor dem Haus aufgeschichtet worden war. Eine ansehnliche Blondine mit seelenvollem Blick, die offenbar eine Zuneigung zu Fitz gefasst hatte, hakte sich bei ihm unter und fragte: «Wann wird das Feuer denn nun endlich angezündet? Worauf warten wir noch?»

«Die Feuer sind nicht einfach willkürlich angeordnet, sie haben die Funktion von Leuchtfeuern. Sobald wir das Feuer auf der anderen Seite des Tales aufleuchten sehen, entzünden wir dieses hier, und danach wird das nächste ein Stück weiter die Küste entlang entfacht. Das ist ein Überbleibsel aus den guten alten Tagen, als in Kriegszeiten noch mit Leuchtfeuern vor Unheil gewarnt oder frohe Neuigkeiten auf diese Weise weitergegeben wurden.»

«Und wer zündet das Feuer an?»

«Das übernimmt einer der Gärtner. Früher hat die Witwe es anscheinend selbst gemacht, doch seit sie sich dabei einmal die Augenbrauen versengt hat, hat sie die Aufgabe an die Bediensteten weitergegeben. Sehen Sie, da steht er schon mit der Fackel in der Hand bereit.»

Gelächter und Geplauder erfüllte die Luft, und alle blickten voller Erwartung zur anderen Seite des Tales hinüber. Auf der Spitze des Berges flackerte ein Lichtschein auf, dann loderte eine Stichflamme empor. Jemand stieß einen Jubelruf aus, und alle applaudierten, als der Gärtner einen Schritt vortrat und seine brennende Fackel mitten hinein in das aufgeschichtete Feuerholz warf.

Da es bereits mit Petroleum getränkt war, ging es sofort in Flammen auf und spuckte einen Sprühregen aus Funken hinauf in den dunklen Nachthimmel. Und während der Applaus und die jubelnden Stimmen langsam verebbten, hörte man von fern das Geräusch eines kraftvollen Motors.

Der Wagen kam durch das Tor hinein, und der Lichtstrahl eines gewaltigen Scheinwerfers erhellte die Gesichter der Gäste, die sich vor der Hitze des Johannisfeuers zurückgezogen hatten.

Der Wagen wendete und hielt dann vor dem Haus. Der Fahrer stieg aus, ein mittelgroßer Mann, der die Uniform eines Oberst trug. Einen Augenblick lang blieb er stehen und betrachtete die Szene vor dem Haus, dann ging er um den Wagen herum, um seiner Beifahrerin die Tür zu öffnen.

Am nächsten Morgen erwachte Fitz, dem der Kopf vom vielen Champagner brummte, nicht von den leisen Schritten des Hausmädchens, das hereinkam, um in seinem Zimmer das Feuer anzuzünden, sondern vom Flüstern und Kichern seiner Nichten. Eine der beiden kam auf Zehenspitzen an sein Bett geschlichen, und er öffnete mühsam ein Auge, um das blonde Mädchen zu mustern. Es war Tissy, die jüngere. Da sie nicht zu vorschnellen Schlüssen neigte, musterte sie ihn erst einmal eingehend und prüfend, ehe sie verkündete: «Er ist wach. Du bist doch wach, oder nicht, Onkel Fitz?»

Ihre ältere Schwester Philippa, die nach ihrem Onkel hieß und schon jetzt als Kind auffallend hübsch war, trat neben sie und musterte Fitz ernst.

«Du siehst furchtbar aus», bemerkte Tissy.

«Wahrscheinlich hat er sich betrunken», konstatierte Philippa, setzte sich aufs Bett und zog die Beine an. Tissy hockte sich auf die andere Seite des Bettes, und Fitz beschlich das Gefühl, Teil eines ihm völlig fremden Rituals zu sein, als ihn diese beiden kleinen Mädchen so umrahmten und ihn mit ihren großen, eindringlichen Augen ansahen.

«Verschwindet. Ich bin überhaupt nicht wach, ich schlafe noch. Also raus mit euch.»

Die Mädchen schenkten ihm keine Beachtung. «Hast du gewusst, dass Onkel Philip wieder da ist? Er ist gestern Abend angekommen, in Uniform, weil er jetzt nämlich Oberst ist. Und Tante Clemmie ist stocksauer.»

«Mummy sagt, sie ist fuchsteufelswild, und das heißt so viel wie stocksauer», erläuterte Tissy.

Dann sahen sie ihn beide erwartungsvoll an, und als er schwieg, fuhr Tissy fort: «Er hat eine sehr hübsche Dame mitgebracht.»

«Sie ist Französin.» Philippas Stimme troff vor Verachtung. «Ausländerin. Onkel Philip spricht nur Französisch mit ihr.»

Die Erinnerung kehrte mit schrecklicher Klarheit zu Fitz zurück, und die Geschehnisse der vergangenen Nacht standen ihm wieder vor Augen.

In die Stille hinein, die auf die Ankunft des Wagens und

seiner beiden Insassen folgte, rief eine Stimme aus der Schar der Gäste: «Aber das ist ja Oberst Landrake.»

Clemmie, das Gesicht so bleich, dass es mit dem hellen Grün ihres Reifrocks wetteiferte, hielt Felix' Arm umklammert und wandte keinen Blick von dem Wagen und ihrem Mann. Und auch nicht von der Gestalt, die hinter ihm stand, einer zierlichen Dame, auf deren dunkler Haarpracht die bloße Andeutung eines kessen kleinen Hütchens thronte, wie ein Flüstern frisch aus Paris.

Sämtliche anwesenden Damen kalkulierten umgehend, was dieses Hütchen wohl gekostet haben musste. Und wie Clemmie wussten sie gleich, wer es bezahlt hatte.

Clemmies Mann trat auf sie zu. «Clemmie. Da bist du ja, meine Liebe.» Er streifte ihre Wange mit trockenen Lippen, und sie fühlte sich wie von einer Schlange geküsst.

«Wer ist sie?»

«Du hättest mich benachrichtigen sollen, dass du den Porträt-Ball wieder veranstaltest, Clemmie. Ich habe nur ganz zufällig davon gehört und daraufhin beschlossen, gleich hierher nach Landrake zu kommen.» Sein Blick wanderte über das Grüppchen von Leuten, das inzwischen nur noch aus direkter Familie und den Bewohnern des Schlosses Bosworth bestand. Die übrigen Gäste besaßen genügend Taktgefühl und waren ins Haus zurückgegangen.

«Bei Gott, Fitz!» Philip ergriff Fitz' Hand und drückte sie kräftig. «Wie ich höre, hast du einen exzellenten Krieg gekämpft. Das hast du gut gemacht, ganz hervorragend. Und jetzt also wieder zurück im Studium? Es fällt dir hoffentlich nicht allzu schwer.» Er lachte herzlich und sah sich dann um. «Wo ist denn Esmond?»

«Im Internat», erwiderte Clemmie frostig.

«Lieber Himmel, warum hast du denn den Hausvorsteher nicht gebeten, ihm für den Porträt-Ball ein Wochenende freizugeben? Wir durften als Jungen immer dafür nach Hause kommen.»

Clemmie hielt sich nicht mit einer Antwort auf. «Willst du uns deine Bekannte nicht vorstellen?», fragte sie mit einer Stimme, die selbst noch Stahl durchschnitten hätte.

Philip musterte sie skeptisch, dann ließ er ein weiteres lautes Lachen hören, streckte die Hand aus und zog seine Begleiterin zu sich heran. «Das ist die Prinzessin Denise Dragonowa, eine entfernte Verwandte von uns. Wir sind uns ganz zufällig in Paris begegnet, und da habe ich sie hierher eingeladen, damit sie die Familie kennenlernt.»

Denise sah Clemmie mit ausdrucksloser Miene an. «Philip bestand darauf, dass ich ihn begleite», sagte sie mit starkem französischem Akzent. «Was für ein wunderschönes Haus.»

Fitz fand zunächst, dass sie ein wenig beschränkt klang, doch schon nach wenigen Minuten kam er zu dem Schluss, dass sie keineswegs beschränkt, sondern einfach nur erschöpft und gereizt war. Philip verhielt sich ihr gegenüber besitzergreifend und ein wenig aggressiv, und Fitz bezweifelte, dass sie überhaupt etwas wie Liebe oder auch nur Zuneigung für ihn empfand. Doch selbst der begriffsstutzigste Beobachter konnte sehen, dass Philip ganz vernarrt in sie war: Er konnte kaum den Blick von ihr lassen.

Clemmie fasste sich wieder und rauschte an ihrem Mann und Denise vorbei zurück zum Haus. An der Tür blieb sie stehen und sagte mit beißender Ironie: «Willkommen zurück auf Landrake Hall, Philip. Ich bin überzeugt, du weißt, wie sehr ich deine Rückkehr begrüße.»

Philip trat selbstsicher in die Eingangshalle. Er sah sich zufrieden um und schien nur für einen Moment etwas aus der Fassung zu geraten, als sein Blick auf das Bildnis seiner Mutter fiel. Dann nickte er dem ältlichen Butler zu, der ihn ganz unverhohlen anstarrte, und schnupperte in die Luft. «Ach, Mutters Duftmischung, wie gut ich mich daran erinnere! Wo steckt sie denn überhaupt? Ich sollte ihr gleich meine Aufwartung machen.»

«Heute nicht mehr», sagte Clemmie. «Sie ist schon vor über einer Stunde zu Bett gegangen und will nicht mehr gestört werden.»

Und Philip hatte erleichtert dreingeschaut, Denises Arm genommen und gesagt: «Und wo wird getanzt? Wie immer im Großen Saal? Sind die Musiker noch dort?»

Tissy hüpfte so nachdrücklich auf der Matratze auf und ab, dass sie Fitz rasch in die Gegenwart zurückholte. «Onkel Philip und Tante Clemmie haben sich ganz laut angebrüllt», teilte sie ihm mit.

«Nanny hat uns weggeholt, damit wir nicht hören, was sie sagen. Aber sehr nett klang es nicht», setzte Philippa mit ihrer hellen Stimme hinzu. «Warum freut sie sich denn gar nicht, dass Onkel Philip wieder da ist?»

«Nanny sagt, es wird Ärger geben. Wir haben gehört, wie sie mit Mummy über Onkel Philip gesprochen hat. Mummy sagt, sie muss ein Machtwort sprechen wegen dieser Dame, die Onkel Philip mitgebracht hat. Onkel Philip sagt, sie ist eine Cousine von uns, aber das kann ja nicht sein, wir sind doch keine Franzosen.»

«Großmutter ist schon Französin», warf Philippa ein.

«Ist sie nicht, sie ist Engländerin.»

«Ja, jetzt, aber früher war sie mal Französin. Diese Dame von Onkel Philip ist eine verarmte Verwandte, sagt Nanny. Und dabei hat sie ganz komisch den Mund verzogen und gesagt: ‹Und ein loses Frauenzimmer noch dazu›. Was meint sie denn damit?»

Fitz nahm sich vor, bei nächster Gelegenheit einmal mit Henrietta über die Kinderfrau zu reden, doch als er sich aufrichten wollte, um die beiden Mädchen zur Ordnung zu rufen, durchzuckte ihn ein heftiger Kopfschmerz, und er sank wieder in die Kissen zurück.

«Wenn ihr zwei mich jetzt in Ruhe lasst, bekommt jede einen Shilling.»

Die Mädchen wechselten einen Blick und schüttelten dann gleichzeitig den Kopf. «Geld wollen wir nicht, wir haben doch unser Taschengeld. Aber wenn wir jetzt gehen, machst du dann einen Ausflug mit uns?»

«Nein, ich fahre gleich nach dem Aufstehen nach Oxford zurück.»

«Mummy hat Nanny schon gesagt, dass du das sagen würdest. Aber sie hat vorhin mit Großvater telefoniert, und er sagt, er will mit dir reden, sobald du wach bist.»

Der Tag versprach noch sehr viel schlimmer zu werden, als Fitz beim Aufwachen geglaubt hatte.

5

Kommen Sie doch einen Augenblick mit in die Bibliothek», sagte Fitz zu Cleo, als sie die Treppe hinaufgingen und Mrs Harbinger und ihre Kompanie wieder ihren Aufgaben überließen. «Da erzähle ich die ganze Zeit von der Familie Landrake in jenem schrecklichen Jahr, dabei sind diese Menschen für Sie lauter Fremde, von denen Sie allenfalls den Namen kennen. Ich werde Ihnen ein altes Fotoalbum zeigen mit Aufnahmen aus dem Jahr. Die meisten davon hat Esmond gemacht, er war damals ganz versessen aufs Fotografieren. Ständig hat er uns zu Grüppchen arrangiert, um Fotos zu machen.»

Es war ein großformatiges Album, in dunkelrotes Leinen gebunden. Es kündete von einer vergangenen Zeit, jener Zeit direkt nach dem Krieg, als noch ein Rest von Entbehrung in der Luft lag und die exotischen Freuden, die Moden und Entwürfe der Zwanzigerjahre ihren Einfluss noch nicht auf Kleidung, Möbel und Fotoalben ausübten. Die dicken Seiten waren aus dunkelgrauer Pappe und wurden von zartem Seidenpapier geschützt. Und während Fitz das Album durchblätterte, nahm die Familie Landrake vor Cleos Augen Gestalt an.

Ein Gesicht sprang ihr sofort entgegen: Sie kannte es

bereits. «Das ist die Witwe.» Das Bild zeigte eine Frau vor einem Haus, dessen Tür von zwei Säulen umrahmt war. «Da steht sie vor dem Witwenhaus», erklärte Fitz. «Nach dem Tod seiner Mutter hat Jerry es abreißen lassen. Er meinte, es sei in keinem allzu guten Zustand mehr, da sei es einfacher, es ganz abzureißen, als es zu renovieren. Aber ich denke, es hat ihn einfach zu sehr an die Witwe erinnert.»

Obwohl das Datum, das mit weißer Tinte unter dem Foto verzeichnet war, von Juli 1919 sprach, schienen die Kleider der Witwe aus einer noch früheren Zeit zu stammen. Sie war ganz in Schwarz, trug eine Art Fichu aus schwarzer Spitze um den Hals, und ihr Rock reichte fast bis zum Boden. 1919 hatten die Rocksäume bereits begonnen, nach oben zu wandern; das Jahrzehnt der kurzen Röcke warf seine Schatten voraus. Doch diese Frau konnte man sich beim besten Willen nicht in einem kurzen Rock vorstellen. «Esmond ist ein guter Fotograf», bemerkte Cleo. «Sie wirkt mindestens so eindrucksvoll wie auf dem Porträt in der Eingangshalle.»

«Er war ein guter Fotograf», bestätigte Fitz. «Leider hat er es nicht weiterverfolgt.»

Cleo betrachtete das Foto. Die Witwe blickte ohne das kleinste Lächeln in Esmonds Objektiv. «Eigentlich sieht sie aus wie eine Figur aus Shakespeares Historiendramen. Eine eingemummte Königin.»

«Eingemummt. Ein schöner Ausdruck. Das ist aus Hamlet, nicht wahr?»

«Ja. Ich habe einmal das Kostüm für die Königin des Stücks im Stück entworfen, da habe ich mir den Ausdruck gemerkt. Sie schaut sehr grimmig drein, hat nicht einmal die Spur eines glücklichen Lächelns für den Fotografen übrig.»

«Sie war ja auch nicht glücklich in diesem Jahr. Kein Mensch auf Landrake war damals glücklich, bis auf Philip Landrake vielleicht.» Fitz blätterte um. «Sehen Sie, das hier ist Philip, und das ist Clemmie.»

Clemmies herzförmiges Gesicht sah ihr von dem Foto entgegen. Trotz der zusammengepressten Lippen und der unglücklichen Miene strahlte sie eine ungemeine Würde aus. Ihrem Mann, der dümmlich in die Kamera grinste, schien diese Würde völlig zu fehlen.

«Esmond hat kein bisschen Ähnlichkeit mit seiner Mutter», bemerkte Cleo.

«Nein, er ist ein Landrake durch und durch. Sie finden sein Gesicht dutzende Male in den Ahnenporträts oben auf der Galerie und auch sonst recht häufig im ganzen Haus.»

«Auch Philippa hat dieses reine Landrake-Gesicht, sie ähneln einander ungemein. Tissy allerdings scheint mir einiges von ihrer Großmutter zu haben.» Cleo blätterte zum Bild der Witwe zurück.

«Das haben Sie gut beobachtet. Tissy ist tatsächlich in vielerlei Hinsicht so wie ihre Großmutter und war auch immer ihre Lieblingsenkelin. Sie hat Stunden mit ihr im Witwenhaus verbracht, was zu ständigen Auseinandersetzungen mit ihrem Vater führte und mit ein Grund dafür war, dass er sie wider besseres Wissen schließlich doch aufs Internat geschickt hat. Er wollte verhindern, dass seine Mutter Tissy verdirbt.»

«Verdirbt? Wie das denn?»

«Mit ihren kämpferischen Ansichten zur Stellung der Frau beispielsweise. Sie wissen ja bereits, dass die Witwe die Suffragetten unterstützt hat, und das war für Jerry natürlich ein rotes Tuch. Das ist bis heute so. Er kann sich einfach nicht damit abfinden, dass Frauen jetzt das Wahlrecht haben.»

Fitz schlug die nächste Seite auf. Dort war nur ein Foto zu sehen, das die ganze Familie zeigte. Es war am Meer aufgenommen, doch die Personen auf dem Bild wirkten steif und gestellt und gar nicht so, als würden sie sich in der Sonne am Meer amüsieren. Philip saß auf einem Strandstuhl, flankiert von Clemmie und einer dunkelhaarigen Dame. Fitz deutete auf die Dunkelhaarige. «Das ist Denise.»

Das Foto war im August 1919 aufgenommen worden. «Dann war Denise also die ganze Zeit hier auf Landrake?»

«Bedauerlicherweise ja. Clemmie konnte sich damit absolut nicht abfinden, doch Philip bestand darauf, dass sie blieb. Natürlich hat Clemmie mehr als einmal versucht, sie loszuwerden, aber Philip hielt dagegen, sie habe keine Familie mehr und keinen Ort, wohin sie sich wenden könne, und sie könne sich doch unmöglich ihren Lebensunterhalt selbst verdienen. Das ließ Clemmie nicht durchgehen. Sie erklärte, etliche ihrer Hausangestellten hätten auch keine Familie mehr und würden sich ihren Lebensunterhalt sehr wohl selbst verdienen, was wiederum Philip sehr zornig machte. Denise sei schließlich von Geburt adlig, erklärte er. Aber Clemmie, die als Tochter eines englischen Herzogs für solch ‹russisches Gelichter›, wie sie immer sagte, kein Verständnis hatte, lachte nur und gab zurück, Denises Vater habe sich seinen Adelstitel vermutlich selbst verliehen und sei eigentlich nichts weiter als ein Seifenhändler.

Ihre ständigen Sticheleien ärgerten Philip. Natürlich war er durchaus im Unrecht, und das wusste er auch. Trotzdem drohte er Clemmie mit der Scheidung und sagte, er werde ihr keine andere Möglichkeit lassen, als in die Scheidung einzuwilligen, und sich zudem noch so verhalten, dass sie zum allgemeinen Gespött würde. Meiner Meinung nach wäre es ja genau umgekehrt ausgegangen, und Philip hätte sich allgemein zum Gespött gemacht. Bei den Nachbarn hier fing es bereits an. Viele stellten ihre Besuche auf Landrake ein, und es gab viel Gerede über Denises Position im Haus. Das hat die Atmosphäre sehr vergiftet.»

Cleo hatte Lancelot auf dem Foto erkannt. «Ist das Hector da neben ihm?»

«Der x-beinige kleine Junge mit Eimer und Schäufelchen, der aussieht, als könnte er kein Wässerchen trüben? Ja, das ist Hector.»

Cleo betrachtete den ernsten kleinen Jungen, der unter einem dunklen Haarschopf hervor mit ängstlichem Blick in die Kamera schaute. Genau so fiel ihm das Haar auch heute noch in die Stirn, wenn er es zu lang werden ließ, und Cleo verspürte ein plötzliches Gefühl von Zärtlichkeit, das jedoch rasch wieder verschwand, als Fitz auf das größere der beiden blonden Mädchen deutete, das eine tote Krabbe in der Hand hielt.

«Hector hatte damals schreckliche Angst vor Krabben, er fürchtete ständig, sie könnten kommen und ihm die Zehen abzwicken. Philippa hatte diese Krabbe gefangen und ihn den ganzen Vormittag über damit gepiesackt. Er war zwar älter als sie, stand aber auf ganz seltsame Weise unter ihrer Fuchtel, und anstatt ihr aus dem Weg zu gehen, wie es jeder andere halbwegs vernünftige Junge in seinem Alter getan hätte, brachte er sich ständig in Situationen, in denen sie ihn noch mehr ärgern und lächerlich machen konnte.»

Tissy saß im Schneidersitz zu den Füßen ihrer Mutter, die ebenfalls auf einem Strandstuhl saß, sich aber ein Stück vom Rest der Gruppe abgesondert hatte. Hinter Henrietta stand ein Diener mit einem Teller in der Hand, ein weiterer hielt sich neben Philip im Hintergrund. Cleo hatte Mühe, sich ein Picknick am Strand auszumalen, bei dem die Picknickenden von Personal bedient wurden.

«Ist das nicht Esmond, da neben Lancelot? Wer hat denn dann das Foto gemacht?»

«Ich», antwortete Fitz. «Ich hatte einen Teil der Sommerferien auf Landrake verbracht. Henrietta hatte die Mädchen den Sommer über mit ihrer Kinderfrau hierhergeschickt, und hin und wieder kam sie selbst für eine Woche vorbei. Das war bei einer dieser Gelegenheiten. Inzwischen glaubte auch sie nicht mehr recht daran, dass Jerry jemals wiederkommen würde, und Clemmie, das muss man ganz klar sagen, verhielt sich, als wäre sie bereits die Herrin von Landrake. Und deshalb hat sie sich schließlich auch mit Denise arrangiert. Sie konnte den Gedanken nicht ertragen, dass Philip nach einer Scheidung womöglich Denise heiraten würde, was ich allerdings nie für sehr wahrscheinlich hielt. Doch eine Scheidung hätte in jedem Fall bedeutet, dass Clemmie niemals Lady Landrake werden würde.»

«Eine wahrhaft glückliche Familie», kommentierte Cleo. Sie blätterte um und entdeckte auf der nächsten Seite ein paar sehr gelungene Fotos von Hausangestellten.

«Manchmal konnte Esmond eben nur das Personal überreden, lange genug stillzuhalten, damit er Fotos machen konnte», erklärte Fitz. «Das ist die frühere Haushälterin … ihr Name will mir gerade nicht einfallen … und das hier ist Franklin, der damals noch ein einfacher Diener war. Und der Mann dort in der Jacke mit den vielen ausgebeulten Taschen, der dringend einer Rasur bedarf, das ist der alte Arthur Foxton.»

«Der gestern beigesetzt wurde.»

Cleos Blick fiel auf die Fotografie eines Hausmädchens von etwa siebzehn oder achtzehn Jahren. Es hatte kurzes, glattes Haar, trug die Nachmittagsuniform, ein schwarzes Kleid mit weißer Schürze, und blickte etwas unbehaglich in die Kamera – dasselbe Hausmädchen, das Cleo am ersten Tag im Salon und später noch einmal im Esszimmer gesehen hatte.

«An sie erinnere ich mich noch gut», sagte Fitz. «Ein eigenartiges Geschöpf. Sie lief immer mit verängstigter Miene herum, und ich weiß noch, dass die Haushälterin ständig etwas an ihr auszusetzen hatte, weil sie ihre Arbeit nicht ordentlich erledigte. Wahrscheinlich war sie einfach zu klug, um ein bloßes Hausmädchen zu sein, und ich glaube auch nicht, dass sie sich hier auf Landrake jemals richtig wohlgefühlt hat. Kurz nach Henriettas Tod hat sie geheiratet und ist nach Australien ausgewandert. Ich weiß noch, wie sie sich von mir verabschiedet und mir gesagt hat, ich sei immer so nett zu ihr gewesen. Dann fügte sie noch hinzu, ich solle nicht mehr hierherkommen, Landrake sei ein grauenvoller Ort. Seltsam. Ich wusste damals gar nicht, was sie meint.» Er betrachtete das Foto erneut. «Sie hat sich vor allem um Denise gekümmert und hatte dadurch natürlich keinen allzu guten Stand in der Dienstbotenhierarchie. Hausangestellte sind die größten Snobs, die man sich denken kann, und keiner konnte sich je damit abfinden, dass Denise hier im Haus war.»

«Was war Denise denn für ein Mensch?»

«Sie sagten, die Witwe sähe aus wie eine eingemummte Königin. Denise ihrerseits war ständig von einer tragischen Aura umgeben. Oder nein, Tragik ist vielleicht das falsche Wort. Melancholie trifft es besser. Ich habe sie niemals lachen oder auch nur lächeln sehen, und ehrlich gesagt weiß ich eigentlich nicht recht, was Philip in ihr gesehen hat. Clemmie hielt sie für dumm, aber das war sie nicht, im Gegenteil. Ich erinnere mich noch, wie sie einmal hier in der Bibliothek saß. Sie hielt ein aufgeschlagenes Buch auf dem Schoß, schaute aber die ganze Zeit aus dem Fenster, als befände sie sich in einer längst verlorenen Welt. Ganz offensichtlich war sie sehr unglücklich. Und schließlich sagte sie leise und ergeben, es werde alles ganz furchtbar enden.»

«Was hat sie denn damit gemeint?», fragte Cleo.

«Das hat sie mir damals nicht gesagt. Doch so, wie die Dinge sich entwickelt haben, hat sie durchaus recht behalten.»

6

September 1919

Ende August 1919 verbrachte Fitz mit Freunden zwei Wochen in Frankreich. Doch Mitte September kehrte er nach Landrake Hall zurück. Solange in Oxford noch die sommerliche Vorlesungspause herrschte, konnte er dort vernachlässigte Lektüre aufholen und in der Bibliothek arbeiten. Unter den Landrake-Vorfahren hatten sich etliche Gelehrte befunden, und so war die Bibliothek bestens mit den klassischen Texten ausgestattet, die er benötigte. Außerdem wusste er, dass im Haus seiner Eltern in London ein so reges Gesellschaftsleben herrschen würde, dass er kaum dazu käme, seine Studien voranzutreiben.

Sein Vater hatte ihn in dem Vorhaben bestärkt, nach Landrake zurückzukehren. Henrietta war mit den Mädchen wieder in London, obwohl sie selbst zugab, dass die Seeluft ihnen sehr viel besser bekam. Dennoch war sie entschlossen, keinen Fuß mehr nach Landrake zu setzen, solange die Lage dort so kompliziert war. Das war nicht gut für die Mädchen, die bereits alt und aufmerksam genug waren, um einiges zu merken. Henrietta wollte nicht, dass sie in einem Haus wohnten, wo sich ihr Onkel mit seiner Geliebten aufhielt, und machte selbst keinen Hehl daraus, dass sie nicht begreifen konnte, weshalb Clemmie sich so einfach damit abfand.

Ihr Vater beschwor sie, nach Landrake zurückzukehren – immerhin war sie nach wie vor Lady Landrake, ob ihr das nun passte oder nicht –, doch diesmal blieb Henrietta unerbittlich und weigerte sich schlichtweg. So war es also an Fitz, hinzufahren, um nach dem Rechten zu sehen und sich ein Bild darüber zu machen, ob Philip demnächst zur Vernunft kommen, seine Gespielin fortschicken und sich wieder einem Leben widmen würde, das seiner gesellschaftlichen Stellung entsprach.

«Er macht sich doch völlig zum Narren», kommentierte Mr Falconer, «und das ist für niemanden gut, der mit der Familie zu tun hat.»

Und so kehrte Fitz nach Landrake zurück und fühlte sich gut und tugendhaft, weil seine eigene Neigung einmal mit den Wünschen seines Vaters zusammenfiel. Er wusste zwar, dass Clemmie, wenn sie schlecht gelaunt war, ihre Missstimmung auf das ganze Haus übertrug und sich daran kaum etwas ändern würde, solange Philip ebenfalls dort war, doch er wusste auch, dass er selbst sich in der Bibliothek verbarrikadieren und vom Rest der Familie fernhalten konnte und so nur beim Abendessen mit den anderen zusammentreffen musste. Im Esszimmer, vor dem Personal, würde Clemmie sicher keine Szenen machen. Und wenn ihm die Atmosphäre auf Landrake doch einmal ganz unerträglich wurde, konnte er immer noch zum Schloss hinüberfahren, wo ihn Jonathan Bosworth und Leonie mit offenen Armen empfangen würden.

Anfangs ließ sich dieser Plan auch verwirklichen. Fitz kam gut mit seiner Arbeit voran, hielt sich von allen unangenehmen Szenen fern und genoss das für die Jahreszeit ungewöhnlich schöne Wetter. Es war warm und trocken, und so konnte er jeden Tag schwimmen gehen.

Rasch kam er zu dem Schluss, dass sich der Konflikt zwischen Philip und Clemmie zu einer Art Waffenstillstand entwickelt hatte. Felix Gothard war nach Landrake zurückgekehrt, nachdem er den Großteil des Augusts bei der Moorhuhnjagd in Schottland verbracht hatte, und erstaunlicherweise verstand sich Philip blendend mit ihm, obwohl ihm doch klar sein musste, dass Gothard der Liebhaber seiner Frau war. Doch er war auch ein Vetter der Landrakes, und Philip besaß nun einmal einen stark ausgeprägten Familiensinn.

Von Vorteil war, dass die Witwe sich nur selten sehen ließ. Offenbar hatte sie sich nun auch mit Philip endgültig überworfen und sprach kein Wort mehr mit ihm. Das wusste Fitz von Clemmie, die ihm irgendwann einmal, als sie ihrem Ärger Luft machen musste, erzählt hatte, wie satt sie es habe, als Botin zwischen ihrem Mann und ihrer Schwiegermutter zu fungieren. Doch gleich danach hatte sie sich kopfschüttelnd und mit zusammengepressten Lippen wieder entfernt, ohne ihm mehr zu verraten.

Auch Esmond hielt sich noch auf Landrake auf, würde aber schon bald nach Eton zurückkehren. Er hatte sich ein gebrauchtes Motorrad zugelegt, an dem er zusammen mit Lancelot stundenlang herumbastelte. Soweit Fitz das beurteilen konnte, bestand das Hauptvergnügen an dem Fahrzeug für die beiden keineswegs im Fahren, sondern darin, es auseinanderzubauen und dann wieder zusammenzuschrauben. Esmond besaß ein außergewöhnliches Talent im Umgang mit Fahrzeugen, das musste man ihm lassen.

Als Fitz' Wagen unverhofft Mucken machte, bat Esmond, ihn sich ansehen zu dürfen, und Fitz war zuversichtlich genug, dass der Junge keinen größeren Schaden anrichten würde, um ihm zu erlauben, den Wagen in die Schmiede von Trewithiel zu fahren, die zugleich als Autowerkstatt diente. Esmond dürfe sich das Fahrzeug auch selbst ansehen, solle aber in Gottes Namen bloß nichts Unüberlegtes damit anstellen.

Es dauerte keine zwanzig Minuten, da hatte Esmond den Schaden ausfindig gemacht, und eine weitere halbe Stunde später hatte er ihn mit Lancelots eifriger, wenn auch nicht eben kundiger Unterstützung behoben. Fitz war beeindruckt und dankte Esmond mit echter Wertschätzung. Das bleiche Gesicht des Jungen rötete sich vor Freude, und er erzählte Fitz ganz im Vertrauen, dass er vorhabe, so bald wie möglich Flugstunden zu nehmen.

Autofahren konnte er bereits, und so ließ Fitz ihn zum Dank mit seinem Wagen über die Ländereien von Landrake kurven, verbot ihm aber strengstens, das Gelände zu verlassen. Der neue Wachtmeister von Trewithiel kam von außerhalb, hatte keinen übermäßigen Respekt vor der Familie Landrake und würde womöglich beanstanden, dass ein Junge in Esmonds Alter einen so schweren Wagen fuhr.

Esmond war außer sich vor Freude. «Das finde ich wirklich große Klasse von dir, Fitz. Ich würde den Wagen zu gern ausprobieren. Und keine Angst, ich baue keinen Unfall, versprochen! Später, wenn ich alt genug bin, um ein eigenes Auto zu haben, will ich mal Rennen fahren.»

Er hatte tatsächlich keinen Unfall, und Fitz war froh, dem Jungen eine Freude gemacht zu haben. Esmond hatte einen schweren Stand hier in Landrake Hall, und Fitz wusste, dass Henrietta Clemmie seinetwegen bereits ins Gewissen geredet hatte. Sie hatte ihre Schwägerin ermahnt, Esmond angesichts der Lage zwischen seinen Eltern und der ständigen Anwesenheit von Gothard und Denise von Landrake fernzuhalten.

Doch Clemmie hatte sie nur verächtlich gemustert. «Ich brauche keine Ratschläge von dir, wenn es darum geht, meinen Sohn zu erziehen. Mit Söhnen hast du schließlich keine Erfahrung.»

Fitz gewann den Eindruck, dass Clemmie gar nicht auf den Gedanken kam, ihr Sohn könne vielleicht unter dem Verhalten seiner Eltern leiden. Sie war viel zu sehr mit ihren eigenen Gefühlen und Problemen beschäftigt, um sich mit ihrem Sohn zu befassen. Esmond seinerseits hatte bereits genug mit den ganz normalen Ängsten und Sorgen jener schwierigen Phase auf der Schwelle vom Knaben zum Mann zu tun und bedurfte eigentlich keiner weiteren Belastungen durch das unmögliche Benehmen seiner Eltern.

Fitz ging das alles ohnehin nichts an, das hatte Clemmie ihm recht unmissverständlich zu verstehen gegeben, als er ihr einmal vorschlug, Esmond für einige Zeit nach London zu Henrietta und ihrer Familie zu schicken. Die Antwort kam wie aus der Pistole geschossen: «Esmonds Platz ist hier. Er wird Landrake einmal erben und sollte so viel Zeit wie möglich damit zubringen, sich mit der Verwaltung und Organisation des Landsitzes vertraut zu machen.»

Am Vorabend von Esmonds Rückkehr nach Eton kamen die Bosworths zum Abendessen nach Landrake Hall. Der Tag war ausgesprochen heiß gewesen, jetzt am Abend hing eine Schwüle in der Luft, die von einem herannahenden Gewitter kündete.

Jonathan Bosworth wischte sich beim Eintreten mit einem großen, weißen Taschentuch die Stirn. «Mein Diener meint, das Unwetter lässt nicht mehr lange auf sich warten. Nun, wir hatten in letzter Zeit eine ausgesprochene Schönwetterperiode, irgendwann musste das ja ein Ende haben.»

Doch das Wetter hielt den Abend über, und die Luft wurde immer drückender. Fitz verspürte leichte Kopfschmerzen, und Lancelot klagte fast ununterbrochen über die Hitze und verkündete theatralisch, es sei viel zu stickig hier, er werde nach dem Essen noch zur Bucht hinuntergehen.

Fitz, der vor dem Essen bereits dort gewesen war, erklärte Lancelot, an Schwimmen sei nicht zu denken. «Was für ein Unwetter sich da auch immer zusammenbraut, draußen auf dem Meer hat es bereits begonnen. Es kommen schwere Brecher herein, und da die Flut bei Vollmond ohnehin meist ihren Höhepunkt erreicht, wäre es reiner Wahnsinn, noch baden zu wollen.»

Beim Essen schlug Esmond seinem Vater vor, im Garten ein Schwimmbecken bauen zu lassen. «Viele meiner Mitschüler haben ein Schwimmbecken im Haus.»

Philip zeigte sich wenig überzeugt. «Wir haben doch das Meer vor der Haustür, wozu brauchen wir da noch ein Schwimmbecken?»

«Für solche Gelegenheiten wie heute, Sir», gab Esmond zurück. «Du weißt doch selbst, wie oft es zu gefährlich ist, im Meer zu baden. Wenn man ein Schwimmbecken hat, kann man baden, wann man will.»

«Zur Abkühlung reicht doch auch das Tauchbecken im Pavillon.»

Das Tauchbecken war ein kleines Becken aus schwarzem Marmor, das ein wassernärrischer Landrake im achtzehnten Jahrhundert in einen reizenden kleinen Pavillon hatte bauen lassen, zu einer Zeit, als Baden gerade der letzte Schrei war. Man stieg über einige Stufen hinein, und im Becken befand sich eine kleine Bank, auf der man sich niederlassen und nach Herzenslust das Wasser genießen konnte.

«Ich habe das Becken reinigen und wieder mit Wasser füllen lassen. Es ist mir schleierhaft, wie man es so verkommen lassen konnte. Natürlich …» Das richtete sich an Clemmie. «… gab es während der Kriegsjahre kaum Personal, aber es wäre trotzdem nicht allzu viel Aufwand gewesen, das Becken in Ordnung zu halten. Nun, wie auch immer, ich habe die Männer damit beauftragt, und jetzt kann man es wieder benutzen.»

Das Abendessen neigte sich dem Ende zu, und gegen Mitternacht verabschiedete sich die Gesellschaft vom Schloss. Lancelot klopfte Esmond auf die Schulter und sagte ihm, der Wagen werde morgen Punkt zehn da sein, um ihn abzuholen, er solle also gestiefelt und gespornt und mit gepackten Koffern für die Rückkehr nach Eton bereitstehen. «Du weißt ja, wie Papa es hasst, wenn wir Huish warten lassen.»

Draußen regte sich kein Lüftchen, es schien, als hätte die Welt den Atem angehalten. Selbst die Insekten, die sonst um diese Stunde überall herumschwirrten, waren verschwunden, und in der Luft hing der durchdringende Salzgeruch, der jedem Gewitter vorausging. Fitz hatte recht gehabt, was die Bucht betraf: Man hörte die anbrandenden Wellen bis zum Haus hinauf. Denise fächelte sich müde und mit schwerem Blick Kühlung mit einem Spitzenfächer zu und verkündete, sie werde gleich zu Bett gehen.

Auch Esmond ging auf sein Zimmer, um sich zu vergewissern, dass auch alles für den nächsten Tag gepackt war, und kurze Zeit später erklärte Clemmie mit ausgiebigem, demonstrativem Gähnen, sie werde sich jetzt ebenfalls zurückziehen. Sie warf Gothard einen Blick zu, der daraufhin sofort einstimmte: «Potzblitz, ja, Clemmie hat recht, es ist bereits ganz ungewöhnlich spät. Noch ein kurzer Gang über die Terrasse und eine letzte Zigarre, dann lasse ich es für heute gut sein.»

Fitz war hellwach, hatte aber immer noch leichte Kopfschmerzen. Auf seinem Zimmer legte er Smokingjacke und Weste ab und setzte sich in seinen Sessel ans offene Fenster, ein Buch auf den Knien, doch seine Gedanken waren nicht recht bei der Sache. Als er unten Schritte auf dem Kies hörte, stand er auf und beugte sich hinaus. Philip ging im Bademantel dort entlang, und als Fitz seinen Namen rief, hob er die Hand zum Gruß und erklärte, er wolle sich bei der Hitze noch einmal kurz im Tauchbecken abkühlen. «Ich hatte den Dienern vorher schon gesagt, sie sollen dort für alle Fälle ein Licht brennen lassen.» Und damit ging er in Richtung des Louisa-Landrake-Gartens davon.

Am Fenster war es kein bisschen kühler, es schien sogar noch heißer und drückender zu werden. Kein Wind regte sich, und einen Augenblick lang war Fitz in Versuchung, sich Philip anzuschließen, doch dann ließ er es, nicht zuletzt deshalb, weil Philip allem Anschein nach an diesem Abend einiges über den Durst getrunken hatte. Er sprach mit der Bedächtigkeit des Angetrunkenen und schien auch nicht mehr ganz sicher auf den Beinen zu sein – es bestand also die Gefahr, dass er rührselig werden würde.

Hätte Philip die Absicht geäußert, zur Bucht hinunterzugehen und dort im Meer zu schwimmen, hätte Fitz ihn sicher davon abgehalten. Das Meer war selbst an ruhigen Abenden zu gefährlich für jemanden in seiner Verfassung. Doch ein Bad im Tauchbecken schien ihm keine Gefahr zu bergen. Er setzte sich wieder in seinen Sessel und dachte eben daran, sich schlafen zu legen, als er unten erneut Schritte auf dem Kies hörte. Ein Blick aus dem Fenster zeigte ihm, dass es Clemmie und Felix waren.

Falls sich die beiden im Garten verlustieren wollten, praktisch unter Philips Augen, so ging das Fitz nichts weiter an, obwohl er sie insgeheim verfluchte, weil sie sich auf eine Weise gebärdeten, die selbst bei jüngeren Leuten waghalsig genannt werden konnte. Fitz schaute damals noch mit der Arroganz der Jugend auf die Älteren, die es doch längst besser wissen sollten.

Um seinen Missmut zu äußern, schloss er das Fenster mit einem vernehmlichen Knall und beschloss, nun umgehend zu Bett zu gehen. Doch es war viel zu heiß, er konnte nicht einschlafen, und so stand er leise fluchend wieder auf, um das Fenster abermals zu öffnen. Ein heller Blitz riss den Himmel entzwei, und Fitz sah eine weitere Gestalt, die über die Terrasse glitt. Denise. Was in aller Welt ging eigentlich da draußen vor? Sollten sie sich doch alle zum Teufel scheren! Fitz kehrte ins Bett zurück, und diesmal schlief er trotz Kopfschmerzen tief und fest ein.

Am nächsten Morgen ließ ihn lautes Klopfen an seiner Zimmertür hochschrecken. Er richtete sich auf. Die Fenster klapperten in den Rahmen, Hagel prasselte hernieder, und Donner und Blitz wechselten sich in rascher Folge ab. Es war so finster draußen, dass man meinen konnte, es wäre nicht früher Morgen, sondern tiefe Nacht.

Fitz öffnete seine Zimmertür und fand Mrs Harbinger draußen. Er hatte sie noch nie aus der Fassung erlebt, ihrer stoischen Ruhe schien nichts etwas anhaben zu können. Doch jetzt wirkte sie zutiefst besorgt und aufgewühlt. «Mr Philip ist verschwunden, Fitz. Sein Bett ist völlig unberührt, und wir wissen beim besten Willen nicht, wo er sein könnte. Hat er gestern Abend vielleicht noch irgendetwas zu Ihnen gesagt?»

Sofort fiel Fitz alles wieder ein. Er wollte schon seinen Morgenmantel überstreifen, zog dann aber stattdessen Hose und Jacke über den Schlafanzug und schlüpfte in ein Paar feste Schuhe.

«Ich habe ihn gegen zwei Uhr früh unten am Fenster vorbeigehen sehen. Er war im Bademantel und wollte sich noch einmal im Tauchbecken abkühlen.»

Mrs Harbinger war noch schneller als er, und keine Minute später scholl der Gong mit immer lauteren Schlägen durch das Haus. Der Lärm jagte Fitz Angst ein: In all den Jahren, die er nun schon nach Landrake Hall kam, hatte er diesen Gong immer nur schlagen hören, wenn es darum ging, die Anwesenden ans Umziehen zu erinnern, oder wenn das Essen auf dem Tisch stand. Nun eilten die Hausbewohner von überall herbei und versammelten sich in der Eingangshalle, um zu sehen, was los war. Dort wartete bereits Clemmie mit verstörter Miene. Gothard hielt ihre Hand, tätschelte ihr den Arm und sagte: «Keine Angst, nur keine Angst, meine Liebe, wir werden ihn schon finden.»

Durch Hagel und Regen machten sie sich auf den Weg in den Louisa-Landrake-Garten und waren schon bald nass bis auf die Haut. Als sie sich dem Pavillon näherten, schien das Unwetter seinen Höhepunkt zu erreichen, und der Wind peitschte die Bäume mit ungeahnter Kraft hin und her. Inmitten strömenden Regens, umgeben vom unheimlichen Flackern der Blitze, war der Weg durch den tropischen Garten bis zum Pavillon wie eine Reise durch ein fremdes Land.

Fitz hegte große Befürchtungen, was sie dort wohl vorfinden würden: Er hielt es für sehr wahrscheinlich, dass Philip einen Unfall gehabt hatte. Aber vielleicht war er ja auch nur aus dem Wasser geklettert und am Beckenrand eingeschlafen.

Doch nein: Als sie den Pavillon betraten, trieb Philip mit dem Gesicht nach unten im Wasser.

Mrs Harbinger war im Haus zurückgeblieben, um den Arzt zu benachrichtigen; er traf im selben Moment ein, als sie Philip auf der aus den Angeln gehobenen Pavillontür als behelfsmäßiger Bahre ins Haus trugen.

Philip war tot. Um das festzustellen, musste man nicht einmal Arzt sein, und Doktor Trevithick, der seit Jahren ganz Landrake Hall betreute, war verstimmt, weil sie den Toten ins Haus zurückgebracht hatten. Seiner Ansicht nach hätten sie ihn am Fundort lassen und die Polizei benachrichtigen sollen.

Da mischte sich Clemmie ein und erkundigte sich in

einem Ton, der einem weniger tapferen Mann als dem Doktor das Blut in den Adern hätte gefrieren lassen, weshalb es denn überhaupt nötig sei, die Polizei einzuschalten. Es stehe doch völlig außer Zweifel, wie Philip gestorben sei: Er habe nach einem opulenten Abendessen und einigen Gläsern zu viel ein Bad im Tauchbecken nehmen wollen, dabei sei er ausgerutscht, habe sich den Kopf angeschlagen und sei ertrunken.

Fitz ahnte, dass nun ein Zweikampf bevorstand, bei dem Clemmies adliges Selbstverständnis, in jedem Fall ihren Willen durchzusetzen, auf Doktor Trevithicks ärztliche Pflichten prallte. Er wusste so gut wie Clemmie, dass die Polizei irgendwann zwangsläufig benachrichtigt werden musste, beschloss jedoch, den Ausgang des Streits nicht abzuwarten. Stattdessen schlich er sich unbemerkt hinaus, trat in das Kabinett neben der Eingangshalle und meldete ein Ferngespräch zu seinem Vater an.

Der Anruf erreichte Fitz' Vater bei der morgendlichen Rasur, und er zeigte sich zunächst nicht gesprächsbereit, doch Fitz überzeugte den Kammerdiener, dass es dringend sei, und schließlich hörte er die Stimme seines Vaters am anderen Ende der Leitung. Es knackte und knisterte, doch die Verbindung war gut genug, dass Mr Falconer begriff, was sein Sohn ihm da berichtete.

Er hielt sich nicht lange mit Entsetzens- oder Beileidsbekundungen auf, weil Fitz beim Auffinden der Leiche zugegen gewesen war. Für ihn stand außer Frage, dass die Polizei eingeschaltet werden musste, und er beschloss, umgehend seinen guten Freund, den Polizeipräsidenten von Scotland Yard, zu benachrichtigen und damit sicherzustellen, dass ein fähiger Mann mit dem Fall betraut wurde. Anschließend würde er sich um die Presse kümmern und sämtliche Geschichten unterbinden, die übertriebenen Alkoholkonsum als Unfallursache aufführen oder auf Philips unorthodoxes Privatleben abheben wollten.

«Vor allem müssen wir Henrietta und die Mädchen schützen. Die Landrakes an sich sind mir herzlich gleichgültig, und ich verfluche den Tag, an dem Henrietta in diese Familie eingeheiratet hat. Jerry war der einzige anständige Mensch in diesem ganzen Haufen, aber er ist tot, daran besteht inzwischen kaum noch ein Zweifel. Philip war ein durchaus angenehmer Mensch, aber ein absoluter Narr ohne einen Funken Verstand, was sein Privatleben anging. Ein Jammer, dass ich immer noch nichts von meinen Kontaktleuten in Persien gehört habe, sonst könnte man die ganze Landrake-Nachfolge jetzt ein für alle Mal regeln. Esmond wird das Erbe antreten müssen, das ist für einen Jungen in seinem Alter eine große Bürde, und er hat seinen Vater doch auch sehr geliebt, nicht wahr? Es muss ein gewaltiger Schock für ihn sein. Hab ein Auge auf ihn, Fitz. Wer ist der Nächste in der Erbfolge? Wie, das weißt du nicht? Nun, ich werde es schon herausfinden. Oder du fragst Lady Clementine, die sollte es ja wissen. Vermutlich irgendein entfernter Verwandter, es ist also ratsam, dass Esmond früh heiratet und selbst einen Sohn in die Welt setzt.»

Fitz sagte nichts. Er wusste, dass sein Vater keine Antwort erwartete.

«Und sorg dafür, dass diese Französin … wie heißt sie noch gleich? Na, Philips Geliebte jedenfalls … Sie muss unbedingt von dort verschwinden, ehe die Polizei mit den

Ermittlungen beginnt. Ich weiß, dass es ein Unfall war, aber könnte es nicht auch Selbstmord gewesen sein? Nein, das hätte nicht zu ihm gepasst. Behalten wir die schmutzigen Details also lieber für uns. Gib der französischen Hure etwas Geld und sag ihr, sie soll zusehen, dass sie Land gewinnt. Das Geld wird ihr helfen zu begreifen, dass sie auf Landrake nach Philips Tod nicht mehr erwünscht ist. Falls nötig, soll die alte Hexe von Witwe mit ihr reden, die kann sie notfalls auf Französisch beschimpfen, damit sie auch wirklich begreift, was los ist.»

Ein Klicken in der Leitung zeigte Fitz an, dass sein Vater aufgelegt hatte. Er selbst blieb wie so oft mit dem Gefühl zurück, als wäre eine Dampfwalze durchs Telefon gebraust und hätte ihn überrollt.

Besonders bemerkenswert an diesem ganzen Tag war die Art und Weise, wie Mrs Harbinger das Ruder übernahm. Eigentlich hatte Fitz erwartet, dass Clemmie die Führung an sich reißen würde, doch sie verlor so vollkommen die Nerven, wie Fitz es noch nie erlebt hatte.

So war es also Mrs Harbinger, die der Hausherrin die Nachricht überbrachte und dann besorgt abwartete, während die Witwe sie mit kalten, schwarzen Augen fixierte und nachfragte: «Ertrunken? Im Tauchbecken? Unter Alkoholeinfluss? Sind Sie ganz sicher?» Mrs Harbinger gab heimlich ein Beruhigungsmittel in den Tee, den sie der Witwe machte, und ließ sie dann in der Obhut ihrer treuen Zofe, um selbst nach Landrake Hall zurückzukehren und zu sehen, was dort noch zu tun war.

Während Clemmie und der Arzt noch über den toten Philip zankten, setzte Mrs Harbinger auf Anweisung der

Witwe die Suche nach Denise in Gang. Lil, ihre Zofe, hatte sich schließlich doch noch auf ihre Pflichten besonnen und war nach oben gegangen, um Denise den Morgentee zu bringen, hatte das Zimmer jedoch leer und das Bett unberührt vorgefunden. Auf Nachfrage berichtete sie Mrs Harbinger davon, um sich gleich darauf einem Weinkrampf zu überlassen. Die herbeigerufene Haushälterin führte Lil fort, und Mrs Harbinger war überzeugt, dass sie dem Mädchen eine schallende Ohrfeige verabreichen würde, sobald sie mit ihr außer Hörweite war.

Clemmie interessierte sich nicht im Geringsten dafür, was aus Denise geworden war. «Umso besser, wenn sie fort ist. Hier wird ihr niemand eine Träne nachweinen. Wahrscheinlich hat sie die ganze Aufregung um Philip mitbekommen und erkannt, dass ihre Zeit hier abgelaufen ist.»

Nach Fitz' persönlicher Meinung sprachen dafür weder das unbenutzte Bett noch die Tatsache, dass ihre Kleider und ihr Koffer noch im Zimmer waren. Vorläufig erzählte er niemandem davon, dass er Denise etwa eine halbe Stunde nach Philip ebenfalls in Richtung des tropischen Gartens hatte gehen sehen. Ihm schien es das Naheliegendste zu sein, dass Denise Philip ertrunken vorgefunden und daraufhin voller Angst die Flucht ergriffen hatte. Würde man die Anwohner oder die Bahnhofbeschäftigten befragen, erhielte man sicher Hinweise darauf, dass eine junge Frau sich zu Fuß von Landrake Hall entfernt und womöglich auch versucht hatte, eine Mitfahrmöglichkeit zu finden.

Zwei Stunden später stand der fähige Mann, den Fitz' Vater angekündigt hatte, vor der Tür. Er war in einem Polizeiwagen gekommen und stellte sich als Inspektor Pritchard vor – ein Name, der sofort Fitz' Misstrauen erregte. Das war kein einfacher Polizist: Der Mann war bei der Obersten Ermittlungsbehörde. Als der Inspektor ihn zum Gespräch bat, konfrontierte er ihn umgehend mit dieser Vermutung.

Ungerührt und mit der weichen Diktion des gebürtigen Walisers, erwiderte Pritchard, Mr Falconer habe vollkommen recht. Oberst Landrake sei immerhin ein wichtiger Mann gewesen, außerdem sei da ja noch das Verschwinden von Lord Landrake im Jahre 1917, das seine Behörde endlich aufzuklären wünsche. «Das hat natürlich nichts mit Oberst Landrakes Tod zu tun, keine Frage, aber da ich mit der Familie Landrake doch einigermaßen vertraut bin, war man allgemein der Ansicht, ich solle mich der Sache annehmen. Die Lage ist ja recht eindeutig, der verstorbene Oberst scheint dem Alkohol etwas zu freimütig zugesprochen zu haben …» Das missbilligende Funkeln in den Augen des Inspektors kündete von einem methodistischen Hintergrund. «Er wird ausgerutscht sein, sich den Kopf angeschlagen haben und im Wasser ohnmächtig geworden sein. Ein äußerst unseliges Ende, ganz ausgesprochen unselig sogar, aber solche Unfälle geschehen nun einmal.»

Fitz erwähnte Denise, und Pritchard versicherte ihm, die Einsatzkräfte vor Ort würden die Augen nach ihr offen halten. Doch da es keinerlei Anzeichen für ein Verbrechen gebe und die junge Dame in ihrer Eigenschaft als Gast Landrake Hall jederzeit verlassen und gehen könne, wohin sie wolle, sehe er die Suche nach ihr nicht als seine vordringliche Pflicht an.

❈ 7 ❈

Dezember 1919

Nach Philips Beisetzung verließ Fitz Landrake Hall mit dem festen Vorsatz, nie wieder einen Fuß über diese Schwelle zu setzen, wenn es sich nur irgend vermeiden ließ. Auf keinen Fall würde er die Weihnachtstage dort verbringen.

Den Herbst über war er vollauf mit seinem Leben in Oxford beschäftigt und sah Henrietta nur selten. Sie hielt sich ebenfalls von Landrake fern und schien nach und nach ein wenig ihren Lebensmut zurückzugewinnen, je bunter das Leben im London der Nachkriegszeit wieder wurde. Im Oktober brach sie zusammen mit ihren Töchtern auf, um einige Wochen in Amerika zu verbringen.

Fitz seinerseits dachte nur selten an Landrake Hall, und so war er zutiefst überrascht, als er eines Tages von einer Vorlesung zurückkam und der College-Pförtner aus seinem Pförtnerhäuschen trat, um ihm mitzuteilen, er habe Besuch von Lady Clementine Landrake. «Ich war so frei, die Dame in Ihre Räumlichkeiten zu führen, Sir, und Ihren Diener zu bitten, sich um sie zu kümmern. Sie ist bereits seit etwa zwanzig Minuten hier.»

Mit wehender Studentenrobe eilte Fitz über den Tom Quad und betrat den Peckwater Quad, wo er seit Oktober neue Zimmer bewohnte. Was zum Teufel hatte Clemmie bloß in Oxford verloren, und weshalb kam sie ihn besuchen?

Seit ihrer letzten Begegnung wirkte sie gealtert, dabei jedoch kein bisschen verzagt oder bekümmert. Kaum hatte Fitz seinen Diener angewiesen, den Tee zu bringen, kam sie auch schon auf den Grund ihres Besuchs zu sprechen. Sie setzte sich in dem abgeschabten Ledersessel zurecht, der vor dem Kamin stand, und hielt die behandschuhten Hände nah an die Flammen, um sich aufzuwärmen. Es war ein kalter Tag. Clemmie trug graue Halbtrauerkleidung, die ihr nicht gut zu Gesicht stand. Zu ihrer starken Persönlichkeit passten einfach keine blassen Farben.

«Ich habe mich ganz spontan entschieden, einen Abstecher von Eton aus zu machen», sagte sie. «Dort war ich mit Esmond Mittagessen. Sein Hausvorstand hatte sich mit mir in Verbindung gesetzt und mir gesagt, er sei in Sorge um den Jungen. Offenbar ist Esmond sehr traurig über den Verlust seines Vaters, doch in Eton darf man es sich nicht anmerken lassen, wenn man unter irgendetwas leidet, und sei es der Tod des eigenen Vaters.»

Obwohl es ihn gar nicht weiter erstaunte, setzte Fitz zu ein paar höflichen Bemerkungen an, wie leid es ihm tue, dass Esmond das alles so schwer nehme, doch Clemmie wischte das mit einer Handbewegung beiseite. «Ich bin mir nicht einmal sicher, ob es tatsächlich nur um Philips Tod geht. In letzter Zeit verhält sich Esmond mir gegenüber äußerst feindselig. Und dann ist da natürlich noch die Sache mit Felix.»

Sie brach ab, als der Diener hereinkam und den Tee sowie

einen Teller mit kleinen Sandwiches brachte. Clemmie nahm sich eines und knabberte an dem kleinen, dreieckigen Brot herum, ohne recht darauf zu achten, was sie da aß. Als der Diener die Tür wieder hinter sich geschlossen hatte, fuhr sie fort: «Es ist keine leichte Zeit für Esmond, noch dazu in diesem schwierigen Alter. Nach Ablauf des Schuljahres hat er noch mindestens zwei weitere vor sich, und danach wird er wohl auf die Universität gehen. Er sagt, er will fliegen lernen, und ich habe ihm versprochen, dass ich ihm Flugstunden ermöglichen werde, sobald er alt genug ist. Mir gefällt das zwar ganz und gar nicht, aber ich muss doch dafür sorgen, dass er sich auf etwas freuen kann, und es schien ihn zumindest aufzuheitern.»

Fitz fand, Flugstunden seien nicht der allerbeste Ersatz für einen toten Vater, doch er hielt sich mit der entsprechenden Bemerkung zurück. Clemmie hatte ihm noch immer nicht erklärt, weshalb sie nicht gleich nach London zurückgekehrt war, nachdem sie Esmond wieder in Eton abgeliefert hatte, sondern diesen Umweg über Oxford gemacht hatte.

«Ich könnte Felix gar nicht von Landrake fernhalten, selbst wenn ich das wollte, was übrigens nicht der Fall ist. Esmond mag ihn nicht, das war schon immer so, aber wenn er erst einmal älter ist und die jetzige turbulente Zeit überstanden hat, dann wird er mich schon verstehen und auch Felix mehr zu schätzen wissen. Hast du gewusst, dass Felix in der Erbfolge direkt nach Esmond kommt?»

Das hatte Fitz keineswegs gewusst. Sein Vater und Henrietta hatten es inzwischen zweifellos herausgefunden, doch Fitz interessierte sich zu wenig für das Thema und vermied es überdies, die Familie Landrake seinem Vater gegenüber zu erwähnen. Mr Falconers Laune verfinsterte sich jedes Mal, wenn das Gespräch darauf kam.

«Aber wenn die ganzen Formalitäten und rechtlichen Probleme um Jerrys Verschwinden erst einmal erledigt sind, wird Esmond doch den Titel erben. Und wenn dann alles seinen natürlichen Gang geht – warum solltest du oder sonst irgendwer dir dann den Kopf darüber zerbrechen, wer nach ihm in der Erbfolge kommt? Es besteht schließlich kein Anlass, daran zu zweifeln, dass Esmond ein langes, erfülltes Leben und eigene Kinder haben wird.»

Clemmie musterte ihn nachdenklich. «Rein theoretisch hast du natürlich recht. Aber, wie Felix immer sagt: Denk nur an diese schreckliche Spanische Grippe, die so viele junge Männer dahingerafft hat. Womöglich gibt es ja auch wieder Krieg, oder Esmond schlägt nach seinem Vater und beschließt, weite Reisen zu unternehmen und zu völlig unnötigen Expeditionen aufzubrechen. Er liebt Landrake Hall, und es würde ihm sehr viel bedeuten, Lord Landrake zu werden; aber dann sollte er doch auch begreifen, dass es sinnvoll ist, sich mit Felix gutzustellen.»

«Dennoch muss man doch davon ausgehen, dass Felix vor Esmond stirbt.» Mehr konnte Fitz zu dem Thema nicht sagen. «Und all das, Clemmie, kann auch nicht der Grund sein, weshalb du mich aufgesucht hast. Es ist mir natürlich immer eine Freude, dich zu sehen», setzte er um der Höflichkeit willen hinzu. «Aber sag mir doch: Was willst du von mir?»

Clemmie musste lachen. «Dir konnte man noch nie so leicht etwas vormachen, Fitz. Ich wollte, Henrietta besäße etwas mehr von deiner Vernunft und Charakterstärke. Wo ist sie denn gerade? In Amerika? Nun, vielleicht begegnet sie dort ja einem amerikanischen Millionär und baut sich ein Leben in der Neuen Welt auf, wenn sie erst einmal offiziell Witwe ist.» Mit einer weiteren raschen Handbewegung war auch Henrietta abgetan. «Ich will von dir, dass du Weihnachten auf Landrake Hall verbringst. Nein, zähl mir jetzt nicht gleich mindestens zehn Gründe auf, warum dir das unmöglich ist. Ich möchte, dass du kommst, weil Esmond dich schätzt und dir vertraut, und weil ich ihm das Gefühl geben möchte, dass jemand für ihn da ist. Jemand, der zwar nicht direkt zur Familie gehört, ihr aber doch in ausreichendem Maße verbunden ist.»

«Ich bitte dich, Clemmie, Esmond mangelt es doch auf Landrake wahrhaftig nicht an einer Bezugsperson. Lancelot und er sind wie siamesische Zwillinge.»

Clemmie erhob sich und trat vom Feuer weg ans Fenster. Sie schaute mit leerem Blick auf den Hof hinunter, dann drehte sie sich wieder zu Fitz um, seufzte auf, holte tief Luft und sagte dann mit betont ruhiger Stimme: «Nun, Fitz, diese Freundschaft verursacht leider gerade einige Schwierigkeiten. Esmonds Hausvorstand hat Jonathan Bosworth einen Brief dazu geschrieben. Mir natürlich nicht, offenbar hält er das für ein Thema, das man einer Dame gegenüber nicht ansprechen kann. Ein ausgemachter Dummkopf», setzte sie kühl hinzu. «Du kennst ihn ja vielleicht? Reggie Baldwin?»

«Nein, bedaure. Ich bin in Winchester zur Schule gegangen und kenne auch sonst niemanden namens Baldwin.»

«Na, spielt ja auch keine Rolle. Jonathan Bosworth jedenfalls ist mit dem Brief direkt zu mir gekommen. Er teilt das überzogene Zartgefühl des Hausvorstands glücklicherweise nicht. Der langen Rede kurzer Sinn ist, dass der Vorstand den Eindruck gewonnen hat, die Freundschaft zwischen Esmond und Lancelot Bosworth sei zu eng, zu ‹innig›, wie er es auszudrücken beliebt. Der alte Kleingeist tut, als wären die Kinder in einem Kloster und würden ihr Gelübde brechen. Dabei kann er doch noch froh sein, sollte man meinen, dass sie wenigstens gleich alt sind und es sich zumindest nicht um einen älteren und einen jüngeren Knaben handelt, wenn schon eine körperliche Beziehung zwischen ihnen bestehen muss.»

Fitz starrte Clemmie fassungslos an. «Du willst mir also allen Ernstes erzählen, dass zwischen Esmond und Lancelot eine homosexuelle Beziehung besteht, von der sogar der Hausvorstand der beiden weiß? Und dir ist das völlig gleichgültig?»

«Das ist doch auf Jungeninternaten gang und gäbe, alle Welt weiß das. Spiel hier nicht den Unschuldigen, Fitz. Du magst vielleicht selbst keine derartigen Neigungen gehabt haben, aber bei vielen ist das anders. Ich habe drei Brüder, ich weiß nur zu gut, wie es auf solchen Schulen zugeht. Die Burschen sitzen dort fest, zu einer Zeit, wo sie gerade zu Männern werden, da liegt es doch auf der Hand, dass sie erotischen Experimenten miteinander frönen. Und bei manchen setzt sich das auch noch fort, wenn sie erwachsen sind. Nimm meinen Vater zum Beispiel.»

Fitz schloss einen Moment lang die Augen. Er konnte kaum glauben, was er da zu hören bekam. Clemmie würde doch jetzt nicht allen Ernstes die skandalösen Umtriebe des alten Casterton heranziehen, um Esmonds Verhalten zu rechtfertigen?

Doch genau das tat sie.

«Ich weiß, er ist Herzog und damit über jeden Zweifel erhaben, und er ist überdies auch noch verheiratet, aber jeder, der ihn näher kennt, weiß, dass ihm Männer deutlich lieber sind als Frauen. Womöglich ist das bei Esmond ja genauso. Womöglich wird er ernsthafte Gefühle immer nur für Männer entwickeln können und nicht für Frauen, aber davon geht die Welt ja nun nicht gleich unter. Es heißt noch lange nicht, dass er nicht auch heiraten und Kinder haben könnte, so wie mein Vater. Aber das moderne Denken bringt ja viele Veränderungen mit sich, und vielleicht hat Esmond einmal gar keine Lust zu heiraten und für einen Erben zu sorgen, nur um den Schein zu wahren.»

«Clemmie, ich weiß wirklich nicht …»

«Ruhig, Fitz, ich bin noch nicht fertig. Jonathan ist alles andere als begeistert. Er ist ein toleranter Mann mit sehr liberalen Ansichten, doch im Augenblick ist er einfach nur zornig. Und zwar nicht aufgrund irgendwelcher bürgerlicher Moralvorstellungen – er ist nämlich fest davon überzeugt, dass es sich nur um eine vorübergehende Phase handelt, der beide wieder entwachsen werden –, sondern weil er schlicht und einfach nicht gern solche Briefe von Schulhonoratioren bekommt. Er hält das für eine bodenlose Frechheit. Und so wird Lancelot in diesen Weihnachtsferien nicht Esmonds siamesischer Zwilling sein. Jonathan will ihn zum Jahresende aus Eton entfernen und für mindestens ein Jahr in eine Schule auf dem Kontinent schicken. Während der Weihnachtsferien soll er in London sein Französisch und sein Deutsch aufbessern, um dann gleich im neuen Jahr ins Ausland zu gehen.»

«Das wird Esmond aber bestimmt nicht gefallen.»

«Was Esmond gefällt oder nicht, ist mir vollkommen gleichgültig. Ich möchte einfach nur, dass er über Weihnachten einen jüngeren Mann als Gesellschaft im Haus hat. Ich weiß, du bist einige Jahre älter als er, aber das ist nur von Vorteil. Er wird zu dir aufschauen und sich geschmeichelt fühlen, dass du bereit bist, ihm ein wenig Zeit zu widmen.»

Fitz wäre im Augenblick an jedem anderen Ort lieber gewesen als just in diesem Zimmer. Clemmie war eine entschlossene Frau, daran gewöhnt, ihren Willen durchzusetzen, was ihr dank ihrer enorm starken Persönlichkeit auch immer wieder gelang. Nun, er würde sich nicht von ihr unterkriegen lassen.

Doch da lächelte Clemmie, und Fitz fand sich statt herrischer Worte ihrem ganzen Charme ausgesetzt, über den sie in reichhaltigem Maß verfügte, wenn sie sich einmal dazu durchrang, ihn einzusetzen. «Mein Gott, was würdest du denn an Weihnachten sonst tun? Und komm mir nicht mit irgendwelchen Flunkereien über Leseferien mit einem deiner verstaubten Dozenten, das nehme ich dir ohnehin nicht ab. Deine Eltern verbringen Weihnachten in Yorkshire, ob Henrietta bis dahin zurück ist, weiß kein Mensch, und du wirst doch nicht allen Ernstes die Weihnachtstage allein im riesigen Haus deiner Eltern in London verbringen wollen, wo dir nur die Dienstboten Gesellschaft leisten? Und eine junge Dame, der du gern mehr Zeit widmen würdest, gibt es auch nicht, ich weiß doch ganz genau, dass du zurzeit nicht romantisch verbandelt bist.»

Es war Fitz schon immer ein Rätsel gewesen, wie es Clemmie gelang, im fernen Cornwall zu leben und zugleich doch immer alles über jeden zu wissen, mit dem sie auch nur entfernt in Verbindung stand. Es war wirklich reine Verschwendung gewesen, dachte er erbittert, sie den Krieg mit der Verwaltung von Landrake Hall verbringen zu lassen. Sie hätte lieber für den Geheimdienst der Armee arbeiten sollen – das wäre ihr vermutlich sehr viel besser gelungen als dem glücklosen Jerry.

Und so gab er schließlich doch nach. Er hatte gewusst, dass es so kommen würde, sie hatte es ebenfalls gewusst und war sich auch darüber im Klaren, dass er es wusste. «Ich werde aber nicht bis Silvester bleiben», betonte er noch, um sich ein letztes Restchen Unabhängigkeit zu bewahren. «Da habe ich bereits eine Einladung nach Schottland, ich werde Landrake also gleich nach Weihnachten wieder verlassen. Wann fangen Esmonds Ferien denn an?»

Nachdem ihr Ziel erreicht war, hatte Clemmie es mit einem Mal recht eilig mit dem Aufbruch. Sie zog eine Puderdose aus der Handtasche, warf einen Blick in den kleinen Spiegel im Deckel, puderte sich die Nase und ließ das Döschen wieder zurück in die Tasche gleiten. Dann streifte sie ihre Handschuhe über. «Mitte Dezember, das genaue Datum habe ich gerade nicht im Kopf. Aber ich werde es dir noch schreiben, dann kannst du ihn abholen und mit ihm zusammen nach Cornwall kommen. Lass ihn ein Stück des Weges fahren, das wird ihm sicher gefallen.»

Zu Fitz' Überraschung war sein Vater mehr als einverstanden, als er hörte, dass sein Sohn die Weihnachtstage auf Landrake zu verbringen gedachte. «Henrietta ist dann bereits wieder im Lande, sie sticht Ende November in See, und ich habe ihr gesagt, dass sie mindestens eine Woche mit den Mädchen nach Landrake Hall fahren muss, ob ihr das nun passt oder nicht. Es steht zwar nicht mehr zur Debatte, dass Clemmie jemals Lady Landrake werden wird, und Henrietta braucht ihre Autorität ihr gegenüber nicht mehr geltend zu machen. Aber dennoch ... Ich habe ihr bisher nichts davon gesagt, rechne aber stark damit, vor Jahresende noch zu erfahren, was tatsächlich mit Jerry geschehen ist. Da ist es gar nicht schlecht, wenn Henrietta auf Landrake ist, denn es wird etliche Formalitäten und Papierkram zu erledigen geben, und sie wird sich darum kümmern müssen.»

«Dann bist du dir jetzt also sicher, dass Jerry ums Leben gekommen ist?»

«Es besteht leider kaum noch ein Zweifel daran.»

Fitz hatte selbst kaum Hoffnung gehegt, dass Jerry nach so langer Zeit noch zurückkehren würde, doch trotzdem verspürte er jetzt tiefe Trauer um den Mann, den er immer sehr geschätzt hatte und der seinerseits stets freundlich zu ihm gewesen war. «Das tut mir wirklich leid zu hören», sagte er. «Henrietta wird sich mit dem Gedanken zwar schon weitgehend auseinandergesetzt haben, aber ich bin mir sicher, dass es dennoch ein schwerer Schlag für sie sein wird. Vor allem, falls Jerry ein unglückliches Ende gefunden haben sollte.»

«In der Gegend dort kann man, glaube ich, bestenfalls auf ein schnelles Ende hoffen», entgegnete sein Vater.

Esmond machte keinen guten Eindruck auf Fitz. Er war sichtlich gewachsen und machte gleich einen Scherz darüber, als er in den Wagen stieg. Er streckte beide Arme von sich, um zu demonstrieren, dass ihm so gut wie nichts mehr passte. «Ich weiß ja, dass wir eigentlich direkt nach Cornwall fahren sollen, aber ich wäre doch sehr dankbar, wenn wir eine Nacht in London Station machen könnten, damit ich meinen Schneider aufsuchen kann. Ich habe wirklich keine Lust, die ganze Zeit wie eine Vogelscheuche mit zu kurzen Ärmeln und Hosenbeinen herumzulaufen. Ob deine Eltern wohl bereit wären, mich für eine Nacht unterzubringen?»

Fitz' Eltern freuten sich, Esmond wiederzusehen, und er machte sich umgehend auf den Weg zum Schneider. Am Abend führte Fitz den Jungen ins Theater, da seine Eltern auswärts essen wollten und danach noch zu einem Empfang geladen waren. Obwohl Esmond auch aus seinem Smoking herausgewachsen war und sich sichtlich dafür schämte, schien er sich doch zu amüsieren, und Fitz konstatierte zufrieden, dass er beim Zubettgehen sehr viel gelöster und fröhlicher wirkte als noch am Morgen, als Fitz ihn in Eton abgeholt hatte.

Das Wetter war anhaltend kühl, grau und regnerisch. Fitz fuhr nur höchst ungern mit geschlossenem Verdeck, doch selbst er musste zugeben, dass es bei dieser Witterung unmöglich sein würde, im offenen Wagen bis nach Cornwall zu fahren. Sie kamen nur langsam voran, und das ruckelnde Geräusch der Scheibenwischer begleitete ihre Fahrt. Als sie durch Dorset fuhren, quittierte einer der Scheibenwischer den Dienst, und Esmond musste einen alten Regenmantel überstreifen, den Fitz für Notfälle immer im Wagen hatte, aussteigen und den Schaden im strömenden Regen beheben.

«Du solltest dir angewöhnen, immer einen Werkzeugkasten dabeizuhaben, Onkel Fitz», sagte er, als er wieder im Wagen saß. «Wenn du magst, können wir in Trewithiel beim Schmied vorbeischauen, vielleicht hat er ja etwas Entsprechendes. Dann bist du nicht mehr von Werkstätten und Ähnlichem abhängig, wenn der Wagen einmal eine Panne hat.»

«Das ist aber nicht so sehr eine Frage des richtigen Werkzeugs als vielmehr eine Frage des Wissens, wie man damit umgehen muss. Ich bin gerade noch in der Lage, im allergrößten Notfall einen Reifen zu wechseln oder eine Zündkerze auszutauschen, aber darauf beschränkt es sich dann auch schon. Ich habe weder dein Händchen für Autos noch dein Wissen über Motoren und die ganze Mechanik dieser verflixten Dinger.»

Esmond freute sich sichtlich über diese Worte und bedachte Fitz mit dem überraschend strahlenden Lächeln, das man im vergangenen Jahr nicht allzu häufig an ihm gesehen hatte. «Ich werde Flugstunden nehmen, habe ich das schon erzählt?»

«Ja, das habe ich gehört. Eine sehr gute Idee. Ich werde das Gefühl nicht los, dass Fliegen in unserer neuen Nachkriegswelt noch stark an Bedeutung gewinnen wird.»

Esmond entpuppte sich als erstaunlich anregender, wenngleich etwas nervöser Reisegefährte. Er hatte eine Menge gelesen und wollte sich mit Fitz über Nietzsche und Freud unterhalten. Sein Deutsch war recht passabel, und er äußerte den Wunsch, es vielleicht an der Universität zu studieren, entweder Deutsch oder Mathematik. «Aber auf keinen Fall klassische Philologie. Ich weiß, das ist dein Fach, aber die alten Griechen machen mir einfach Angst. Da sind mir die deutschen Autoren doch sehr viel lieber, die schreiben wenigstens nicht so schlüpfrig.»

‹Schlüpfrig› war nun nicht das Wort, das Fitz mit den griechischen Tragödiendichtern verband, doch er war durchaus zufrieden, sich erst über die deutschen Philosophen zu unterhalten und dann auf Goethe und Thomas Mann zu sprechen zu kommen. Esmond offenbarte auch eine Vorliebe für deutsche Musik, er floss fast über vor Begeisterung für Wagner – eine Vorliebe, die Fitz nun nicht teilen konnte.

«Ich halte es selbst eher mit Mozart», sagte er.

Esmond verzog das Gesicht. «Wenn ich jetzt sage, dass ich nicht viel von Mozart halte, wirst du mir antworten: ‹Oh, das wirst du erst verstehen, wenn du erwachsen bist.› So etwas bekomme ich ständig zu hören.»

«Das hatte ich keineswegs vor. Ich bin schließlich selbst noch jung genug, um es nicht zu mögen, wenn die Leute mir mit so etwas kommen. Ich finde Wagners Musik nur einfach nicht sehr erhebend, und seine Geschichten sind mir schlicht zu hoch. Mozart heitert mich auf.»

Esmond war sichtlich nicht der Ansicht, dass Aufheiterung ein sonderlich erstrebenswertes Ziel sein konnte, was Fitz wiederum auf seine jugendliche Begeisterung für die sperrigeren Seiten der deutschen Philosophie und Musik schob. Doch insgesamt verlief die Reise viel abwechslungsreicher und angenehmer, als er erwartet hätte. Als sie Cornwall erreichten und das erste Straßenschild auf Trewithiel hinwies, wurde Esmond jedoch merklich stiller.

«Ich kann nicht einmal behaupten, dass Weihnachten ohne meinen Vater nicht wie Weihnachten ist, schließlich war er schon seit Jahren nicht mehr auf Landrake. Aber ich nehme ihm doch übel, dass er letztes Jahr an Weihnachten nicht gekommen ist. Diese Erinnerung hätte ich gern noch gehabt.»

Fitz wusste nichts darauf zu sagen und spürte auch, dass Esmond kein Mitleid wollte.

«Soll ich dir sagen, wie Weihnachten auf Landrake wieder fröhlicher werden könnte?», fragte Esmond, als er aus dem Wagen stieg. «Wenn Gothard, dieser Mistkerl, endlich verschwinden würde.»

Sie überließen Wagen und Gepäck dem Diener und gingen ins Haus, wo der Butler sie willkommen hieß. Als Esmond die Stimme seiner Mutter hörte, stürmte er zur Treppe, sprang immer zwei Stufen auf einmal hinauf und hielt nur einmal kurz inne, um Fitz zu bedeuten, ihm zu folgen. Auf dem oberen Treppenabsatz blieb er stehen und beugte sich über das Geländer, um in die Eingangshalle hinunterzuspähen.

«Sieh sie dir an. Sieht meine Mutter vielleicht aus wie eine trauernde Witwe? Nicht im Mindesten, was wohl daran liegen dürfte, dass sie keine trauernde Witwe ist.» Er lehnte sich mit dem Rücken ans Geländer und maß Fitz mit einem Blick, der im Grunde eher durch ihn hindurch ging. «Deine Eltern haben mir gefallen. Wie lange sind sie jetzt verheiratet? Viele Jahre schon, und trotzdem verstehen sie sich gut, man spürt ihre Zuneigung richtig. Meine Eltern haben nie etwas anderes als Ärger, Gereiztheit und Abneigung füreinander empfunden, und zwar nicht erst, seit mein Vater zurückgekommen ist und diese fürchterliche Denise im Schlepptau hatte. Dass meine Mutter das nicht gerade erfreulich fand, kann man ja noch verstehen. Aber es war schon früher so, schon als ich noch ganz klein war.»

Fitz hatte das Gefühl, sich auf gefährlichem Terrain zu befinden. «Deine Mutter hat den Tod deiner Schwester nie verwunden. So sind die Gefühle einer Mutter, das muss man auch verstehen. Sie hat Philip Vorwürfe gemacht, weil er Ginny aus dem Bett geholt hat, obwohl sie krank war.»

«Ginny war ständig krank. Anfällig, hieß es immer. Dabei war sie bloß verzärtelt. Ich weiß nicht, ob sie sich nicht prächtig entwickelt hätte, wenn Mutter nicht bei jedem Niesen gleich so einen Aufstand gemacht hätte. Kinder werden nun mal krank, und sie können auch sterben. Wieso muss das denn unbedingt Vaters Schuld gewesen sein?»

Esmond hatte seinen Vater offenbar zum Helden verklärt und außerdem nie allzu viel für seine kleine Schwester übrig gehabt. Vermutlich hatte sie ihn mit ihrer Geburt regelrecht entthront. Er war nicht bereit, sich damit abzufinden, dass es für Clemmies Abneigung gegen Philip ernsthafte Gründe gab. Vergeben, geschweige denn Vergessen, war in ihrer Persönlichkeit nicht angelegt, und man hätte von Esmond eigentlich mehr Verständnis dafür erwarten können, da beides auch nicht zu seinen Stärken zählte.

Jetzt deutete der Junge abschätzig mit dem Kopf auf Felix Gothard, der unter ihnen in der Eingangshalle stand und seine Autohandschuhe überstreifte. «Er macht eine Ausfahrt. Wusstest du, dass er sich Vaters Wagen unter den Nagel gerissen hat? Den Benz? Das weiß ich von Lancelot, Leonie hat es ihm in einem Brief erzählt. Sie schreibt Lancelot jede Woche, um ihn darüber auf dem Laufenden zu halten, was zu Hause vorgeht. Ich bekomme vielleicht zweimal im halben Jahr Post von Mutter, und dann geht es immer nur um Landrake, das Haus und die Ländereien. Von Menschen ist nie die Rede. Vielleicht denkt sie ja, das interessiert mich nicht, oder es ist ihr einfach zu mühsam. Jedenfalls hat Gothard kein Recht, den Benz zu fahren.»

«Na ja, ich fürchte, der Wagen gehört jetzt deiner Mutter, und wenn sie ihn damit fahren lässt ...»

«Streng genommen gehört er mir. Aber ich bin noch nicht volljährig, und die Vormundschaft liegt bei Mutter und Gothard und den Familienanwälten, die natürlich ohnehin alles tun, was Lady Clemmie ihnen sagt. Insofern kann man schon behaupten, dass alles hier Mutter und Gothard gehört.»

Esmond begleitete seine Worte mit einer ausladenden Handbewegung, dann ging er mit hochgezogenen Schultern in Richtung seines Zimmers davon. Fitz sah ihm nach. Es bekümmerte ihn, dass der Junge so unglücklich war und seine Vorbehalte gegen seine Mutter und gegen Felix Gothards Anwesenheit auf Landrake so groß waren.

Er machte sich auf den Weg in die Bibliothek. Eigentlich hatte er ja gewusst, dass es ein Fehler sein würde, noch einmal nach Landrake zu kommen. Wieso hatte er sich bloß dazu überreden lassen?

Das Wetter wurde stetig schlechter, die Regenschauer verwandelten sich in Graupel und schließlich in unangenehm nasse Schneeflocken. Esmond lief mit Leichenbittermiene umher und ereiferte sich über Lancelots Abwesenheit. «Wie kann er nur? Ausgerechnet an Weihnachten, ich weiß wirklich nicht, was in ihn gefahren ist. Und nächstes Jahr kommt er auch nicht mehr zurück nach Eton, weil Jonathan sich in den Kopf gesetzt hat, er müsse seinen

Horizont erweitern. Ohne ihn wird die Schule die reine Hölle.»

Seine Stimmung hellte sich erst ein wenig auf, als der neue Fotoapparat eintraf, den er sich bestellt hatte, und er teilte seiner Mutter in trotzigem Ton mit, er werde sich in der unbenutzten Speisekammer im ersten Stock eine Dunkelkammer einrichten.

Sie hatten sich eben zum Tee in den Salon gesetzt, und Clemmie beobachtete besorgt, wie der Butler zitternd das Tablett hereintrug. Er weigerte sich standhaft, diese Aufgabe einem weniger hinfälligen Untergebenen zu übertragen, war aber auch nicht bereit, den Teewagen zu benutzen, den Clemmie just zu diesem Zweck angeschafft hatte. Jeden Tag fürchtete sie aufs Neue, das Tablett könne den schlotternden Händen entgleiten und eine Lawine aus kochend heißem Wasser und Silberbesteck auslösen.

«Nein, Esmond, da musst du dir etwas anderes suchen. Wir planen, einige neue Bäder einzubauen, die wir weiß Gott dringend benötigen, und diese Kammer ist wie gemacht für ein Badezimmer.»

Esmond erbleichte vor Zorn. «Und wer ist ‹wir›? Habe ich hier denn gar nichts mehr zu sagen? Nun, ich werde diese Kammer in jedem Fall für meine Fotografie verwenden, ihr könnt euch ein anderes Zimmer suchen. Ich wünschte, Onkel Jerry käme endlich wieder, dann wäre es vorbei mit euren tollen Plänen. Er würde mir das mit der Dunkelkammer erlauben.»

Damit stürmte er aus dem Zimmer, die Hände zu wütenden Fäusten geballt.

Clemmie sah ihm mit hochgezogenen Brauen nach.

«Kannst du ihn nicht ein wenig beruhigen, Fitz? Er regt sich immer so furchtbar über Dinge auf, die gar keine Rolle spielen.»

«Für ihn spielt das eine Rolle. Nein, vielen Dank, keinen Tee für mich.»

Fitz stöberte Esmond im Studierzimmer auf, wo er einen Stapel Fotografien durchsah. Er hob den Kopf, als Fitz hereinkam. Sein Zorn war verraucht, wie eigentlich jedes Mal, wenn er sich einem neuen Thema zuwandte.

«Das sind lauter Fotos von Vater. Ein paar Kameraden aus seinem Regiment wollen ein Gedenkalbum an ihn zusammenstellen und haben mir alles geschickt, was sie bisher haben. Ich finde das sehr anständig von ihnen. Es hat natürlich alles mit dem Krieg zu tun, aber sie haben mich gebeten, ein, zwei andere Fotos für sie auszuwählen und seine Papiere durchzusehen, ob sie vielleicht sonst noch etwas verwenden können. Wusstest du, dass er sich sehr für Waffengeschichte interessiert hat? Er hat sogar einmal einen Artikel über die Bogenschützen von Azincourt geschrieben. Ich will sehen, ob ich den noch finden kann.»

Der nächste Tag brachte glitzernde Eiseskälte mit sich. Der Wind hatte sich gelegt, die nassen Blätter und Gräser waren zu Skulpturen gefroren, und im bleichen, kalten Sonnenlicht schimmerten zarte, eisige Spinnweben. Esmond war schon früh mit seiner Kamera losgezogen, baute sie mit wahrer Engelsgeduld auf ihrem Stativ auf und justierte mit seinen langen, von der Kälte fast steifgefrorenen Fingern das Objektiv. Seine bessere Laune machte auch das Mittagessen zu einer sehr viel fröhlicheren Zusammenkunft, und Fitz hoffte inständig, dass Esmond sich nun langsam doch in die vertraute Umgebung fügen würde und mit der Fotografie etwas gefunden hatte, das ihn von seinen vielen Kümmernissen ablenkte. Esmond vermied es nach Möglichkeit, mit Felix Gothard zu reden, doch wenn es gar nicht anders ging, gelang es ihm zumindest, den Schein des Höflichen zu wahren.

«Die Telefonleitung ist gestört, Mylady», teilte der Butler mit, als sie nach dem Mittagessen das Esszimmer verließen. «Mrs Harbinger hat eines der Mädchen vom Witwenhaus mit der Nachricht herübergeschickt, dass sie wohl nicht vor morgen repariert wird.»

Clemmie gab einen Laut des Unmuts von sich. «Wie ausgesprochen ärgerlich. Ich wollte Jonathan heute Nachmittag wegen der Aktienanteile anrufen. Felix, du wolltest doch später ohnehin nach St. Jermyn's. Könntest du mich in Bosworth Castle absetzen und auf dem Rückweg wieder abholen?»

Esmond, der vor ihr ging, blieb wie angewurzelt stehen. «Aber Mutter, du hattest mir doch versprochen, heute Nachmittag die Fotos mit mir durchzusehen. Es sind Fotos von Vater, die ich in ein Album einsortieren und beschriften wollte. Von den meisten weiß ich gar nicht, wann sie aufgenommen wurden.»

«Ein andermal, Esmond. Das ist ja nicht so wichtig, aber wegen der Aktien muss ich der Bank heute noch schreiben.»

«Aber musst du denn mit Felix fahren? Lass dich doch von Groby hinbringen, das ist schließlich seine Aufgabe als Chauffeur. Dann kannst du gleich wieder zurückkommen, wenn du mit Bosworth gesprochen hast.»

Doch Clemmie hatte sich bereits wieder zu Felix Gothard umgedreht und hörte gar nicht, was Esmond sagte. «Sagen Sie Groby, er soll den Benz vorfahren», beauftragte sie den Butler.

Mrs Harbinger brachte die Nachricht nach Landrake Hall. Sie war mit dem Fahrrad aus dem Dorf heraufgeradelt, rot im Gesicht und völlig aus der Fassung. «Entsetzlich, oh, wie entsetzlich» – mehr brachte sie erst nicht heraus, als Fitz nach draußen eilte, um sie zu fragen, was denn geschehen sei. Er hatte sie noch nie auf dem Fahrrad gesehen.

«Das Telefon ist außer Betrieb, und im Dorf ist natürlich alle Welt … Irgendwer musste doch kommen und die Nachricht überbringen. Wo ist Esmond?»

«Ich habe ihn seit dem Mittagessen nicht mehr gesehen. Kommen Sie doch erst einmal herein, Mrs Harbinger, und setzen Sie sich. Was denn für eine Nachricht?»

Sie sank in einen der Eichensessel, die beim Kamin standen, und schüttelte den Kopf. «Ich weiß nicht, wie ich Ihnen das sagen soll.»

«Geht es um die Witwe? Ist ihr etwas zugestoßen?»

Mrs Harbinger war so außer sich, dass sie kaum ein Wort herausbrachte. «Nein, nein.» Dann holte sie tief Luft, biss sich auf die Lippen und rang mit sichtlicher Mühe um etwas Fassung. «Ich war mit der Witwe unten in Trewithiel, nach dem Mittagessen unternimmt sie gern einen Spaziergang und unterhält sich mit den Leuten im Dorf, um auf dem Laufenden zu bleiben.»

Fitz kannte die unersättliche Neugier der Witwe nach Neuigkeiten aus dem Dorfleben, war jedoch bereits so alarmiert, dass er ungeduldig fragte: «Aber was ist denn nun passiert?»

Mrs Harbinger achtete gar nicht auf die Zwischenfrage. «Wir standen gerade vor dem Gasthof. Die Frau des Wirts ist erkrankt, und die Witwe …» Dann unterbrach sie sich selbst. «Das spielt ja alles keine Rolle. Wir standen also dort und wollten uns eben verabschieden, als ein Wagen durch das Dorf kam, der Benz von Mr Philip. Mr Gothard saß am Steuer, er fuhr viel zu schnell, wie er das häufig tut. Der Wagen beschleunigte, bog um die Kurve, und als er gerade außer Sichtweite war …» Die Stimme versagte ihr fast. «Man hörte Reifen quietschen, dann einen furchtbaren Knall, und dann war alles still.»

«Großer Gott», rief Fitz. «Clemmie?»

Mrs Harbinger sah auf, und ihre Augen schwammen in Tränen. Sie schüttelte den Kopf. «Sie war vermutlich auf der Stelle tot. Und Mr Gothard ebenfalls, das Lenkrad … Es tut mir leid, Fitz, Sie müssen mich entschuldigen.» Sie sprang auf, stürzte auf den Abtritt, der sich gleich neben der Waffenkammer befand, und warf die Tür hinter sich zu.

Es war das erste und einzige Mal, dass Fitz Mrs Harbinger Schwäche zeigen sah, und als sie schließlich wieder aus dem Kabäuschen trat, war sie zwar bleich, doch wieder genauso resolut wie immer. «Wir müssen mit Esmond sprechen», sagte sie.

Fitz und sie wechselten einen langen Blick. «Ich weiß gar nicht genau, wo er ist», sagte Fitz. «Im Studierzimmer vielleicht, aber ich glaube, er hat auch etwas von einem Spaziergang gemurmelt.»

Als Esmond schließlich zurückkam, ganz durchgefroren

und kindlich im viel zu großen Wintermantel seines Vaters, war unterdessen die Witwe in Landrake Hall eingetroffen. «Höchst bedauerlich, dass deine Schwester nicht hier ist», hatte sie Fitz begrüßt. «Nie ist sie da, wenn man sie braucht. Du wirst sie umgehend verständigen und ihr sagen, dass sie unverzüglich nach Landrake kommen soll. Wo ist Esmond? Unterwegs? Ich werde im Salon auf ihn warten, man soll ihn zu mir schicken, sobald er zurückkommt. Nein, Mrs Harbinger, ich möchte Sie nicht dabeihaben. Der Junge wird zwar kaum die Fassung verlieren, aber falls doch, soll niemand außer mir zugegen sein.»

Eine halbe Stunde nach Esmonds Rückkehr trat sie mit zusammengepressten Lippen wieder aus dem Salon. «Der Junge hat es sehr gefasst aufgenommen. Er ist jetzt auf seinem Zimmer. Sorg dafür, Fitz, dass man ihm etwas zu essen hinaufschickt. Er wirkte erschöpft, es würde mich gar nicht wundern, wenn er tief und fest einschläft und erst morgen früh wieder aufwacht. Sein Großvater hätte ebenso reagiert.»

Fitz rief Groby zu sich. Der Chauffeur wirkte erschüttert und ein wenig kampflustig. Er setzte zu einer Bemerkung an und hielt sich dann die Hand vor den Mund, doch schließlich brach es aus ihm heraus: «Der Benz war völlig in Ordnung, Sir, ganz gleich, was die Leute sagen. Ich habe gestern noch persönlich alles überprüft, bevor Mr Esmond damit gefahren ist. Wenn nicht alles in bester Ordnung gewesen wäre, hätte ich ihn doch nie ans Steuer gelassen!»

Fitz gab sich Mühe, ihn zu beruhigen. «Niemand gibt Ihnen die Schuld, Groby. Das wäre doch auch unsinnig.

Mr Gothard hat das Dorf viel zu schnell durchquert und in der engen Kurve vor der Brücke die Kontrolle über den Wagen verloren. Sie wissen doch selbst, wie viele Unfälle es an der Stelle bereits gab. Es war ein Unfall, ein grauenvolles Unglück, und Sie dürfen sich keine Vorwürfe machen. Reißen Sie sich zusammen, Mann, ich brauche Sie. Die Telefonleitungen sind gestört, ich muss Sie bitten, einen der anderen Wagen zu nehmen und nach St. Jermyn's zu fahren. Versuchen Sie, von dort dieses Telegramm hier aufzugeben, und falls das nicht gehen sollte, müssen Sie irgendwo anders hinfahren, wo es möglich ist.»

Fitz hatte ein Telegramm an seinen Vater aufgesetzt, in dem er ihm mitteilte, was geschehen war, und gab es Groby. «Hier haben Sie genügend Geld. Lassen Sie sich hier erst wieder blicken, wenn Sie das Telegramm aufgegeben haben. Es ist äußerst wichtig.»

Die Witwe behielt zumindest teilweise recht. Als Fitz später am Abend in Esmonds Zimmer schaute, schlief der Junge tief und fest. Doch in den frühen Morgenstunden drang ein schrecklicher Schrei aus seinem Zimmer und zerriss die Stille des Hauses. Fitz eilte bereits zu Esmonds Zimmer, ehe er den Morgenmantel richtig übergestreift hatte, und trat ohne Zögern ein. Esmond schlief, befand sich jedoch offensichtlich in den Fängen eines fürchterlichen Albtraums. Er hielt die Arme vors Gesicht, als wollte er etwas abwehren, und jammerte entsetzlich. Seine wirren, unartikulierten Worte steigerten sich zu einem weiteren Schrei, dann warf er sich mit einem verzweifelten Seufzer zur Seite und vergrub das Gesicht im Kissen, anscheinend immer noch tief im Schlaf.

Fitz war ratlos. Er wusste, dass man Menschen mit Albträumen am besten aufweckte, doch da Esmond nun wieder in einen ruhigeren Schlaf zu fallen schien, beschloss er doch, ihn nicht zu stören. Er warf einen Blick auf die Uhr über dem Kamin. Es war zehn nach drei, die schlimmste Stunde der Nacht, um aufgeweckt zu werden.

Inzwischen waren auch der Butler, mit rotgeränderten Augen und ängstlicher Miene, und Felix' Kammerdiener eingetroffen. Letzterer, ein zurückhaltender, vernünftiger Mann, erklärte sich sofort bereit, den Rest der Nacht in Esmonds Ankleidezimmer zu verbringen. «So kann ich dem jungen Herrn jederzeit behilflich sein, falls er aufwacht. Und Sie gehen wieder zu Bett», sagte er zu dem alten Butler, der ebenfalls Anstalten machte zu bleiben. «Sie brauchen Ihren Schlaf.»

Auch Fitz kehrte in sein Zimmer zurück. Die schrecklichen Schreie klangen ihm noch immer in den Ohren. Im Krieg hatte er es häufig erlebt, dass seine Untergebenen von Albträumen geplagt wurden, und Esmond war vermutlich doch tief erschüttert über den plötzlichen, tragischen Tod seiner Mutter, obwohl er sich nicht allzu gut mit ihr verstanden hatte. Dass es so kurz nach dem Tod seines Vaters geschehen war, musste den Schock nur noch vergrößern.

Fitz' Vater wurde mit gewohnter Verlässlichkeit aktiv. Die Fernsprechstörung war am nächsten Tag behoben, und kurz darauf drang seine energische Stimme knisternd durch die Leitung an Fitz' Ohr. «Ich habe Henrietta und die Mädchen eben in den Zug gesetzt. Es ist eine viel zu große Verantwortung für dich, dort mit dem Jungen allein zu bleiben. Wie hält er sich denn?»

«Jonathan Bosworth und Leonie … Mrs Howard … sind vom Schloss herübergekommen und helfen uns sehr», berichtete Fitz. Ihm war nicht ganz klar, weshalb sowohl die Witwe als auch sein Vater es für so unerlässlich hielten, dass Henrietta nach Landrake kam, doch während er sich das noch fragte, erklärte sein Vater es ihm bereits.

«Henrietta ist die offizielle Lady Landrake und damit Herrin über das Haus. Es ist an ihr, alles Notwendige in die Wege zu leiten und darüber zu befinden, was das Beste für den jungen Esmond ist. Ich habe die Anwälte bereits benachrichtigt, sie werden noch heute Abend bei ihr vorsprechen, außerdem habe ich ihr eingeschärft, Jonathan Bosworth um Rat und Hilfe anzugehen, wo immer ihr das nötig erscheint. Überdies ist es mir im Augenblick lieber, wenn sie nicht in London ist. Die Nachricht von Jerrys Verbleib wird bald öffentlich werden, da ist es wohl besser, wenn Henrietta in Cornwall ist, weit weg von Reportern und allen wohlmeinenden Freunden und Bekannten.»

«Und was sind das für Nachrichten?»

«Man hat das Wrack des Flugzeugs gefunden, mit dem er unterwegs war, als er verschwunden ist. Ein Vertreter der Botschaft ist bereits auf dem Weg dorthin, um zu sehen, inwieweit man die Leichen identifizieren kann. Die Zeitungen werden voll davon sein, das lässt sich gar nicht vermeiden: Ein Lord und eine geheime Mission, das ist ein Stoff ganz nach dem Herzen der Sensationspresse.»

Das belustigte Fitz insgeheim, da auch zum väterlichen Zeitungsimperium ein, zwei Blätter gehörten, auf die diese Bezeichnung passte. Sein Vater würde zwar eisern darüber wachen, was seine eigenen Zeitungen druckten, doch bei einer solchen Story konnte er unmöglich der gesamten englischen Presse einen Maulkorb anlegen.

Nachdem er aufgelegt hatte, zog sich Fitz in die Bibliothek zurück. Er musste nachdenken. Seit Philip Landrakes Tod rechneten sie alle damit, dass Esmond über kurz oder lang der neue Lord Landrake werden würde, doch im Licht dieser Neuigkeiten sah es so aus, als würde die Sache schon sehr bald offiziell werden. Mit wachsender Beklommenheit wurde Fitz klar, dass er nun zum Witwenhaus gehen und der Witwe die Nachricht vom Fund des Flugzeugwracks überbringen musste, damit sie es nicht als Erstes aus der Zeitung oder von Freunden in London erfuhr. Zweifellos würde sie rasch zu einer Entscheidung gelangen, ob man Esmond davon in Kenntnis setzen oder es ihm noch eine Zeitlang verschweigen sollte.

Und so streifte Fitz seinen Mantel über und ging über den Feldweg zum Haus der Witwe hinüber. Es hatte erneut stark gefroren, das Gras knirschte unter seinen Stiefeln. Vermutlich waren die teilweise vereisten Straßen mit ein Grund für den gestrigen Unfall gewesen.

Die Witwe empfing ihn mit einem durchdringenden Blick unter halb gesenkten Lidern hervor. «Was hast du hier verloren, Fitz? Der Junge braucht jetzt Familie um sich, und sei es nur ein so entfernter Verwandter wie du.»

«Jonathan Bosworth und Mrs Howard sind beide bei ihm. Ich bin gekommen, weil mein Vater Neuigkeiten von Jerry hat.»

«Haben sie etwa seine Leiche gefunden? Nein? Solange es keine Leiche gibt, werde ich auch nicht glauben, dass er tot ist. Deine Schwester mag eine hoffnungslose Närrin sein, doch wenn es um Jerry geht, vertraue ich ihrem Instinkt.»

Fitz machte keinen weiteren Versuch, die Witwe zu überzeugen, sondern fuhr einfach fort. «Ich finde, Esmond sollte davon erfahren, das werden Sie doch auch einsehen. Er wird es sonst in der Zeitung lesen. Ich weiß, wie gern er seinen Onkel hatte, und weitere schlechte Nachrichten werden ihn nur noch mehr verstören, aber immerhin bedeutet das, dass er nun offiziell den Titel und sein Erbe antreten kann. Das darf man ihm doch nicht verheimlichen.»

«Ich verbiete dir ausdrücklich», erwiderte die Witwe, «ihm auch nur ein Wort zu sagen. Erzähl mir, was dein Vater dir gesagt hat. Und zwar Wort für Wort, wenn ich bitten darf. Beschönige nichts.» Sie lauschte ihm aufmerksam und erklärte dann, Fitz solle dafür sorgen, dass Esmond keine Zeitung zu Gesicht bekam. «Sag dem Butler, er soll dafür Sorge tragen, dass nirgendwo Zeitungen ausliegen. Sämtliche Zeitungen kommen als Erstes zu dir, dann kannst du dich überzeugen, dass nichts darin steht. Nein, Fitz, deine Meinung dazu will ich nicht hören, es ist mir vollkommen gleichgültig, wie du darüber denkst. Und sag auch Mr Bosworth, was ich entschieden habe.»

Damit war die Audienz beendet. Während Fitz langsam nach Landrake Hall zurückging, fragte er sich, ob der berüchtigte scharfe Verstand der Witwe womöglich doch langsam nachließ.

8

Fitz überquerte den gepflasterten Hof vor dem Küchentrakt und pustete dabei in die kalten Hände. Er trat durch die Hintertür ein, wo ein Hausmädchen ihn mit einem raschen, verwirrten Knicks begrüßte und sich eilig zurückziehen wollte.

«Sind Miss Philippa und Miss Tissy in der Küche?», erkundigte sich Fitz, und das Mädchen nickte darauf und murmelte ein halb ersticktes «Jawohl, Sir» vor sich hin.

Fitz ging weiter in Richtung Küche, von wo ihm bereits Stimmen und Gekicher entgegenschollen und bewiesen, dass die Angaben des Hausmädchens korrekt gewesen waren. Er betrat die riesige, altmodische Küche, die mit ihrem steinernen Boden, dem großen schwarzen Herd, der fast eine ganze Wand einnahm, und dem ausladenden, sauber geschrubbten Holztisch in der Mitte noch fast genauso aussah wie ein Jahrhundert zuvor.

Tissy stand auf einem Schemel. Sie war in eine viel zu große, weiße Schürze gewickelt und hatte etwas Mehl auf der Nase. «Was machst du denn hier, Onkel Fitz? Du sollst doch gar nicht hier sein.»

«Wie hast du uns überhaupt gefunden?», wollte Philippa wissen.

«Da war ein Hausmädchen an der Hintertür, das mir verraten hat, wo ihr seid.» Fitz streckte die Hand aus und nahm sich eine der Sultaninen, die Tissy mit vor Eifer leicht vorgeschobener Zungenspitze sorgfältig entkernte.

Die Köchin war eine magere Person mit kräftigen Armen und einer überraschend tiefen Stimme. «Miss Tissy hat ganz recht, Sir, Sie haben hier nichts zu suchen. Sie bekommen doch nur Mehl an die Kleider.»

«Lady Landrake schickt mich, ich soll die Mädchen zu ihrem Ausritt abholen.»

Fitz hatte zunächst abgelehnt, als Henrietta ihn darum bat. «Warum muss denn ausgerechnet ich mit ihnen reiten gehen? Kann das nicht Trewin übernehmen? Der macht es doch sonst auch immer.»

Doch Henrietta, die in letzter Zeit sehr viel energischer geworden war, schenkte seinem Protest keinerlei Beachtung. «Sie reiten nun einmal gern mit dir, das macht die Sache für sie zu etwas Besonderem, und außerdem möchte ich, dass sie so viel Zeit wie möglich mit dir verbringen, während wir alle zusammen hier auf Landrake sind. Vergiss nicht, bis auf Esmond haben sie jetzt keine direkten Verwandten mehr von der Landrake-Seite, und es ist mir wichtig, dass sie zumindest einen gewissen männlichen Einfluss in ihrem Leben haben.»

«Ich hätte gedacht, mehr männlicher Einfluss als der von Vater dürfte schwer zu finden sein», kommentierte Fitz.

«Eben. Muss ich das noch näher ausführen? Du bist jünger und fröhlicher als er. Und du hältst ihnen keine Vorträge über die Weltpolitik, das will ich zumindest schwer hoffen. Geh und such sie, sie wissen, dass es Zeit für ihren

Ausritt ist. Philippa hat zu ihrem letzten Geburtstag eine Uhr bekommen, sie können sich also nicht mehr damit herausreden, dass sie nicht wussten, wie spät es ist.»

Wenn Henrietta in dieser Stimmung war, empfahl es sich, ihr einfach zu gehorchen. Doch seine Nichten waren in der Küche so beschäftigt, dass es Fitz fast leidtat, sie von dort wegzuholen.

«Dann setzen Sie sich mal da drüben hin, Sir, die beiden jungen Damen sind in zehn Minuten fertig, und es ist nur gut für sie, wenn sie lernen, eine angefangene Arbeit auch zu Ende zu führen. Und wenn Sie dann noch die Finger von den kandierten Früchten lassen könnten?»

Fitz erwischte gerade noch einen kandierten Orangenschnitz, ehe die Köchin das Holzbrett mit den bunten Köstlichkeiten aus seiner Reichweite beförderte.

«Ist es nicht schon ein wenig spät für den Weihnachtskuchen?», erkundigte er sich.

«Das wird ja auch nicht der große Weihnachtskuchen», erklärte Tissy. «Der ist schon seit Ewigkeiten fertig, lange, bevor wir hier waren. Aber wir werden der Köchin noch mit dem Zuckerguss helfen, stimmt's?»

«Ich backe jetzt noch einen etwas leichteren Früchtekuchen für das Witwenhaus», sagte die Köchin. «Mylady hat sich noch nie viel aus Marzipan gemacht und aus Zuckerguss erst recht nicht, und so backe ich ihr jedes Jahr an Weihnachten einen traditionellen Früchtekuchen mit Mandeln.»

«Die Korinthen sind aus Griechenland», wusste Tissy. «Und die Sultaninen sind aus Valencia, das ist in Spanien, und die Mandeln kommen aus Jordanien. Wir sollen hinterher im Atlas nachsehen, wo diese Länder alle sind.»

Philippa sah sich genötigt, ihre Position als Ältere zu verteidigen. «Wo Jordanien ist, weiß ich schon, das kommt ja in der Bibel vor. Die Wasser des Flusses Jordan. Warst du schon mal in Jordanien, Onkel Fitz?»

«Nein, bisher noch nicht. Aber immerhin gleich nebenan, in Ägypten, wo ich einen Teil des Krieges zugebracht habe.»

«Esmond hat uns vorhin auch geholfen», sagte Tissy. «Die Köchin sagt, er hat geschickte Finger, und er hat viel mehr Sultaninen geschafft als wir alle zusammen. Aber dann ist ihm langweilig geworden, wie immer, er hat sich aufgespielt, weil er älter ist als wir, und dann ist er gegangen.»

«Er ist blöd», sagte Philippa verächtlich. «Und immer so schlecht gelaunt.»

«Mummy sagt, wir sollen ihn nicht ärgern und ihm nicht auf die Nerven gehen, weil er traurig ist. Er hat seinen Vater und seine Mutter verloren. Hier auf Landrake sterben alle. Glaubst du, wir sind hier sicher?»

«Ich denke, die vielen Unfälle der letzten Zeit werden eine ganze Weile vorhalten», erwiderte Fitz.

«Immerhin ist Daddy nicht hier gestorben, er war ja ganz weit weg. Er ist irgendwo in der Nähe von Jordanien gestorben», fuhr Tissy fort. «Zumindest in so einem Bibelland.»

Philippa gab ihrer Schwester einen Schubs. «Das sollst du doch nicht sagen, Tissy. Mummy meint, wir wissen gar nicht sicher, ob Daddy wirklich tot ist. Aber alle anderen denken das.»

Tissy rollte ihre Sultaninen mit großer Sorgfalt in Mehl. Ohne aufzusehen erwiderte sie: «Ich will gar nicht, dass Daddy wiederkommt. Mummy verbringt jetzt viel mehr Zeit mit uns. Wenn er wieder da wäre, würde sie sich bestimmt kaum noch um uns kümmern.»

Etwas überwältigt von den ungekünstelten Äußerungen seiner Nichte, stand Fitz vom Tisch auf. «Sobald ihr hier fertig seid, lauft ihr nach oben und zieht eure Reithosen an. Ich warte dann bei den Stallungen auf euch.»

Landrake Hall hatte in dieser Weihnachtszeit etwas geradezu Unwirkliches. Der ganze Haushalt war in Trauer, und doch versicherten alle einander immer wieder, dass Weihnachten um der Kinder, also Philippas und Tissys willen, wie gewohnt begangen werden müsse.

«Esmond ist nervös», teilte Tissy mit. «Das sagt zumindest Harby. Er ist nervös, weil Lancelot wiederkommt. Eigentlich sollte er ja gar nicht kommen, er sollte in London bleiben und im Januar dann auf seine neue Schule im Ausland gehen. Esmond ist stinksauer, weil Lancelot aus Eton weggeht. Aber Mr Bosworth hat ihm jetzt geschrieben und ihm gesagt, er soll doch kommen und Esmond Gesellschaft leisten.»

«Ihm in seinem Kummer beistehen», fügte Philippa sittsam hinzu.

«Und Esmond freut sich ganz schrecklich darüber. Er will ihn vom Bahnhof abholen, mit dem Motorrad. Wenn ich groß bin, will ich auch so ein Motorrad wie Esmond. Brumm-brumm!»

Die Köchin spitzte missbilligend die Lippen. «Junge Damen fahren doch nicht Motorrad.»

«O doch, tun sie, das weiß ich ganz genau. Ich habe ein Foto von Onkel Philip gesehen, aus dem Krieg, da ist er mit einer Frau drauf, und die fährt Motorrad.»

«Im Krieg ist vieles anders», warf Fitz ein, der sich schon zum Gehen gewandt hatte.

«Also, ich will kein Motorrad.» Philippa klopfte sich sorgfältig das Mehl von den Händen.

«Und jetzt waschen Sie sich noch einmal richtig die Hände, Miss Philippa, und dass Sie mir nur ja auch die Nagelbürste verwenden. Das gilt auch für Sie, Miss Tissy.»

«Esmonds Motorrad macht mir Angst», sagte Philippa, während sie brav zum Waschbecken ging und das Wasser aufdrehte. «Es macht so viel Lärm.»

«Mir gefällt der Lärm», verkündete Tissy frohgemut. «Am besten gefällt mir, wenn er es so richtig donnern lässt.»

Die Familie Bosworth sollte Weihnachten in Landrake Hall verbringen. Ursprünglich hatten sie die Landrakes zu sich auf das Schloss eingeladen, um es Esmond ein wenig leichter zu machen. Doch Esmond hatte das abgelehnt und erklärt, ihm sei es lieber, wenn sie nach Landrake kämen.

«Das ist, weil Esmond jetzt an Vaters Stelle Lord Landrake sein wird», verkündete Philippa. «Ein neuer Lord verbringt das Weihnachtsfest am eigenen Herd, das steht auch so in dem Buch, das ich gerade lese. Wenn er das nicht macht, bringt es Unglück.»

Das kam der Wahrheit erschreckend nahe – nicht so sehr im Hinblick auf mögliches Unglück als vielmehr darauf, dass Esmond tatsächlich anfing, sich als Familienoberhaupt zu betrachten –, und Jonathan Bosworth warf der kleinen Philippa einen strengen Blick zu. Dann wechselte er demonstrativ das Thema und bemerkte, es würde ihn gar nicht wundern, wenn es dieses Jahr an Weihnachten tatsächlich einmal Schnee gäbe. «Unser Verwalter kennt sich bestens mit dem Wetter aus, er hat das schon vorhergesagt. Es wäre der Jahreszeit auch durchaus angemessen, zumal es bereits so kalt war.»

Obwohl sie nur zu viert waren – oder zu acht, wenn man die persönlichen Bediensteten noch hinzurechnete –, brachte die Ankunft der Gesellschaft aus Bosworth Castle ein Gefühl von neuem Leben nach Landrake Hall. Die Mädchen waren im Salon damit beschäftigt, unter Mrs Harbingers Anleitung, die ein echtes Talent für solche Basteleien an den Tag legte, Kreppapier zu zerschneiden und Girlanden daraus zu fertigen.

In der Eingangshalle war ein Tannenbaum aufgestellt worden. In früheren Jahren, als sich über die Feiertage noch viele Gäste auf Landrake Hall einfanden, hätte man den Weihnachtsbaum im großen Saal platziert, der in diesem Jahr jedoch verschlossen blieb. Mrs Harbinger befestigte in mühevoller und langwieriger Kleinarbeit die Kerzenhalter an den Ästen, und Jonathan Bosworth sah ihr kopfschüttelnd dabei zu.

«Das sieht ja alles sehr hübsch aus, und ich weiß, es hat Tradition, aber es birgt doch ein gewaltiges Brandrisiko, da kann man sagen, was man will. Hätte ich das gewusst, Henrietta, dann hätte ich dir ein paar Lichterketten mitgebracht. In England sind sie noch nicht zu haben, aber in Amerika bekommt man sie, und sie sehen wirklich ganz passabel aus.»

Hector spielte Weihnachtslieder auf dem Flügel im Salon, und alle Anwesenden behandelten Esmond mit großer Vorsicht und Freundlichkeit. Doch Fitz kam immer mehr zu dem Schluss, dass der Junge nicht allzu sehr um seine Mutter trauerte oder das zumindest nicht zeigte. Die unruhigen Nächte allerdings waren Beweis genug, dass ihm die vielen Katastrophen der letzten Zeit zu schaffen machten. Der Albtraum, den er in der Nacht nach dem Unfalltod seiner Mutter geträumt hatte, war nur der erste von vielen gewesen, und da Esmond mit Felix Gothards Kammerdiener anscheinend gut zurechtkam, hatte Henrietta den Mann gebeten, noch bis zum Ende der Weihnachtsferien zu bleiben und sich um den Jungen zu kümmern. «Sie scheinen ihn ja ganz gut beruhigen zu können, wenn er diese Albträume hat, und wenn Sie bei ihm im Ankleidezimmer schlafen, stört er die übrigen Hausbewohner vielleicht nicht ganz so sehr.»

Am Morgen des Heiligen Abends begann es zu schneien, so wie Jonathan Bosworth es vorausgesagt hatte. In Cornwall schneite es selten, wie Jonathan den Mädchen erklärte, im Grunde nur, wenn die kalte Luft direkt vom Atlantik hereinkam. Sie hatten ein Puzzlespiel, das die verschiedenen Grafschaften Englands darstellte, und als sie Cornwall entdeckt und ihm gezeigt hatten, erzählte er ihnen, woher der Wind stammte, der solch eisiges Wetter mit sich brachte.

«Es ist nur recht und billig, wenn sie etwas mehr über die Heimat ihrer Ahnen erfahren», sagte er zu Henrietta.

Die zuckte nur die Achseln. «Sie wachsen ja doch nicht hier auf.»

In Trewithiel war es Brauch, dass sich in der Heiligen Nacht um halb zwölf eine Gruppe von Weihnachtssängern in der Kirche versammelte, um ihre Lieder kurz zu proben und dann damit von Haustür zu Haustür zu ziehen. Hector,

Esmond und Lancelot gingen ins Dorf hinunter, um daran teilzunehmen, und ganz Landrake Hall war erfüllt vom würzigen Duft der Pasteten, die für die Sänger zubereitet wurden.

Arthur Foxton begleitete die Sänger auf dem Harmonium, obwohl er, wie immer an solchen Festtagen, dem Ale etwas zu sehr zugesprochen hatte und sich entsprechend oft verspielte, dann machten sie sich, ausgestattet mit einer Laterne an einem langen Stecken, die ihnen leuchten sollte, auf den Weg. Fitz stand am Fenster des Salons und sah zu, wie die Prozession sich in Zickzacklinien den Hang hinaufbewegte.

Es war bereits spät, weit nach Mitternacht, als die Weihnachtssänger sich schließlich vor der Haustür des Landsitzes versammelten und ihre traditionelle Eröffnungsweise hören ließen. Nach langem Betteln sowie einigem Kopfschütteln und einigen Unkenrufen seitens der Kinderfrau war man schließlich übereingekommen, Philippa und Tissy noch einmal aufstehen und im Nachthemd nach unten kommen zu lassen, damit auch sie die Weihnachtslieder hören konnten.

Henry Latimer, der die Laterne trug, hielt sich ein wenig abseits, während der Chor das Lied *It Came Upon a Midnight Clear* anstimmte. Fitz, der ganz in seiner Nähe stand, raunte er zu: «Es erstaunt mich ja, dass Esmond dieses Jahr dabei ist, aber ich bin auch sehr froh darüber. Seit dem Unfall sind noch keine drei Wochen vergangen, und manche Leute im Dorf scheinen es unpassend zu finden, dass er schon wieder Weihnachtslieder singt, aber ich habe ihn dazu ermuntert. Alles, was ihm das Gefühl gibt, ein normales Leben zu führen, wird ihm auch helfen, über diese Tragödie hinwegzukommen. Der arme Junge hat ja wirklich ein grauenvolles Jahr hinter sich, ganz grauenvoll, und Weihnachtslieder sind oft sehr ergreifend. Das erträgt man leichter, wenn man selbst singt und nicht bloß zuhört. Er hält sich auffallend gut, aber mir schien ja schon immer, dass er einiges von seiner Großmutter an sich hat. Einen unermüdlicheren, standhafteren Geist als den ihren findet man kaum.»

Das ganze Haus war auf den Beinen, um den Weihnachtsliedern zu lauschen – seit Menschengedenken gehörten sie zum Weihnachtsfest auf Landrake Hall, das war selbst im Krieg nicht anders gewesen. Zwei Hausmädchen hielten die warmen Pasteten auf großen Platten bereit, und der Butler überwachte den Ausschank des heißen, weihnachtlich gewürzten Ale.

Da hörte man plötzlich, in der Stille zwischen zwei Weihnachtsliedern und über den scharrenden Füßen, dem Räuspern und Kichern der jüngeren Chorsänger, das Motorengeräusch eines Automobils.

Fitz fragte sich, wer wohl am Heiligabend um diese Stunde noch durch Trewithiel fuhr, und war umso erstaunter, als der Motorenlärm, anstatt auf der Straße nach St. Jermyn's zu verklingen, lauter wurde und näher kam: Der Wagen war in die Zufahrt von Landrake Hall eingebogen. Mit dem unguten Gefühl eines Déjà-vu eingedenk Philips effektvoller Rückkehr lauschte Fitz dem Geräusch, doch Henry Latimer holte ihn rasch in die Wirklichkeit zurück.

«Das wird wohl der Arzt sein, der noch zu uns stoßen wollte. Er wurde vorhin zu einer Patientin gerufen, anscheinend bekommt Mrs Larkin ein kleines Christkind. Ich habe ihm gesagt, er soll noch nachkommen. Er singt so gern und ist ein höchst passabler Tenor.»

Es war tatsächlich der Wagen des Arztes, doch Doktor Trevithick war nicht zum Singen gekommen, und er kam auch nicht allein. Er hielt vor dem Haus, und als er aus dem Wagen stieg, öffnete sich die Beifahrertür, und ein zweiter Mann stieg aus. Unwillkürlich drehte sich Henry Latimer mitsamt seiner Laterne zu ihm um und beleuchtete das Gesicht des Neuankömmlings.

Fitz hatte seinen Schwager bereits erkannt, noch ehe der Lichtstrahl sein Gesicht erhellte. Jetzt sah er zu Esmond hinüber, der vernehmlich aufkeuchte und seinen Onkel anstarrte, als stünde ein Geist vor ihm.

Als der Ankömmling humpelnd näher kam, stieß Henrietta, die wie vom Donner gerührt dagestanden hatte, einen beinahe übernatürlichen Freudenschrei aus. Lord Landrake breitete die Arme aus und fing sie darin auf, dann schob er sie sanft von sich, ging zu Esmond hinüber und schloss ihn in eine lange, innige Umarmung. «Ich kann dir gar nicht sagen, Esmond, wie leid mir das alles tut. Es muss ja schrecklich für dich gewesen sein.»

Da hüpften auch schon seine beiden kleinen Töchter in ihren Morgenmänteln aus der Eingangshalle heran und warfen sich ihm mit fliegenden Zöpfen in die Arme.

Fitz klappte das Fotoalbum zu und ließ beide Hände leicht darauf ruhen; sein Blick richtete sich auf das Laub draußen vor den Fenstern der Bibliothek, und seine Gedanken hingen immer noch der Vergangenheit nach.

Schließlich brach Cleo das Schweigen. «Was war Lord Landrake denn zugestoßen?»

«Wie bitte?», fragte Fitz. «Ach, Sie meinen Jerrys Auferstehung von den Toten. Er war in einer geheimen Mission unterwegs gewesen.»

«Eine geheime Mission? Wie das?»

«Sie brauchen gar nicht so überrascht zu klingen. Jerry ist ein tapferer, findiger Mann und beileibe nicht dumm. Nachdem er sein Studium in Cambridge beendet hatte, arbeitete er im Außenministerium und wurde in den Orient entsandt, kannte sich dort also recht gut aus. Er hat Arabisch, Türkisch und Persisch studiert, er hat ein großes Talent für Fremdsprachen. Das war noch vor dem Tod seines Vaters, bevor er den Titel geerbt hat. Als der Krieg ausbrach, zog er mit seinem Regiment in den Kampf, überstand Mons und Ypres unbeschadet, wurde dann aber in der Schlacht um Verdun ernstlich verwundet. Und während der Rekonvaleszenz in England wurde er von einer streng geheimen Organisation als Spion verpflichtet.»

«Als Spion? Lord Landrake?»

«Lassen Sie sich bloß nicht von seinem Politikergestus und dem Monokel täuschen. Die Türken und die Deutschen hatten sich darauf verlegt, in Persien Unruhen anzuzetteln, und die britische Regierung brauchte detaillierte Informationen zur dortigen Lage. Sie sollten sich von Jerry einmal ein paar Geschichten erzählen lassen – Sie würden nicht glauben, was er alles erlebt hat: Verkleidungen, Waffenschmuggel und weiß der Himmel was sonst noch. 1917 hat er Bagdad dann zusammen mit einem jungen Piloten verlassen, doch das Flugzeug kam nie an seinem Zielort Täbris an.

Jerry hat den Flugzeugabsturz überlebt. Er hatte sich allerdings das Bein gebrochen sowie sich eine Gehirnerschütterung zugezogen und litt unter Gedächtnisschwund. Ein persischer Stammesführer hat ihn gefunden, sich seiner angenommen und ihn gesundgepflegt. Nach und nach kehrte auch die Erinnerung zurück, doch er hatte keine Möglichkeiten, Kontakt mit jemandem aufzunehmen, der ihm helfen konnte, und so blieb er eben dort, kämpfte gegen die Türken, die plündernd durch das Land zogen, und gab sich Mühe, nicht weiter aufzufallen. Dass der Krieg zu Ende war, erfuhr er erst, als er zwei Archäologen aus Frankreich begegnete. Sie hatten sich verirrt, verfügten aber über einen Geländewagen und nahmen ihn mit. In Trebisand stieß er dann auf einen alten Kameraden, der ein Boot besaß, und anstatt sich erst lange mit den Behörden in Verbindung zu setzen, hielt er es für einfacher, gleich auf direktem Weg zurück nach England zu segeln. So ist Jerry.»

Cleo schwieg und versuchte, diesen Lord Landrake, einen Draufgänger, der sich darauf verstand, sich zu tarnen und mehrere Sprachen zu sprechen, mit dem steifen Engländer in Einklang zu bringen, der ihre Mutter geheiratet hatte. Ganz offensichtlich barg dieses stille Wasser ungeahnte Tiefen. Ob ihre Mutter den eleganten, konservativen künftigen Staatsmann wohl durchschaut und den wagemutigen Abenteurer früherer Tage in ihm erkannt hatte?

Samstagabend

1

Madge trat auf leisen Sohlen ins Zimmer. Cleo stand vor ihrem beweglichen Spiegel, hielt sich ein Kleid aus spanischer Spitze an und musterte ihr Spiegelbild mit schiefgelegtem Kopf und kritischem Blick.

«Schönes Kleid», bemerkte Madge. «Mit so viel Schwarz und Spitze muss man allerdings vorsichtig sein. Das bisschen Rot gefällt mir, das hellt das Ganze auf.»

«Es ist nach einem Goya-Porträt der Herzogin von Alba gearbeitet.»

«Die war da wohl in Trauer, was?» Madge nahm den Schleier vom Bett. «Haben Sie einen Kamm? Dann stecke ich das für Sie fest. Heute Abend ist übrigens auch eine echte Herzogin hier. Ihre Zofe ist eine ganz Piekfeine, läuft immer nur mit hoch erhobener Nase herum, man sollte meinen, sie ist die Herzogin, bei all dem Getue. Und Französin ist sie auch noch», setzte sie abfällig hinzu, während sie Cleo den Kamm ins Haar steckte und den Schleier daran befestigte. «Die beneiden uns ja nur um unseren englischen Adel, weil sie ihren eigenen Herrschaften allen den Kopf abgeschlagen haben. Im Dienstbotenquartier heißt es, dass Lord Landrakes Schwägerin, die Frau seines jüngeren Bruders, eine gewisse Lady Clementine, die vor ein paar Jahren das Zeitliche gesegnet hat, die Tochter eines Herzogs war. Inzwischen hat ihr Bruder den Titel geerbt, und er hat seine Herzogin mitgebracht. Und außerdem seinen Zwillingsbruder, Lord Paul, sie gleichen sich wie ein Ei dem anderen, aber die Dienstboten sind voll des Lobes für sie, sie sollen allesamt ganz reizend sein. Das glaube ich aber erst, wenn ich's erlebe, denn die verstorbene Lady Clementine muss ja nicht gerade die Freundlichkeit in Person gewesen sein, nach allem, was man so hört.»

Cleo grinste und drohte Madge spielerisch mit dem Finger. «Du wirst mir noch ein richtiger Snob, Madge. Es wurmt dich doch nur deshalb so, weil eine Herzogin deiner Baronin den Rang abläuft.» Sie musterte ihr Spiegelbild und sagte dann mit leicht unzufriedener Stimme: «Ich denke, das wird wohl so gehen.»

«Es ist ohnehin zu spät. Sie haben dieses Kostüm dabei, also müssen Sie es auch anziehen. Schließlich können Sie sich kein anderes Kostüm herbeizaubern, das nach einem Porträtgemälde gearbeitet ist. Ich bin zwar überzeugt, dass es irgendwo im Haus eine Kostümkiste gibt, aber Sie werden wohl kaum als Clown oder Columbina auf dem Ball erscheinen wollen.»

«Ich habe sogar noch ein anderes Kleid dabei.» Cleo drückte Madge das spanische Kleid in die Hand und trat an ihren Kleiderschrank. Als sie sich wieder umdrehte, hielt sie ein weiteres schwarzes Kleid in den Händen, das sich jedoch vollständig von dem ersten unterschied.

«Das sieht mir aber reichlich modern aus», bemerkte Madge. «Sollten es nicht historische Kostüme sein?»

«Ja, es wirkt sehr modern, oder? Das Porträt, von dem es

stammt, wurde aber vor fünfzig Jahren gemalt, und Rosina hat nichts davon gesagt, dass es ein richtig historisches Porträt sein muss. Ich hätte mich also auch nach Picasso kleiden können, lauter Kuben, das hätte sicher Aufsehen erregt.»

Madge gab ein missbilligendes Schnalzen von sich. «So wie bei diesem Ballett, für das Sie die Kostüme entworfen haben. Da konnte man die Tänzer ja kaum von den Requisiten unterscheiden.»

«Es ist ein sehr berühmtes Porträt, das Bildnis der Madame X, das seinerzeit einen ganz gewaltigen Skandal verursacht hat. Ein merkwürdiger Zufall, dass John Singer Sargent, von dem das Porträt der Madame X stammt, auch das Bild der Familie Landrake gemalt hat, das unten im Salon hängt. Ich habe dieses Kleid immer schon bewundert und es einfach nachgeschneidert, um zu sehen, ob mir das gelingt. Natürlich kann man auf dem Gemälde nicht sehen, wie es hinten geschnitten ist, da habe ich mich an anderen Kleidern orientiert, die zu jener Zeit in Paris getragen wurden.»

«Madame X? So richtig ehrbar hört sich das aber nicht an. Klingt, als wäre sie eine dieser Frauen aus den Polizeiberichten, die sogenannte Freudenhäuser führen. Kein Wunder, dass man sich in Paris für so etwas begeistert, da hat ja niemand irgendwelche Skrupel. Ich weiß ja nicht, weshalb Sie sich ausgerechnet ein ausländisches Bild ausgesucht haben, wo es doch sicher mehrere tausend englische gibt, die Sie hätten nehmen können. Allein diese ganzen Porträts hier im Haus! Noch nie in meinem ganzen Leben habe ich so viele Leute an den Wänden hängen sehen.»

Cleo hielt sich das Kleid vor dem Spiegel vor und zog den weiten Rock um die Beine.

«Ziehen Sie's an, dann sage ich Ihnen meine Meinung dazu.»

Cleo zögerte. «Es ist ein sehr auffälliges Kleid und eigentlich überhaupt nicht mein Stil.»

«Papperlapapp, in Ihrem Alter muss man doch auch mal Aufsehen erregen und etwas Ungewöhnliches tragen.» Madge machte sich daran, die Haken und Ösen am Rücken des Kleides zu schließen. «Ein wunderbarer Schnitt, und es sitzt wie angegossen. Wenn es nicht Ihr Stil ist, warum haben Sie's denn dann genäht? Und warum haben Sie es mitgebracht, wenn Sie nicht darüber nachdenken, es vielleicht anzuziehen?» Sie beendete ihre Arbeit und trat einen Schritt zurück. «Drehen Sie sich um, und lassen Sie sich anschauen. Im Spiegel kann ich das nicht richtig erkennen.»

Das Kleid mit seinem dramatisch tiefen Ausschnitt, der von zwei diamantenen Trägern gehalten wurde, konnte schlicht nur als atemberaubend bezeichnet werden. An der Taille saß es wie eine zweite Haut, der weitere Rock war um die Hüften gerafft.

«Umwerfend, würde ich sagen. Aber mit den Haaren müssen wir etwas anderes machen, die können Sie zu dem Kleid so nicht tragen. Haben Sie eine Abbildung dabei?»

Cleo hatte eine grobkörnige Reproduktion im Postkartenformat, die sie jetzt hervorzog, und Madge brummte anerkennend. «Wie gesagt: umwerfend. Ich verstehe ganz genau, warum Ihnen das gefällt, Sie haben genau dieselbe Nase wie sie, lang und an der Spitze leicht nach oben gebogen. Ich muss schon sagen, die haben die Männer bestimmt umschwärmt wie die Motten das Licht, ein ganz schönes Luder, so wie sie aussieht. Warum heißt sie denn Madame X? Hatte sie keinen richtigen Namen?»

Cleo musste lachen. «Ich habe vielleicht dieselbe Nase, aber leider nicht dasselbe Aussehen. Sie galt damals als große Schönheit. Eigentlich hieß sie Madame Gautreau, doch Sargent hat das Bild unter dem Namen ‹Madame X› ausgestellt, und dabei ist es dann geblieben.»

«Sinnlich würde man sie sicher auch heute noch nennen, und was die Schönheit betrifft ... Sie wissen doch so gut wie ich, dass Schönheit genauso der Mode unterworfen ist wie alles andere auch. Schauen Sie sich nur mal ein paar von den Damen an, die hier in Landrake Hall an der Wand hängen. Ich bin mir sicher, zu Zeiten von Karl I. galten manche davon als wunderschön, dabei würden wir sie heute eher als Pfannkuchengesicht bezeichnen. Sie müssen sich sorgfältig pudern, bei dem Kleid können Sie sich keine roten Wangen und keine Sonnenbräune an den Schultern leisten. Die Frisur lässt sich nicht besonders gut erkennen, aber ich denke, ich werde etwas Ähnliches hinbekommen.»

«Davon bin ich überzeugt, ich weiß nur immer noch nicht, ob es wirklich das richtige Kostüm für mich ist. Das ist doch viel zu theatralisch.»

«Falls Sie jetzt denken, dass Ihre Frau Mama, also, Mylady natürlich, dieses Kleid eher tragen könnte als Sie, täuschen Sie sich aber gewaltig. Ihr würde das überhaupt nicht stehen. Wissen Sie nicht mehr, was das damals für ein Aufstand war mit dem Kostüm für *Lady Windermeres Fächer*? Martineau wollte sie in ein ganz ähnliches Kleid stecken wie das, was Sie da tragen, und es stand ihr überhaupt nicht, wir mussten Himmel und Erde in Bewegung setzen, damit noch etwas daraus wurde.»

«Trotzdem, ich glaube, ich gehe wohl doch lieber als Herzogin von Alba. Das ist auch ein schönes Kleid, und es passt gut zu meinen Haaren und Augen. Machst du mir das Kleid wieder auf, Madge?»

Madge tat, wie ihr geheißen, und sagte: «Sie müssen sich ja jetzt noch nicht entscheiden, es bleibt noch Zeit genug. Ich nehme beide Kleider mit in Myladys Ankleidezimmer und bügele sie auf, während Sie Ihr Bad nehmen. Dann komme ich wieder, helfe Ihnen beim Ankleiden und kümmere mich anschließend um Mylady.»

Dankbar ließ sich Cleo in die große, altmodische Badewanne sinken, die auf Löwentatzen stand und über drei Wasserhähne mit der Aufschrift «Kalt», «Heiß» und «Sprühen» verfügte.

Madame X. Der Name war so wunderbar anonym und faszinierend, und doch strahlte die Frau auf dem Gemälde beileibe nichts Anonymes aus. Eines stand völlig außer Zweifel: Madame Gautreau war keine Frau gewesen, die sich gern im Hintergrund hielt.

Cleo verspürte eine Ruhelosigkeit, die sie ebenso verstörte wie beunruhigte. Welche spontane Eingebung hatte sie bloß dazu bewogen, dieses Kleid mitzunehmen? Das spanische Kleid passte viel besser zu einer Frau wie ihr, die lieber im Hintergrund oder gar im Schatten blieb.

Sie fuhr mit den Fingern durch das Badewasser, sah den kleinen Wellen nach und dachte dabei an Philippa Landrake mit all ihrer Schönheit und all ihrem Reiz. Sicher, sie war ein Biest – doch konnte Cleo wirklich behaupten, dass sie Philippa nicht beneidete? Ein ganz klein wenig nur? Sie gewann so viel Selbstvertrauen aus ihrem Aussehen und ihrer Stellung im Leben – ein völlig anderes Selbstvertrauen als das von Cleos Mutter, das auf einer Mischung aus Talent, Schönheit, Ausbildung und Erfahrung beruhte. Philippa war schlicht von Geburt an mit einem ganzen Strauß göttlicher Gaben gesegnet.

Und Cleo wusste auch, dass eine Schönheit wie die Philippas mit den Jahren nicht verblassen würde. Die strahlenden Augen, die zarten Züge würden ihr bis zur Bahre erhalten bleiben, das sah man an den Porträts ihrer Landrake-Ahninnen, Generationen und Aber-Generationen, die alle als Kinder, Bräute, Mütter und alte Damen porträtiert worden waren.

Matty hatte Cleo gefragt, ob sie wissen wolle, was Philippa zum Ball tragen würde. «Sie sagt, es soll ein Geheimnis bleiben, aber das ist Unfug. Und ich weiß sowieso, was es ist.» Und damit hatte sie Cleo, allen Protesten zum Trotz, in ein wunderhübsches sechseckiges Kabinett im Erdgeschoss geführt, das Cleo noch nie betreten hatte. Dort hing ein prachtvolles Porträt von Thomas Gainsborough. Es zeigte eine junge Frau in einem weiß-rosafarbenen Schäferinnenkleid mit tiefem Dekolleté und schmaler Taille, gekrönt wurde das Ensemble von einem bezaubernd außergewöhnlichen Hut. Ein einziger Blick genügte, und Cleo wusste, dass Philippa eine gute Entscheidung getroffen hatte: Sie würde in diesem Kleid ganz hinreißend aussehen.

Matty betrachtete das Bild ohne große Begeisterung. «Das war meine Ur-Ur- und nochmal so viel Ur-Großtante», erklärte sie Cleo. «Sie war mit zwei reichen Grafen verheiratet.»

«Gleich mit zweien? Aber doch sicher nicht zur selben Zeit?»

Matty kicherte. «Nein, du Dummrian, natürlich nicht. Erst hat sie den einen geheiratet, weil er so viel Geld hatte, dann hat sich sein Vetter in sie verliebt, und weil der noch mehr Geld hatte, hat sie sich von ihrem ersten Mann scheiden lassen und ihn geheiratet. So eine Scheidung war damals ziemlich schwierig, viel schlimmer noch als heute, man musste das erst vom Parlament genehmigen lassen. Aber sie hat es geschafft. Wir Landrakes sind eben entschlossene Leute. Sie hatte einen ganzen Haufen Kinder, eigentlich hätte sie also fett und unansehnlich werden müssen, aber das war nicht so. Oben hängt noch ein Bild.»

«Verstehe. Philippa ähnelt ihr sehr. Und weißt du, was, Matty? Ich glaube, egal wie viele Kinder Philippa einmal haben wird, sie wird auch nie fett und unansehnlich werden.»

«Wahrscheinlich nicht», brummte Matty missmutig. «Du hast wirklich Glück, dass du keine Schwestern hast. Ich kann meine nicht ausstehen. Tissy ist immer so hässlich zu mir, sie ärgert mich und sagt gemeine Sachen. Und alle reden ständig davon, wie wunderschön Philippa ist. Ich wünschte, sie würde endlich heiraten und von hier verschwinden. Eigentlich weiß ich gar nicht, warum sie noch nicht verheiratet ist. Wahrscheinlich hat ihr noch niemand einen Antrag gemacht, der reich genug gewesen wäre.»

Cleo hatte erneut das Gefühl, dass Matty eigentlich in die Hände eines fähigen Psychologen gehöre, doch laut sagte sie: «Vielleicht hat Philippa sich auch nur noch nicht verliebt.»

Matty maß sie mit einem Blick, der gar nicht zu ihrem Alter passen wollte. «Philippa wird immer nur einen Menschen lieben, und zwar sich selbst. Und heiraten wird sie des Geldes wegen, für etwas anderes interessiert sie sich nicht. Sie will unbedingt reich sein, richtig, richtig reich. Tissy und sie denken ständig nur an Geld. Philippa will nach Südfrankreich und auf einer Yacht an Deck in der Sonne liegen und so etwas, und Tissy will unbedingt mit ihrer blöden Freundin in London leben.»

Während sie jetzt im langsam abkühlenden Wasser lag, dachte Cleo erneut an das Kleid von dem Gainsborough-Gemälde und traf einen kühnen Entschluss. Zum Teufel, dann war es eben ein umwerfendes Kleid. Es würde sicher auf diesem Ball noch andere Gäste geben, die außergewöhnliche Kostüme trugen. Sie stieg aus der Wanne, wickelte sich in ein großes, weißes Badetuch, und als sie das Badezimmer verließ, ertappte sie sich bei der Überlegung, was Hector wohl tragen würde.

2

Wie Cleo hatte auch Caroline ein Kostüm von einem Porträt gewählt, das seinen Ruhm seiner Qualität als Gemälde und nicht so sehr seinem Motiv verdankte. Sie erschien als Bardame von Manet auf dem Ball, eine junge Frau mit großen Augen und einer unschuldigen Ausstrahlung. Ihr Kostüm war tief ausgeschnitten, und am Dekolleté war inmitten von weißer Spitze ein Blumensträußchen befestigt. Das schmale, schwarze Oberteil brachte ihre Figur gut zur Geltung, und um den Hals trug sie ein schwarzes Samtband mit einem Medaillon daran.

Das Kostüm besaß durchaus Charme, doch Fitz fand, dass Caroline ein wenig vulgär darin wirkte, ganz anders als das Barmädchen auf dem eigentlichen Gemälde. Kaum war sie eingetroffen, war sie auch schon auf ihn zugeeilt und hatte ihm mit so besitzergreifender Direktheit die Hand auf den Arm gelegt, dass Philippa ihr einen verächtlichen Seitenblick zuwarf.

Tissy, die sich als Ahnin aus der elisabethanischen Zeit mit einer eindrucksvollen Halskrause und einem aufwendigen Kopfputz aus Golddraht kostümiert hatte, war da schon weniger zurückhaltend. «Ganz schlechte Wahl, Caroline», raunte sie ihr im Vorbeigehen zu. «Wie kommst du denn bloß auf den Gedanken, Fitz könnte es auf Barmädchen abgesehen haben?»

Diese nicht allzu charmante Bemerkung trieb Caroline die Röte in die Wangen, und sie wandte sich hilfesuchend nach Fitz um, der allerdings nicht darauf reagierte. Er trug das Kostüm eines Edelmannes aus der Zeit der Schlacht um Waterloo, nach einem Bild, das in seinem alten College in Oxford hing und für jemanden wie ihn, der sich inzwischen nur noch ungern kostümierte, die größtmögliche Annäherung an normale Abendkleidung darstellte. Der Anzug stand ihm gut, und Caroline musterte ihn ebenso bewundernd wie anerkennend. «Du hast dich als Beau Brummell verkleidet.»

«Keineswegs. Mein Kostüm orientiert sich an einem Porträt Sir Henry Talbots, eines Gelehrten und Geheimagenten. Ein hochinteressanter Mann, dessen Stil mir überdies sehr zusagt.»

«Da täuschst du dich bestimmt. Ich bin mir sicher, schon Bilder von Beau Brummell gesehen zu haben, auf denen er ganz genauso aussieht wie du jetzt. Ich habe ja eine große Schwäche für die Regency-Periode mit all diesen unwahrscheinlich stattlichen Männern.»

«Beau Brummell starb an Syphilis, hast du das gewusst? Verrückt, verarmt und noch dazu in Frankreich.»

Caroline musterte ihn mit zweifelndem Blick, beschloss dann, dass er wohl einen Scherz gemacht hatte, und sagte lachend: «Ach, wie komisch du immer bist!»

In diesem Augenblick trat Cleo in den Salon, wo sich die Gäste, die auf Landrake speisen sollten, vor dem Abendessen versammelten. Sie machte keinen großen Auftritt daraus, betrat einfach nur das Zimmer mit ihrem atemberaubenden Kleid und einer Haut, die Madge so sorgfältig gepudert hatte, dass sie sich nun schneeweiß von dem schwarzen Satinstoff abhob.

Lord Landrake, der sich gerade mit dem Herzog Casterton unterhielt, bemerkte den stieren Blick seines Gesprächspartners und drehte sich gerade noch rechtzeitig um, um zu sehen, wie ein begeisterter Jonathan Bosworth Cleo mit den Worten begrüßte: «Ich weiß, Komplimente stehen mir nicht zu, aber was für ein unglaubliches Kleid! Das Sargent-Porträt der Madame X, nicht wahr? Kennen Sie das Original? Nein? Sie sollten es sich unbedingt einmal ansehen, es ist ein ganz bemerkenswertes Bild. Überwältigend geradezu. Es ist riesig, ein überlebensgroßes Gemälde.»

Rosina trat neben ihren Mann. Sie trug ein Kleid nach dem Porträt einer früheren Lady Landrake von 1806, in dem klassischen Stil, der damals der letzte Schrei war. Landrake selbst trug eine Hoftracht vom Beginn des neunzehnten Jahrhunderts, die ihm gut zu Gesicht stand, und Fitz fand, dass sie ein äußerst ansehnliches Paar abgaben. Viel mehr jedoch erfreute ihn der Anblick Cleos in diesem Kleid, und sobald es die Höflichkeit erlaubte, überließ er Caroline Lancelots Obhut, der den großspurigen viktorianischen Staatsmann, als der er kostümiert war, perfekt verkörperte, und ging zu ihr hinüber.

«Eine ungewöhnliche Wahl», sagte er, «aber dafür umso gelungener. Es steht ihnen ganz ausgezeichnet.»

Tissy musterte Cleo mit ihren Plantagenet-Augen von Kopf bis Fuß und lächelte dann zufrieden. «Das wird Philippa sehr verärgern. Neben diesem Kleid wird sie mit ihrem Weiß und Rosa geradezu gewöhnlich aussehen.»

Cleo, die sich immer noch ruhelos und leichtsinnig fühlte, schüttelte nur den Kopf. «Philippa kann doch gar nicht gewöhnlich aussehen.»

Rosina löste sich von Lord Landrakes Arm und trat zu ihrer Tochter. «Wie es mich freut, dass du dich zu diesem Kleid durchgerungen hast. Madge hat mir beide gezeigt. An dem spanischen Kleid ist absolut nichts auszusetzen, aber es hat nicht einmal annähernd denselben Glanz wie dieses hier.»

Cleo freute sich über die anerkennenden Worte ihrer Mutter und konnte ihrerseits Rosinas außergewöhnlicher, strahlender Schönheit nur ehrliche Bewunderung zollen. Ihre Mutter verströmte ein heiteres Glück, wie Cleo es bei ihr noch nie erlebt hatte. Die Ehe schien ihr tatsächlich gutzutun. Was hatte Lady Patrick Campbell noch gleich über den Frieden im Ehebett nach dem Trubel auf der Chaiselongue gesagt?

Inmitten so vieler Fremder, die sich überdies alle untereinander zu kennen schienen, war Cleo froh zu bemerken, dass sie auch diesmal bei Tisch wieder neben Fitz saß. Als sie ihm das sagte, gestand er ihr mit raschem verschwörerischem Lächeln, er habe die Tischkarten vertauscht. «Ich sah zufällig, dass Sie sonst neben Harry Welcome gesessen hätten. Ein reizender Mensch, aber ungeheuer langweilig.»

«Welcher ist es denn?», erkundigte sich Cleo.

Fitz deutete mit dem Kopf auf die andere Tischseite. «Der dort mit der gepuderten Perücke, der exakt so aussieht wie die Diener.»

Gepuderte Perücken, in der Tat, und dazu noch goldtressenbesetzte Röcke: Es hatte Cleo erschüttert, wenn auch keineswegs überrascht, die Diener in voller Livree zu sehen – derselben Livree, wie jene Diener sie trugen, die sie am Abend zuvor von der Galerie aus im Esszimmer gesehen hatte.

«Warum sind die Diener denn alle so angezogen?»

«Für den Ball möchte Jerry das immer so haben. Es ist die Livree, die sie in seiner Jugend anscheinend sehr häufig trugen. Inzwischen wird sie nur noch selten eingesetzt, eigentlich nur bei Anlässen wie diesem.»

Harry Welcome, der tatsächlich kaum von Lord Landrakes Dienern zu unterscheiden war, redete eifrig auf Caroline ein, die mit missmutiger Miene neben ihm saß.

«Ich glaube, Caroline schätzt ihn auch nicht sehr als Tischnachbarn», bemerkte Cleo.

«Caroline kommt schon ganz gut allein zurecht.»

«Und ich etwa nicht?»

«Anders als Sie kennt Caroline fast jeden hier am Tisch.»

Und außerdem, setzte Cleo für sich hinzu, verfolgt sie Sie auf Schritt und Tritt, und Sie schätzen es ganz und gar nicht, wenn man Ihnen so nachstellt.

Fitz neigte sich ein wenig zur Seite, um dem Diener die Möglichkeit zu geben, ihm Wein nachzuschenken, und musterte Cleo mit belustigtem Lächeln. «Sie haben völlig recht mit Ihrer Vermutung.»

«Was denn für eine Vermutung? Ich habe doch gar nichts gesagt.»

«Nein. Aber gedacht.»

Fitz war zu sehr Gentleman, um noch hinzuzufügen, was er sich seinerseits dachte: dass nämlich Caroline am besten in kleinen Dosen zu genießen war. Und je weiter der Abend fortschritt, desto klarer wurde ihm, wie sehr das tatsächlich zutraf. Nach dem ausgedehnten Abendessen trafen immer mehr Gäste ein, und die Gesellschaft begab sich in den großen Saal, der für den Abend mit Blumen und Girlanden aus grünem, mit goldenen und gelben Bändern durchsetztem Blattwerk dekoriert war.

Im Verein mit den Wandteppichen, die in verblassten Grün-, Rot- und Blautönen gehalten waren, der hohen, balkenverzierten Saaldecke, den Landrake-Ahnen, die von den Wänden auf ihre Nachfahren herabschauten, und den sanft flackernden Kerzen in den Kronleuchtern hatte das alles eine geradezu magische Wirkung, und selbst Cleo, die durchaus an theatralische Inszenierungen gewöhnt war, nahm es vor Begeisterung fast den Atem.

«Eichen-, Birken- und Farnblätter haben zur Sommersonnenwende eine lange Tradition», erläuterte Fitz und nahm ihr ganz beiläufig ihre Tanzkarte aus der Hand. «Ich darf doch?» Damit trug er sich für drei Tänze ein, darunter auch den Mitternachtstanz.

«Versuchen Sie etwa, sich in Sicherheit zu bringen?», erkundigte sich Cleo angelegentlich. Sie selbst hatte gehofft, Hector würde sie zu einem Tanz auffordern, doch er stand am anderen Ende des Saals und hatte sich in den Kreis von Verehrern um Philippa eingereiht. Er musterte Philippa mit betörtem Blick, dann wanderte seine Aufmerksamkeit einen Augenblick lang zu seinem Bruder, und seine Miene verfinsterte sich. Lancelot stand neben Philippa und strahlte dabei einen Besitzerstolz aus, den Cleo so noch nicht an ihm gesehen hatte.

«Vor Caroline, meinen Sie? Aber keineswegs», erwiderte Fitz mit allem Charme, den er aufzubieten hatte. «Ich bin überzeugt, Sie sind eine ganz wunderbare Tänzerin.»

Cleos erster Tanzpartner, ein lebhafter junger Mann in Uniform, verbeugte sich vor ihr, kaum dass die Kapelle den ersten Takt gespielt hatte. Und Caroline kam, ein Lächeln auf den Lippen und Entschlossenheit im Blick, auf Fitz zu, um ihn daran zu erinnern, dass er ihr diesen Tanz versprochen habe. «Aber hier drinnen ist es so fürchterlich voll. Wollen wir nicht lieber auf der Terrasse tanzen? Die meisten weichen erst später dorthin aus, wir werden ganz unter uns sein.»

Kaum waren sie draußen, wurden Fitz' schlimmste Befürchtungen wahr. Caroline wollte keineswegs nur mit ihm tanzen, sie wollte vor allem mit ihm reden. Er hielt sie ein wenig auf Abstand, doch sie schmiegte sich enger an ihn, streifte sein Ohr mit den Lippen und flüsterte: «Ach, Fitz, Liebster, findest du nicht auch, dass es an der Zeit ist, übers Heiraten zu reden?»

Fitz blieb die Antwort schuldig. Er war zornig auf sich, weil er sich in genau die Lage hatte manövrieren lassen, die er um jeden Preis vermeiden wollte, und beschränkte sich darauf, Caroline weiter über den kleinen Tanzboden zu führen, der am Morgen aufgebaut worden war.

«Nun?», murmelte sie erneut dicht an seinem Ohr, und er wich ein wenig zurück und sagte: «Weißt du, Caroline, ich mag ja ein wenig altmodisch sein, aber ich finde doch, der Mann sollte den Heiratsantrag machen.»

«Ich dachte, du hältst nichts von solchen Konventionen. Wir sind nun schon fast zwei Jahre zusammen, und ich finde, es ist an der Zeit, etwas Dauerhaftes daraus zu machen, weiter nichts. Du solltest endlich heiraten, das sagen alle.»

Waren es tatsächlich schon zwei Jahre? Vermutlich hatte sie recht, obwohl darin auch die langen Zeiten der Trennung enthalten waren, als Fitz im Ausland war. Anscheinend waren ein paar harte Worte angezeigt. «Caroline, ich liebe dich nicht, und wenn wir ganz ehrlich sind, liebst du mich auch nicht.»

Caroline hielt im Tanzen inne und bedachte ihn mit einem zornigen Blick. «Hast du überhaupt jemals geliebt?»

Das traf Fitz nun doch. «Natürlich, mehrmals sogar. Meine Güte, ich bin immerhin siebenunddreißig! Was glaubst du denn bloß? Es wäre doch sehr ungewöhnlich, wenn ich in diesem Alter noch nie geliebt hätte.»

«Aber warum hast du dann nicht geheiratet? Oder waren die vielen Frauen, die du geliebt hast, etwa alle schon verheiratet? Natürlich weiß ich, dass du schon siebenunddreißig bist, das ist ja gerade der Grund, weshalb du unbedingt heiraten solltest.» Ihre Stimme nahm einen schmeichlerischen Ton an. «Deine Eltern würden es auch gern sehen, wenn du endlich sesshaft würdest, das hat deine Mutter mir selbst gesagt.»

«Ein Mann in meinem Alter heiratet aber nicht, um es seiner Mutter recht zu machen.»

Caroline machte sich von ihm los, nahm ihn bei der Hand und führte ihn zu einer Marmorbank hinüber. Widerwillig setzte er sich neben sie und zückte sein Zigarettenetui. Er bot ihr eine Zigarette an, doch sie lehnte ab, und so nahm er sich selbst eine, klopfte kurz damit auf den Deckel des silbernen Etuis, schob sie sich zwischen die Lippen und zündete sie umständlich an, um Zeit zu gewinnen. Dann sagte er: «Selbst wenn ich dich tatsächlich lieben würde, Caroline, so weißt du doch, dass das Leben, das ich führe, in keinerlei Hinsicht einem glücklichen Familienleben entspricht. So, wie sich die Situation in Europa entwickelt, werde ich in den nächsten paar Jahren noch viel mehr Zeit im Ausland verbringen müssen.»

«Aber das musst du doch gar nicht», rief sie aus. «Das ist doch gerade der Vorteil deiner Stellung. Du bist doch nicht einfach nur irgendein Journalist. Du könntest deinem Vater erklären, dass du nicht mehr ins Ausland willst oder zumindest nicht mehr an all die Orte, an die du jetzt ständig fährst. Mir würde es beispielsweise gar nichts ausmachen, in Amerika zu leben, im Gegenteil, der Gedanke gefällt mir sogar. Dein Vater besitzt doch auch amerikanische Zeitungen. Wir könnten in New York wohnen.»

«Meine Schwester leitet die Dependance in New York, und mein Bruder ist die rechte Hand meines Vaters in London. Keiner von beiden wird seine Position so einfach aufgeben, um mir Platz zu machen. Ich bin der Jüngste, das weißt du genau. Ich muss nehmen, was übrig bleibt.»

«Das ist Unsinn, und das weißt nun wieder du ganz genau. Du bist trotzdem der Sohn des Zeitungsbesitzers – selbstverständlich hast du eine Wahl. Nur, weil dein Vater und der Rest deiner Familie in der Zeitungsbranche arbeiten, musst du das doch nicht auch tun. Du könntest Parlamentsabgeordneter werden. Papa hat einigen Einfluss in der Partei, er könnte dir bestimmt einen Sitz verschaffen, außerdem sagt er, es wird mit Sicherheit bald Neuwahlen geben. Dann hättest du immer noch genug mit Politik zu tun, wenn dich das so interessiert, du wärst nur einfach ein Gesetzgeber und kein Reporter.»

«Schön, dass du dich so um meine Zukunft sorgst, doch dummerweise liebe ich meine Arbeit. Als Parlamentsabgeordneter würde ich mich niemals wohlfühlen, und im Übrigen bin ich fest entschlossen, mein angenehmes Junggesellendasein auch weiterhin fortzusetzen. Ich würde es keiner Frau zumuten wollen, so viel Zeit allein zu verbringen, wie meine Ehefrau es tun müsste.»

«Nun gut, ich werde nicht darauf bestehen, dass du deine Arbeit aufgibst, aber ich werde auch nicht monatelang von dir getrennt bleiben. Ich komme einfach mit dir. Wenn du in irgendeine europäische Stadt wie Paris oder Berlin entsandt wirst, brauchst du doch eine Frau, die die gesellschaftliche Seite des Lebens für dich regelt.»

«Das, was du die gesellschaftliche Seite meines Lebens nennst, Caroline, sieht keineswegs so aus, wie du dir das vorstellst. Hier geht es nicht um Cocktailempfänge und Abendgesellschaften in den Botschaften und Konsulaten Europas. Man treibt sich an Orten herum, die du niemals betreten würdest, oder aber im Presseclub mit den Kollegen, die ganz wunderbare Menschen sind, aber keineswegs die Sorte Leute, mit denen du auch nur irgendetwas gemein haben würdest.» Er schwieg einen Augenblick und setzte dann grinsend hinzu: «Mein guter Freund Pete Jonkers würde dich aber sicher liebend gern kennenlernen. Er hat eine Schwäche für Barmädchen.»

Caroline gab einen ärgerlichen Laut von sich. «Kannst du denn nie einmal etwas ernst nehmen, Fitz?»

«Dann wäre da noch Jack, ein sehr fröhlicher Amerikaner. Er würde dir wahrscheinlich als Erstes hinterherpfeifen und dir nachrufen: ‹Na, Schätzchen, wie wär's denn mit uns beiden?›»

Caroline erhob sich starr vor Wut. «Eigentlich sollte ich dich jetzt ohrfeigen, Fitz, aber das ist mir gar nicht mehr die Mühe wert. Wenn du die Frauen, die du angeblich so geliebt hast, auch so behandelt hast wie mich jetzt, wundert es mich gar nicht, dass deine vergangenen Affären nie allzu lange gehalten haben. Du bist selbstsüchtig bis ins Mark, und diese Distanziertheit, die du da kultivierst, ist geradezu abscheulich. Ich hoffe um deinetwillen, dass dir bald irgendetwas oder irgendjemand klarmacht, dass du im Leben auch noch andere Menschen brauchst. Menschen, die dir nahestehen.»

Mit diesen verbitterten Worten eilte sie ins Haus zurück und ließ Fitz allein auf der Terrasse seinen wenig erfreulichen Gedanken nachhängen. Wie aus dem Nichts stand plötzlich ein Diener neben ihm und reichte ihm einen Aschenbecher, und Fitz drückte seine Zigarette aus und erhob sich ebenfalls. Er hatte sich schlecht, abscheulich schlecht verhalten, doch Carolines entschlossene Verfolgungsversuche hatten ihn einfach immer stärker provoziert, da war es besser, ein für allemal und radikal mit ihr zu brechen. Dennoch blieb er ein Narr, weil er sich überhaupt mit ihr eingelassen hatte. Er konnte nur inständig hoffen, dass sie bald einen Mann finden würde, der reich und gefügig genug war, um ihr der Ehemann zu sein, den sie sich wünschte. Sein Leben hatte sie angezogen, weil es ihr glanzvoll und aufregend erschien, doch wie eine Frau, die einen Hallodri heiratet, um ihn auf den rechten Weg zu führen, wollte auch sie letztlich nur alles zerstören, was dieses Leben für ihn ausmachte.

«Na, Fitz, woran denkst du?», fragte eine sanfte Stimme hinter ihm, und als er sich umdrehte, stand dort Leonie Howard mit amüsierter Miene. «Gerade ist Caroline an mir vorbeigestürmt. Bist du etwa endlich zur Vernunft gekommen und hast ihr den Laufpass gegeben? Was hast du dir bloß dabei gedacht, dich derart in ihre Fänge zu begeben? Nun sieh mich nicht so an, wir kennen uns schließlich schon lange genug, dass ich offen mit dir sein darf.»

Sie hakte sich bei ihm unter, und sie gingen gemeinsam zum Haus zurück. Doch auf der Schwelle blieb Fitz stehen und ließ den Blick über den Garten wandern, wo winzige Lämpchen in den Bäumen und Sträuchern glitzerten. «Darf ich mir dann die Freiheit nehmen und ebenso offen mit dir sein? Du willst dich doch genauso wenig festlegen wie ich. Weshalb willst du Jonathan nicht heiraten? Was wirst du tun, wenn Lancelot heiratet, was allem Anschein nach nicht mehr lange auf sich warten lässt?»

«Touché», entgegnete Leonie. «Für jeden von uns, Fitz, kommt einmal der Moment, in dem wir entscheiden müssen, welche Richtung wir unserem Leben weiterhin geben wollen.»

Die Musiker stimmten einen Walzer an. «Tanz mit mir, Leonie», sagte Fitz.

Sie sah ihn an und dachte sich, was er doch für ein attraktiver Mann war. Ein guter Mann und ein guter Freund.

Wenn er nur endlich eine Frau fände, die ihm das Wasser reichen konnte. «Es ist Vollmond heute», sagte sie, während sie sich im Walzertakt drehten. «Erinnerst du dich noch an den ersten Porträt-Ball nach dem Krieg, 1919? Damals war ebenfalls Vollmond.»

«An diese Zeit denke ich gerade häufig», erwiderte Fitz. «Was für ein furchtbares Jahr das doch war. Es hat hier in Landrake Hall alles verändert.»

«Arme Clemmie», sagte Leonie versonnen. «Immer wollte sie alles beherrschen, sich selbst und alle anderen, und doch war sie in vieler Hinsicht so blind für die Konsequenzen ihres Handelns. Ich habe immer gehofft, dass ihr in den letzten schrecklichen Sekunden, als Felix die Kontrolle über den Wagen verlor, gar nicht klargeworden ist, was da geschieht.»

Eine Zeitlang drehten sie sich schweigend weiter, dann sagte Leonie: «Damals ist hier auf Landrake so viel Schreckliches geschehen, doch das Schlimmste ist, dass die Ereignisse dieses Jahres das Haus und seine Bewohner bis heute verfolgen. Ich kann mir gar nicht vorstellen, wann und wie das jemals enden soll.»

«Was für ein seltsamer Gedanke. Das ist doch alles fünfzehn Jahre her, es liegt längst hinter uns. Lassen wir die tote Vergangenheit doch ihre Toten selbst begraben.»

«In den Büchern mag das ja so sein», sagte Leonie. «Doch im wahren Leben sind wir ständig von der Vergangenheit umgeben.»

Cleo tanzte mit Hector. Er trug ein viktorianisches Kostüm, das, wie er ihr erzählte, einem Bild aus dem Schloss nachempfunden war. «Es ist natürlich kein Vorfahr von uns, anders als all diese Landrakes, die hier an den Wänden dräuen. Was für eine Sippschaft! Solche Vorfahren habe ich gar nicht. Mein Großvater hat als Junge noch in den Spinnereien im Norden Englands arbeiten müssen. Er war ein Waisenkind und konnte wohl von Glück sagen, dass man ihn nicht ins Bergwerk gesteckt hat.»

«Immerhin ist er als reicher Mann gestorben, was dir und Lancelot ein gutes Auskommen sichert.»

Hector zuckte die Achseln. «Der Löwenanteil geht ohnehin an Lancelot, weil ich nicht in den Familienbetrieb einsteigen will.» Er stolperte, trat Cleo auf den Fuß und entschuldigte sich.

Wahrscheinlich wäre er nicht ganz so tollpatschig gewesen, wenn er sich mehr auf seine und ihre Füße konzentriert hätte, anstatt sich ständig nach Philippa umzudrehen, die mit koketter Hingabe in Lancelots Armen über die Tanzfläche schwebte.

«Entschuldige», sagte er noch einmal. «Ich habe dir doch hoffentlich nicht wehgetan?» Dann setzte er nach kurzem Schweigen hinzu: «Findest du nicht auch, dass all diese Porträts hier im Haus einem irgendwie zusetzen? Inzwischen gibt es nur noch fünf lebende Landrakes, oder besser gesagt sechs, wenn man deine Mutter mitzählt, und trotzdem habe ich ständig das Gefühl, dass mich mehrere Dutzend von ihnen unter Beobachtung haben.»

«Fitz hat mir erzählt, was der Familie 1919 widerfahren ist. Für viele Landrakes hat dieses Jahr tödlich geendet.»

«1919? Ach ja, natürlich, das war das Jahr mit den vielen Unfällen», sagte Hector.

«Du warst damals sicher noch zu jung, um dich an all das zu erinnern.»

«Ich war zehn. Und an den ganzen Aufruhr kann ich mich durchaus erinnern, auch wenn sich alle bemüht haben, die blutigen Einzelheiten von mir fernzuhalten. Esmond war völlig am Boden zerstört, was ja kein Wunder ist. Und das war ja alles noch vor Jerrys überraschender Rückkehr. Manchmal bin ich mir nicht sicher, ob das Esmond nicht schwerer getroffen hat als der Verlust seiner ganzen Familie.»

«Ich dachte, Esmond ist Lord Landrake so zugetan.»

«Das stimmt auch. Und trotzdem hatte ich immer den Eindruck, als hätte er damals fest damit gerechnet, sein Erbe antreten zu können. Das wird er natürlich eines Tages ohnehin tun, wenn Lord Landrake einmal von uns geht. Doch so kerngesund, wie er zurzeit wirkt, hat er wohl noch viele Jahre vor sich.»

Cleo schaute aus dem Augenwinkel zu ihrem Stiefvater hinüber. Er tanzte gerade mit einer stämmigen Dame, deren Kostüm man sich im siebzehnten Jahrhundert eher an einer Bordellbesitzerin als an einer ehrbaren Ahnin vorstellen konnte. Er wirkte tatsächlich gesund, doch Cleo bemerkte auch die sorgenvollen Ringe unter seinen Augen, nahm das müde Lächeln wahr. Kein Wunder, dass Rosina beunruhigt war.

«Landrakes Vater starb in relativ jungen Jahren. Er ist vom Pferd gefallen. Du siehst also, es passieren ständig Unfälle. Landrake hat ein verflixtes Glück gehabt, zu den Wenigen zu gehören, die den Krieg ohne größeren Schaden an Leib und Seele überstanden haben. Wenn man bedenkt, was er alles hinter sich hat, ist es ein wahres Wunder, dass er überhaupt noch lebt. Er redet nicht viel davon, aber es ist eine ganz unglaubliche Geschichte.»

Hectors Miene wurde lebhafter. «Irgendwann muss ich ihn einmal dazu bringen, mir ausführlich von seiner Zeit in Persien und Arabien zu erzählen. Ich denke über ein Ballett auf der Grundlage von Tausendundeiner Nacht nach. Ganz neu ist die Idee natürlich nicht, aber sie reizt mich trotzdem.»

Er stolperte erneut, doch diesmal gelang es Cleo, ihre Füße rechtzeitig in Sicherheit zu bringen. «Sag mal, Hector, denkst du eigentlich ernstlich darüber nach, die Musik aufzugeben und in euren Familienbetrieb einzusteigen? Das würdest du doch niemals aushalten.»

«Der Musik kann ich mich ja immer noch in der Freizeit widmen. Meinen Lebensunterhalt werde ich davon ohnehin niemals bestreiten können, es sei denn, ich habe Glück und komme beim Film unter. Wenn ich mich an der Firma beteilige, würde es mir um so vieles besser gehen. Vater ist ein gerechter Mann, und ich wäre Lancelot endlich ebenbürtig.»

Insgeheim war Cleo der Ansicht, dass sich letztlich nur das alte Sprichwort «Der Vater erstellt's, der Sohn erhält's, beim Enkel zerfällt's» bewahrheiten würde, wenn man Hector eine verantwortliche Position gab, bei der es darum ging, Mitarbeiter oder Geld zu verwalten. Doch diese Meinung behielt sie für sich.

«Ein göttliches Kleid hast du da an», sagte Hector jetzt zu ihr. «Allerdings nicht ganz das, was du normalerweise trägst.»

«Normalerweise wäre ich auch nicht auf einem solchen Fest. Herzöge, Kabinettsminister, Großgrundbesitzer … ich komme mir vor wie ein Fisch auf dem Trockenen.»

«Bei deiner Mutter scheint das ganz anders zu sein. Sie wirkt, als wäre sie so richtig in ihrem Element.»

«Es freut mich sehr, sie so glücklich zu sehen.»

«Für Esmond wäre es eine Katastrophe, wenn sie noch Kinder bekäme. Womöglich würde es ja ein Sohn, und was würde dann aus ihm?»

Wie schaffte Hector es bloß, ganz beiläufig ausgerechnet den einen Gedanken auszusprechen, den Cleo sich selbst nicht gestatten wollte?

«In ihrem Alter ist das nicht mehr sehr wahrscheinlich.»

«Ich weiß nicht. Meine Mutter war auch bereits vierundvierzig, als sie mich bekommen hat.»

Als Nächstes tanzte Cleo mit Fitz, was sich als sehr viel angenehmer erwies. Er war ein hervorragender Tänzer, und seine Füße legten ein tadelloses Benehmen an den Tag.

«Ich habe Sie eben mit Hector tanzen sehen.»

«Und ich Sie mit Caroline, was Ihnen wohl ebenso wenig Vergnügen bereitet hat wie mir der Tanz mit Hector.»

Fitz musste lachen. «Sitzen wir womöglich beide im selben Boot?»

«Ich weiß überhaupt nicht, was Sie meinen.»

In seinen Augen funkelte der Schalk. «Ich glaube, das wissen Sie sehr wohl.»

Sie tanzten einen lebhaften Foxtrott, und als die Musiker schließlich mit einem triumphierenden Akkord zum Schluss kamen, spürte Cleo, wie ihr ein funkelnder Träger von der Schulter glitt. Fitz führte sie von der Tanzfläche und kommentierte dabei: «Das gibt Ihrem Kleid doch nur noch den letzten Schliff, finden Sie nicht? War das nicht der Skandal, der damals ganz Paris erschütterte, dass ihr der Träger von der Schulter gerutscht ist?»

Das mochte durchaus sein, doch Cleo hatte trotzdem nicht vor, den Rest des Abends mit einem losen Träger zu verbringen. «Ich gehe rasch in mein Zimmer hinauf und hole eine Sicherheitsnadel», sagte sie.

3

Cleo blieb zögernd stehen. Vor ihr zweigten zwei Flure in unterschiedliche Richtungen ab. Als sie ihr Zimmer wieder verlassen hatte, war sie vollkommen überzeugt gewesen, auf direktem Weg in den großen Saal zurückzufinden, doch schon nach wenigen Minuten hatte sie sich erneut verirrt.

Vor ihr endete der breite, spärlich erleuchtete Flur an einem Fenster ohne Vorhänge. Ein weiterer Korridor, der von rechts ihren Weg kreuzte, wirkte schmaler und schien, nach den vielen Türen zu urteilen, kaum etwas anderes als Abstellkammern zu enthalten. Cleo trat an das Fenster, in der Hoffnung, sich angesichts eines vertrauten Stücks Garten etwas besser orientieren zu können. Doch vor ihr erstreckte sich nur Wald, und näher am Haus sah sie einen kleinen, abgezäunten Privatgarten mit einem Brunnen in der Mitte. Ein nackter kleiner Junge ritt auf einem Delphin, aus dessen Maul sich Wasser in das Brunnenbecken ergoss.

Ein reizender Anblick, wenngleich einer, den Cleo so noch nicht zu Gesicht bekommen hatte und der ihr folglich kein bisschen weiterhalf, sich in diesem vermaledeiten Haus zurechtzufinden. Sicher konnte sie versuchen, den gleichen Weg zurückzugehen und wieder zu ihrem Zimmer zu gelangen, doch auch das war ihr bisher noch nie geglückt.

Da entdeckte sie rechts von sich eine Wendeltreppe, die sowohl nach oben als auch nach unten führte. Wenn sie die hinunterstieg, musste sie ihrem Ziel, dem großen Saal, nach aller Logik doch zumindest ein Stückchen näher kommen. Eigenartig nur, dass sie so gar nichts hörte: keine Musik, keine Stimmen, kein Gelächter. Das alles deutete darauf hin, dass sie sich recht weit von ihrem Ziel entfernt haben musste.

Cleo machte sich auf den Weg die Treppe hinab und hörte weiterhin nur das Klappern ihrer hohen Absätze auf den hölzernen Stufen. Unglücklicherweise stellte sich rasch heraus, dass die Treppe ein Stockwerk tiefer führte und dort in einem Kabinett endete, das ihr ebenfalls vollständig unbekannt war. An den Wänden hingen etliche Porträts, die, nach Gesichtern und Kleidung zu urteilen, Landrakes aus dem achtzehnten Jahrhundert zeigten. Ihre Augen schienen Cleo zu folgen, während sie unschlüssig auf und ab ging und sich darüber klarzuwerden versuchte, wohin sie sich als Nächstes wenden sollte.

Sie musste sich zwischen zwei von Säulen umrahmten und mit Ziergiebeln gekrönten holzgetäfelten Türen entscheiden, die, wie die Bilder, aus dem achtzehnten Jahrhundert zu stammen schienen. Die rechte, die sie als Erstes öffnete, führte direkt in eine Kammer, auf deren Regalbrettern wenig ansprechende Porzellanfiguren lagerten. Cleo schloss die Tür wieder und versuchte es mit der linken. Dahinter befand sich eine weitere, breitere Treppe, die zurück nach oben führte.

Zunehmend verärgert und frustriert, beschloss Cleo, diese Treppe zu nehmen, die immerhin imposant genug wirkte, um vielleicht wieder in den Hauptteil des Hauses zurückzuführen und nicht etwa in den Dienstbotentrakt oder zu weiteren Abstellkammern. Sie würde die Treppe hinaufsteigen und nachsehen, was sich oben befand, und falls ihr das nicht weiterhalf, würde sie tatsächlich versuchen, in ihr Zimmer zurückzufinden. Fast schämte sie sich für ihre Unfähigkeit, sich in diesem verwirrenden Haus zurechtzufinden. Sie mochte das Gefühl, sich verirrt zu haben, ganz und gar nicht, und viel schlimmer noch fand sie es, ständig von diesen verflixten Porträts beobachtet zu werden, deren lebende Vorbilder sie vermutlich wegen ihrer Unzulänglichkeit verhöhnt hätten.

Sie stieg die Stufen hinauf und gelangte in einen kreisrunden Raum mit marmorverkleideten Wänden und einem glatten Steinboden. An der Wand gegenüber befand sich eine weitere Tür, die nur angelehnt war. Da sich die Neugier, was sich wohl in diesem Teil des Hauses befand, mit ihrem Unmut, sich nicht zurechtzufinden, nun fast die Waage hielt, schob Cleo die Tür ganz auf und tat einen Schritt in die Vergangenheit.

Es begegneten ihr zwar keine gespenstischen Gesichte, keine kopflosen Landrakes und auch keine klagenden Mönche, doch sie spürte sogleich, dass dieser Trakt des Hauses ganz offenbar seit Jahren nicht mehr benutzt wurde. Seit fünfzehn Jahren, um genau zu sein, denn schon ein rascher Blick genügte, und Cleo wusste ganz genau, wo sie sich hier befand.

Sie stand in einer Art Salon, einem geräumigen Zimmer mit breiten Schiebefenstern und einer Anzahl behaglicher, wenn auch recht abgenutzter Sessel. Einige umstanden einen marmornen Kamin, dessen leerer Rost trostlos und verlassen wirkte. Daneben stand ein altersschwacher Korb, der wohl früher einmal Holzscheite enthalten haben musste. Auf der anderen Seite des Zimmers befand sich ein großer ovaler Tisch mit mehreren Stühlen, der den Eindruck machte, als hätten die Speisenden eben erst ihre Stühle zurückgeschoben und sich vom Tisch erhoben.

An einer weiteren Wand stand ein breites Kaminsofa mit verschossenen, grünen Samtbezügen, darüber hing ein großer Spiegel mit Goldrahmen, dessen Oberfläche an den Stellen, wo die Verspiegelung beschädigt war, dunkle Flecken aufwies.

Gleich neben der Tür hing eine Dartscheibe aus Kork, in der noch ein einsamer gefiederter Wurfpfeil steckte; ein weiterer war hinunter auf den Boden gefallen. Auf der anderen Seite der Tür war eine mit grünem Filz bespannte Pinnwand angebracht, an der vergilbte Zettel hingen. Ein schlichtes Bücherregal beherbergte etliche zerlesene Bände, auf einem kleinen Beistelltisch lagen zwei Zeitschriften. Cleo nahm eine davon in die Hand und sah, dass es sich um eine Ausgabe des *Punch* von August 1918 handelte.

Schon als sie den Raum betreten hatte, war ihr klargeworden, dass sie unabsichtlich in den nicht mehr genutzten Flügel von Landrake Hall geraten war, den Flügel, der im Krieg die verwundeten Soldaten beherbergt hatte und in dem auch Fitz behandelt worden war. Sie durchquerte das Zimmer und trat durch die Tür auf der anderen Seite, hinter der sich ein langer, äußerst spartanischer Flur erstreckte. Doch als sie gerade eine der vielen Türen öffnen wollte, hörte sie plötzlich Schritte hinter sich.

Entschlossene Männerschritte.

Cleo fuhr herum. In der Tür zum Salon stand Fitz.

«Mein Gott, haben Sie mich aber erschreckt! Was machen Sie denn hier?»

Mit einer Mischung aus Erstaunen und Wiedererkennen sah Fitz sich um.

«Sie waren so lange fort, dass ich mir dachte, Sie müssen entweder desertiert sein oder sich verlaufen haben. Da habe ich mich eben auf die Suche nach Ihnen gemacht.»

Cleo musterte ihn misstrauisch. «In diesem riesigen, verwinkelten Haus können Sie doch unmöglich erahnt haben, wo ich bin.»

«Da haben Sie völlig recht», entgegnete Fitz seelenruhig. «Erst habe ich bei Ihrem Zimmer vorbeigeschaut, und als auf mein Klopfen keine Antwort kam, habe ich einen Blick hineingeworfen und festgestellt, dass Sie nicht dort sind. Also bin ich Ihnen gefolgt, und ob Sie es nun glauben oder nicht, es war nicht weiter schwierig, Sie zu finden. Natürlich hätte ich auch so darauf kommen können, dass Sie genau den Weg nehmen würden, der keinesfalls zurück zum Saal führt, aber das war gar nicht notwendig.»

«Ach nein?»

Fitz klopfte sich mit dem Finger an die Nase.

«Soll diese höchst befremdliche Geste mir jetzt etwa Ihre geheime Informationsquelle offenbaren?», wollte Cleo wissen.

«Nein. Sie soll Ihnen nur demonstrieren, dass Sie ein unverkennbares Parfüm tragen, das noch im Raum hängt, wenn Sie schon längst fort sind. Und mir übrigens sehr gefällt.» Seine Kiefermuskeln spannten sich an, als sein

Blick weiter durch den Raum schweifte. Dann ging er zu der Dartscheibe hinüber, hob den heruntergefallenen Pfeil auf und hielt ihn versonnen in der Hand. «Wie viele Stunden ich hier mit Pfeilewerfen verbracht habe, um meinen Arm wieder funktionstüchtig zu machen. Unglaublich! Ich hatte ja keine Ahnung, dass sie allen Ernstes einfach nur die Türen dieses Trakts verschlossen und ansonsten alles so belassen haben, wie es war, als die Insassen ihn verließen. Ich frage mich, weshalb nie jemand beauftragt wurde, hier etwas Ordnung zu schaffen.»

Die Ledersohlen seiner Abendschuhe klapperten über den Holzboden, als er das Zimmer durchquerte und durch die Tür auf der anderen Seite schaute. «Hier ging es zu den Schlafräumen. Wir waren zu viert in einem Zimmer untergebracht, wenn ich mich recht entsinne.» Er hielt Cleo die Tür auf, dann öffnete er eine der vielen Türen, die von dem schmalen Gang wegführten. Tatsächlich: In dem quadratischen Raum standen vier eiserne Betten mit Metallrosten, und auf jedem Bett lag eine ordentlich zusammengeklappte Matratze.

«Wahrscheinlich gehörten die Betten und das ganze Mobiliar gar nicht den Landrakes, sondern den Behörden, die das Genesungsheim hier eingerichtet haben, dem Kriegsministerium oder einer anderen offiziellen Stelle. Anscheinend haben sie dann wohl vergessen, die Sachen wieder abzuholen. Und nach all den Tragödien, die die Familie 1919 ereilt haben, hatte wahrscheinlich niemand die nötige Energie, sich darum zu kümmern oder etwas in die Wege zu leiten.»

Fitz wartete, bis Cleo das Zimmer wieder verlassen hatte, und schloss die Tür hinter ihr. Dann ging er bis ganz zum

Ende des staubigen Flurs, öffnete die letzte Tür auf der linken Seite und warf einen Blick hinein. «Ja, das ist das Zimmer, in dem ich lag. Vier Betten, aber wir waren die ganze Zeit über nur zu dritt, weil der vierte Mann so schlimme Albträume hatte, dass man ihm ein Einzelzimmer geben musste. Andernfalls hätte keiner von uns jemals Schlaf gefunden.»

«Der Arme», sagte Cleo. «Es erstaunt mich ohnehin, dass Sie nicht alle von Albträumen geplagt wurden, wenn man bedenkt, was die meisten von Ihnen durchgemacht haben.»

«Das Merkwürdige daran war, dass just dieser Mann gar nichts von den eigentlichen Kriegsgräueln miterlebt hat. Er war beim Marinegeheimdienst, in Friedenszeiten hatte er an der Universität gelehrt. Und seine Albträume, das stellte sich schnell heraus, fußten auf einer schrecklichen Familientragödie. Er hatte indirekt den Tod seiner Mutter verursacht. Seine Yacht war vor der französischen Küste gekentert, und sie war dabei ertrunken. Anscheinend gab ihm sonst niemand die Schuld an ihrem Tod, doch er selbst machte sich bittere Vorwürfe. Und so bekam er schließlich einen Nervenzusammenbruch. Die extreme berufliche Belastung hat sicher ihren Teil dazu beigetragen. Die meisten Kriegsbeamten, Männer wie er, die selbst nicht kämpften, haben wie die Besessenen geschuftet; die Oberschwester hat uns erzählt, er habe wochenlang jeden Tag achtzehn Stunden gearbeitet. Er hatte es zwar weniger gefährlich als wir im Schützengraben, aber man begreift dennoch, weshalb er irgendwann zusammengebrochen ist.»

Fitz trat ans Fenster. Am Horizont hing noch ein letzter bleicher Streifen Tageslicht, und die weißen Blumen im Garten erstrahlten im eigentümlichen Glanz der Dämmerung.

Als er sich wieder vom Fenster abwandte, lag das Zimmer halb im Schatten. «Herrje, das bringt so viele Erinnerungen zurück.» Cleo verließ den Raum, und Fitz folgte ihr und warf die Tür fast gewaltsam hinter sich zu. Dann fiel sein Blick auf eine weitere angelehnte Tür auf der anderen Seite des Flurs.

«Dort war früher immer das Verwaltungszimmer.» Fitz schob die Tür auf und trat ein. Auch dieses Zimmer sah aus, als wäre es vor wenigen Minuten erst verlassen worden. Auf dem großen Schreibtisch mit der zerkratzten ledernen Schreibunterlage stand eine schwere, schwarze, altmodische Schreibmaschine. Fitz ging hinüber und drückte eine Taste. «Erstaunlich, diese alten Geräte. Sie scheint noch einwandfrei zu funktionieren.»

Doch Cleo hörte ihm gar nicht zu. Sie hatte ein Blatt Papier auf dem Schreibtisch entdeckt. Jetzt nahm sie es in die Hand und hielt vor Schreck den Atem an, als sie sah, was darauf stand.

Fitz hob abrupt den Kopf. «Was ist denn?»

Als Cleo keine Antwort gab, trat er neben sie und hatte ihr das Blatt bereits aus der Hand genommen, bevor sie ihn daran hindern konnte. Er überflog es rasch, hielt kurz inne und las es noch einmal. Dann legte er das Blatt beiseite und begann, die übrigen Papiere auf dem Schreibtisch durchzublättern, um zu sehen, was er noch finden würde.

Es fanden sich noch drei weitere maschinengeschriebene Blätter. Drei Briefe, ohne Anschrift, Grußformel oder Unterschrift, und alle waren sie in Großbuchstaben getippt. Genau wie die Briefe an Lord Landrake, von denen Rosina gesprochen hatte.

Sie schwiegen beide lange, und Fitz ließ Cleo dabei keine Sekunde aus den Augen. Schließlich sagte er mit ruhiger Stimme: «Das sind Erpresserbriefe. Und Sie wissen etwas darüber.»

Als Cleo immer noch nichts sagte, fuhr er fort, ohne den Blick von ihr zu wenden: «Dann lassen Sie mich raten. Aus den Briefen hier geht hervor, dass eine anonyme Person, sei es nun ein Mann oder eine Frau, Geld von einer anderen Person verlangt und ihr damit droht, bei Nichtbezahlung einem dem Empfänger nahestehenden Menschen ein Geheimnis zu enthüllen, das diesem beträchtlichen Schaden zufügen wird. Schlussfolgern wir einmal: Mir fällt nur ein einziger Mensch ein, der Geld genug hätte, um einen Erpresser bezahlen zu können, und dazu noch über enormen Familienstolz und große Loyalität verfügt. Immer vorausgesetzt natürlich, es handelt sich nicht um irgendeinen geschmacklosen Scherz unter Dienstboten.»

Cleo schüttelte den Kopf. «Mit den Dienstboten hat das alles nichts zu tun. Zumindest kann ich mir nicht vorstellen, dass einer von ihnen in die Sache verwickelt ist.»

«Dann geht es also um Jerry. Stimmt das? Und falls ja, darf ich dann erfahren, warum es Sie nicht genauso überrascht wie mich?»

«Es stimmt, es geht um Lord Landrake, aber ich kann Ihnen kaum etwas darüber sagen. Im Grunde hat es auch gar nichts mit mir zu tun, und ich wünschte wirklich ...» Sie brach kopfschüttelnd ab. «Mir ist einfach nur das eine oder andere darüber zu Ohren gekommen.»

«Wollen Sie mir denn nicht vertrauen?»

Das wollte Cleo durchaus. Irgendjemandem musste sie

sich ja auch anvertrauen, und Fitz schien der Einzige zu sein, der sich dafür anbot. Außerdem wirkte er ebenso klug wie besorgt, und sie glaubte, hinter seiner undurchdringlichen Miene erste Anzeichen von Zorn zu erkennen. Aber was, wenn nun er der Erpresser war? Was, wenn er bloß heraufgekommen war, um einen weiteren dieser grauenvollen Briefe zu schreiben?

Doch sie verwarf den Gedanken schon, bevor sie ihn zu Ende gedacht hatte. Fitz konnte durchaus gnadenlos sein, das spürte sie, doch die subtile Grausamkeit des Erpressers war ihm wesensfremd.

«Diskretion ist eine große Tugend», sagte er jetzt zu ihr, «doch in diesem Fall finde ich Ihre Diskretion ehrlich gesagt nicht recht angebracht. Vermutlich wissen Sie von der Sache, weil Ihre Mutter Sie ins Vertrauen gezogen hat.»

Man konnte einfach nichts vor ihm verbergen. Die Schreibmaschine und diese Briefe hier in einem längst nicht mehr genutzten Teil des Hauses bestätigten nur, was Cleo bereits befürchtet hatte und was Rosina nicht zugeben wollte: Der Erpresser musste zum Haus gehören. Mehr verriet der Fund allerdings auch nicht. Die Briefe, die nach Cleos Vermutung Entwürfe für denjenigen sein mussten, der Rosina in die Hände gefallen war, enthielten keinerlei Andeutung, wer sie geschrieben haben konnte. Und sie enthielten auch keinen Hinweis auf den Grund der Erpressung, den ihre Mutter doch unbedingt erfahren wollte.

Und so beschloss Cleo, alle Vorsicht in den Wind zu schlagen. «Eigentlich kann ich es Ihnen ebenso gut erzählen, denn wenn nicht gerade Sie der Erpresser sind …»

«Sie können ganz beruhigt sein», unterbrach Fitz sie. «Das bin ich nicht.»

«Nein, natürlich nicht, das habe ich auch keine Sekunde lang geglaubt. Weshalb sollten Sie Ihren Schwager erpressen wollen? Sie sind nicht in Geldnöten und haben auch sonst keine Rechnung mit ihm zu begleichen.»

«Stimmt, mir mangelt es nicht an Geld, außerdem bin ich Jerry von Herzen zugetan. Und ich war bereits in Sorge um ihn, denn man merkt ihm ja an, dass ihn etwas beschäftigt, aber ich ging davon aus, dass es sich wohl um politische Fragen handeln muss. Es wird Sie sicher nicht überraschen zu hören, dass die Lage in Westminster augenblicklich sehr angespannt ist. Doch jetzt, wo ich weiß, dass er erpresst wird, ist mir klar, dass seine Probleme sehr viel persönlicherer Natur sind. Wissen Sie denn, weshalb er erpresst wird?»

Cleo sank auf den Stuhl vor der Schreibmaschine und ließ für einen Augenblick den Kopf in die Hände sinken. Dann sah sie Fitz wieder an. «Ich werde Ihnen sagen, was ich weiß. Viel ist es allerdings leider nicht.»

Es dauerte nur wenige Minuten, die Unterredung mit ihrer Mutter für ihn zusammenzufassen. Fitz hörte schweigend zu, und als Cleo geendet hatte, sagte er: «Ich glaube, Jerry kann sich wirklich glücklich schätzen, dass er Ihrer Mutter begegnet ist und sie geheiratet hat.»

Cleo musterte ihn scharf. «Da haben Sie gestern aber noch etwas ganz anderes gesagt.»

Fitz erwiderte ihren Blick verblüfft. «Ich kann mich gar nicht erinnern, gestern etwas über Ihre Mutter gesagt zu haben.»

«Es war am Nachmittag, bevor wir hier eintrafen. Sie

haben mich sehr nachdrücklich darauf hingewiesen, dass meine Mutter einen äußerst vermögenden Mann geheiratet hat, und damit angedeutet, sie habe das vor allem um des Geldes willen getan. Ich kenne sie sehr viel besser, als Sie das tun, und mir war klar, dass es zwar eine Vielzahl von Gründen geben mag, warum sie Lord Landrake geheiratet hat, dass sie es aber nie, niemals auf sein Geld abgesehen hat.»

«Ich halte Ihre Mutter für eine sehr mitfühlende, warmherzige Frau.»

Zu ihrer Überraschung spürte Cleo, dass ihr die Tränen in den Augen brannten. «Als sie mir gestern von der Erpressung erzählte, habe ich mit einem Mal begriffen, wie viel sie für Lord Landrake empfindet. Ich wusste zwar, dass sie ihn nicht des Geldes wegen geheiratet hat, aber ich habe doch geglaubt …» Sie schwieg und suchte nach den richtigen Worten, die ihre Vermutungen nicht ganz so schrecklich klingen lassen würden, wie sie sie inzwischen selbst empfand. «Ich habe geglaubt, sie hätte das Bühnenleben satt und würde sich um ihre verblühende Schönheit sorgen, und die Ehe mit Lord Landrake wäre ein willkommener Ausweg, um dem Schicksal manch anderer alternder Schauspielerin zu entfliehen.»

«Ihre verblühende Schönheit? Aber das ist doch Unfug! Darf ich ins Feld führen, dass Ihre Mutter gerade heute Abend ganz außergewöhnlich bezaubernd aussieht? Sie überstrahlt sämtliche anderen Frauen, selbst Philippa, die nun wirklich eine Schönheit ist und außerdem halb so alt wie Ihre Mutter. Ich bin überzeugt, wir würden unter den Anwesenden niemanden finden, vielleicht mit Ausnahme der beiden verschossenen Bosworths, der nicht ebenfalls der Ansicht wäre, dass Philippa Ihrer Frau Mama nicht das Wasser reichen kann.»

«Sie haben recht, Rosina sieht heute wirklich hinreißend aus. So strahlend habe ich sie selten gesehen», bestätigte Cleo mit unglücklicher Stimme. «Und ich frage mich … aber lassen wir das. Hier geht es nicht um Rosina, sondern darum, wer ihren Mann erpresst und warum.»

Fitz streifte durch das Zimmer, blätterte in vergilbten Akten und Wirtschaftsbüchern und pustete den Staub von einem alten Kursbuch. «Man fühlt sich hier wirklich wie auf einer Zeitreise. Das ist der Zugfahrplan vom November 1918.» Er fuhr mit dem Finger eine Seite entlang. «Von Paddington nach St. Jermyn's … fast sieben Stunden, großer Gott! Den Zug muss ich genommen haben, als ich hierherfuhr, nachdem man mich aus dem Krankenhaus entlassen hatte. Aber ich kann mich gar nicht mehr daran erinnern. Wahrscheinlich habe ich die ganze Fahrt verschlafen, ich war damals ständig todmüde.»

«Sollte die Tür zu diesem Trakt nicht eigentlich verschlossen sein? Wer hat den Schlüssel dafür?»

«Mrs Harbinger natürlich. Vielleicht auch die Wirtschafterin … nein, sicher nicht, es wurde ja ganz offensichtlich nicht mehr geputzt hier oben, seit das Genesungsheim geschlossen wurde.»

«Dann kann es also niemand vom Hauspersonal gewesen sein. Wobei die Angestellten sicher vielfältige Gelegenheit hätten, etwas über ihren Herrn und Gebieter herauszufinden, was dieser gern für sich behielte.»

«Dem Diener ist sein Herr kein Held.»

«Glauben Sie etwa, Lord Landrakes Kammerdiener ...?»

«Nein. Er ist erst seit zwei Jahren bei ihm und wurde ihm von einem Bekannten vermittelt, der lange im Ausland war. Der Mann ist absolut diskret, da bin ich mir sicher.» Fitz trommelte ungeduldig mit den Fingern auf den Schreibtisch. «Was mag es bloß sein? Was für ein düsteres, schreckliches Familiengeheimnis will Jerry so sehr verborgen halten, dass er dafür sogar bereit wäre zu zahlen? Er ist ein äußerst prinzipientreuer Mensch, er würde sich jeder Erpressung allein schon deshalb widersetzen, weil ihn der kriminelle Impuls dahinter abstößt. Und doch klingt das alles so, als wollte er zahlen, und es macht ihm sichtlich Sorgen.»

«Aber Sie wissen doch mehr über die Familie als alle anderen.»

«Ich habe Ihnen die traurige Geschichte der Familie Landrake erzählt. Ihnen war das alles neu, doch nichts davon ist ein Geheimnis. Alle Welt weiß, was damals passiert ist.» Fitz bückte sich und hob etwas vom Boden auf. «Ein Marineuniform-Strumpf. Womöglich sogar einer von mir.» Er klopfte mit dem Strumpf leicht an die Tischkante, und eine kleine Staubwolke stieg daraus hervor. «Anscheinend hat jemand, vermutlich der Erpresser selbst, damit den Schreibtisch und die Maschine abgestaubt. Ein ebenso ordentlicher wie bösartiger Mensch.»

Cleo hing wieder ihren eigenen Gedanken nach. «Vielleicht die Sache mit Esmond und Lancelot?»

«Nicht auszuschließen. Sie sind bis heute enge Freunde, aber ob ihr Verhältnis auch noch ein körperliches geblieben ist, als sie erwachsen waren? Ich kann mir nicht recht vorstellen, dass Esmond Lancelot oder sonst irgendwem glühende Liebesbriefe schreibt. Vielleicht auch eine Eskapade in London, ein Vorfall in irgendeinem Park? Aber nein, das bezweifle ich, das bezweifle ich wirklich sehr. Jerry würde allerdings vieles auf sich nehmen, um Esmond zu schützen.»

Fitz setzte sich an den Schreibtisch und zog die Schubladen auf. Die oberste enthielt etliche rostige Büro- und Heftklammern sowie zwei abgenutzte Bleistiftstummel. In der nächsten lagen bräunliche Formulare, die sich an den Rändern bereits rollten. Doch als er die unterste Schublade öffnete, erblickte er zwei kleinformatige, in rotes Leder gebundene Bücher.

Fitz nahm die Büchlein heraus und hielt jedes in einer Hand hoch. «Was in aller Welt haben die denn hier zu suchen?»

«Was ist denn das?»

Er legte das eine Buch auf den Tisch und blätterte die Goldschnittseiten des anderen auf. «Tagebücher», antwortete er, ohne aufzusehen. «Die Tagebücher der Witwe. Seit sie hierher nach Landrake kam, hat sie täglich Aufzeichnungen gemacht. Aber freuen Sie sich nicht zu früh, es sind furchtbar langweilige Einträge. Die ganze Sammlung steht in der Bibliothek. Jeden Tag hat sie sorgfältig notiert, wie das Wetter war, wann sie welche Aufgaben erledigt hat, und ausführlich aufgelistet, was es zu essen gab. Keine Kommentare, keine eigenen Gedanken. Ebenso gut hätte ein Automat das alles schreiben können.» Er warf einen Blick auf die Buchrücken. «1918 bis 1919 und 1919 bis 1920. Eine Eigenheit hatte sie ja. Sie nahm immer undatierte Tagebücher – stets dasselbe Modell von einem ganz bestimmten

Buchbinder aus London –, denn ihr Jahr begann mit dem 1. Mai. Sie sagte, das sei die althergebrachte Zeitrechnung. Im Herzen war die Witwe eben eine kleine Heidin.»

«Merkwürdig, dass sie so langweilige Tagebücher geführt hat – sie klingt doch so gar nicht langweilig.»

«Anscheinend hat sie sich sogar selbst dabei gelangweilt. Sehen Sie nur, sie hat die Einträge mit lauter kleinen Kritzeleien eingerahmt. Ein richtiges Sudelbuch. Aber ich frage mich wirklich, was diese beiden Bände hier oben verloren haben. Hat sie jemand aus der Bibliothek hier hochgebracht? Es steht nichts darin, was man nicht schon wüsste, lauter nichtssagende, neutrale Einträge … Mein Gott, immerhin ist damals ihr Sohn ertrunken, und sie beschreibt es etwa so unbeteiligt, als wäre ein Fuchs in den Brunnen gefallen. Wenn ich solche Artikel abgäbe, säße ich am nächsten Tag auf der Straße.»

«Ihr Vater würde Sie feuern?»

«Er wäre sogar der Allererste. Sein Wahlspruch lautet: ‹Und wo bleibt die Geschichte?›, das ist mir schon in Fleisch und Blut übergegangen, seit ich halbwegs selbständig denken kann. Ich nehme die Tagebücher mit nach unten und schaue sie mir genauer an, vielleicht finde ich ja noch etwas Auffälliges darin. Meine Vermutung wäre, dass derjenige, der Jerry aufs Korn genommen hat, weiteres Material suchte, vielleicht ja, um noch jemand zweites mit seinen Drohungen zu bombardieren.»

«Aber Sie glauben auch, dass derjenige nichts in den Tagebüchern gefunden hat?»

«Nein.» Fitz wollte die Schublade wieder schließen, hielt dann aber inne und zog sie stattdessen noch weiter auf.

«Moment mal, da klemmt ein Stück Papier in der Ecke … nein, das stimmt gar nicht. Es ist ein Foto.»

Er hielt das kleine rechteckige Bild zwischen Daumen und Zeigefinger. «Scheint sich um eines von Esmonds nächtlichen Experimenten zu handeln. Eine Zeitlang hatte er eine große Schwäche für Blitzlichter. Eine recht gefährliche Leidenschaft, das Pulver, das dafür verwendet wurde, explodierte ständig. Einmal hat Esmond sich sogar die Augenbrauen versengt.»

«Und was zeigt dieses Foto?»

Fitz reichte es ihr. «Es ist recht verschwommen. Eine Eule vielleicht?»

Cleo betrachtete das Bild, dann gab sie es ihm zurück, und er schob es zwischen zwei Seiten des Tagebuchs von Lady Landrake. «Ein weiteres Rätsel?», erkundigte sie sich.

«Wohl kaum. Wahrscheinlich hat Esmond es einem meiner Mitpatienten geschenkt, es gab ein oder zwei darunter, die sich mit Fotografie auskannten und ihm manchmal Ratschläge gaben. Ich glaube nicht, dass es etwas mit dem Erpresser oder den Tagebüchern zu tun hat. Hier wimmelt es nur so von Erinnerungen an längst vergangene Zeiten, das wird mir langsam unheimlich. Lassen Sie uns gehen. Wir müssen zum Ball zurück, sonst wird unsere Abwesenheit noch bemerkt, und wie sich das für wohlerzogene Menschen gehört, werden alle gleich das Schlimmste dahinter vermuten.»

4

Fitz geleitete Cleo mit traumwandlerischer Sicherheit durch das Gewirr von Korridoren, bis sie schließlich an einer Stelle waren, die sie wiederzuerkennen glaubte. Sie befanden sich ganz in der Nähe von Mattys Zimmer. Es schien eine Ewigkeit zurückzuliegen, dass die Jüngste der Landrake-Schwestern dort drinnen wegen des rosa Kleides geweint und getobt hatte. Am früheren Abend hatte Cleo sie aus dem Augenwinkel gesehen, wie sie im Morgenmantel, mit zur Nacht streng geflochtenen Zöpfen, mit Mrs Harbinger auf einem der oberen Treppenabsätze stand und auf die Gästeschar heruntersah. Inzwischen schlief sie sicher längst. Cleo überlegte, wo Mrs Harbinger sich bei solchen Anlässen wohl aufhielt, und fragte Fitz, weshalb sie nicht mit auf dem Ball war. «Ich dachte, sie gehört zur Familie?»

«Jerry hätte sie nur zu gern bei seinen Abendgesellschaften und Bällen dabei, doch sie ist nicht dazu zu bewegen», antwortete Fitz. Dann blieb er vor Mattys Zimmertür stehen und lauschte mit erstaunter Miene. «Mir scheint, Matty schläft noch gar nicht.»

Cleo sah einen schmalen Streifen Licht unter der Tür hervorschimmern. «Wahrscheinlich liest sie noch heimlich im Bett. Das habe ich auch immer gemacht, wenn ich ins

Bett gebracht und das Licht gelöscht worden war. Ich habe gewartet, bis draußen alles still war, dann habe ich das Licht wieder eingeschaltet und mich in mein Buch vertieft.»

Fitz lauschte immer noch angestrengt. «Hören Sie das?»

«Klingt, als würde jemand etwas deklamieren», sagte Cleo.

Fitz drehte den Türknauf und schob die Tür ein paar Zentimeter auf, nur um sie gleich darauf sperrangelweit zu öffnen. Im Zimmer bot sich ihnen ein höchst ungewöhnlicher Anblick. Matty hockte auf dem Fußboden, über eine Puppe gebeugt, stach mit wilder Wucht auf sie ein und murmelte dabei unverständliche Verwünschungen.

Als die Tür aufging, hob sie den Kopf und schrie Fitz und Cleo mit zornig funkelnden Augen entgegen: «Wisst ihr denn nicht, dass es sich nicht gehört, einfach so in ein fremdes Zimmer zu kommen, ohne anzuklopfen? Verschwindet!»

Fitz trat ins Zimmer, Cleo folgte ihm und schloss die Tür hinter sich.

«Matty, was in aller Welt machst du denn da?», rief er entgeistert.

Im Grunde war das eine rein rhetorische Frage, denn was Matty machte, war offensichtlich: Sie rammte der Puppe, die streng genommen gar keine Puppe war, sondern eine selbstgeformte Wachsfigur, dicke Stecknadeln in den Körper.

Fitz fuhr unwillkürlich zusammen, als er sah, wo die Nadeln bereits steckten. «Wer soll denn das sein, Matty?»

Matty sah ihn trotzig an. «Na, Vater natürlich.»

«Dein Vater?», rief Cleo entsetzt aus. «Aber Matty, wieso denn?»

Matty, vor Zorn und Anstrengung ganz rot im Gesicht, brüllte zurück: «Weil ich ihn hasse! Wir alle hassen ihn, aber außer mir tut ja keiner was!»

Fitz kniete sich neben seine Nichte und sprach mit ruhiger Stimme auf sie ein: «Matty, du glaubst doch nicht ernsthaft, dass so etwas die Probleme lösen kann, die du mit deinem Vater hast? Du bist ein kluges Mädchen, du weißt, dass es nur dummer Aberglaube ist, einem anderen Menschen schaden zu wollen, indem man eine Wachspuppe mit Nadeln traktiert. Oder etwa nicht?»

«Nein, weiß ich nicht», fauchte sie ihn an. «Woher soll ich denn auch wissen, ob es funktioniert, solange ich es nicht ausprobiert habe?»

Cleo betrachtete die Wachsfigur, in der bereits mehrere dicke Nadeln steckten.

«Das ist alles ganz logisch», erläuterte Matty und deutete auf den Kopf der Figur. «Die Nadel im Kopf soll dafür sorgen, dass er aufhört, so schreckliche Dinge über die Bildung von Mädchen und Frauen zu denken. Die da steckt im Herzen, weil er nämlich herzlos ist und mich nicht liebhat, und die da unten soll dafür sorgen, dass er keine Kinder mehr bekommen kann.»

Cleo wurde ganz starr vor Schreck, und Fitz ließ sich zurück auf die Fersen sinken und musterte seine Nichte eindringlich. «Warum willst du denn, dass dein Vater keine Kinder mehr bekommt? Und wie kommst du überhaupt auf den Gedanken? Du bist doch schon groß genug, um zu wissen, dass es recht unwahrscheinlich ist. Deine Stiefmutter ist vermutlich schon ein wenig zu alt, um noch Kinder zu bekommen. Ist es nicht so, Cleo?»

Noch ehe Cleo antworten konnte, rief Matty: «Ist sie gar nicht. Ich habe doch gehört, wie Tissy mit Esmond darüber geredet hat. Sie hat ihn gefragt, wie er es finden würde, wenn Rosina noch ein Balg in die Welt setzt. Wenn es ein Junge wäre, würde ihm das schließlich ordentlich die Suppe versalzen. Esmond meinte, Archie hätte ihm erzählt, es wäre gefährlich, wenn man in Rosinas Alter noch Kinder kriegt, und falls sie tatsächlich schwanger würde, würde sie vermutlich sterben, so wie Mummy. Und dann meinte Tissy, in dem Fall könnte Vater doch wieder heiraten, diesmal eine viel jüngere Frau, mit der er noch einen ganzen Haufen Kinder haben kann. Sie hat von einer Freundin aus der Schule erzählt, deren Vater erst nur Töchter hatte, und als er dann wieder geheiratet hat, bekam er noch drei Söhne. Ich will aber nicht, dass Vater noch mehr Kinder kriegt, weil er mich dann noch weniger beachtet als jetzt. Tissy sagt, er hasst mich, weil Mummy bei meiner Geburt gestorben ist. Sie hat gesagt, wenn Mummy mich nicht bekommen hätte, dann würde sie jetzt noch leben, sie hätte nach ihr einfach keine weiteren Kinder mehr bekommen dürfen.»

Über Mattys Kopf hinweg wechselten Fitz und Cleo einen Blick. Das Mädchen begann zu schluchzen, heftige, keuchende, tränenlose Schluchzer, schlug mit den Fäusten auf die Wachsfigur ein und wiederholte immer wieder: «Ich hasse dich, ich hasse dich, ich wünschte, du wärest tot, so wie all die anderen.»

Fitz versuchte, Matty in den Arm zu nehmen, doch sie wich vor ihm zurück.

«Sie steigert sich in einen regelrechten hysterischen Anfall hinein», sagte Cleo.

«Ich gehe und hole Hilfe», sagte Fitz. «Bleiben Sie hier bei ihr, vielleicht können Sie sie ja ein wenig beruhigen. Und sehen Sie zu, dass sie die Finger von dieser grässlichen Puppe lässt. Hier kann nur noch Harby helfen. Ich werde sie holen.»

Als die Tür hinter ihm zufiel, merkte Cleo, dass sie mit der Hysterie ganz richtig gelegen hatte, denn Matty hatte am ganzen Körper zu zittern begonnen und stieß bebende, haltlose Jammerlaute aus. Noch nie im Leben war Cleo sich so nutzlos vorgekommen. Sie wusste, dass eine Ohrfeige oder ein Schwall kaltes Wasser bewährte Mittel gegen Hysterie waren, doch Matty erschien ihr so unglücklich und verletzlich, dass selbst solch milde Gewaltanwendung unvorstellbar grausam gewesen wäre.

Kurz darauf eilte Mrs Harbinger herbei, warf einen raschen Blick auf Matty und sagte dann: «Wir müssen sie ins Bett stecken, dann gebe ich ihr ein leichtes Beruhigungsmittel.»

Fitz sah Cleo an, und sie spürte, dass auch er Ohrfeigen und kaltes Wasser erwog.

«Ich bin mir nicht sicher, ob Hysterie hier tatsächlich das richtige Wort ist», sagte sie. «Mir scheint, das, was sie quält, sitzt sehr viel tiefer.»

Doch Mrs Harbingers Anwesenheit schien Matty bereits zu beruhigen, und sie klammerte sich an sie, während Mrs Harbinger sie mit Fitz' Unterstützung ins Bett trug und die Decke um sie feststeckte. Matty wurde immer noch von gewaltigen Schluchzern geschüttelt, doch Mrs Harbinger blieb ganz ruhig und sagte, ohne dabei den Blick von dem Kind zu wenden, zu Fitz: «Würden Sie so gut sein und läuten? Wir brauchen eine Wärmflasche und ein Glas heiße Milch. Dann werde ich ihr ein Schlafmittel geben.»

«Glauben Sie nicht, wir sollten vielleicht den Arzt rufen?», fragte Fitz. Sein Blick ruhte ebenfalls auf dem leidgeschüttelten Mädchen unter der Bettdecke.

«Ich wüsste nicht, was ein Arzt für sie tun könnte, vor allem nicht unser Arzt hier. Es ist nicht das erste Mal, dass sie in einen solchen Zustand gerät.» Mrs Harbinger musterte die scheußliche Wachsfigur, die immer noch auf dem Boden lag. «Das wird wohl ihr Vater sein», sagte sie seufzend. «Ich wünschte wirklich …» Doch dann brach sie ab und schloss nachdrücklich den Mund.

Mattys Schluchzen und Keuchen verklangen zu einem qualvollen Wimmern, dem leisen Jammern eines verwundeten Tieres, das Cleo schier das Herz zerriss.

«Sobald ich ihr ein heißes, süßes Getränk eingeflößt habe, wird es ihr wieder bessergehen», sagte Mrs Harbinger. «Sie sollten jetzt lieber beide zum Ball zurückkehren.»

Fitz trat an das Bett und betrachtete seine jüngste Nichte voller Mitgefühl. «Sie ähnelt ihrer Mutter so sehr. Henrietta hatte als junges Mädchen auch oft solche Anwandlungen, obwohl es bei ihr, soweit man es mir erzählt hat, nicht ganz so schlimm gewesen sein kann. Wie schrecklich es für sie wäre, ihre Tochter in diesem Zustand zu sehen.» Er drehte sich zu Cleo um. «Gehen Sie doch wieder nach unten, vielleicht führt Sie ja Hector oder jemand anders zum Mitternachtsimbiss hinein. Ich würde gern noch ein wenig hier bei Matty bleiben, bis sie eingeschlafen ist.»

Mrs Harbinger hob den Kopf und schien etwas einwenden zu wollen, nickte dann aber nur.

«Mir ist gerade weder nach Tanzen noch nach einem Imbiss zumute», sagte Cleo.

Es klopfte leise, und Jen trat ein, blieb dann aber wie angewurzelt auf der Schwelle stehen, warf einen entsetzten Blick auf die Puppe am Boden und dann quer durch den Raum zu Matty. «Ach herrje, Miss Matty, was ist denn passiert? Was haben Sie bloß angestellt?»

«Bringen Sie heiße Milch, Jen, und eine Wärmflasche», kommandierte Mrs Harbinger. «In der Speisekammer am Ende des Ganges sollte noch etwas Milch vom Abendbrot übrig sein.»

Die Zofe kehrte erstaunlich schnell mit einer Tasse heißer Milch und einer Steingutwärmflasche zurück. Mrs Harbinger erhob sich vom Bettrand, ging zum Tisch hinüber und rührte einen Löffel Zucker und etwas Pulver hinein, das sie in einem Säckchen in der Tasche trug.

Fitz setzte sich auf den Bettrand und zog die bleischwere Matty von ihrem Kissen empor. Sie starrte ihn mit großen Augen an.

«Trink das, Süße», sagte er und hielt ihr die Tasse mit der Milch hin.

Und zu aller Erstaunen zögerte Matty nur einen kurzen Augenblick, ehe sie mit zitternden Händen nach der Tasse griff und die Milch in raschen Schlucken trank. Dann sank sie aufs Kissen zurück, ohne den Blick von Fitz zu lassen.

«Soll ich dir etwas vorlesen?», fragte er im verzweifelten Bemühen, irgendetwas für sie zu tun.

«Ich bin doch kein kleines Kind mehr, ich kann sehr gut alleine lesen, vielen Dank. Mir hat seit Jahren niemand mehr vorgelesen.»

«Das glaube ich, trotzdem kann es aber sehr beruhigend sein, wenn man etwas vorgelesen bekommt. Meine Mutter hat uns immer am Sonntagabend vorgelesen, bis ich fast erwachsen war. Mir hat das gut gefallen.»

«Du bist aber nicht meine Mutter. Ich habe keine Mutter mehr, schon vergessen? Und glaubst du vielleicht, mein Vater hätte mir jemals etwas vorgelesen?»

Mrs Harbinger hatte inzwischen die Wachsfigur und die Stecknadeln vom Boden aufgehoben. «Werfen Sie das bitte weg, Jen. Und kein Wort über all das hier zu den anderen Angestellten.» In ihrer Stimme lag eine beeindruckend ruhige Autorität.

«Nein, Madam, selbstverständlich nicht», beeilte sich Jen zu versichern.

Mrs Harbinger fuhr so leise fort, dass sie eher zu sich selbst zu sprechen schien als zu Jen oder Cleo. «Das dürfte wohl die fehlende Kerzenschachtel erklären. Ich frage mich wirklich, wo sie diesen Unfug her hat. Wahrscheinlich von einem der Kinder aus dem Dorf.»

«Sie sollte wirklich auf ein Internat», raunte Cleo ihr zu.

«Selbstverständlich.» Als Mrs Harbinger sich wieder aufrichtete, fiel ihr Blick auf die beiden roten Tagebücher, die Fitz auf den Tisch gelegt hatte, als er ins Zimmer gekommen war. «Nanu, was haben die denn hier verloren? Hat Matty etwa …?»

«Nein», unterbrach Cleo sie rasch. «Damit hat Matty nichts zu tun. Sie lagen oben, Fitz hat sie gefunden und wollte sie in die Bibliothek zurückbringen, wo sie hingehören.»

Mrs Harbinger hatte die beiden Bücher in die Hand

genommen und betrachtete jetzt stirnrunzelnd die Rücken. «Aber die stammen gar nicht aus der Bibliothek. Wo sagten Sie noch gleich, dass Sie sie gefunden haben?»

«In dem nicht genutzten Trakt, dort, wo während des Krieges die verwundeten Soldaten untergebracht waren. Ich hatte mich verirrt und bin irgendwie dorthin geraten, und Fitz hat sich auf die Suche nach mir gemacht. Er sagt, es seien Tagebücher von Mattys Großmutter.»

«Jen, Sie bleiben noch ein wenig hier bei Matty, bis ich wieder zurück bin. Könnte ich Sie kurz sprechen, Fitz?»

Damit rauschte Mrs Harbinger aus dem Zimmer und ließ Fitz kaum noch Zeit, sich über seine Nichte zu beugen und ihr einen Kuss auf die heiße Stirn zu drücken. Sobald die Zimmertür hinter ihnen ins Schloss gefallen war, fragte sie ihn auch schon: «Wo genau haben Sie die gefunden, Fitz?»

Er berichtete wahrheitsgemäß und setzte dann hinzu: «Was ist denn dabei, Harby? Der Himmel weiß, wie sie dort hinaufgekommen sind, aber ich werde sie jetzt einfach wieder zu den anderen in die Bibliothek stellen.»

«Diese beiden Bände waren aber nie in der Bibliothek», erwiderte Mrs Harbinger. «Sie sollten gar nicht mehr existieren. Die Witwe hat vor Jahren befohlen, sie zu vernichten. Sie hat sie dem alten Arthur Foxton gegeben, damit er sie bei sich im Wohnraum im Holzofen verbrennt.»

Fitz inspizierte die Einbände der Bücher. «Die hier sind aber nie mit Feuer in Berührung gekommen.»

«Arthur hat der Witwe damals die Brennrückstände gezeigt, wie sie es ihm befohlen hatte. Verkohlte rote Lederstückchen, ich erinnere mich noch genau. Wahrscheinlich hat er die Tagebücher einfach behalten und ein paar andere Lederreste verbrannt.»

«Aber wieso wollte sie sie denn vernichten?», wollte Cleo wissen. «Fitz hat mir erzählt, dass ohnehin nichts von Interesse in ihren Tagebüchern stand, bloß Dinge wie ‹Aufgestanden, ein Spiegelei gefrühstückt, eine Briefmarke gekauft›. Mit anderen Worten: keine Offenbarungen.»

«Nein, es standen keine interessanten, geschweige denn geheimen Dinge darin. Und trotzdem hat sie darauf bestanden, dass diese beiden Bände den Flammen überantwortet werden. Aber der alte Taugenichts hat wieder einmal nicht das getan, was er sollte, und sie behalten.»

«Aber wie sind sie dann in das Verwaltungszimmer des geschlossenen Trakts gekommen?», fragte Cleo. «War Arthur jemals dort oben?»

«Nein», antwortete Fitz. «Arthur hat den Hauptteil des Hauses nie betreten, das wäre völlig undenkbar gewesen. Wer immer die Tagebücher dort hinaufgebracht hat – er kann es nicht gewesen sein.»

5

Als sie schließlich in den Saal zurückkehrten, schien es Cleo, als wären sie gar nicht fort gewesen. Ihr Fehlen war offenbar niemandem aufgefallen. Selbst Caroline, die vom vielen Champagner und Punsch bereits recht angeheitert wirkte, drehte sich auf der Tanzfläche und hatte den Kopf an die Schulter eines drahtigen jungen Mannes in einer schmucken Husarenuniform gelegt. Sie war so von ihrem Tanzpartner eingenommen oder so in ihre eigenen Gedanken versunken, dass sie nicht einmal aufsah, als Cleo und Fitz wieder hereinkamen.

Für den Rest des Abends gingen sie getrennte Wege, weil sie beide über zu vieles nachzudenken und einander mehr zu sagen hatten, als an diesem Ort und zu dieser Stunde möglich gewesen wäre.

Jonathan Bosworth forderte Cleo zum Tanzen auf und erwies sich trotz seiner Statur als exzellenter Tänzer, der sich leichtfüßig bewegte und sie dabei mit starkem, verlässlichem Griff umfasst hielt. Auch sein Kostüm stand ihm hervorragend: Er trug die ausladende Perücke, den Gehrock und die reichbestickte Weste eines Edelmannes aus dem beginnenden achtzehnten Jahrhundert. Gefertigt war es nach einem Porträt aus der National Gallery. «Eines meiner

Lieblingsgemälde. Während des Krieges, den ich fast zur Gänze im Verteidigungsministerium verbrachte, habe ich in jeder freien Mittagspause den Trafalgar Square überquert und bin in die National Gallery gegangen, um Gemälde zu betrachten. Genau das Richtige, um den Krieg ein Weilchen zu vergessen. Man könnte dort ja täglich hingehen und würde doch nur einen Bruchteil der Kunstwerke sehen, also ernsthaft sehen. Damals habe ich die Kunst richtig schätzen gelernt, und inzwischen habe ich auch selbst zu sammeln begonnen.»

Cleo war ungeheuer dankbar dafür, sich einfach nur zur Musik bewegen zu müssen, und nichts von dem, was Bosworth mit seiner tiefen, angenehmen Stimme äußerte, war tiefsinnig oder dringlich genug, dass nicht ein schlichtes «O ja!» oder «Ach, wirklich?» als Reaktion genügt hätte.

Während er sich mit ihr auf der Tanzfläche drehte, entdeckte sie ihre Mutter, die mit Lord Landrake tanzte. Jonathan Bosworth sagte unvermittelt: «Mit Lord Landrake stimmt etwas nicht. Er ist erst seit wenigen Wochen verheiratet und betet seine Frau an, und doch scheint ihn etwas zutiefst zu belasten. Wissen Sie, was ihn quält?»

«Ja, das weiß ich», hörte Cleo sich sagen, ehe sie sich zurückhalten konnte, und hätte sich dann am liebsten die Zunge abgebissen. Sie war zornig auf sich selbst, weil sie einfach so damit herausgeplatzt war.

«Das dachte ich mir. Fremde durchschauen das Spiel oft am besten. Ich will Ihnen beileibe nicht zu nahe treten, indem ich Sie als Fremde bezeichne, immerhin sind Sie ja jetzt Landrakes Stieftochter und gehören zur Familie, und Landrake Hall ist auch Ihr Zuhause.»

«Gott bewahre», stieß Cleo mit ungeahnter Heftigkeit hervor.

Bosworth hob fragend die Brauen.

«Ich werde das Gefühl nicht los, dass alles, was je ein Landrake gedacht, gesagt oder getan hat, immer noch in diesen Wänden gefangen ist. Hier herrscht ein Geist des Unglücks. Das erscheint Ihnen jetzt vielleicht etwas abstrus – wie soll ein Haus denn einen Geist haben? Aber für mich hat jedes Haus einen Geist, den man spürt, sobald man über die Schwelle tritt.»

«Es ist natürlich kein rational erklärbarer Gedanke, aber ich muss doch zugeben, dass ich ihn teile», erwiderte Jonathan Bosworth. «Landrake Hall war einst ein Ort des Glücks, und ich hoffe sehr, dass das auch in Zukunft wieder so sein wird. Ihre Mutter besitzt eine Anmut und Leichtigkeit, der alle Trübsal der Vergangenheit zwangsläufig weichen muss. Sie wollen mir wahrscheinlich nicht erzählen, was Jerry so belastet, stimmt's?»

«Nein», sagte Cleo. «Ich kenne ja selbst nur einen Teil der Geschichte und finde das alles fürchterlich verstörend, außerdem würde es meine Mutter belasten, und das ist das Letzte, was ich will. Ich möchte, dass sie glücklich ist, und sie hat nun einmal in diese Familie eingeheiratet …»

«Jerry Landrake ist ein guter Mann, und Ihre Mutter wird schon selbst dafür sorgen, dass sie hier glücklich wird.»

Die Musik verklang, und Bosworth dankte ihr mit der Galanterie einer anderen Zeit für den wunderbaren Tanz. Als Cleo die Tanzfläche verließ, stieß sie auf Mrs Warburton, die recht erhitzt wirkte. «Ich fürchte, mein Kostüm ist viel zu warm für dieses Wetter», sagte sie. «Ich bin einfach nicht auf den Gedanken gekommen, dass es in England so heiß sein könnte.»

Cleo warf einen Blick auf Mrs Warburtons Kostüm, ein graues Quaker-Kleid mit weißem Stehkragen, langen Ärmeln und einem weiten Rock, und war insgeheim dankbar, dass ihr eigenes nur Träger hatte. «Wollen wir uns ans Fenster setzen?», schlug Mrs Warburton vor. «Da geht ein kühler Wind.» Sie nahmen auf zwei jakobinischen Stühlen mit hohen Rückenlehnen am weitgeöffneten Fenster Platz, durch das die Nachtluft hereindrang.

«Ich war in meinem Leben ja bereits auf etlichen Bällen», sagte Mrs Warburton, «allerdings noch nie auf einem solchen. Was für eine Kulisse! Dieser Saal muss bereits Hunderte von Jahren überdauert haben. Er atmet Geschichte. Auf dem Schloss ist absolut nichts historisch, Jonathan sagt immer, weder er noch sein Haus hätten eine Geschichte. Ihn stört das nicht weiter, aber ich finde es doch etwas eigenartig, dass sich jemand ein eigenes Schloss baut. Es fehlt natürlich an nichts, Jonathan vertritt denselben Glauben an Zentralheizungen, fließend heißes Wasser und exzellent ausgestattete Küchen wie wir Amerikaner, aber dennoch ist und bleibt es ein Granitbau voller steinerner Türmchen und Zinnen. Heimelig ist das nicht gerade.»

«Ich würde auch Landrake Hall nicht unbedingt als heimelig bezeichnen.»

«Mag sein, und doch beherbergt es die Familie bereits seit Jahrhunderten. Womöglich kann man auch eine zu lange Geschichte haben, und die Landrakes scheinen mir durch die ihre durchaus belastet zu sein. Was für eine Sippschaft! Allein schon Lord Landrake. Irgendetwas plagt ihn, aber wie sich das für einen echten Engländer gehört, behält er natürlich alles für sich. Und seine älteste Tochter wird nicht der Liebe, sondern des Geldes wegen heiraten. Sie weiß gar nicht, was Liebe ist, was nicht weiter überrascht, wenn man selbst nie geliebt wurde. Die Ehe wird scheitern, und beide werden unglücklich damit werden – ein trauriges Schicksal. Und auch die jüngere Schwester ist bereits völlig verkorkst. Tissy … was ist das überhaupt für ein Name?»

«Es ist die Abkürzung von Patricia.»

«Dann sollte sie wirklich dazu übergehen, sich beim vollen Namen nennen zu lassen. Das hat doch viel mehr Würde, finden Sie nicht auch? Sie wird weder um der Liebe noch um des Geldes willen heiraten, doch immerhin wurde sie bereits geliebt, das hat sie ihrer älteren Schwester voraus. Und die Kleine, Matty … wenn ihr nicht bald jemand Zügel anlegt, wird sie sich zu einem wahren Monstrum entwickeln. Es ist für alle drei Mädchen nicht leicht, ohne Mutter aufzuwachsen, doch die Jüngste trägt am schwersten daran. Wie ich höre, ist die Mutter bei ihrer Geburt gestorben, das ist eine große Bürde. Vermutlich glaubt sie, sie sei schuld am Tod dieser Mutter, die sie nie gekannt hat. Ich finde ja, man sollte die ganze Familie zur Psychoanalyse schicken, das habe ich Jonathan auch bereits gesagt. Er hat nur gelacht, er glaubt natürlich weder an das Unterbewusstsein noch an das Über-Ich oder ein anderes der Freud'schen Konzepte. Aber da irrt er sich gewaltig, so etwas kann ausgesprochen hilfreich sein.»

«Aber gleich die ganze Familie? Ist das nicht ein wenig übertrieben?»

«Keineswegs, schließlich wird sonst keiner von ihnen ein

glückliches, normales Leben führen. Von Lord Landrakes Neffen Esmond haben wir ja noch nicht einmal gesprochen. Um ihn scheint es mir noch sehr viel schlechter zu stehen als um die anderen. Man sollte ihn gleich mit dem nächsten Zug in die Schweiz zu Carl Jung schicken. Lancelot hat mir erzählt, er habe schreckliche Albträume, schon seit dem Tod seines Vaters, und Jung ist genau der richtige Mann dafür, solche Träume zu analysieren, wie sie Esmond Landrake plagen. Wahrscheinlich ist er der Einzige auf Erden, der die Seele dieses jungen Mannes noch heilen kann, und selbst er wird womöglich daran scheitern.»

Die Musiker nahmen wieder ihre Plätze ein, der Klarinettist ließ die Finger über sein Instrument fliegen, und der langweilige Harry Welcome kam heran, um Cleo um den nächsten Tanz zu bitten.

Sonntag

1

Als Cleo endlich dankbar in ihr weiches Bett sank, zeigte sich am Horizont bereits der erste bleiche Schein der Morgendämmerung. Draußen vor dem Fenster rief leise eine Eule, die von der nächtlichen Jagd zurückgekehrt war, und der Laut schlich sich in Cleos Träume und verwandelte sich dort in eine große graue Eule mit starren, goldenen Augen, die am Fußende des Bettes hockte und Cleo ansah, ohne ihren gelblichen Blick auch nur einmal von ihr abzuwenden.

Cleo wälzte sich unruhig hin und her, als könnte sie die ohnehin nicht vorhandene Eule verschwinden lassen, wenn sie die Augen noch fester zudrückte und das Gesicht im Kissen verbarg. Dann träumte sie, sie hielte eines der Tagebücher der Witwe in der Hand und blätterte darin. Doch die gestochen scharfe Handschrift, wie sie einst in den Schulen auf dem europäischen Festland gelehrt wurde, war verschwunden, die Seiten waren leer, und Cleo wusste mit der grässlichen Dringlichkeit der Träumenden, dass sie unbedingt herausfinden musste, was auf diesen Seiten stand. Doch es gab ja nichts zu lesen.

Die Eule saß immer noch an ihrem Platz; nun begann sie zu rufen, und aus den schwachen Lauten wurden Wörter: Schu-hu, schu-hu, Su-hu-hu-deleien … und plötzlich erschienen wie von Zauberhand Kringel und Schnörkel und Schleifen auf den leeren Seiten des Tagebuchs, merkwürdige Schriftzeichen, wie mit einer unsichtbaren Schreibmaschine getippt.

Dann war die Eule verschwunden, die Sonne stand hoch am Himmel, und Cleo erwachte in der festen Überzeugung, das Tagebuch immer noch in der Hand zu halten. Erstaunt sah sie, dass ihre Hände und das Bett leer waren. Beim Aufwachen hatte sie sich unwillkürlich aufgesetzt; jetzt ließ sie sich wieder in die Kissen sinken, verschränkte die Hände hinter dem Kopf und versuchte, sich an den Traum zu erinnern, der ihr etwas ungeheuer Wichtiges offenbart hatte.

Fitz hatte selbst nur wenige Stunden geschlafen und sich gleich nach dem Frühstück in die Bibliothek zurückgezogen, und dort fand Cleo ihn, über die Tagebücher gebeugt. Ohne ihm auch nur «Guten Morgen» zu wünschen, nahm sie in dem Sessel ihm gegenüber Platz und bemerkte vorwurfsvoll: «Zumindest ein Teil der Schuld trifft auch Sie. Warum hat denn niemand bemerkt, was mit den Landrake-Mädchen los ist? Sie sind immerhin Ihre Nichten. Hat Ihre Mutter denn nie bemerkt, was mit ihnen geschieht?»

Fitz schlug das Tagebuch wieder zu und strich sich müde das Haar zurück, das ihm in die Stirn gefallen war. «Ihre Vorwürfe können kaum schwerer sein als die, die ich mir selber mache. Als ich Matty gestern Nacht gesehen habe, ist mir klargeworden, wie sehr ich Henrietta enttäuscht habe. Unsere beiden Familien standen einander nie sonderlich nahe, und Lord Landrake hat meiner Mutter recht unmissverständlich klargemacht, dass er weder von ihr noch von ihrer Familie Unterstützung bei der Erziehung der Mädchen wünscht. Natürlich haben sie meinen Eltern Besuche abgestattet, wenn sie in London waren, es sind ja immerhin ihre Großeltern. Doch es war das Leben, dem sie hier ausgesetzt waren, Woche für Woche, Monat für Monat, Jahr für Jahr, das sie so hat werden lassen, wie sie jetzt sind. Für Matty ist es noch nicht zu spät, ihr kann noch geholfen werden, das hoffe ich zumindest inständig, und ich werde persönlich dafür sorgen, dass sie die Möglichkeit erhält, ein besseres Leben zu führen als bisher. Was ich allerdings noch für Philippa tun kann, die längst nach ihren eigenen Gesetzen lebt, oder für Tissy, weiß ich wirklich nicht.»

«Ich werde Ihnen jetzt ein paar Dinge über Tissy erzählen», sagte Cleo. «Sie hat versucht, sich selbst das Schreibmaschineschreiben beizubringen. Sie braucht Geld, doch ihr Vater hält sie sehr kurz, mit dem Ergebnis, dass sie voll unterdrückten Hasses auf ihn ist, weil er ihr sowohl seine Zuneigung als auch finanzielle Zuwendungen vorenthält. Esmond gegenüber verhält er sich völlig anders: Er behandelt ihn wie seinen Augapfel und überhäuft ihn nicht nur mit einer ansehnlichen monatlichen Apanage, sondern auch mit seiner rückhaltlosen Bewunderung.»

Fitz schwieg und musterte sie mit todernster Miene. Schließlich sagte er: «Wollen Sie mir etwa einreden, Tissy sei die Erpresserin? Wie können Sie denn bloß glauben, dass eine junge Frau ihres Alters den eigenen Vater erpresst? Das ist doch absurd.»

«Ach ja? Denken Sie doch einmal an Tissy, an ihren Charakter, die Dinge, die sie sagt. Während Sie am Freitagabend behaglich mit den anderen Herren bei der abendlichen Zigarre saßen, wurde bei uns Damen im Salon das Thema Erpressung diskutiert.»

Fitz blickte erschrocken auf. «Ich dachte immer, Frauen tauschen den neuesten Klatsch aus und reden über Kleider und Frisuren, während sie auf die Männer warten.»

«Tja, da täuschen Sie sich. Mrs Warburton hat in ihrer Eigenschaft als Richterin kurz vor ihrem Aufbruch nach England einen Fall von Erpressung verhandelt, so kamen wir überhaupt auf das Thema. Sie und ich, wir sind beide der Meinung, dass es eine böse Tat ist, jemand anderen zu erpressen. Aber ich kann Ihnen versichern, dass Tissy diese Skrupel nicht teilt.»

«Aber was für Geheimnisse kann sie bloß kennen, die Jerry so sehr unter Verschluss halten will, dass er sogar bereit wäre, dafür zu zahlen?»

«Ich habe da eine Vermutung», antwortete Cleo, «aber eben nur eine Vermutung. Jemand wird Tissy mit all dem konfrontieren und sie dazu bringen müssen zu offenbaren, was sie weiß und was sie gegen ihren Vater in der Hand hat.»

Cleo hatte die Bibliothekstür beim Hereinkommen hinter sich geschlossen. Jetzt wurde sie plötzlich aufgerissen, und Tissy flog ins Zimmer, stürzte zum Tisch und griff nach den beiden Tagebüchern.

«Machst du das häufiger, Cleo, Sachen stehlen, die dir nicht gehören? Schnüffelst du immer in den Häusern herum, in denen du das Wochenende verbringst, und steckst deine Nase in Dinge, die dich überhaupt nichts angehen?»

Fitz stand auf. «Halt den Mund, Tissy. Was bringt dich

auf den Gedanken, dass diese Tagebücher dir gehören? Sie gehörten der Witwe und sollten hier in der Bibliothek stehen, wo all ihre Tagebücher aufbewahrt werden. Wobei diese beiden Bände nie hier standen, wie Mrs Harbinger mir erzählt hat, weil der alte Arthur Foxton sie nämlich eigentlich verbrennen sollte.»

Tissy schnaubte nur verächtlich, doch Fitz fuhr langsam und eindringlich fort: «Arthur hätte diese beiden Bände vernichten sollen. Er hat sie zwar an sich genommen, doch verbrannt hat er sie nicht, was den Schluss nahelegt, dass er sie behalten hat. Und wer hat Arthur immer vorgelesen, als er hinfällig wurde und kaum noch etwas sah? Das warst doch du, Tissy. Du hast die Tagebücher gefunden und sie mit hierher nach Landrake Hall genommen. Warum hast du das getan?»

«Und wenn schon? Was interessiert dich das, was interessiert es Cleo? Das ist eine reine Familienangelegenheit. Die Tagebücher haben meiner Großmutter gehört. Warum sollte ich sie nicht an mich nehmen, um eine Erinnerung an sie zu haben? Mrs Harbinger hat kein Recht, mit Leuten über Familienangelegenheiten zu reden, die gar nicht zur Familie gehören.»

«Mit Loyalität innerhalb der Familie solltest gerade du dich etwas zurückhalten, Tissy, findest du nicht auch? Ich respektiere es, wenn eine Familie zusammenhält, doch das, was du getan hast, hat damit nicht eben viel zu tun.»

«Und was genau soll ich getan haben?»

Cleo ergriff das Wort: «Meine Mutter hat einen der Briefe gefunden, die du deinem Vater geschickt hast, und gestern fanden Fitz und ich zufällig weitere Entwürfe und außerdem die Schreibmaschine, mit der sie geschrieben wurden. Oben im geschlossenen Trakt.»

Da war es urplötzlich vorbei mit Tissys Wagemut und Gehässigkeit. Sie sank in den nächstbesten Sessel und vergrub das Gesicht in den Händen. Ihre schmalen Schultern bebten unter den breiten Trägern des Sommerkleids, und als sie wieder aufschaute, schwammen ihre Augen in Tränen. «Ihr kennt das Geheimnis aber nicht. Es gab nur drei Menschen, die davon wussten. Vater wusste davon, wahrscheinlich hat Mutter ihm vor ihrem Tod davon erzählt. Woher sie es wusste, weiß ich selber nicht, aber sie wusste es. Ich habe Vater gar nicht um seiner selbst willen erpresst, er hat gezahlt, um Esmond zu schützen. Für Esmond würde er alles tun, und er hat bis heute keine Ahnung, dass Esmond das Geheimnis längst selbst kennt.»

«Was für ein Geheimnis?», fragte Fitz.

«Wenn ihr das nicht wisst, dann werde ich es euch ganz sicher nicht erzählen. Wahrscheinlich ist jetzt ohnehin alles vorbei. Ihr werdet Vater sagen, dass ich ihn erpresst habe, aber das ist mir egal. Was kann er mir schon anhaben? Mir vielleicht das Geld streichen? Das ist ohnehin nur ein Almosen. Mir meine Saison in London untersagen? Dafür ist es sowieso zu spät, selbst jetzt wäre ich ja schon die älteste Debütantin weit und breit. Wahrscheinlich ist er einfach froh, dass er kein Geld mehr blechen muss, und wird wollen, dass ich ihm zurückzahle, was ich ihm bereits abgeluchst habe. Aber das wird ihm nicht gelingen, da kommt er niemals dran.»

«Wie hast du das denn überhaupt gemacht?», fragte Cleo. «Das Geld ging doch an eine Anschrift in London.»

«Das war eine Postfachadresse. Eine Freundin hat es dort abgeholt.»

Fitz hob die Brauen. «Ein riskantes Unterfangen. Jerry hätte nur die Polizei benachrichtigen müssen, die hätte dann den Ort unter Beobachtung genommen und gesehen, wer das Geld abholt.»

«Vater und die Polizei benachrichtigen? Du hast wirklich gar nichts begriffen, Onkel Fitz.» Tissy wischte sich mit dem Unterarm die Tränen ab, und ihre Augen glühten in dem bleichen Gesicht. Dann wirbelte sie zu Cleo herum. «Wenn deine Mutter diesen Brief nicht geöffnet hätte, wäre nichts davon je herausgekommen. Ich wünschte, sie hätte Vater niemals geheiratet, sie passt nicht hierher, genauso wenig wie du, und das wird auch niemals anders werden. Du kannst deiner Mutter ausrichten, wenn sie wissen will, was Vater weiß, soll sie ihn doch einfach fragen. Er wird es ihr allerdings kaum erzählen. Nicht einmal seine Frau wird ihm je so viel bedeuten wie Esmond. Und die blöden Tagebücher könnt ihr auch behalten. Ich habe sie nur mitgenommen, weil ich dachte, es steht vielleicht noch etwas drin, was ich gegen Vater verwenden kann. Aber da steht nichts. Ich habe keine Ahnung, warum Großmutter sie vernichtet haben wollte, und ich verstehe auch nicht, warum Arthur das nicht getan hat.»

Cleo schlug das eine Tagebuch auf und nahm das Foto von der Eule heraus, das Fitz hineingelegt hatte. «Hast du dieses Foto auch mit nach oben genommen?»

Tissy warf einen gleichgültigen Blick darauf. «Mag sein, das weiß ich nicht mehr. Oder doch, es lag auch bei Arthur herum, ich habe es in das Tagebuch gelegt, damit es sich nicht rollt. Warum, weiß ich selbst nicht, es ist ja nur eine dumme alte Eule drauf, eins von Esmonds vielen Fotos.»

Sie nahm ihren Hut in die Hand, dann raffte sie mit halb verzweifelter, halb verbitterter Miene die beiden Tagebücher vom Tisch, stürmte aus der Bibliothek und warf die Tür hinter sich zu.

Fitz und Cleo starrten zunächst die Tür und dann einander an.

«So etwas», sagte Fitz. «Tissy! Erpresst ihren eigenen Vater. Was hat sie denn bloß gegen ihn in der Hand? Was kann das für ein Geheimnis sein, von dem Esmond nichts wissen soll? Was kann Jerry bloß getan haben? Und warum will er es mit aller Gewalt vor Esmond verheimlichen?»

«Irgendeine furchtbar feige Handlung im Krieg vielleicht, die dem Namen Landrake schaden würde?», mutmaßte Cleo.

«Was Tissy sagte, klang mir nicht danach. Vor allem würde Jerry dann ja versuchen, sich selbst zu retten, und das kann ich mir nicht vorstellen. Er hatte es wahrhaftig nicht leicht im Krieg, und doch ist er kein Mensch, der nicht zu all seinen Handlungen stünde.»

«Dann muss es also irgendetwas sein, das Esmond sehr verstören würde, wenn er es wüsste. Etwas, das auch Lord Landrake bereits zutiefst verstört. Aber kann es wirklich so schlimm sein, wenn Esmond längst davon weiß? Tissy sagte doch, er wüsste es.» Cleo nahm die Fotografie vom Tisch. «Vermutlich hat dieses Bild nichts weiter zu bedeuten, sonst hätte Tissy es sicher auch mitgenommen. Hätten Sie vielleicht trotzdem eine Lupe?»

Fitz schob ihr die Leselupe über den Tisch, ein schweres Gerät mit einem starken Vergrößerungsglas in einem runden Silberrahmen und einem Griff aus poliertem Holz. Cleo legte das Foto darunter und betrachtete es eingehend. «Da ist noch mehr zu sehen als nur die Eule.» Sie reichte Fitz Fotografie und Vergrößerungsglas. «Wenn Sie ganz genau hinschauen, können Sie im Hintergrund zwei verschwommene Gestalten ausmachen.»

Fitz betrachtete das Bild stirnrunzelnd. «Sind Sie sicher, dass das Gestalten sind und nicht einfach nur Büsche?»

«Ich habe bessere Augen als Sie, und für mich sind das zwei Menschen. Heben Sie die Lupe an, dann vergrößert sie noch stärker. Sehen Sie?»

«Großer Gott», sagte Fitz. «Sie haben recht, das sind zwei Gestalten, und ich glaube, ich weiß sogar, wer das ist. Clemmie und Felix.» Er legte das Vergrößerungsglas beiseite, lehnte sich zurück und kippelte mit dem Stuhl nach hinten, die Hände gegen den Tischrand gepresst. «Aber hat das irgendeine Bedeutung, wenn man einmal davon absieht, dass entweder die Witwe oder Arthur das Bild zusammen mit den Tagebüchern aufbewahrt haben?»

2

Vom Flur her erklangen Schritte, rasche Schritte, die vor der Tür der Bibliothek innehielten. Fitz, der das Foto bereits wieder durch die Lupe betrachtete, sah auf. «Hier geht es ja zu wie im Taubenschlag.»

Die Tür öffnete sich, und Tissy stand abermals im Türrahmen, die Zornesröte im Gesicht. Sie wurde von Mrs Harbinger ins Zimmer geschoben, die ebenfalls erzürnt war – man sah es an den beiden roten Flecken auf ihren Wangen.

«Und weiter geht's», murmelte Cleo, und Fitz' Mundwinkel zuckten.

«Nun lass mich schon los!» Tissy schüttelte Mrs Harbinger ab und ließ sich in einen Sessel plumpsen.

Mrs Harbinger legte die beiden rotgebundenen Tagebücher auf den Tisch, möglichst weit von Tissy entfernt. «Ich habe Tissy draußen damit angetroffen und dachte mir, dass sie die Bücher hier entwendet hat. Außerdem scheint mir, sie möchte auch sonst einiges loswerden.»

«Das will ich überhaupt nicht, du zwingst mich nur dazu. Ich will Fitz nichts erzählen, und vor einer Fremden werde ich ganz sicher nicht über meine Familie sprechen.»

«Fitz ist immerhin dein Onkel. Du wirst sehen, er will

nur das Beste für dich, und wenn du dich ihm nicht offenbaren willst, so fürchte ich, dass dir ein äußerst unangenehmes Gespräch mit deinem Vater bevorsteht. Erzähl Fitz alles, und zwar wirklich alles, wenn ich bitten darf. Er wird am besten wissen, wie mit deinem Vater zu verfahren ist.»

Trotz der angespannten Atmosphäre im Raum musste Cleo sich auf die Lippen beißen, um nicht laut herauszuplatzen, als sie Fitz' Miene sah. Er schaute zutiefst entsetzt drein. «Ihr Vertrauen ehrt mich wirklich sehr, Harby, aber ich glaube nicht, dass ich …»

«Es wird höchste Zeit, Fitz, dass Sie auch ein wenig Verantwortung für Ihre Nichten übernehmen. Sie haben Matty doch gestern Abend erlebt. Diese Sache muss ein für allemal aus der Welt geschafft werden, und Sie werden endlich Ihre habituelle Zurückhaltung ablegen und sich daran erinnern müssen, dass Kinder nun einmal zwei Elternteile haben. Natürlich sind die Mädchen gebürtige Landrakes, aber sie gehören auch zur Familie Falconer.» Sie wandte sich wieder an Tissy, die zusammengesackt und missmutig in ihrem Sessel hing und auf die Tischplatte starrte. «Und was Cleo angeht, Tissy, so ist ihre Mutter vielleicht die beste Verbündete, die du hier im Haus hast. Sie wollte sich bisher nicht einmischen, doch sie ist eine erfahrene Frau, und vieles von dem, was hier vor sich geht, erscheint ihr grundfalsch. Eine Frau kann ihren Mann auf eine Weise beeinflussen, die Töchtern nicht zur Verfügung steht, das wirst du selbst noch erleben, wenn du ein wenig älter bist. Und Lady Landrake legt dabei großen Wert auf Cleos Meinung, sie wird also ebenfalls bleiben. Du atmest jetzt einmal tief durch, hörst auf, so sauertöpfisch dreinzuschauen, und dann erzählst du uns alles über die Erpressung. Wir wollen wissen, was Lord Landrake vor Esmond verheimlicht und aus welchem Grund er das tut.»

«Ich habe den beiden doch schon gesagt, dass es völlig unsinnig ist, Esmond die Sache verheimlichen zu wollen. Er weiß das alles längst. Das heißt aber noch lange nicht, dass es ans Licht kommen darf, das will er nämlich auf keinen Fall. Das würde bedeuten, dass die Polizei hinzugezogen werden muss und alle möglichen Dinge geschehen, die ihm ganz und gar unerträglich wären.»

«Die Polizei? Geht es hier etwa um ein Verbrechen, Tissy? Denn falls das so ist …»

«Wenn ihr es unbedingt wissen wollt: Onkel Philip ist nicht ertrunken. Also, ertrunken ist er schon, nur war es kein Unfall.» Die Worte sprudelten jetzt nur so aus Tissy heraus, und sie musterte die anderen mit herausfordernd vorgerecktem Kinn. «Wenn ihr es unbedingt wissen wollt: Er wurde ermordet.»

«Ermordet?», wiederholte Fitz. «Wie kannst du so etwas Groteskes auch nur behaupten?»

«Grotesk? Stimmt, meine ganze Familie ist völlig grotesk.» Tissy warf Mrs Harbinger einen hasserfüllten Blick zu. «Warum erzählst du die Geschichte nicht, Harby? Du weißt doch genauso viel darüber wie ich.»

«Keineswegs. Ich wäre nie auf den Gedanken gekommen, dass Esmond weiß, was in jener Nacht geschehen ist, und ich wünschte von ganzem Herzen, dieses Wissen wäre ihm erspart geblieben. Woher weiß er denn davon?»

«Vom alten Arthur Foxton, genau wie ich.»

«Ich glaube, Tissy», sagte Mrs Harbinger, «du solltest uns jetzt ganz genau berichten, was Arthur dir erzählt hat.»

Einen Augenblick lang schwieg Tissy verdrießlich, dann begann sie mit ausdrucksloser, monotoner Stimme zu erzählen. «Was hat mich überhaupt darauf gebracht, dem alten Arthur vorlesen zu wollen? Ich habe mich keineswegs durch meine Herkunft dazu verpflichtet gefühlt, das dürft ihr mir glauben. Aber wenn man sich auch nur ein wenig in dieser Gegend auskennt, dann weiß man, dass Arthur eine Art Umschlagstelle für Klatsch und Neuigkeiten war. In Trewithiel gab es kein Ereignis, von dem er nicht gewusst hätte, und obwohl er hier in Landrake nie über die Jagdstube und die Waffenkammer hinauskam, wusste er doch auch alles, was hier vor sich ging. Er hatte ein ganzes Netz aus Informanten unter den Hausangestellten. Das war auch der Grund, weshalb Großmutter ihn so geschätzt hat, sie wollte nämlich auch stets über alles auf dem Laufenden sein. In ihrem Fall entsprang das einem Pflicht- und Verantwortungsgefühl, bei Arthur ging es eher um die Macht, die es ihm verlieh, anderer Leute Geheimnisse zu kennen. Als Arthurs Augenlicht immer schwächer wurde, hast du, Harby, uns den Vorschlag gemacht, eine von uns könnte doch zu ihm gehen und ihm vorlesen. Matty war noch zu klein, und Philippa hat sich noch nie im Leben freiwillig zu etwas bereit erklärt. Außerdem ist sie so auf sich selbst bezogen, dass ihr jede Neugier anderen gegenüber fehlt.»

Tissy hielt inne und bedachte ihre drei Zuhörer mit einem mokanten Lächeln. «Eigentlich wollt doch auch ihr die Wahrheit gar nicht hören, stimmt's? Nun, ich bin da anders, und ich weiß immer ganz genau, weshalb ich etwas

Bestimmtes tue. Ich mache mir längst nicht so viel vor wie andere Leute. Ich hatte meine eigenen Gründe, Arthur vorlesen zu wollen, und es war gar nicht leicht für mich, das kann ich euch versichern. Ständig musste ich ihm Dickens vorlesen, dabei kann ich dessen Bücher nicht ausstehen. Zur Abwechslung ließ er mich manchmal aus den beiden Tagebüchern von Großmutter vorlesen, und dann saß ich da und las diese endlosen, banalen Details ihres täglichen Lebens. Mich hat das zu Tode gelangweilt, doch er konnte sich da richtig hineinsteigern, der alte Narr. Er sagte immer wieder, sie müsse doch noch mehr geschrieben haben, was natürlich nicht der Fall war. Ich habe ihm nicht vorgelesen, weil ich eine besondere Vorliebe für diesen unangenehmen alten Mann gehabt hätte, sondern weil ich dachte, er wüsste vielleicht Dinge, die ich auch gern wissen würde. Und damit lag ich völlig richtig. Er langweilte sich und kam fast nie aus seinem Sessel heraus, mit seinem schlimmen Bein und den schlechten Augen konnte er ja nicht mehr so viel unter die Leute, wie er das gewollt hätte. Trotz allem hatte er aber immer noch den Finger am Puls des Dorfes, er wusste alles, was vor sich ging, und mir erzählte er immer gern davon. Er konnte sich ja sicher sein, dass ich es keinem weitererzähle, ihr wisst ja, dass ich nicht gern tratsche.»

«Das ist wahr», sagte Mrs Harbinger. «Darin bist du wie deine Großmutter.»

«Arthur erzählte gern von der Vergangenheit, das ist ja bei den meisten alten Leuten so. Ereignisse, die Jahre zurücklagen, waren realer für ihn als Dinge, die tags zuvor passiert waren. Und am allerliebsten erzählte er von den Geschehnissen des Jahres 1919. Ich erinnere mich selbst gar nicht schlecht an dieses Jahr, obwohl ich damals erst fünf war. Einerseits war ich eben ein altkluges Kind, das Augen und Ohren aufgesperrt hat, andererseits hätte man selbst als Kind schon außergewöhnlich beschränkt sein müssen, um nicht zu merken, was da alles Scheußliches vor sich ging. Unsere Kinderfrau war ausgesprochen schreckhaft, und Mummy fühlte sich hier so allein, dass sie sich ihr anvertraut hat. Manchmal kam sie abends zu uns ins Kinderzimmer, dann saßen die beiden zusammen vor dem Kamin und redeten, weil sie glaubten, dass wir beide schliefen. Philippa schlief auch immer; das ist bis heute so, sie fällt ins Bett und schläft die ganze Nacht wie ein Stein. Außerdem schnarcht sie. Ich bin gespannt, wie Lancelot das finden wird», setzte Tissy boshaft hinzu.

«Hier geht es jetzt nicht um Philippa oder Lancelot», mahnte Fitz. «Was hat Arthur dir denn nun vom Jahr 1919 erzählt?»

«Er musste immer lachen, wenn er sich daran erinnert hat, wie sich damals alle darum stritten, wer den Titel erben und wer Herrin von Landrake werden würde, wo doch mein Vater die ganze Zeit am Leben war. Mummy hat ja nie daran geglaubt, dass er tot ist, was natürlich albern war, auch wenn sie am Ende recht behalten hat. Arthur hat auch behauptet, er hätte immer gewusst, dass Vater zurückkommen wird, aber das sagt sich natürlich leicht im Nachhinein, wenn man sich als besonders schlau hinstellen will.»

Woher Tissy wohl diese immense Beobachtungsgabe nahm? War das etwa ein Erbe ihrer Großmutter? Cleo hatte zwar keine Ahnung, was genau Tissy einmal schreiben wollte, doch nach und nach schien ihr, als könnte aus der jungen Frau doch eine sehr gute Romancière oder Theaterautorin werden, wenn sie ihre Worte richtig zu setzen wusste.

«Na, jedenfalls war Arthur Wilderer, bevor er als Wildhüter auf Landrake anfing, und natürlich hat er auch danach noch weitergewildert. Mit den Burschen und den Männern aus dem Dorf kannte er kein Pardon, wenn sie einmal einen Hasen gefangen oder einen Fasan erlegt hatten, dabei machte er selbst nichts anderes. Und Esmond hat ihn oft auf seinen Raubzügen begleitet, weil er Nachttiere fotografieren wollte. Arthur kannte das Umland ja wie seine Westentasche und wusste, wo die besten Stellen waren, um Vögel und Füchse und Fischotter zu beobachten. Ich glaube, es war ihm ziemlich egal, dass Esmond dadurch mitbekam, was er trieb, und Esmond hatte mit seinen fünfzehn Jahren ja auch noch nicht dieselbe Einstellung zum Wildern, die er sich zulegen wird, wenn er eines Tages Lord Landrake ist.»

«Ich wusste ja, dass Esmond oft nachts fotografiert hat», warf Fitz ein, «aber dass er mit Arthur unterwegs war, davon hatte ich keine Ahnung.»

«Würdest du mich bitte nicht ständig unterbrechen?», herrschte Tissy ihn an. «An jenem Tag im September braute sich ein Gewitter zusammen. Wenn Arthur mit seinen Geschichten anfing, hat er immer ganz genau beschrieben, wie das Wetter war. Damals dachte er, das Gewitter werde erst ein paar Stunden später losbrechen, es war eine mondhelle Nacht, und er hatte sich mit Esmond verabredet, der ein paar Blitzlichtaufnahmen von Eulen machen wollte. Sie trafen sich gegen Mitternacht, Esmond hatte seine ganze Fotoausrüstung dabei, und sie gingen in den

Louisa-Landrake-Garten, um dort die Kamera auf dem Stativ aufzubauen und alle Vorkehrungen für das Blitzlicht zu treffen. Dann tauchte plötzlich unversehens Onkel Philip auf – ‹sternhagelvoll›, wie Arthur sich ausdrückte. Esmond und er hielten sich versteckt, weil Arthur natürlich ohnehin nicht erwischt werden wollte und Esmond fürchtete, sein Vater könnte wütend werden, wenn er ihn um diese Zeit noch draußen im Garten antraf. Inzwischen war es ja schon fast eins. Onkel Philip ging in Richtung des Tauchbeckens davon, und Arthur ließ Esmond bei der Kamera zurück, um selbst eine Runde zu drehen und seine Fallen zu inspizieren. Und dann kamen plötzlich Tante Clemmie und Vetter Felix vom Haus heran. Esmond hatte ja schon nicht von seinem Vater erwischt werden wollen, doch er wusste, dass es noch sehr viel schlimmer für ihn enden würde, wenn seine Mutter ihn draußen antraf.»

«Clemmie und Felix», murmelte Fitz vor sich hin. «Ja, ich habe sie von meinem Zimmerfenster aus gesehen.»

«Onkel Fitz, willst du die Geschichte nun hören oder nicht?»

«Erzähl weiter.»

«Esmond war gerade im Begriff, eine Eule zu fotografieren, er hatte das Blitzlicht schon vorbereitet und hat es dann wohl aus Versehen ausgelöst. Diese Vorrichtungen blitzten nicht nur, sie machten auch einen gehörigen Lärm, doch Esmond hatte ganz gewaltiges Glück, weil just in dem Moment das Gewitter losbrach und es wie wild blitzte und donnerte. Ihr wisst ja, wie heftig solche Herbstgewitter hier manchmal sind. Tante Clemmie und Felix dachten wohl, dass es das Gewitter ist, und haben deshalb nicht weiter darauf geachtet, sondern sind einfach in den Garten hineingegangen. Das muss Esmond wohl ordentlich gegen den Strich gegangen sein, obwohl er ja längst daran gewöhnt sein musste, was die beiden miteinander trieben. Nichts Schlimmeres als sein vergötterter Vater mit dieser Denise, sollte man meinen, aber so wird er das wohl kaum gesehen haben. Arthur hielt sich in der Nähe des Pavillons mit dem Tauchbecken versteckt und wartete den rechten Moment ab, um zu Esmond zurückzukehren, die Ausrüstung zusammenzupacken und dann so schnell wie möglich zu verschwinden. Er hatte schließlich nicht damit gerechnet, dass an dem Abend die halbe Familie auf den Beinen sein würde.

Er schlich sich also am Pavillon vorbei, der ja, wie ihr wisst, an den Seiten offen ist, und da sah er … nun ja, er hat mir erzählt, er hätte Tante Clemmie am Rand des Beckens stehen sehen. Sie hatte diese Stange in der Hand mit dem Netz daran, die sonst zum Reinigen des Beckens verwendet wird, und schien damit etwas unter Wasser zu halten. Felix hockte auf der anderen Seite des Beckens, halb übers Wasser gebeugt.»

«Großer Gott!», rief Fitz. «Und dabei klang Clemmie so traurig und überzeugt, als sie meinte, Philip müsse auf den Stufen ausgeglitten sein und sich den Kopf angeschlagen haben. Warum zum Teufel hat Arthur denn nicht eingegriffen und Philip geholfen?»

«Er sagte, er hätte erst am nächsten Tag überhaupt begriffen, was da los gewesen sein muss.»

Cleo fehlten die Worte vor Entsetzen. Sie sah zu Mrs Harbinger hinüber, die mit ausdrucksloser Miene vor sich hin starrte. Sie, dachte sich Cleo, musste immer geahnt haben, dass Philip ermordet worden war, hatte aber keine Einzelheiten gekannt. Für sie und Fitz musste es noch sehr viel schlimmer sein, sich das alles anzuhören, schließlich hatten sie Philip Landrake gekannt, während er für Cleo ein bloßer Name war.

«Leidet Esmond deshalb so unter Albträumen, weil er Schuldgefühle hat und sich fragt, ob er seinen Vater nicht hätte retten können?», fragte sie.

«Und hat Arthur ihm erzählt, dass Clemmie und Felix seinen Vater ermordet haben?», erkundigte sich Mrs Harbinger bei Tissy.

Tissy musterte sie abschätzig. «Du meinst, ob er Esmond bei seinen Eulen aufgesucht und ihm erzählt hat, dass seine Mutter gerade seinen Vater um die Ecke bringt? Natürlich nicht.»

Fitz hatte beide Hände mit nach oben gekehrten Handflächen vor sich auf den Tisch gelegt und betrachtete sie, als wären es zwei Landkarten, die ihm einen Weg aus diesem Labyrinth aus Tod und Betrügerei weisen würden. Schließlich hob er den Kopf und sah Tissy an. «Wie hast du denn herausgefunden, dass Esmond davon weiß? Und wann hat er davon erfahren?»

«Ich denke, Großmutter hat es ihm erzählt. Ich selbst weiß erst seit zwei Wochen davon. Kurz vor seinem Tod wurde Arthur immer redseliger, und Esmond war wieder einmal schrecklich gemein zu mir gewesen. Ihr bekommt diese Seite von ihm ja nie zu sehen, aber wir schon. Er ist die Liebenswürdigkeit in Person und rammt einem lächelnd das Messer in den Bauch. Es ging um etwas sehr

Persönliches, er hat eine Freundin von mir beleidigt, da habe ich ihm gesagt, ich wüsste etwas, das ihn ein für allemal zum Schweigen bringen würde. Als ich es ihm erzählt habe, hat er nur gelacht und gesagt: ‹Das ist also dein großes Geheimnis, Tissy? Das weiß ich doch schon die ganze Zeit. Du darfst nicht vergessen, dass ich selbst dabei war, ich habe die beiden doch zum Tauchbecken gehen sehen, und ich bin nicht so beschränkt, dass ich nicht eins und eins zusammenzählen könnte.› Das hat er zwar behauptet, ich glaube aber trotzdem, dass er mit Großmutter über jenen Abend gesprochen und sie es ihm erzählt hat. Das würde zu ihr passen.»

«Ja, das ist wahr», bestätigte Mrs Harbinger. «Sie war immer der Ansicht, dass die Wahrheit am wenigsten Schaden anrichtet.»

«Obwohl du also wusstest, dass dein Vater das alles nicht vor Esmond zu verheimlichen braucht, hast du ihn trotzdem weiter erpresst?», fragte Fitz.

«Er wusste ja nicht, dass Esmond davon weiß. Wie sollte er auch?»

Cleo konnte nicht mehr an sich halten. «Aber warum hat Esmond denn niemandem davon erzählt? Oder Arthur? Warum hat Esmond der Polizei nichts von seinem Verdacht gesagt?»

Mrs Harbinger seufzte auf. «Wegen der Familienehre. Seinen Vater hätte doch nichts von alledem zurückgebracht. Und die Landrakes achten seit Jahrhunderten eisern darauf, ihre schmutzige Wäsche nicht in der Öffentlichkeit zu waschen. Außerdem hätte Clemmies Aussage gegen die von Arthur gestanden. Und wem hätte die Polizei wohl geglaubt, wenn sie sich zwischen der Tochter eines Herzogs und einem trunksüchtigen Wildhüter entscheiden muss, der in seinen Mußestunden gern wildern geht?»

Schweigend hingen sie alle ihren Gedanken an die Vergangenheit nach: Tissy voll halb unterdrückter Wut, Fitz ganz fassungslos, Mrs Harbinger mit einer Mischung aus Müdigkeit und resignierter Abgeklärtheit. Und Cleo fragte sich, ob all diese Geschehnisse wirklich bereits vergangen und vergessen waren.

Schließlich fragte sie: «Weiß man denn eigentlich, was aus Denise geworden ist?»

Nach einer weiteren langen Pause antwortete Mrs Harbinger: «Sie blieb verschwunden. Einige Zeit später wurde eine Leiche an Land gespült, und Lady Clemmie hat sie identifiziert. Sie hatte sich freiwillig dazu bereit erklärt, weil Felix beim bloßen Gedanken daran fast ohnmächtig wurde. Clemmie war eben aus härterem Holz geschnitzt. Aber sie meinte, es sei nicht Denise gewesen, sie habe die Frau nicht erkannt.»

«Vermutlich wird sie gelogen haben», sagte Fitz.

Tissys hochmütige, feindselige Haltung geriet zum ersten Mal ins Wanken.

«Glaubst du etwa … glaubst du, Tante Clemmie und Felix … haben auch Denise umgebracht?»

«Zumindest habe ich auch sie in jener Nacht Richtung Bucht gehen sehen», erwiderte Fitz. «Vielleicht hatte sie ja eine Nachricht erhalten, die von Philip zu stammen schien und sie bat, ihn dort zu treffen. Sie widersetzte sich seinem Willen nie, obwohl ich vermute, dass er sie unter ihrer ruhigen, gelassenen Oberfläche sehr zur Weißglut brachte. Vielleicht wollte sie auch nur das stürmische Meer bei Mondschein betrachten, so etwas kommt ja auch vor. Wir werden es nie erfahren.» Er wandte sich an Mrs Harbinger. «Aber woher hat die Witwe von all dem gewusst, falls Esmond es tatsächlich von ihr weiß?»

«Sie hatte sich zum Prinzip gemacht, alles zu erfahren. Vermutlich hat sie es Arthur entlockt.»

«Und sonst hat sie keinem davon erzählt?»

«Sie muss es Lord Landrake nach seiner Rückkehr erzählt haben, andernfalls wären Tissys Erpressungsversuche ja ganz ins Leere gelaufen. Und er hätte es wohl auch niemandem sonst geglaubt. Sie sind darüber fürchterlich in Streit geraten, weil Landrake der Ansicht war, die Witwe hätte Clemmies Verzweiflung bemerken und etwas dagegen unternehmen müssen.»

«Aber was?», fragte Tissy. «Was hätte Großmutter oder sonst jemand schon tun sollen? Ich war noch viel zu klein, um das alles richtig zu verstehen, aber ich glaube, Tante Clemmie hat Philip den Tod von Cousine Ginny einfach nie verziehen. Und dann kommt er auch noch aus Frankreich zurück, bringt seine Geliebte ins Haus und erwartet von seiner Frau, dass sie sich stillschweigend damit abfindet. Was ist denn das für ein Benehmen?»

«Die Witwe hätte Denise gleich wieder vor die Tür setzen sollen», sagte Mrs Harbinger barsch. «Und das hätte sie sicher auch getan, wenn sie nicht so entschlossen gewesen wäre, sich vollständig von Philip loszusagen. Das war nun einmal ihr Stolz, eine ganz andere Art von Stolz als der Landrake'sche Familienstolz. Sie war halsstarrig und überdies der Ansicht, dass Philip die Suppe, die er sich eingebrockt hatte, auch selbst auslöffeln müsse. Vermutlich dachte sie sich, Clemmie würde schon auf die eine oder andere Weise mit Denise fertigwerden.»

«Und so war es dann ja wohl auch», bemerkte Fitz bitter. «Aber wir wollen trotzdem nicht ungerecht sein, Harby. Nicht einmal ein altes Schlachtross wie die Witwe hätte damit rechnen können, dass ihre Schwiegertochter ihren Sohn ermordet.»

«Nein», bestätigte Mrs Harbinger. «Und dennoch glaube ich, sie wusste besser als alle anderen, wie groß Clemmies Kummer über den Tod ihrer Tochter tatsächlich war und was für Vorwürfe sie Philip deswegen gemacht hat.»

«Ich an Tante Clemmies Stelle hätte ihm auch nicht vergeben», sagte Tissy. «Und wenn er mein Mann gewesen wäre, hätte ich ihm wahrscheinlich gleich eins übergebraten, sobald er mit dieser Denise aus Frankreich aufgetaucht wäre. Männer stellen immer so schreckliche Dinge an, und ihre Frauen müssen dann dafür bezahlen.»

«Philip hat immerhin mit dem Leben bezahlt. Eine recht harte Strafe für ein paar Fehler.»

«Die kleine Ginny hat seine Fehler schließlich auch mit dem Leben bezahlt. Aber hat ihn das gekümmert? Nicht einmal halb so sehr, möchte ich wetten, als wenn statt Ginny sein kostbarer Esmond gestorben wäre.» Tissys Augen funkelten vor Zorn. «Frauen wie Tante Clemmie werden doch nur durch Männer zu solchen Ungeheuern. Er hat ihr das Leben zur Hölle gemacht.»

«Sie hätte sich doch auch von ihm scheiden lassen können», konterte Fitz. «Aber das wollte sie nicht, weil sie nicht bereit war, Landrake Hall aufzugeben. Und wir wollen auch nicht vergessen, dass Felix ebenfalls daran beteiligt war. Er ist genauso sehr ein Mörder wie Clemmie.»

«Und wäre Esmond etwas zugestoßen, hätte Felix den Titel geerbt und Clemmie wäre doch noch Lady Landrake geworden», setzte Cleo hinzu.

Tissy stand auf. «Wenn, wenn, wenn. Es ist eben alles so geschehen, wie es geschehen ist. Es ist vorbei. Aus und vorbei. Es ist Vergangenheit. Schwamm drüber. Ich hoffe, ihr seid jetzt zufrieden, dass ihr mir alles entlockt habt, und ich wünsche euch von ganzem Herzen, dass es euch in den Wahnsinn treibt, weil das alles so grausam und schrecklich ist und ihr so viel moralischer und aufrechter seid als ich.»

An der Tür drehte sie sich noch einmal um.

«Der letzte Satz», murmelte Cleo vor sich hin, mehr zu sich selbst als zu den anderen. «Erst eine Kunstpause, gerade so lang, dass die Spannung ins Unerträgliche steigt …»

«Arthur hat übrigens gesagt, es gäbe noch ein Geheimnis, das aber so schrecklich sei, dass nicht einmal er darüber sprechen wolle, und so hat er es mit ins Grab genommen. Wollt ihr nicht auch wissen, was noch viel schlimmer ist als der Mord an Onkel Philip?»

Und damit fiel die Tür hinter Tissy ins Schloss.

3

Vom Fenster der Bibliothek aus beobachtete Cleo die Prozession von Hausangestellten, die gemessenen Schrittes zum Louisa-Landrake-Garten aufbrachen. Sie schleppten Stühle und Tische und gewaltige Picknickkörbe heran, die immer zwei Diener zwischen sich trugen. Das Schlusslicht bildete der Laufbursche, der einen kleinen Handkarren mit mehreren gefalteten Leinenplanen zog.

Die roten Flecken waren von Mrs Harbingers Wangen verschwunden, und mit ihnen schien auch alles Blut aus ihrem Gesicht gewichen zu sein. «Ich muss mich um das Picknick kümmern», sagte sie brüsk und ging rasch aus dem Raum, nicht ohne die Tür hinter sich zu schließen.

Fitz sah Cleo mit hochgezogenen Brauen an. «Ich glaube, wir könnten auch ein wenig frische Luft vertragen.»

Cleo war erneut an den Tisch getreten und blätterte in den roten Tagebüchern, ohne darauf zu achten, was auf den Seiten stand. Sie wollte einfach ihre Hände beschäftigt halten, die andernfalls zu sehr gezittert hätten.

Sudeleien.

Die Sudeleien der Lady Landrake.

«Nein», sagte sie über die Schulter zu Fitz. «Wenn Sie erlauben, bleibe ich noch ein Weilchen hier.»

«Der Gong wird Sie dann ja zum Picknick rufen.»

Damit schloss er die Tür hinter sich. Kaum war sie zu, nahm Cleo das erste der beiden kleinen Bücher und drehte es zur Seite. Die Kritzeleien rund um die Einträge nahmen plötzlich eine viel vertrautere Gestalt an, und Cleo schloss für einen Moment die Augen. Sie wollte das nicht. Nicht um alles in der Welt.

Aber wer sollte es sonst machen?

Das Picknick zog wie ein verschwommener Nebel aus Blumen und Menschen, Essen, das sie nicht herunterbrachte, Gelächter und fröhlich zankenden Stimmen an ihr vorbei. Wie seltsam, hier einfach auf einem Stuhl zu sitzen, als wäre nichts weiter geschehen, als wäre alles ganz so wie immer! Was hatte sie hier verloren, und was war das überhaupt für ein Picknick, bei dem ein Diener ihr eine Portion Foie Gras servierte? Für Cleo bestand ein Picknick aus Sandwiches, hartgekochten Eiern und Bier, die man auf einer Decke auf einer Wiese oder am Ufer eines Flusses zu sich nahm; es hatte nichts zu tun mit diesem prächtigen, aufwendigen Freiluftgelage, das an ihr vorbeizog wie ein unerfreulicher Traum.

Doch schließlich war auch das überstanden, die Gäste erhoben sich von ihren Strandstühlen, und die Diener packten das Porzellangeschirr und das Silberbesteck wieder in die Picknickkörbe. Einige Gäste strebten zur Bucht hinunter, um einen Blick auf das Meer zu werfen, und die Familie Landrake machte sich auf den Weg zur Kirche, wo die neugeborene Tochter des Gastwirts und seiner Frau getauft werden sollte.

Die Taufmesse war wie ein buntes Gemisch aus Worten und Melodien, die für Cleo keinen Sinn ergaben. Sie wohnte der Taufe des Kindes bei, als wäre sie gar nicht recht anwesend. Alles drang wie durch einen Schleier zu ihr. Henry Latimer beträufelte die Stirn des Säuglings mit Wasser aus dem steinernen normannischen Taufbecken und taufte das kleine Mädchen auf den Namen Rosina Mary. Cleo sah, wie ihre Mutter das Neugeborene in den Armen hielt und es mit einer innigen Zärtlichkeit betrachtete, die ihr fast den Atem nahm. Und sie sah Esmond im Schatten stehen, die Lippen zu den Taufgebeten bewegen und dabei den Blick nicht eine Sekunde von ihrer Mutter lassen.

Und dann – dem Himmel sei Dank! – entdeckte sie ein paar Reihen vor sich plötzlich Madge, ein ebenso vertrauter wie tröstlicher Anblick, der Cleo wieder in die Gegenwart zurückbrachte.

Als sie die Kirche verließen, trat sie neben die Zofe ihrer Mutter. «Was machst du denn hier, Madge? Du gehst doch sonst nicht in die Kirche.»

«Taufen sehe ich immer wieder gern, schließlich hatte so ein Täufling noch keine Gelegenheit, scheinheilig zu werden. Das kommt erst später.» Madge spitzte die Lippen. «Aber vor allem wollte ich Mylady im Auge behalten, sie war heute Morgen vor dem Picknick nicht allzu gut beieinander. Ich dachte, das wird vielleicht alles ein bisschen viel für sie. Aber jetzt scheint es ihr ja wieder ganz gut zu gehen.»

Cleo hielt Madge am Arm zurück und senkte die Stimme zu einem eindringlichen Flüstern. «Madge, Rosina erwartet ein Kind, nicht wahr? Sie ist schwanger. Deshalb haben Lord Landrake und sie auch so überstürzt geheiratet.»

«Dass man sich in ihrem Alter noch ein Kind anhängen lässt, noch bevor das Aufgebot bestellt ist! Man sollte meinen, sie müsste es besser wissen. Aber lassen Sie bloß nicht durchblicken, dass ich's Ihnen verraten habe, sie will auf keinen Fall, dass jetzt schon alle davon erfahren. Noch ist es ja sehr früh, und sie ist auch schon ein wenig alt für ein zweites Kind.»

«Großer Gott, ich wünschte, es wäre anders!»

«Nun sagen Sie doch so was nicht. Sie ist bei besserer Gesundheit als manche Frau, die halb so alt ist wie sie, sie wird das alles prächtig überstehen, warten Sie's nur ab. Sie war bereits beim Arzt, und der sagt, es dürfte keine Probleme geben. Was für ein Segen, wenn es ein Junge würde! Wäre es nicht schön für Seine Lordschaft, doch noch einen eigenen Erben zu haben? Und wenn es ein Mädchen wird, dann haben Sie eine Halbschwester, und schlimmer als Ihre Stiefschwestern kann das ja wohl kaum werden.»

Draußen vor der Kirche wurden allerorts Artigkeiten gewechselt, doch Cleo nahm sie kaum wahr. Leonie und Mrs Warburton traten auf sie zu.

«Sie wirken so zerstreut», sagte Leonie.

Blinzelnd erwachte Cleo aus ihrer Benommenheit. «Entschuldigen Sie bitte. Ich war gerade ganz woanders.»

«Meilenweit entfernt?», erkundigte sich Mrs Warburton. «Wo mag das wohl gewesen sein?»

Nein, dachte Cleo, nicht meilenweit entfernt. Nur fünfzehn Jahre in der Zeit zurück.

Leonie hatte bereits wieder das Wort ergriffen. «Wir kommen mit Ihnen zurück nach Landrake Hall, Jonathan hat uns allen etwas mitzuteilen.»

Cleo gab sich redlich Mühe, ein wenig Interesse für Jonathan Bosworths Neuigkeiten zu heucheln. «Ach ja?»

«Sie sind ja wirklich sehr zerstreut heute. Dabei sind es gute Neuigkeiten, zumindest aus mancher Sicht. Fahren Sie mit uns?»

«Nein. Nein, ich gehe lieber zu Fuß.»

Lord und Lady Landrake fuhren gemeinsam mit Sir Jonathan, Leonie und Mrs Warburton zurück. Lauter gutgekleidete, wohlerzogene Menschen: Hätte ein Fremder den großen Wagen durch das Dorf gleiten sehen, sie wären ihm als die vollkommenen Vertreter der englischen Adelsschicht erschienen.

Und doch, dachte Cleo, während sie schweigend mit den jüngeren Mitgliedern der Familie bergan stieg, war das alles bloße Illusion. Ein Adliger, das stimmte schon, und ein zum Ritter Geschlagener; doch Sir Jonathan hatte sich seine Stellung hart erarbeitet, er stammte aus bescheideneren Verhältnissen als jener Kuhhirte dort, der seine Herde zum Melken in den Stall trieb. Die Katholikin Leonie war seine Geliebte, Rosina war Schauspielerin und Mrs Warburton, so unglaublich es auch scheinen mochte, Richterin.

Cleo wich Fitz' Blick aus. Er hatte sie bereits gefragt, was los sei, doch sie hatte nur den Kopf geschüttelt. Dabei musste sie ihm doch davon erzählen – wem sollte sie sich sonst anvertrauen?

Sie musste es loswerden. Für sich behalten konnte sie es nicht, sonst … Doch an dieses Sonst wollte sie nicht einmal denken.

Lord Landrake wartete bereits auf den Stufen vor seinem

Haus. «Kommt alle in den Salon», sagte er. «Du ebenfalls, Harby. Ich habe euch etwas mitzuteilen.»

Tissy trat als Letzte ins Zimmer. Sie wirkte mürrisch und missvergnügt. Auch Matty, die bei der Taufe noch ganz fröhlich gewirkt hatte, war wieder in ihre übliche Gereiztheit verfallen. Sie hockte auf der Fensterbank und blickte angestrengt nach draußen.

Esmond hatte am Klavier Platz genommen. Er winkte einen Diener heran und bat ihn, ihm den Deckel zu öffnen, und als diesem Wunsch entsprochen worden war, intonierte er ein paar Akkorde. Dann richtete er den Blick demonstrativ auf Hector und fing an, *Night and Day* zu spielen und dazu mit schmelzender Stimme zu singen:

«*Night and day*
under the hide of me,
There's an oh such a hungry yearning
burning inside of me.
And its torment won't ever be through
Till you let me spend my life
making love to you
day and night,
night and day.»

«Hör auf, Esmond», sagte Hector. «Das ist gar nicht komisch.»

«Ach nein? Ich finde es, ehrlich gesagt, ganz ungemein komisch.»

Franklin hatte sich neben einem kleinen Tisch bei der Tür postiert, auf dem ein Silbertablett stand, darauf vier Flaschen Champagner und ein Dutzend Gläser.

Fitz ging durch den Raum und trat neben Cleo. Was war

bloß los mit ihr? War es der Schock über die morgendlichen Enthüllungen? Er war ebenfalls tief entsetzt darüber, doch Cleo wirkte regelrecht zum Zerreißen gespannt, und sie hatte den Blick eines Menschen, der etwas Tollkühnes plant. Bloß was? Ganz gleich, was es sein mochte, Lord Landrakes Salon war keineswegs der geeignete Ort für tollkühne Handlungen – erst recht nicht, wenn offensichtlich eine Feierlichkeit bevorstand. Und Fitz hatte durchaus eine klare Vermutung, was der Champagner bedeuten würde.

Wenn Jerry sich nur nicht ausgerechnet unter diesem vermaledeiten Bild postiert hätte! Es kam Fitz vor wie ein Zeitungsbild, aus dem die meisten Gesichter getilgt waren: All diese Landrakes hätten auch heute noch unter ihnen sein sollen, mit Ausnahme der Witwe allenfalls, die bereits weit über siebzig gewesen war, als sie starb.

Ginny, die einzig Unschuldige. Philip, der sich schuldig gemacht hatte … durch was? Dummheit? Leichtsinn? Aber rechtfertigte das das furchtbare Ende, das er durch die Hand seiner Frau und ihres Geliebten gefunden hatte? Und Clemmie, der Philip zweifellos Unrecht getan hatte. Felix, der auf den Titel spekulierte und wie Wachs in Clemmies Händen war. Und Henrietta, eine weitere Unschuldige.

Cleo wandte sich mit leiser, ausdrucksloser Stimme an ihn: «Wussten Sie, dass Ihre Schwester nach Tissy eigentlich keine Kinder mehr hätte bekommen dürfen, weil diese Geburt bereits so schwierig war? Wussten Sie, dass sie nur deshalb ein weiteres Mal schwanger geworden ist, weil die Witwe ihr etwas erzählt hat, woraufhin Henrietta sich verzweifelt einen Sohn wünschte? Wussten Sie, dass ihr Tod Teil desselben verderblichen Spiels war, das auch all die anderen Landrakes auf dem Bild dort das Leben gekostet hat?»

«Ich wusste nichts von alledem. Woher wissen Sie es denn?»

«Ich habe Lady Landrakes Tagebuch gelesen.»

«Ich ebenfalls. Aber davon steht nichts darin.»

«Sie haben ja auch nur die Worte gelesen, die für aller Augen bestimmt waren. Aber ich habe gelesen, was sie für sich selbst notiert hat.»

«Wie bitte?»

«Die Kritzeleien um die Einträge waren nicht einfach nur hingesudelt. Das ist Kurzschrift. Französische Kurzschrift.»

Fitz starrte sie fassungslos an. «Was in aller …»

«Fitz, Cleo, wenn ich dann auch eure Aufmerksamkeit haben könnte?»

Lord Landrake gab sich jovial und hochzufrieden. «Ich habe euch allen etwas Wunderbares mitzuteilen. Philippa und Lancelot haben sich verlobt.»

Fitz sah zu Hector hinüber, der ein Gesicht machte, als hätte man ihm einen Schlag in die Magengrube versetzt. Esmond klimperte noch ein paar Takte von *Night and Day* und musterte Hector mit schadenfrohem Blick. Lancelot seinerseits wirkte etwas peinlich berührt, und sein Blick ruhte keineswegs auf seiner Braut, sondern auf Esmond. Leonie blickte nachdenklich vor sich hin, während Jonathan bereits sein Glas erhob, um auf das junge Paar anzustoßen.

Die allgemeine Anspannung löste sich, und fröhliches, vom festlichen Anlass und dem Champagner beschwingtes Geplauder setzte ein. Fitz führte Cleo zu einer Sitzgruppe vor einem der Wandteppiche hinüber. «Erzählen Sie mir alles.»

Und sie erzählte es ihm.

Er hatte es ja gewusst. Im Grunde hatte er es immer gewusst, schon seit dem Tag des Unfalls, doch er hatte das Wissen unterdrückt und es seither in den Tiefen seines Unterbewusstseins verwahrt.

«Und nun wollen Sie ihnen in die Parade fahren? Tun Sie das nicht, Cleo. Nicht hier und nicht jetzt.»

«Aber wann denn dann? Es muss jetzt ans Licht, wo alle hier versammelt sind. Rosina ist schwanger, Fitz.»

Auch das hatte er bereits geahnt.

«Wollen Sie, dass demnächst das Porträt einer weiteren verstorbenen Lady Landrake hier an der Wand hängt? Und daneben womöglich noch eines des verstorbenen St. Jermyn, Baron von Landrake?»

«Das ist doch alles schon so lange her. Menschen können sich auch ändern.»

«Glauben Sie? Also, ich bin nicht bereit, dieses Risiko einzugehen.»

Und damit erhob sich Cleo. «Ich habe etwas zu sagen», verkündete sie mit lauter, fester Stimme. «Lord Landrake, ich würde vermuten, dass es Ihnen lieber ist, wenn dabei kein Personal anwesend wäre.» Sie wartete, während Lord Landrake, nachdem er sie zunächst mit erstauntem Blick gemustert hatte, Franklin ein Zeichen machte, sich zurückzuziehen – ein Wunsch, dem der Butler mit kummervoll missbilligender Miene nachkam: Er verließ nebst Dienern und Hausmädchen den Salon.

Fitz sah zu, wie Cleo in die Mitte des Raumes trat und

dort einen Augenblick schweigend stehen blieb. Aller Augen ruhten auf ihr.

Rosina runzelte die Stirn. «Aber Liebes, was ist denn bloß los?»

Fitz spürte, wie sehr es Rosina überraschte, ihre Tochter so im Mittelpunkt stehen und die allgemeine Aufmerksamkeit auf sich versammelt zu sehen. Cleo wirkte geradezu fesselnd, man konnte sich ihr einfach nicht entziehen.

Jetzt hielt sie eines der rotgebundenen Büchlein in die Höhe. «Das hier ist ein Tagebuch, das Ihre Mutter, Lord Landrake, die Witwe, geführt hat. Ich möchte Ihnen einen Teil daraus vorlesen.»

«Was soll denn damit sein?», rief Tissy dazwischen. «Ich habe es doch gelesen, Harby hat es gelesen und Fitz auch. Willst du uns jetzt etwa mit der Auflistung dessen langweilen, was Großmutter 1919 zum Abendessen verspeist hat?»

«Seit Lady Landrakes Tod», sagte Cleo, «hat niemand mehr dieses Tagebuch gelesen. Die Auflistung der langweiligen alltäglichen Einzelheiten war keineswegs der Grund, aus dem sie dieses Tagebuch führte. Gleichzeitig hat sie weitere, verborgene Aufzeichnungen gemacht, in einer Art Geheimschrift.»

«In einer Geheimschrift?», wiederholte Lord Landrake. Er schien im Begriff, seine Autorität geltend zu machen. Tu's nicht, Jerry, beschwor Fitz ihn unhörbar. «Wollen Sie uns etwa weismachen, meine Mutter hätte ein verschlüsseltes Tagebuch geführt und Sie seien in der Lage, es zu lesen? Sind Sie womöglich eine zertifizierte Codeknackerin?»

Philippa lachte perlend auf, und Rosina schüttelte den Kopf. Mrs Warburton jedoch musterte Cleo mit konzentriertem Interesse, und Fitz glaubte zu erahnen, was für eine respekteinflößende Figur sie vor Gericht abgab.

«Nein, Lord Landrake, aber ich bin zertifizierte Stenotypistin, und das nicht nur für englische, sondern auch für französische Kurzschrift. Ihre Mutter hielt es zweifellos für äußerst unwahrscheinlich, dass jemals ein Mensch, der fließend Französisch spricht und überdies noch die dortige Kurzschrift beherrscht, einen Blick in ihr Tagebuch werfen würde. Um aber allen Eventualitäten vorzubeugen, bat sie Arthur Foxton kurz vor ihrem Tod, die beiden Bände zu verbrennen, die das Jahr 1919 abdeckten. Das hat er allerdings nicht getan. Er hat die Tagebücher behalten, und Tissy hat sie ihm kurz vor seinem Tod entwendet.»

«Das ist unerhört!» Lord Landrakes ganze Bonhomie war verschwunden. «Wollen Sie meine Tochter etwa des Diebstahls bezichtigen? Und ...»

«Spar dir das, Vater», sagte Tissy. Sie war aufgestanden und trat neben Cleo. «Cleo hat ganz recht. Ich habe die Tagebücher an mich genommen.»

«Aber warum denn bloß?», rief ihr Vater aus. «Was hat das alles zu bedeuten?»

Zum ersten Mal empfand Fitz etwas wie Hochachtung vor seiner Nichte. Mit kreidebleichem Gesicht und doch kerzengerade, das veritable Abbild ihrer Großmutter, stand Tissy da und erzählte ihrem Vater, weshalb sie die Tagebücher entwendet hatte.

«Arthur hätte sie gar nicht haben dürfen. Ich hatte viel mehr Recht darauf als er. Außerdem brauchte ich sie, weil ich hoffte, darin noch weitere Informationen zu finden. Informationen, die ich verwenden konnte.»

«Verwenden?» Landrake horchte sichtlich auf. «Wozu denn verwenden?»

«Um dich zu erpressen, Vater. Ich hatte bereits einige Einzelheiten über den Mord an Onkel Philip, aber ich wollte noch weitere.»

Alle Anwesenden schnappten hörbar nach Luft, und Rosina trat rasch neben ihren Mann und griff nach seiner Hand.

«Mord?», ließ sich Philippa mit gereizter Stimme vernehmen. «Du bist ja nicht recht bei Trost, Tissy!»

Da stand Esmond vom Klavierhocker auf. «Sie ist durchaus bei Trost. Mein Vater wurde tatsächlich ermordet.»

«Onkel Philip? Ermordet? Aber wer hat ihn denn umgebracht?»

«Möchtest du darauf antworten, Onkel Jerry, oder soll ich es tun? Meine Mutter hat meinen Vater umgebracht, Philippa. Sie und Vetter Felix haben ihm einen Schlag auf den Kopf versetzt und ihn dann ertränkt.» Esmond sprach mit ausdruckslosem, distanziertem Ton bar jeglichen Gefühls, als würde er die Sportergebnisse vom Wochenende verlesen.

Lord Landrake ging unterdessen auf Tissy los, als wären sie ganz allein im Zimmer. «Du hast mich erpresst? Und Esmond von alldem erzählt? Mir fehlen die Worte, um dir zu sagen, was ich davon halte.»

Wieder mischte sich Esmond ein. Sein Ton war leicht und unbekümmert, doch Fitz sah den wachsamen Blick in seinen Augen. «Ehe du Tissy jetzt die sprichwörtliche Tür weist, gestatte mir, sie zumindest von einer Sünde freizusprechen. Sie brauchte mir gar nichts zu erzählen. Ich wusste das alles längst.»

Fitz sah, wie Cleo sich wappnete, um noch mehr zu sagen, und hob unwillkürlich die Hand vor die Augen, als wollte er dem entgehen, was als Nächstes bevorstand.

«Das war aber nicht der einzige Mord.» Cleo schluckte einmal und räusperte sich, dann schlug sie das Tagebuch auf, drehte es auf die Seite und las: «Dies ist der Eintrag vom 16. Dezember 1919: ‹Heute Vormittag, nach Clemmies Beisetzung, kam Arthur Foxton zu mir und berichtete, er habe Esmond am Tag des Unglücks unter dem Benz liegen sehen, mit einer Werkzeugkiste neben sich. Ich hatte ja bereits den Verdacht, dass es kein Unfall gewesen sein kann. Wollte er damit seinen Vater rächen, oder wollte er einfach nur Felix töten?›

Diesmal schnappte niemand nach Luft. Bleischwere Stille lastete auf dem Salon.

Schließlich brach Esmond das Schweigen. «Eine sehr gute Frage, die ich auch nicht recht beantworten kann. Nun schau doch nicht so entsetzt drein, Jerry. Du weißt doch selbst ganz genau, wozu wir Landrakes fähig sind. Im Lauf der Jahrhunderte gab es in diesem Haus doch eine stattliche Anzahl unnatürlicher Tode, oder etwa nicht? Ich habe der Reihe nur zwei weitere hinzugefügt, weiter nichts.»

«Weiter nichts?» Das kam von Tissy, die zu Esmond herumgewirbelt war. «Weiter nichts? Du hast deine Mutter getötet – wie kannst du da sagen, das wäre weiter nichts?»

«Und außerdem hat er indirekt auch den Tod deiner Mutter verursacht, Tissy», fuhr Cleo erbarmungslos fort.

«Die Witwe hat ihr erzählt, was Esmond getan hat, deshalb wollte Henrietta noch ein weiteres Kind. Sie wollte unbedingt einen Sohn.»

«Aber ich war kein Sohn», schrie Matty auf. «Und sie ist meinetwegen gestorben.»

Rosina war auf der Stelle neben ihr und schloss sie schützend in die Arme. Matty sah mit verstörten blauen Augen zu ihr auf und wollte sich erst von ihr losmachen; doch dann ließ sie sich urplötzlich ganz in die Umarmung sinken und klammerte sich so fest an sie, dass Rosina kaum noch Luft bekam.

«Es geschehen doch immer noch Zeichen und Wunder», ließ sich Mrs Harbinger hinter Fitz vernehmen.

«Wussten Sie das alles? Das mit Esmond?»

«Ich hatte immer den Verdacht, genau wie Sie. Aber ich wollte es nun mal nicht glauben, also habe ich das auch nicht getan. Und die Witwe hat mir gegenüber nie ein Wort darüber verloren. Wie auch?»

«Ich hasse dich, Esmond», rief Tissy. «Ich hasse und verachte dich, und ich hoffe, die Polizei wird dich verhaften und dich hängen lassen, damit ich dich nie, nie wiedersehen muss. Du hattest eine Mutter und hast sie getötet, und deshalb habe ich jetzt keine Mutter mehr.»

«Polizei?» Jonathan Bosworths Stimme klang gebieterisch. «Immer langsam. Das ist schließlich eine Familienangelegenheit.»

«Keineswegs», sagte Cleo. «Das fällt in den Bereich der Rechtsprechung. Immerhin hat er seine eigene Mutter auf dem Gewissen.»

Esmond, recht bleich um den Mund, wandte sich an die

beiden Frauen, die Anklage gegen ihn erhoben. «Glaubt ihr etwa, ich hätte nicht darunter zu leiden? Was denkt ihr denn, weshalb ich Nacht für Nacht von Albträumen geplagt werde? Albträume, in denen Großmutter mich foltert und versucht, mir Schuldgefühle aufzuzwingen, die ich nicht empfinden will. Du kommst auch darin vor, Tissy, du fauchst mich an, spuckst mich an, machst mir endlose Vorwürfe. Und vergangene Nacht warst auch du mit von der Partie, Cleo, und hast versucht, mir Angst zu machen, weil du selbst solche Angst um deine Mutter hast. Es stimmt, ich habe meine Mutter getötet, aber sie hätte ja nicht sterben müssen. Eigentlich wollte ich nur Felix umbringen. Wäre sie zu Hause geblieben, wäre sie auch nicht gestorben. Ich habe noch versucht, sie davon abzuhalten, mit Felix zu fahren, aber sie wollte ja nicht auf mich hören. Mein Gott, Felix hatte immerhin meinen Vater getötet! Wie sicher hätte ich mich da noch fühlen können, der ich nach den damaligen Informationen als Einziger zwischen ihm und dem Titel, dem Land und dem Vermögen stand? Was blieb mir da anderes übrig?»

Lord Landrake musste seine Bestürzung an jemandem auslassen, und so war es Cleo, die die volle Wucht seines Zornes traf. «Was geht Sie das alles eigentlich an? Sie kommen als Gast in mein Haus und greifen Esmond auf diese Weise an. Er war damals ein Knabe von fünfzehn Jahren, noch längst nicht alt genug, um zu begreifen, was er da tat.»

Das wollte Cleo nun doch nicht auf sich sitzen lassen. «Meine Mutter erwartet ein Kind von Ihnen. Wenn Esmond seine Mutter und ihren Liebhaber umgebracht hat, um seinen Vater zu rächen, aber auch, um sich sein Erbe zu sichern, wie ist es denn dann um die Sicherheit meiner Mutter bestellt? Oder um die ihres Kindes, falls es ein Junge wird? Fürchten Sie nicht auch, dass es zu einem weiteren Unfall kommen könnte?»

Lord Landrake stand stocksteif da. Sein Blick wanderte von Cleo zu Esmond und schließlich zu Rosina. «Großer Gott!» Mehr brachte er nicht heraus. «Großer Gott!»

Tissy holte ohne jede Spur von Reue oder Mitgefühl zum finalen Todesstoß aus. «So, so, Vater, da zeigt Esmond, den du mit deiner Zuneigung überhäufst und um dessentwillen du deine eigenen Töchter bereitwillig verarmen lässt, also endlich sein wahres Gesicht. Und du gibst Cleo die Schuld daran? Eigentlich solltest du ihr doch auf Knien danken.»

«Oder zumindest», warf Fitz zögernd ein, «nicht den Sack schlagen, wenn du den Esel meinst.»

«Cleos Mut ist bewundernswert», stellte Mrs Harbinger sachlich fest.

Doch der Streit war bereits in vollem Gange. Tissy und Cleo wichen keinen Millimeter von ihrem Standpunkt ab: Die Polizei müsse hinzugezogen werden; Esmond habe gestanden und müsse nun für seine Tat büßen.

Da ergriff Mrs Warburton das Wort. Lord Landrake wirkte unangenehm berührt. Den Bosworths vertraute er ja, doch diese Frau war nun wirklich eine Fremde.

«Als Richterin kann ich sagen, dass es sicher nicht ganz leicht wäre, einen solchen Fall vor Gericht zu bringen. Natürlich praktiziere ich die amerikanische und nicht die englische Rechtsprechung, doch unser Common Law unterscheidet sich trotzdem nicht so grundlegend vom hiesigen

Rechtssystem. Der Verjährungsparagraph kommt noch nicht zum Tragen, dafür sind fünfzehn Jahre zu wenig; aber falls Esmond die Vorwürfe abstreitet, wer sollte dann gegen ihn aussagen? Und ein Geständnis im privaten Kreis, nachdem er ein Glas Champagner getrunken hat? Das zählt vor Gericht nicht viel. Nein, Tissy, du kannst Stein und Bein schwören, dass Esmond tatsächlich das gesagt hat, was er gerade sagte, der Verteidiger würde dich doch erbarmungslos auseinandernehmen. Die Aussage einer jungen Frau, die versucht hat, den eigenen Vater zu erpressen? Das hat vor keinem Geschworenengericht der Welt Bestand. Und das Tagebuch der Witwe? Ein bloßer Indizienbeweis. Weder die Witwe noch Arthur sind noch am Leben und könnten in den Zeugenstand treten, ebenso wenig wie Lord Landrakes erste Frau.»

«Aber man kann doch nicht zulassen, dass er damit durchkommt», protestierte Tissy.

«Und er kann auch nicht hier zusammen mit meiner Mutter bleiben», rief Cleo.

«Also?» Esmond wandte sich an seinen Onkel. «Was wirst du tun?»

Lord Landrake schwieg einen endlosen Moment lang. Dann sagte er langsam und doch entschlossen, ohne seinen Neffen dabei anzusehen: «Vor einigen Jahren habe ich auf Jonathans Anraten hin Ländereien in Neuseeland gekauft. Diesen Grundbesitz werde ich Esmond überschreiben, unter der Bedingung, dass er nie wieder einen Fuß nach England setzt, solange ich noch am Leben bin. Sollte ich eine weitere Tochter bekommen …» Er unterbrach sich und sah seine drei Töchter eine nach der anderen an. «… so werde ich mich glücklich schätzen und sie hoffentlich besser behandeln als ihre drei Schwestern. In diesem Fall wird Esmond weiterhin Titel, Haus und Ländereien erben, doch nichts darüber hinaus, denn mein ganzes Vermögen geht an meine Frau und meine Kinder. Und falls ich einen Sohn bekomme, so wird er der nächste Lord Landrake werden.»

Esmond musterte Lord Landrake lange und unverwandt. Schließlich sagte er: «Es tut mir leid.» Er streckte seinem Onkel die Hand hin, doch der musterte ihn nur mit unerbittlichem, zermürbendem Mitleid und ergriff die dargebotene Hand nicht.

Esmond ließ die Hand sinken. «Ich werde gleich nach London aufbrechen und mich mit dem nächsten Dampfer nach Neuseeland einschiffen», sagte er.

Dann ging er zu Lancelot hinüber und gab ihm die Hand, küsste Philippa auf die Wange und sagte: «Werdet glücklich.»

Damit verließ er den Raum und schloss mit einem entschiedenen Ruck die Tür hinter sich.

Cleo sank kreidebleich auf das nächstbeste Sofa. «Sie wird ohnmächtig», rief Fitz und wollte bereits aufspringen.

«Keineswegs», sagte Mrs Harbinger. «Sie muss nur wieder etwas zu Atem kommen.»

Franklin trat herein und hielt ein kleines, rundes Silbertablett mit einem Briefumschlag in der Hand. Wie viel mochte er wohl gehört haben? Fitz zweifelte keinen Moment daran, dass der Butler die ganze Zeit das Ohr an die Tür gepresst hatte, und Lord Landrake schien diese Vermutung zu teilen. «Kein Wort kommt über Ihre Lippen!»

«Natürlich nicht, Mylord. Hier ist ein Telegramm für Mr Fitz.»

Fitz nahm den Umschlag und öffnete ihn.

«Hoffentlich keine schlechten Nachrichten?», erkundigte sich Landrake.

«Nein, nur die Arbeit. Ich muss leider unverzüglich aufbrechen, Jerry. In Berlin braut sich eine Krisensituation zusammen, man will mich so schnell wie möglich vor Ort wissen. Können Sie dafür sorgen, Franklin, dass mein Wagen in einer Viertelstunde bereitsteht?»

«Musst du denn wirklich noch heute Abend fort?», fragte Rosina. Sie hielt immer noch Matty im Arm, die glücklicher wirkte, als Fitz sie seit langem gesehen hatte. Zumindest etwas, wofür man dankbar sein konnte.

«Ja, leider», sagte er. «Wenn ich jetzt aufbreche, bin ich um Mitternacht in London.»

Cleo erhob sich. «Ich begleite Sie, Fitz.»

«Aber Liebes», protestierte Rosina.

Cleo fuhr Matty durchs Haar und gab ihrer Mutter einen Kuss. «Ich möchte wirklich fahren.»

Rosina musterte sie kopfschüttelnd, sagte dann aber: «Franklin, sagen Sie meiner Zofe, sie soll Miss Otways Sachen packen. Und zwar unverzüglich.»

«Sehr wohl, Mylady.»

4

Rosina und Lord Landrake warteten bereits vor dem Haus, als Cleo die Treppe hinunterkam, um mit Fitz in dessen Wagen zu steigen. Matty stand dicht neben Rosina und strahlte Cleo an, und das Lächeln veränderte ihr Gesicht vollkommen.

Cleo atmete tief durch, blieb vor ihrem Stiefvater stehen und reichte ihm die Hand. «Wahrscheinlich wollen Sie mich hier auf Landrake nun nicht mehr sehen.»

Zum ersten Mal bedachte Lord Landrake sie mit einem Blick, der sie als Mensch wahrzunehmen schien und nicht als Gegenstand. Sein Händedruck war warm und fest, er umschloss ihre Hand mit beiden Händen, und seine Stimme klang müde, aber keineswegs unfreundlich. «Sie haben hier große Verheerungen angerichtet, Cleo, aber ich glaube, sobald ich den Schock ein wenig überwunden habe, werde ich Ihnen zutiefst dankbar sein für alles, was Sie für uns getan haben. Ich hoffe von Herzen, dass Sie uns wieder besuchen werden. Sie gehören doch jetzt zu meiner Familie. Womöglich halten Sie nicht allzu viel von dieser Familie, und ich könnte sehr wohl verstehen, wenn Sie nichts mehr mit uns zu tun haben wollen – doch um Ihrer Mutter willen und weil auch wir anderen Sie gern besser kennenlernen würden, hoffe ich doch sehr, dass Sie wiederkommen werden.»

Fitz, der wusste, wie viel Überwindung diese Ansprache seinen Schwager gekostet hatte, hoffte inständig, dass Cleo das Angebot nicht ausschlagen würde.

Seine Hoffnung wurde erfüllt. Cleo lächelte Lord Landrake an, und aus ihrer Miene sprachen Zuneigung und Mitgefühl. «Vielen Dank», sagte sie.

Vom bequemen Ledersitz des Lagonda aus drehte Cleo sich noch einmal um und winkte den Landrakes zu, während Fitz den Wagen zwischen den drachenbewehrten Torpfosten hindurchlenkte.

«Wird Esmond auch wirklich nach Neuseeland gehen?», fragte sie ihn.

«Aber sicher. Und es wird ihm dort gut ergehen. Er hätte Landrake schon vor Jahren verlassen sollen. Das muss ich Jerry leider vorwerfen: Selbst wenn Esmond sein Erbe ist, hätte er ihm doch ein eigenes Leben lassen müssen.»

Cleo betrachtete Fitz' Hände auf dem Lenkrad, den sicheren, eleganten Griff, mit dem er den Schaltknüppel betätigte, und spürte ein ganz und gar unsinniges Glücksgefühl in sich aufsteigen.

«Als Sie noch oben waren», sagte Fitz, «hat Jonathan Bosworth mich beiseitegenommen. Er wird Ihnen demnächst schreiben. Er möchte Ihnen die Reise nach Paris spendieren und Ihnen den nötigen finanziellen Rückhalt geben, um dort ein eigenes Modeatelier zu eröffnen.»

Cleo hörte, was er sagte, konnte den Sinn der Worte jedoch nicht begreifen. «Wie bitte?»

Fitz wiederholte, was er gerade gesagt hatte. «Hören Sie mir doch zu. Das ist ein unglaublich großzügiges Angebot und dazu noch ein ganz gewaltiges Kompliment, wenn ein so gewiefter Geschäftsmann wie Jonathan glaubt, Sie könnten mit dem, was Sie machen, Erfolg haben.»

«Aber warum? Weshalb sollte er denn so etwas für mich tun?»

«Weil Sie ihm gefallen. Er findet, dass Sie ebenso viel Mut und Entschlossenheit wie Talent besitzen. Und Rosina hat sich viel mit Leonie unterhalten, er weiß also mehr über Sie, als Sie vielleicht glauben.»

«Leonie gefällt mir», sagte Cleo nach langem Schweigen.

«Und Jonathan hat mir noch etwas erzählt. Leonies Ehemann, der nach allem, was man hört, ein höchst unangenehmer Mensch sein muss, möchte, dass seine Ehe annulliert wird. Das hat er Leonie eröffnet, als sie letzte Woche in Paris war. Anscheinend hat er vor, ins Kloster zu gehen, und das ist nicht anders möglich.»

«Dann wird Leonie also Jonathan heiraten und doch noch Lady Bosworth werden.» Cleo lachte vergnügt. «Was wird sich Philippa ärgern! Sie hatte doch bereits fest damit gerechnet, Herrin im Schloss zu werden.»

«Ein paar Rückschläge schaden Philippa ganz und gar nicht. Ihre Zukunft wird ohnehin längst nicht so rosig aussehen, wie sie sich das ausmalt.»

«Warum denn nicht?»

Fitz sah sie von der Seite an. «Nun, bei allem, was sich gerade in Europa zusammenbraut, steht uns über kurz oder lang ein neuer Krieg ins Haus, und dann wird auch Philippa einer ehrlichen Arbeit nachgehen müssen, so wie alle anderen auch.»

Cleo richtete sich kerzengerade auf. «Ein neuer Krieg?»

«Leider ja.»

«Großer Gott.»

Sie schwiegen beide lange.

«Werden Sie denn in Berlin bleiben?», fragte Cleo.

Als Fitz ihr antwortete, lag ein Lachen in seiner Stimme, und er klang glücklich: «Nein. Mein Vater möchte, dass ich nach Paris gehe. Dort spitzt sich die Lage ebenfalls zu, und er möchte, dass ich die dortige Redaktion leite.»

«Nach Paris. Aber da werde ich doch auch sein.»

«Ich weiß.» Er summte ein wenig vor sich hin und begann dann leise zu singen:

«*Night and day,*
you are the one,
only you beneath the moon
and under the sun.»

So fuhren sie zum Tor hinaus, und während Fitz beschleunigte, kurbelte Cleo das Fenster herunter und sog tief die berauschende Landluft ein. Sie beugte sich hinaus, um noch einen letzten Blick auf Landrake Hall zu werfen, das schwer, düster und furchteinflößend hoch über ihnen thronte. Dann drehte sie sich um und ergriff Fitz' Hand. «Dieses Lied wird mich wohl mein Leben lang nicht mehr loslassen. Tag und Nacht, Licht und Schatten – genau darum geht es doch.»

Italien, Italien!
Cristina Camera bei rororo

Die Gärten der Villa Sabrini
Helle Aufregung im Münchener Auktionshaus Wagner: Die Kunsthistorikerin Susanna Martens glaubt ein Bild aus dem Familienbesitz der Lanzis als Fälschung entlarvt zu haben. Unterstützt von ihrer alten Liebe kommt sie in Florenz einer Familienfehde der verfeindeten Juweliersdynastien Lanzi und Russo auf die Spur. Als sich Susanna gegen ihren Willen in Ettore, den Erben der Lanzis, verliebt, gerät sie in einem Strudel von Macht, Geld und Intrigen ...

rororo 24714

Der Gesang der Sehnsucht
1929 wird ein Traum für Theresa wahr: Italien! Im Grand Hotel von Rimini wird sie den Sommer verleben. Theresa verdankt diese Reise ihrem Chef, sie soll hier seine Erfindungen anbieten. Die Berlinerin genießt den Aufenthalt – vor allem, weil sie ungehindert ihrer Passion nachgehen kann: in Clubs zu singen. Als sie sich in einen geheimnisvollen Marchese verliebt, scheint ihr Glück vollkommen, wäre da nicht ein Verlobter in Berlin und der Diebstahl ihrer Unterlagen. Sollte ihre neue Liebe sie nur benutzt haben?

rororo 25487

B 264/1

Weitere Informationen in der Rowohlt Revue *oder unter* www.rororo.de

MIX
Papier aus verantwortungsvollen Quellen
FSC® C083411

Das für dieses Buch verwendete FSC®-zertifizierte Papier *Lux Cream* liefert Stora Enso, Finnland.